KB261377

히말라야에서 차 한잔

히말라야에서 차 한잔

신비의 나라 부탄에서 온 편지

브리타 다스 · 이은숙 옮김

문학의숲

BUTTERTEA AT SUNRISE

Copyright ⓒ 2007 by Britta Das
All rights reserved.

Korean translation copyright ⓒ 2011 by The Forest of Literature
This edition published by arrangement with Britta Das c/o Westwood Creative Artists
Ltd., through Shinwon Agency Co.

이 책의 한국어판 저작권은 신원 에이전시를 통해
저작권자와 독점 계약한 문학의숲이 소유합니다.
신 저작권법에 의하여 한국 내에서 보호를 받는 저작물이므로
무단전재와 무단복제, 전자출판 등을 금합니다.

—

Photographs ⓒ Matthieu Ricard
저작권자의 요청에 따라, 사진 사용로는 히말라야 지역의 인도주의 프로젝트인 카루나 세첸
(http://karuna-shechen.org)에 기부합니다.

Photograph(pp. 2-3, 212) ⓒ Matthieu Ricard/Getty Images/멀티비츠

ॐ

빙글빙글 돌며 용솟음치는 진주빛 소라 껍데기 속 깊숙이
숨을 불어 넣으면 '옴' 소리가 난다.
어떤 이들은 이를 만물의 시작을 알리는 소리라고 한다.

차례

자주 사용된 부탄 단어들

겔롱	제대로 된 학식과 수행력을 갖춘 정식 스님
고	부탄 남성의 전통 의상(우리나라의 두루마기와 비슷)
고엠바	불교 사원
곰첸	종교 수련을 받은 마을의 영적 지도자(늦게 출가한 스님)
구루 린포체	부탄에 밀교를 도입한 제2의 부처로 일컬어지는 파드마삼바바
기도 깃발	불교 경전이나 상징물이 인쇄된 긴 천 조각
기도 바퀴	마니차. 기도 문구가 들어 있는 원통형 바퀴
눌트럼	부탄의 화폐
다르마	부처님의 가르침. 진리
다마루	종교 의식에서 손에 들고 치는 양면 북
라마	불교의 정신적 스승
라추	공식 행사에서 부탄 여성들이 왼쪽 어깨에 걸치는 긴 스카프
라캉	절이나 사찰
람 네텐	종의 주지 스님
로사르	부탄의 설날
로폰	불교 학자나 스승
만트라	진언. 반복해서 외는 기도문
메메	노인을 칭하는 말(할아버지)
미낙파	마을 사람
버터램프	버터 기름을 견고한 그릇에 붓고 딱딱하게 굳혀서 만든 초
버터차	잎을 끓인 물에 버터와 소금을 섞어 진한 맛을 낸 부탄의 차
부카리	난방이나 요리에 사용되는 금속 장작난로

샤르촙어	부탄 동부의 방언
아라	쌀이나 옥수수, 혹은 다른 곡물로 만든 부탄의 민속주
아마	성인 여성을 부르는 말(엄마, 아주머니)
아비	노인 여성을 부르는 말(할머니)
아빠	성인 남성을 부르는 말(아빠, 아저씨)
아차라	체추라고 하는 부탄의 불교 축제에서 분위기를 띄우는 광대
왕	가피. 부처나 보살이 자비를 베풀어 중생에게 힘을 주는 것
자오	구운 쌀
종	행정 관청 및 국립 승원으로 쓰이는 요새 겸 사원
종카	부탄의 국어
참	종교적인(불교의) 춤
체추	해마다 종에서 개최되는 불교 춤 축제
초르텐	불교 유물이나 보석을 보존하는 불교의 석조 건조물. 불사리탑
카랑	말린 옥수수를 거칠게 간 것
키라	부탄 여성의 전통 의상
타타	인도의 트럭 제조사
탕카	불교 그림
텡마	옥수수를 말려서 빻은 것
토고	부탄 여성의 전통 의상으로 우리나라의 저고리와 비슷
통돌	구루 린포체의 이미지가 그려진 큰 천
툴쿠	환생한 라마승
푸자	불교 혹은 힌두의 종교 의식

프롤로그

계곡 어딘가에서 소라 나팔 부는 소리가 새날의 시작을 알렸다. 그 깊은 소리는 광대한 산줄기의 절벽을 되치고 나와 울려 퍼졌다. 깎아지른 듯 솟아 있는 절벽들은 충실하게 먼 옛날의 메시지를 되살려 냈고, 메아리는 서서히 울창한 밀림 속으로 사라져 갔다.

적색 승복을 입은 승려 둘이 낭창낭창 늘어진 삼나무 가지 아래 꼼짝 않고 앉아 있다. 엄숙하게 불경을 읊는 노승의 성긴 턱수염만이 바람결에 흔들릴 뿐이다. 노승의 눈은 감겨 있었다. 노승은 눈을 감은 채 끊임없이 운율을 살려 불경을 외었다. 잠시 후 다른 한 명의 승려도 독경에 끼어들었다. 젊은 그의 목소리는 기운이 넘쳤고 자신감에 차 있었다. 노승은 이내 조용해졌다. 불경을 외는 운율에 따라 노승의 몸만 연방 앞뒤로 흔들렸다.

멀리 인도 평원에 아침 햇살이 쏟아지면서, 부드러운 능선을 그리는 히말라야의 산봉우리들이 분홍빛으로 물들었다. 눈부신 황금빛 태양이 서서히 동쪽 하늘에 떠올랐다. 지상에서 가장 높은 산의 산등성마루에 맨 처음 태양빛이 닿을 무렵 마지막 구절의 독경이 끝났다. 노승은 성스러운 경전을 앞뒤 나무 표지들 사이로 잘 접어 넣어 노란 보자기로 쌌다. 그런 다음 고개를 끄덕이고는 앉은 자리에서 몸을 일으키면서 옆에 있는 젊은 승려에게 말했다.

"상게이, 너도 이제 어엿한 어른이 되었으니, 오늘은 네가 가르침을 받을 준비가 되었는지 알아봐야겠구나."

젊은 승려 또한 일어섰지만 감히 노승의 시선을 마주하지는 못했다.

"스승님께 실망을 안겨 드리지 않기를 바랍니다만 저는 아직 모르는 것도 많고 부족합니다."

이 말과 함께 젊은 승려는 머리를 깊숙이 조아리고, 어깨에 걸치는 흰색 비단 스카프를 노승에게 바쳤다. 스승은 경의의 표시를 받아들이고 나서 좁다란 진흙길로 몸을 돌렸다.

"그럼 가 보자꾸나."

노승이 산으로 향했다.

상게이는 아무 말 없이 스승을 따랐다. 그의 마음은 이미 입문식을 향해 치닫고 있었다. 반드시 통과해야만 하는 절차이지만, 그에 앞서 많은 사람들이 실패한 입문식이었다. 아찔하게 높이 솟은 절벽이 라르잡 사원 위로 치솟아 있었다. 그는 어릴 때 이곳에 곧잘 오곤 했지만, 그 당시 승려가 되는 길에 대해 아는 건 지금 자신이 입고 있는 적색 승복이 전부였다. 그의 어머니는 수백 미터 아래의 숲 속으로 떨어져 내리는 아찔한 절벽 근처에는 가지도 말라고 신신당부를 했었다. 어린아이 때 그는 눈물을 흘리며 절벽 위에서 물러나곤 했다. 하지만 오늘은 그 자리에 서 있어야 한다.

줄지어 서 있는 하얀색 기도 깃발들이 장대 꼭대기에 매달린 채 물결치듯 펄럭였다. 절벽 끝 가장자리를 겨우 몇 발짝 앞둔 곳에서 노승이 멈췄다. 상게이는 머무적거리며 다가갔다.

"상게이, 어서 가거라."

노승이 재촉했다.

"두려워 말고 네 자신과 네가 익힌 가르침을 믿어라. 다르마(진리)의 참뜻을 깨닫기 위해 수행할 준비가 되었는지 보여 다오."

상게이는 고개를 끄덕였다. 그리고 절벽과 허공을 가르는 경계에 시선을 고정시킨 채, 한 발 한 발 내딛고 나아가서 험준한 바위턱 가장자리를 겨우 몇 센티미터 남겨 놓고 멈춰 섰다. 그곳에 서는 순간 두려움에 몸이 굳고 숨이 막혔다. 그는 재빨리 연푸른 아침 하늘로 시선을 돌렸다.

"무엇을 보고 있느냐?"

노승의 목소리가 어질어질한 그의 머릿속으로 흘러들어 왔다. 상게이는 힘을 꽉 주고 절벽 가장자리에 버티고 서서 시선을 약간 떨어뜨렸다. 그 즉시 몸이 흔들리기 시작했다.

"구름을 봅니다."

그는 솔직하게 더듬더듬 대답했다. 이마에 땀방울이 맺히기 시작했다. 수직으로 내리뻗어 있는 절벽이, 균형을 잡으려 안간힘을 쓰는 그의 정신력을 매 순간 흩뜨려 놓는 것 같았다.

"구름은 누구나 볼 수 있다. 내려다보아라!"

노승이 말했다.

멀리 산골짜기 사이를 굽이굽이 흐르는 은빛 물줄기가 안개 속으로 사라졌다. 상게이가 더듬거리며 말했다.

"강이 보입니다."

노승이 다시 지적했다.

"상게이, 너무 멀리 보고 있구나. 밑을 내려다보아라!"

상게이는 두려움에 떨며, 멀리 보이는 푸른 산으로부터 바로 아래 있는 초록빛 숲으로 시선을 끌어당겼다. 흐릿하게 보이는 풍경 속에 뾰족한 나무 끝이 삐죽삐죽 솟아 있었다. 다시 노승의 목소리가 아련하게 들려왔다.

"지금은 무엇을 보고 있느냐?"

상게이는 다시 정신을 가다듬고, 시선을 발등에 고정시켰다. 아찔한 현기증이 밀려오며 속이 울렁거렸다. 발가락이 풀과 바위를 파고들 만큼 힘을 주고 선 채, 이제 곧 자신이 거대한 허공 속으로 떨어져 추락하는 건 아닐까 생각했다.

노승이 마치 제자의 마음을 읽은 듯, 상게이의 등 뒤로 바짝 다가섰다.

"상게이, 발가락 너머를 내려다보아라. 네가 얻은 가르침을 믿고, 힘을 내거라."

상게이의 시야는 흐릿해졌고, 몸은 위험하게 절벽 너머로 흔들거렸다. 오싹한 전율이 등줄기를 타고 흘러내렸다. 노승이 제자를 보호하려 뻗친 손길을 그는 알아차리지 못했다.

찰나의 순간 동안 상게이는 눈을 감고, 심호흡을 했다. 처음에는 움찔했지만 서서히 마음속에 신념과 힘이 차오름을 느끼면서 스승이 비법으로 가르쳐 준 진언(만트라)을 중얼거리기 시작했다. 고귀한 진언을 계속 읊조리고 스승의 모습을 마음속에 떠올리면서, 젊은 승려는 몸에서 긴장이 풀리고 편안해짐을 느꼈다. 이내 스승의 얼굴 생김새가 선명하게 떠올랐고, 마침내 상게이는 바로 앞에 펼쳐진 눈부신 아침 풍경 속으로 시선을 옮길 수 있게 되었다.

상게이는 침착하게 천천히 다시 한 번 심호흡을 했다. 그리고 머리와 몸을 앞으로 기울였다. 절벽 끝 경계선과 둥그스름한 발가락들의 윤곽 너머 발밑으로 아침 햇살에 반짝이는 사원의 황금빛 뾰족탑이 보였다. 그 순간 상게이는 자신의 어깨를 지그시 누르는 노승의 손길 또한 느꼈다.

"되었다, 상게이. 넌 준비가 되었구나."

스승과 제자는 겹겹이 주위를 에워싼 거대한 산봉우리들 위로 아침이 서서히 밝는 것을 지켜보면서 오랫동안 같은 자리에 서 있었다. 그렇게 깊은 정적의 시간을 얼마쯤 흘려보낸 뒤 노승이 말을 꺼냈다.

"상게이, 넌 어렸을 적에 멀리 여행을 하고 왔다. 이 산속의 우리 세상 밖에서 교육을 받고 왔지. 넌 내가 결코 가 보지 못한 곳에 가 보았다. 거기서 네가 본 것들을 말해 다오."

상게이는 남인도 방갈로르의 불교 대학에서 받은 교육에 대해 차분하게 설명했다. 노승은 잠자코 듣기만 했다. 마지막으로 상게이는 부탄 왕국과 남쪽의 거대한 이웃 나라가 국경을 이루는 아련한 지평선을 가리키며 말했다.

"저기에는 다른 삶이 있습니다."

노승이 머리를 끄덕였다. 그 또한 젊은 시절 보드가야(부처가 보리수나무 아래서 깨달음을 얻은 곳)의 사원으로 순례 여행을 했었고, 히말라야 저편은 다른 세상임을 익히 알고 있었다.

"그것만이 아닙니다. 상황이 달라지고 있습니다."

상게이는 좀 더 자세히 설명하려 했다.

노승이 애정 어린 눈길로 제자를 찬찬히 살폈다.

"물론 변화란 늘 있기 마련이지."

노승은 고개를 가로저으면서 말을 이었다.

"하지만 우리는 국민을 보호할 줄 아는 훌륭한 국왕을 모시고 오랜 전통을 지키는 이 나라에서 행복하게 살고 있다. 난 우리 삶이 크게 변하리라고 생각하지는 않는다."

상게이는 처음으로 스승의 눈을 마주 보았다. 노승의 말에 반대하고 싶지는 않았다. 자신이 미래에 대한 의문을 갖게 되는 이유가 무엇인지 스스로도 알지 못했으니까. 언제나 그 모습 그대로이던 산속의 고향 마을에 돌아가는 길도 이제는 달라져 있었다. 원인 모를 슬픔이 밀려왔다. 상게이는 히말라야의 작은 왕국 부탄, 거기서도 외진 고향 마을에서조차 전통과 관습이 사라지고 있음을 느낄 수 있었다. 그 누구도 세월의 흐름을 막을 수는 없었다. 부탄 역시 변하고 있었다.

1

동쪽으로 가는 길

우기의 거대한 먹구름이 불쑥 나타나 길을 가로막고 시야를 압도
한다. 대기는 물기가 뚝뚝 떨어지는 희뿌연 운무에 휩싸여 있다.
겹겹이 이어진 산허리에 짙은 안개가 낮게 드리워 골짜기 사이사
이를 가득 채우고, 고원을 뿌옇게 뒤덮고 있다. 비는 내리지 않지
만 안개가 짙게 낀 아침, 와이퍼가 운전자에게 창유리 너머 시야를
확보해 주느라 연신 끽끽거리며 지저분한 창을 닦아 낸다. 어디를
봐도 서늘하니 축축한 느낌이다. 고도 사천 미터에 이르는 높은 산
길에서, 우리는 그저 구름 속을 달리는 게 아니라 구름을 호흡하고

구름을 느끼며 구름 속에 존재한다.

짐이 한가득 실려 있는 픽업트럭이 비좁은 도로의 가파른 커브 길을 돌 때마다 그 무게를 이기지 못하고 날카로운 브레이크 소리를 내며 미끄러진다. 어떤 길모퉁이에서는 경적이라도 크게 울려 위험을 경고하지만, 어떤 모퉁이에서는 경적조차 울리지 못하고 조용히 운명에 모든 걸 맡긴다.

조수석에 움츠리고 앉은 나나 뒷좌석의 두 사람 모두 짐에 둘러싸여 있다. 빗물에 젖으면 안 되는 실험실 장비와 내 라디오, 그리고 몇 가지 귀중품들이 사람들의 자리를 차지하고 있기 때문이다. 나는 온 세상을 감추고 있는 듯한 희뿌연 안개 속 전방을 응시한다. 앞으로 일 년 동안의 생활에 대비한 내 소지품과 가재도구들은 갈색 방수포 아래 짐칸에 꽉꽉 채워져 있다. 짐을 덮은 방수포 끝자락과 귀퉁이들이 바람에 사납게 펄럭인다. 트럭의 나머지 짐은 나와 같은 목적지, 즉 부탄 동부의 몽가르 병원으로 가는 대형 실험기기들과 시험관 및 반응물들이 담긴 상자들이다.

승객들은 엄숙할 정도로 조용하다. 그 덕에 나는 동쪽으로 가는 이번 여행에 대한 이런저런 상념에 빠져든다. 1995년 가을 이후로 부탄은 내게 꿈의 나라였다. 세계 여행을 즐겨 하시던 아버지는 당시 스물네 살이던 내게 당신이 사랑해 마지않는 히말라야를 보여 주고 싶어 하셨다. 이미 여섯 번이나 부탄을 여행하신 아버지는 돌아오실 때마다 찬사를 아끼지 않으셨다. 하지만 한편으로는 매번 걱정으로 인한 주름이 하나씩 늘어나 있었다.

"부탄은 정말 굉장한 나라야!"

아버지는 감탄을 거듭하시며 부탄에서 본 새로운 변화들에 대해 말씀해 주셨다.

"수도인 팀푸의 교통량이 두 배로 늘었더구나. 심지어 교통 신호등까지 세웠더라고."

한 해는 이런 걱정을 하셨고, 그 다음번에는 또 다른 걱정을 하셨다.

"글쎄, 교통 신호등을 다시 없앴더구나. 하지만 팀푸에 여행을 온 관광객들 수가 어찌나 많던지! 미니버스마다 관광객들로 꽉꽉 찼더라고! 너도 너무 늦기 전에 가서 봐야 하는데. 네게 부탄을 꼭 보여 주고 싶구나. 부탄은 예로부터 내려오는 전통을 그대로 지키고 있는, 전 세계적으로 몇 안 되는 국가 중 하나거든. 하지만 거기도 곧 변하게 될 거다. 이웃 나라인 네팔이나 심지어 태국을 봐라. 그런 나라들도 이십 년 전에는 지금 같지 않았다. 나랑 같이 가 보지 않겠니?"

오랫동안 나는 아버지의 제안에 답을 드리지 못했다. 성공의 사다리를 오르기 위해 대학원에 다니면서 물리치료 경력을 쌓느라 바빴기 때문이다. 아버지가 찍어 오신 히말라야의 사진들을 눈여겨보고 오랜 시간에 걸쳐 지도를 관심 있게 살펴본 덕에, 부탄이 티베트의 남쪽과 네팔의 동쪽에 위치한 작은 왕국이라는 정도는 알고 있었지만. 아버지의 제안을 고려하게 된 계기는 직장 문제였다. 당시 나는 이직을 생각하고 있었다. 그즈음 예순 번째 생일을 맞은 아버지가 같이 여행을 떠나지 않겠느냐는 말씀을 또 한 번 하셨고, 나는 앞뒤 재 볼 겨를도 없이 무작정 대답했다.

"좋아요, 같이 가요."

우리는 여행 가방을 챙겨서 떠났다. 인도와 네팔을 거쳐서 부탄으로. 나는 아버지 덕에 생애 최고의 여행을 하게 되었고, 내가 모르던 세상을 구경하는 재미에 흠뻑 빠졌다. 아버지는 세상에 눈을 뜨게 해 주셨고, 나는 내 마음을 열었다. 부탄은 내 마음을 온통 사로잡았다. 엄청난 높이로 위용을 과시하는 산들과, 유쾌하고 인정 많은 사람들이 진심 어린 마음으로 우리를 환대해 주었다. 평온한 불교 철학에서 나는 더없는 평화를 느꼈다.

갑자기 나의 야망이 변했다.

산자락 암벽 위에 자리 잡은 사원의 창가에 서서 세상을 굽어보니, 물질과 세속의 스트레스에 찌들었던 캐나다의 내 세계가 너무나도 어리석어 보였다. 이제 그런 세계에서 벗어나 여행을 하면서 다른 문화를 경험하고, 우리 지구가 제공하는 아름답고 신비로운 세계를 발견하고 싶어졌다. 평온한 삶을 누리는 곳에 가서 진기한 경험을 하고 또 그곳에서 많은 걸 배우고 싶어졌다. 그 보답으로 나보다 적게 가진 사람들에게 지식과 기술을 나눠 주면서 의미 있는 일을 하고. 나는 자원봉사자가 되기로 했다. 아버지와 함께한 삼 주간의 여행으로 우리가 마주친 사람들의 빈곤과 우리의 부 사이에 얼마나 큰 차이가 있는지를 깨닫게 되었고, 처음으로 개발도상국의 가진 자들과 못 가진 자들을 보고 적잖은 충격을 받게 되었다. 내가 많은 걸 누리며 살아왔음은 익히 알고 있었지만, 이제는 지나친 혜택을 누려 왔음을 깨닫게 되었다. 그 순간 최첨단의 재활 운동 기구가 갖춰진 클리닉에서, 운동을 하다 다친 사람들을 치료하는 일이 더 이상 만족스럽게 느껴지지 않았다. 내가 할 수 있는 한 갖고 있는 걸 돌려주고, 또 함께 나누고 싶었다. 그러면서 짙은 피부색의 아이들이 자신들을 도와주러 왔음을 알고 스스럼없이 내 주위로 모여드는 모습을 상상하기도 했다. 처음으로 나는 운명의 힘을 생각하게 되었다. 부탄에서 누군가 내 이름을 부르고 있었다.

캐나다에 계신 부모님은 내 생각과 계획을 그다지 반기지 않으셨다.

"그렇다고 일 년 내내 거기 가 있을 필요는 없다. 그건 너무 긴 시간이야. 진지하게 생각해 본 거니?"

아버지는 내 마음을 돌리려고 애쓰셨다.

생각은 충분히 했다. 그런 다음 부탄의 보건복지부에 연락을 취했고, 부탄에서 자원봉사를 하고자 한다면 최소한 일 년 동안은 머물러야 한다는 답을 이미 들은 터였다. 젊은 패기와 이상이 넘치는 스물여섯의 나는 기꺼이 일 년 동안 자원봉사를 하겠다는 답을 다시 보냈다.

아버지는 또 다른 말로 나를 설득하려 하셨다.

"지금 넌 한창때다. 인생의 황금기지. 데이트도 하고 사랑도 하면서 좋은 남편감을 찾아야 하는데, 거기 가면 누구를 만날 수 있겠니?"

나는 그런 문제는 걱정하지 않았다. 결혼까지 생각했던 남자와 가슴 아픈 이별을 한 뒤로 진지한 로맨스는 내 관심 밖으로 밀려난 지 오래였다.

"거기서 꼭 일 년을 채워야 한다고는 생각하지 마라. 일이 잘 안

되는데도 자존심 때문에 버티고 있지는 말란 말이다."

나를 보내며 아버지가 말씀하셨다. 부모님의 걱정이 얼마나 큰지 잘 알았지만, 그럼에도 나는 가기로 결심했다. 그리고 1997년 2월, 몇 달간의 준비를 끝내고 가족들과 눈물 어린 작별 인사를 나눈 다음에 옷과 방한용 내의, 물리치료에 관한 책, 여분의 배터리와 일 년 동안 쓸 생리대를 꽉꽉 채워 넣은 큼지막한 하키 가방 두 개를 들고 방콕으로 가는 비행기를 탔다. 그리고 거기서 부탄으로 가는 편도 티켓을 샀다.

부탄의 수도 팀푸에 있는 해외자원봉사단이 나를 반갑게 맞아주었다. 개발도상국에 자원봉사자를 배치하는 비정부기구인 해외자원봉사단은 내게 신비의 나라 부탄에서 일하며 지낼 수 있는 기회를 주었다. 부탄 왕국은 해외자원봉사단을 통해 내 열의와 기술을 고려한 뒤, 물리치료 분야에서 일할 자리를 마련해 주었다.

팀푸에서 오리엔테이션을 받는 동안, 나는 부탄이 지난 이십오 년 동안 놀라울 만큼 새로운 보건 의료망을 구축했고, 그것을 활성화시키기 위해 부단한 노력을 기울여 왔음을 알게 되었다. 육지로 둘러싸인 히말라야의 작은 왕국 부탄은 과거에 의료 시스템을 주로 민간요법과 마을의 치료사들에게 의존해 왔다. 그러다 1970년대 중반, 나병 선교회가 들어오면서 환자들을 수용하고 치료하기 위한 목적의 병원들이 생겨났다. 그래서 이제는 부탄의 주요 도시 대부분에 병원이 있고, 수많은 작은 마을들에는 기본적인 치료와 약물 치료 및 예방 접종 등의 의료 서비스를 제공하는 보건소들이 있다.

부탄 최초의 물리치료사들은 모두 나병 선교회와 함께 들어온 자원봉사자들이었다. 하지만 나병이 어느 정도 통제가 되면서 선교회 봉사자들은 대부분 철수했고, 부탄에서 나병 외의 환자들에 대한 물리치료는 상대적으로 생소한 분야였으며 보편적으로 인정을 받지도 못했다.

내가 도착했을 때, 자격증을 취득하고 부탄에서 일하고 있는 물리치료사는 단 세 명뿐이었다. 그들 중 한 명은 부탄 사람이고 한 명은 미국인 유엔 자원봉사자였는데, 둘은 팀푸에 있는 국립 위탁 병원에서 일했다. 그리고 나머지 한 명은 핀란드 사람으로, 팀푸에서 자동차로 약 사십오 분 거리에 있는 기다콤이라는 작은 마을에서 나병 선교회와 함께 물리치료사로 일했다. 그 외에 여덟 명의 물리치료 보조사들(부탄에서는 '기사'라고 한다)이 부탄 전역에서 훈련을 받으며 일하고 있었다. 그들 중 세 명은 팀푸에서 일했고, 한 명은 기다콤에서 나병 선교회와 같이 일했으며, 나머지 네 명은 부탄 동부에 배치되어 있었는데 한 명은 몽가르, 한 명은 젬강 근처의 예빌랍사, 또 한 명은 타시강, 마지막 한 명은 페마가첼 근처에 있는 리제르부에서 일했다.

부탄 왕정 복지부는 동부 지역에서 일하는 네 명의 물리치료 보조사들을 훈련하는 책임을 나에게 맡겼다. 나는 그들에게 더욱 독자적으로 환자를 진단하는 방법과 치료 기술을 가르쳐야 했다.

배치를 받은 부탄 동부로 떠나기 전에, 나는 해외자원봉사단 팀푸 기지에서 몇 주 동안 준비 시간을 가졌다. 지역에서 손쉽게 구할 수 있는 먹을거리를 이용해 음식을 만드는 법도 배웠고, 건강과 위생에 관한 토론을 통해 불규칙적인 식사와 오염된 수질이 어떤 위험을 초래할 수 있는지에 대해서도 배웠다. 비타민 결핍이 생길 수 있고, 제한된 음식물로 인해 영양불량 상태가 될 수도 있다는 정보도 얻었다. 하지만 나는 아무리 멀고 외진 곳에 간다 해도 충분히 잘 해낼 각오가 되었다고 확신하면서, 땅콩버터나 초콜릿 바 같은 사치스런 품목을 사러 쇼핑에 나섰다. 그리고 부탄 지방의 전통과 관습에 대한 자료를 읽었으며, 생전 처음으로 광견병 예방 주사를 맞았다.

한편, 팀푸 병원의 물리치료과에서 며칠을 보내는 동안 간호사와 물리치료사를 비롯해 모든 의료진들이 영어로 교육을 받았다는 것을 알게 되었다. 그러므로 병원 직원들과의 의사소통은 어려울 게 없을 터였다. 하지만 환자들과의 의사소통은 전혀 다른 문제였다. 부탄 동부에서 쓰이는 언어만도 몇 가지나 되었다. 산골짜기 마을에서 독자적으로 발달한 사투리들뿐 아니라, 지리적 위치에 따라 몇 개의 다른 언어들이 쓰이고 있었다. 해외자원봉사단 측은 내게 몽가르의 타시강 인근 지역에서 가장 많이 사용되는 언어인 샤르춥어('창라'라고도 한다)에 대한 소책자를 주었다. 그 책자를 통해 본 부탄 동부의 방언은 극히 간단한 단어들조차 발음하기가 쉽지 않아 보였다. 하지만 나는 새 일을 하루라도 빨리 시작하고 싶은 마음에 팀푸에서 제공하는 언어 학습 과정을 건너뛰고, 곧바로 일에 뛰어들어 환자들과 맞닥뜨리면서 그 지역 언어를 익히겠다고 해외자원봉사단 측을 설득했다.

그런 다음 새 일에 대한 기대에 부풀어서, 동쪽으로 가는 긴 여행을 위해 서둘러 짐을 챙겼다.

짐이 꽉꽉 들어차 비좁기 그지없는 차 안에서 열다섯 시간을 보내면서, 그사이 몇 년은 더 늙은 듯한 느낌이 들었다. 또한 불안감이 밀려들면서 내 분별력에 대해서도 자꾸만 의문이 들었다. 내가 해외에서 일한 경험은 오스트레일리아의 한 지방 병원에서 삼 개월간 임시 물리치료사로 일한 것이 전부였다. 그럼에도 지구상에서 가장 외진 지역으로 가고 있다니!

"나를 필요로 하는 곳이면 어디든 가서 돕고 싶어요."

나는 부모님께 호기롭게 말씀드렸었다. 그리고 부탄 왕정의 복지부에서 내가 원하는 명분에 딱 맞는다고 정해 준 곳이 몽가르 병원이었다.

문득 숙박시설에 대한 불안감이 엄습해 온다. 기본적 수준이라고 들었지만, 얼마나 기본적이라는 걸까? 전기는 들어올까? 혹시 안 들어오는 건 아닐까? 수돗물은? 뜨거운 물은 나올까? 수도시설도 없는 게 아닐까? 병원 주변에서 건축공사가 한창이라느니, 수용 인원이 너무 많아 사택이 부족하다느니 몽가르에 대한 안 좋은 이야기들만 자꾸 떠오른다.

이 여행이 앞으로 맞닥뜨릴 상황이 어떨지 맛보기를 보여 주는지도 모른다. 팀푸에서 몽가르라는 동부 지역에 이르는 이틀간의 험난한 여행을 통해 나는 미지의 히말라야 속으로 점점 더 깊이 들어가고 있다. 우리가 탄 차의 속도가 시속 삼십 킬로미터를 넘는 법이 없음에도 우리는 하늘을 날고 있다. 내 왼쪽으로는 가파른 기암절벽이 시야가 닿지 못할 만큼 높이 치솟아 있고 작달막한 나무들이 툭 튀어나온 험준한 바위산 자락에 매달려 있다. 오른쪽 길가 바로 밑으로는 수백 미터에 이르는 낭떠러지가 헤아릴 수 없이 깊은 협곡 속으로 이어져 있어 얼핏 넘겨만 봐도 아찔하다. 꼬불꼬불 이어지는 포장도로에는 물이 흘러넘친다. 쏟아지는 빗물에 작은 도랑이 개울로 변하면서 도로를 조금씩 앗아 내리고 있다. 이따금 빗물이 도랑을 흘러넘쳐 도로 위까지 침범한 곳에 이르면 어디가 도로이고 어디가 도랑인지 구별이 잘 안 된다. 도로에 떨어지는 요란한 빗소리와 콸콸 흘러가는 물소리로 겨우 도로와 도랑을 구분할 수 있을 정도이다. 나는 날카로워지는 신경을 진정시키기 위해 여기는 산속에 난 그냥 보통 길이라고 생각하려 애쓴다. 단지 굽이굽이 굴곡이 많을 뿐이라고. 그나마 출발 전에 멀미약을 먹은 것이 다행이다. 그리고 시야를 가려 주는 안개가 오히려 반가울 따름이다. 세상에서 가장 아찔한 도로 풍경을 가려 주는 안개가.

불교의 석조 기념물인 흰색의 작은 초르텐 하나가 특히나 비좁은 커브길 끝을 지키고 서 있다. 겁이 많은 여행자를 지켜 주기 위한 행운의 표지임에 틀림없다. 초르텐 말고 계곡 아래로 추락하는 걸 막아 주는 보호 장치는 그 뒤에 있는 나무 몇 그루와 수풀이 전부이다.

팀푸에서 몽가르에 도달하려면 부탄을 횡단하는 도로를 지나야 하는데, 우리는 지금 그 도로 상에서 가장 높은 고도 삼천팔백 미터의 툼싱라 협곡을 지나 고도 천오백 미터의 내리막길을 몇 시간째 달리고 있다. 바위산과 관목들 대신 이제 넓은 잎의 나무숲이 펼쳐져 있다. 고지대의 차가운 기후대가 끝나고, 차츰 온도가 올라가기 시작해서 결국 아열대의 후텁지근한 무더위가 기승을 부린다. 들쭉날쭉한 도로변은 덩굴들로 뒤덮여 있고, 대나무와 바나나 나무 그리고 선인장들이 풍경을 가득 채운다. 습도는 숨이 막힐 지경이다. 줄곧 창문을 열어 놓아도 바람 한 점 불어오지 않는다.

링미탕에서 고도 육백오십 미터의 내리막길에 이르는가 싶더니 다시 오르막길이 시작되고, 픽업트럭이 숨이 찬 듯 헐떡거리며 맞은편으로 보이던 산을 올라간다. 도로 상태가 제일 좋은 곳이라 해도 울퉁불퉁하기는 마찬가지이고, 곳곳에 패인 웅덩이 탓에 걸핏하면 트럭이 덜커덩거린다. 트럭이 덜컹거릴 때마다 머리가 뒤흔들리며 신경을 들쑤셔서 어떤 생각도 지속적으로 할 수가 없다. 힘들고 지치고 배고프고, 거기다 두려움까지 밀려온다.

구름들은 꿈쩍도 않고 길을 막고 있다. 트럭은 구름 속을 뚫고 한 굽이 한 굽이 힘들게 돌아간다. 우리는 몇 번이나 통나무나 석재, 혹은 사람들을 가득 실은 오렌지색의 인도산 타타 트럭과 충돌할 뻔한다. 그때마다 경적소리가 시끄럽게 울려 대고 아찔한 곡예 운전이 뒤따른다. 하지만 어떻게든 서로 비켜 길을 내고 지나간다.

참으로 이상하게도 이런 산길을 오가는 차량이 몇 시간에 걸쳐 계속 늘어났다. 모두들 어디로 가는 건지 궁금하기만 하다. 내 눈에 보이는 한, 산비탈에 흩어져 있는 집들은 결코 많다고 할 수 없건만. 지난밤 묵었던 붐탕의 작은 여관을 떠나온 지 여덟 시간이 넘도록 마을이라고는 보이지 않는데 교통량은 부쩍 늘었다.

혹시 오랜 전통 가옥들이 그림처럼 모여 있는 산간 마을들이 안개 속 어딘가에 숨어 있는 게 아닐까? 그림 같은 마을들이 이제 곧 내 눈앞에 나타날지도 모를 일이다. 나는 상상 속 그림에 아름다운 색칠을 해 가면서 무료한 시간을 보낸다.

"여기가 몽가르입니다."

운전기사가 기분 좋게 알린다. 나는 새 일터의 첫인상이 어떨지 기대하며 눈을 가늘게 뜨고 안개 속을 내다본다. 순박한 마을 사람들이 웅성거리는 활기 넘치는 시장과 고풍스런 멋을 풍기는 병원 건물, 그리고 내가 지낼 아담한 집을 상상하면서.

기대에 부풀어 창밖을 내다보지만 보이는 게 없다. 우리가 탄 트럭 앞에 나 있는 작은 길과, 길 양쪽에 서 있는 나무 몇 그루, 그리고 구름이 눈에 띄는 전부이다. 운전사가 손으로 앞을 가리키다가 다시 왼쪽을 가리킨다. 나는 또다시 눈을 가늘게 뜨고 운전사가 가리킨 방향을 주시한다. 하지만 역시 아무것도 보이지 않는다.

잠시 후 난데없이 삼층집들의 널찍한 전면이 길 옆으로 불쑥 나타난다. 목재 외관에 그림과 조각품으로 솜씨 좋게 장식된 건물들이 여남은 채 모여 있다. 트럭은 유(U) 자형 커브길을 왼쪽으로 돈 뒤 울퉁불퉁 패인 샛길을 따라서 계속 덜컹거리며 달린다. 그나마 마을로 보이는 자취들을 뒤로한 채.

꼬불꼬불 굴곡이 심한 길이 나무가 우거진 비탈길로 이어진다. 그 길 끝의 흰색 건물에 나무 간판이 걸려 있다. '부탄 동부 위탁 병원, 몽가르 병원'이라고.

2

멀리서

내가 묵을 숙소는 '모자 건강 클리닉' 옆에 붙어 있는 교실이었다. 나는 짐 상자와 가방들이 뒤죽박죽 섞여 있는 중간에 서서 주변을 둘러본다. 세간이 아무것도 없는 방에 딱히 마음이 끌리지 않는다. 한쪽 벽면 앞에 의자 여섯 개와 큰 책상 하나, 그리고 다양한 피임법을 도표로 나타낸 흰색 제도판이 가지런히 쌓여 있다. 또 다른 쪽 벽면에는 엑스레이 판독기와 부처님의 포스터 두 장, 그리고 부탄 왕의 사진 한 장이 붙어 있다. 그 옆에 활 모양으로 굽은 금속 선반에 먼지 쌓인 책들이 꽂혀 있고, 그 맞은편 구석에 썰렁한 침대 하나가 쓸쓸히 나를 기다리고 있다. 원무과장이 이곳은 임시 숙소이고, 앞으로 열흘 안에 일 년 동안 묵을 사택으로 옮길 수 있을 거라며 나를 위로한다. 하지만 너무나 유감스럽게도 지금 내가 이용할 수 있는 숙소는 이 볼품없는 방뿐이란다.

억양이 강해 다소 부자연스러운 어투의 영어로, 원무과장이 주말 동안 짐을 정리하고 월요일부터 병원 근무를 시작하라고 한다. 그리고 병원 직원들을 몇몇 소개한 뒤에 이곳이 맘에 들길 바란다며 떠나고, 나 혼자 남겨진다.

팀푸에서 몽가르까지 사백팔십 킬로미터를 차를 타고 온 것이 아니라 걸어서 온 것처럼 온몸이 아프고 피곤하지만 나는 주변을 둘러본다. 밖에는 줄기차게 쏟아지는 비가 골함석 지붕을 톡톡 두드리는 단조로운 소리를 낸다. 몇 미터 앞도 보이지 않아서 마치 내 세상이 하얀 망각의 막에 싸여 있는 듯하다. 창문 밖 아래쪽에서 돌을 치는 둔탁한 망치 소리가 끈덕지게 들려온다. 소리가 안개에 스며들어 그렇게 날카롭지는 않지만, 발밑에 진동이 계속 느껴지는 걸로 봐서 공사 현장이 내 숙소 문 앞 가까이에 있음을 알 수 있다. 내 뒤에서는 병원에서 쓸 예방 접종 보급품이 들어 있는 냉장고가 모터 엔진처럼 요란하게 윙윙거린다. 큼지막한 흑갈색 벌레 한 마리가 방 안을 휘젓고 날아다니다가 그대로 벽에 맞고 떨어진다. 그러더니 잠시 후 다시 요란한 날갯짓을 계속한다.

오후 다섯 시가 가까워지는 시간, 땅거미가 슬금슬금 틈 사이로 스며든다. 나는 남아 있는 마지막 빛이 집 안으로 들어오도록 문을 연다. 하지만 빛을 가로막고 있던 구름 벽이 미끄러져 들어와 내

가재도구 위에 내려앉는다. 집 안이나 밖이나 춥고 눅눅하기는 마찬가지이다. 나는 옷깃을 단단히 여민다. 그리고 주머니 속에 손전등이 있는 걸 확인한 다음, 초와 성냥을 찾기 위해 짐 상자 속을 뒤적거린다.

문을 노크하는 소리가 나더니 남자처럼 머리를 짧게 자른 자그마한 여자 둘이 웃음을 지으며 들어온다.

"꾸스짱 뽀올 라!(안녕하세요!)"

둘 중 좀 더 젊어 보이는 여자가 자신은 페마 도르제이고, 옆에 있는 여자는 그녀의 사촌, 왕모 도르제라고 소개한다.

"제가 선생님하고 같이 일할 물리치료 보조사예요. 몽가르가 마음에 드세요?"

나는 무슨 말을 해야 할지 몰라 금방 답을 못 한다. 이 나라에서는 어떻게 대답해야 예의 바른 말이 되는 걸까? 상대가 듣기 좋아할 대답이 준비되어 있지 않은 나는 그냥 "아주 좋아요."라며 얼버무린다. 그러고 나서 조심스레 덧붙인다.

"난 부탄을 아주 좋아해요. 두 분도 병원 사택에 사세요?"

페마가 고개를 가로젓는다.

"아뇨, 제 남편은 종에 근무하는 행정 공무원이에요. 우리는 읍내에서 약간 떨어진 곳에 살아요."

"몽가르에서 오래 사셨어요?"

페마가 고개를 이쪽저쪽으로 갸웃거리며 이해할 수 없는 몸짓을 한다. 조금 전에 "아뇨."라고 하면서 확실한 부정의 뜻으로 고개를 가로젓던 행동과는 다르다. 아마 그렇다는 몸짓인 듯싶다.

"우리 가족은 여기서 멀지 않은 바르곰파에 살고 있어요."

페마가 확실하게 대답한다.

두 방문객이 야릇한 표정으로 나를 본다. 하지만 이제 격식 따위는 던져 버린 듯 보인다. 두 여자는 나란히 내 침대에 걸터앉아서, 아직 풀지도 않은 내 짐들을 보고 감탄에 감탄을 거듭한다. 큼지막한 빨간색 하키 가방도, 새 매트리스도, 반짝거리는 파란색 플라스틱 목욕통도, 두 개의 가스통도 모두 좋아 보이는 모양이다.

페마가 탄성을 지른다.

"몽가르에서는 가스 구하기가 너무 힘들어요! 가스통 하나 채울 만큼 사는 데도 끔찍하게 오래 기다려야 하죠. 최소한 육 개월은 기다려야 해요. 선생님은 참 좋겠네요. 가스통이 두 개나 되다니! 나중에 떠나실 때, 우리한테 그중 하나를 주고 가면 안 될까요?"

나는 고개를 끄덕인다. 그리고 문득 내가 너무 많은 특권을 누리며 살아왔다는 느낌에 사로잡힌다.

가능한 한 빨리 등유 램프를 사고, 일요일 아침에는 잊지 말고 재래 장터에 가서 장을 보라는 조언을 한 다음, 페마가 내 방을 다시 정리하기 시작한다. 쌓아 올린 도서관 의자들 중 세 개를 끌어내려서 창문 아래에 나란히 놓더니, 밤사이 생쥐들이 건드리지 못하도록 그 위에 가방들을 올려놓고 짐도 의자 팔걸이에 잘 걸어 놓으라고 충고한다.

쥐들이 있다니! 나는 정말 특권을 누려 왔음에 틀림없다.

"선생님, 배고프죠?"

페마가 부엌세간이 들어 있는 상자들을 살펴보며 묻는다.

"우리 집에 가서 드세요."

두 여자가 느닷없이 문으로 향한다.

"고맙지만 괜찮아요."

나는 머뭇머뭇 대답하고는 사양한다는 표정을 짓는다.

"많이 피곤하실 것 같아서 저녁식사에 초대하려고 온 거예요. 손전등은 있죠?"

나는 고개를 끄덕이며 맥라이트 상표가 붙은 작은 손전등을 보여 준다.

"이게 손전등이에요?"

페마가 못 믿겠다는 표정으로 묻는다.

"큰 손전등이 있어야 해요! 하지만 걱정 마세요. 저한테 하나 있으니까요."

페마는 내 앞에 큰 철제 손전등을 흔들면서 편하게 웃는다.

잠시 후 나는 레인코트로 무장을 하고 우산을 방패처럼 꽉 쥐고서, 페마와 말이 없는 그녀의 사촌을 따라나선다. 우리는 병원을 지나고, 시멘트로 지은 작은 집들이 몇 채 모여 있는 곳을 지나 쭉 이어지는 진흙길을 터벅터벅 걷는다.

"여기 조심하세요!"

우리는 산중턱에 있는 위태로운 계단을 힘겹게 기어올라서, 출입문이 몇 개나 되고 낡은 창문이 일렬로 늘어선 네모난 건물에 이른다. 창문의 덧문들은 모두 단단히 닫혀 있다. 페마가 어두침침한 통로로 이어지는 문을 열고, 우리는 따뜻한 온기가 흐르는 집 안으로 들어간다. 집주인 페마는 벗어던진 고무 슬리퍼와 고무장화들 옆으로 쳐져 있는 파란색과 초록색의 체크무늬 커튼 뒤로 사라진다. 이내 그녀의 사촌도 사라진다.

나는 흠뻑 젖은 신발을 벗어서 고무 슬리퍼와 고무장화 그리고 가죽 신발들이 쌓여 있는 곳 옆에 두고, 물이 뚝뚝 떨어지는 우산을 놓을 만한 자리를 찾는다.

"우산은 제가 둘게요. 얼른 들어오세요."

페마가 다시 커튼 사이로 나타나서는 불빛이 희미한 좁은 방으로 나를 끌어당긴다. 그 방 한가운데에 녹슨 장작난로가 버티고 서 있다.

"꾸스짱 뽀올 라!"

방 안쪽의 침대에 걸터앉아 어린 남자아이를 안고 있던 남자가 다리를 펴고 일어나며 인사를 건넨다. 페마가 소개한다.

"이쪽은 제 남편, 카르마예요."

"기다리고 있었습니다!"

카르마가 환하게 웃는다. 그러고는 어린 아들을 안은 채 고개 숙여 인사를 한다.

"잘 오셨어요!"

페마가 이번에는 다섯 살쯤 돼 보이는 여자아이를 쿡 찌른다.

"우리 딸 침미예요. 침미, 인사 드려야지."

"안녕하세요, 아줌마!"

침미가 밝게 웃는다.

"그리고 이 애는 니마예요."

페마가 걸음마를 겨우 할 정도의 남자아이를 남편에게서 받아 등에 업는다.

나는 헐겁게 뜬 파란색 윗옷 안에 몸이 거의 다 가려진 사내아이에게 웃음을 지어 보인다. 속눈썹이 긴 아이의 갈색 눈이 예뻐 보인다. 아이의 시선은 내 뒤에 있는 뭔가에 고정되어 있고, 입에서는 옹알거리는 소리가 새어 나온다. 그리고 뭐가 못마땅한지 낑낑대는 소리를 낸다. 페마가 숱이 적은 아이의 곱슬머리를 어루만지며 다정한 목소리로 아이를 어른다.

"니마는 손이 많이 가요. 우린 늘 이 아이가 걱정이에요."

왜 걱정인지 다른 아무런 설명도 없이 페마는 침대 위에 담요를 펴고 니마를 눕힌다. 그러자 침미가 니마를 돌본다.

"앉으세요."

페마는 내게 앉으라고 권한 뒤, 남편과 함께 커튼이 쳐진 문밖으로 나간다.

지칠 대로 지친 나는 엉거주춤한 자세로 침대 위에 걸터앉아 옆에 있는 두 아이를 찬찬히 살핀다. 침미가 앙증맞은 목소리로 노래를 부르기 시작한다. 하지만 니마는 이상하리만큼 조용하다. 손을 얼굴 위로 올려 엄지손가락과 집게손가락으로 아랫입술을 굴리는 데만 열심이다. 침미가 니마의 작은 손을 자신의 손으로 감싸고, 니마를 끌어당기더니 몸을 기울여 동생의 뺨에 뽀뽀를 한다. 그런 다음 너덜너덜해진 곰 인형을 손에 쥐고, 곰 인형이 왔다갔다 행진하는 모습을 연출한다. 그럼에도 니마는 반복적으로 몸을 흔들기만 한다. 우리 뒤쪽 벽에 시선을 고정시킨 채, 손가락 사이로 아랫

입술을 계속 굴리면서.

한참 만에 돌아온 페마가 김이 모락모락 나는 사발들을 침대 옆 나무 걸상 위에 내려놓고, 드시라고 한 뒤 다시 사라진다.

나는 앞에 놓인 음식과 숟가락을 난감하게 내려다본다. 침미는 계속 니마와 놀고 있다. 나 혼자 먹어야 하는 건가? 나는 음식에서 피어오르는 김이 모두 흩어져 사라질 때까지 기다렸다가 조심스럽게 접시 위에 밥을 던다.

페마가 찻잔을 든 채 커튼을 젖히고 다시 나타난다. 그리고 내가 음식에 손도 대지 않은 걸 보고 놀란 표정을 짓는다.

“어서 드세요. 우린 나중에 먹을 거예요.”

카레를 조금 떠서 입에 넣는 순간 목이 얼얼해지면서 눈에 눈물이 고인다. 나는 니마가 내는 소리에 놀라서 숟가락을 다시 내려놓는다. 니마는 질식하기 직전의 사람이 낼 법한 소리를 낸다. 하지만 몸이 불편한 기색은 없어 보인다. 누나도 엄마도 별다른 주의를 기울이지 않는다. 나는 음식 접시 너머로 니마를 살핀다. 생기가 없이 흐릿한 아이의 눈은 멀리 있는 뭔가에 고정되어 있고, 몸놀림은 둔하고 기계적으로 움직이는 듯 보인다.

페마가 장작난로 앞에 웅크리고 앉는다.

“우린 여름에도 불을 피워야 해요.”

페마가 변명하듯 말하고 그을음투성이 난로 구멍에 입김을 불어넣는다.

“덥긴 하지만 어쨌거나 습기는 없앨 수 있거든요. 우리는 니마 때문에 늘 보송보송한 상태를 유지해야 해요.”

페마가 아들을 가리키며 걱정스런 얼굴을 한다.

나는 니마에 대해 묻고 싶어진다. 어쩌면 니마에게 물리치료가 필요할지 모른다는 생각에 약간 흥분이 되면서, 니마가 몽가르에서 내 첫 환자가 되지 않을까 생각한다. 하지만 페마가 스스로 얘기할 때까지 질문은 하지 않기로 마음먹는다. 그러는 사이 입에 넣은 카레 탓에 다시 목이 얼얼해지고 눈물이 고인다.

"많이 매워요?"

페마가 염려스러운 표정으로 묻는다.

"아니에요. 괜찮아요, 맛있어요."

나는 고개를 가로저으며 애써 웃음을 짓는다. 말없이 아이를 안고 있는 이 친절한 여자를 실망시키느니, 어떻게든 이 음식을 다 먹어야겠다 생각하면서.

"조만간 또 오세요. 그러실 거죠?"

내가 돌아갈 채비를 하자 페마가 묻는다.

나는 그러겠다고 끄덕이며 아이들에게 손을 흔든다.

"그럴게요. 정말 고마워요."

침미가 커다란 눈망울을 반짝이며 뒤따라와서 소리친다.

"아줌마, 안녕!"

나는 신발을 신고 우산을 찾는다. 솔직히 아직은 떠나고 싶지 않다. 아직은. 카르마가 내게 길을 가르쳐 주겠다며 서둘러 밖으로 향한다. 하지만 그가 든 손전등 빛은 안개와 빗속으로 스며들어 이내 사라져 버린다. 유령의 집에 들어가는 입구처럼, 칠흑 같은 밤이 모습을 드러낸다.

그래, 올 것이 왔다. 이제 나 혼자 낯선 숙소에서 첫날 밤을 맞아야 한다. 생각만으로도 겁이 덜컥 난다. 문득 나는 왜 몽가르가 어떤 모습일까에 대해서만 상상하고, 어떤 느낌일지에 대해서는 상상해 본 적이 없는지 궁금해진다. 페마가 내 어깨 위에 레인코트를 걸쳐 주고, 나는 서둘러 지퍼를 올린다. 다시 한 번 뒤돌아보니 불 켜진 문틀 안으로 침미와 페마의 실루엣이 드러난다.

"또 오세요."

페마가 같은 말을 한다. 나는 밤비가 내리는 어둠 속으로 발길을 돌리면서 페마의 말을 생명줄처럼 부여잡는다.

교실 숙소로 돌아와서 비좁은 모기장 안에 홀로 있으려니 페마의 집에서 느꼈던 아늑함과 편안함은 간데없이 사라지고 처량함과 공허함만이 느껴진다. 고향에 있는 내 방의 비스듬히 기운 천장 아래 놓인 편안한 침대와, 그 방의 창밖으로 끼룩끼룩 소리를 내며 어디론가 날아가던 기러기들의 모습이 머릿속을 맴돌기 시작한다. 갑자기 몽가르의 시멘트 건물 안의 쓸쓸한 적막이 내 마음을 날카롭게 후벼 판다. 촛불이 가냘프게 흔들리고, 파리 떼와 모기 떼가 윙윙거리는 가운데 내 머릿속은 오만가지 잡념으로 어지러워진다. 나는 촛불을 끄고 침낭 속 깊숙이 파고든다. 어둠 속에서 들려오는 모기들의 합창 소리가 귀를 어지럽힌다. 게다가 벼룩들까지 벌써 행군을 시작한 모양이다.

나는 한밤중에 잠에서 깬다. 귓가 바로 옆에서 요란하게 윙윙거리는 소리가 난다. 손전등을 비춰 보지만 아무것도 보이지 않는다. 날카롭게 윙윙대는 위협적인 소리가 계속되자 나는 결국 사태 파악을 위해 모기장 밖으로 기어 나온다. 여권과 일기장을 챙겨 들고 집 밖으로 뛰쳐나갈 생각을 하는 순간, 갑자기 소리가 사라진다.

촛불을 켜고 천장을 본다. 그 즉시 낮에 봤던 흑갈색 벌레가 또다시 윙윙거리며 벽을 향해 돌진한다. 여전히 지붕을 톡톡 쳐 대는 빗방울 소리를 들으며 나는 마침내 불안한 잠 속으로 빠져든다.

다음 날 아침에도 비는 그치지 않는다. 유월 중순, 우기가 막 시작되었다. 이런 날씨가 적어도 석 달은 계속될 거라고 한다.

내 숙소는 퀴퀴한 곰팡이 냄새가 진동하고, 얼마 지나지 않아 짐이 모두 눅눅해진다. 머리카락은 힘없이 얼굴 위로 흘러내리고, 온몸이 근질근질 간지럽다.

밖에는 공사 현장 소리가 대기를 가득 메운다. 끝없이 이어지는 망치 소리는 정말이지 귀에 거슬린다. 아무리 들어도 익숙해지거나 무심해질 수는 없는 소리이다. 불규칙적으로 들리는 둔탁한 소리에 귀가 먹먹하고, 머릿속이 어지럽게 뒤흔들리며, 송곳처럼 날카롭게 신경이 곤두선다.

이따금 고함을 치는 벵갈어나 힌두어가 들린다. 어떤 명령이나 지시를 내리는 소리 같기도 하고, 때로는 인사를 하는 소리 같기도 하다. 그런 소리들도 모자라 안개 속 어디선가 발전기가 돌아가기 시작하더니 푸푸 탁탁 요란한 소리를 낸다.

비가 잦아들자 나는 길을 나서 병원 쪽으로 향한다. 움푹 들어간

땅이 병원 본관 건물 오른쪽으로 입을 떡 벌리고 있다. 그 중간에 새로 짓는 건물 두 채의 콘크리트 토대 밖으로 철근들이 삐죽 나와 있다. 돌무더기에 기름 드럼통에 모래 더미가 여기저기 정신없이 쌓여 있는 사이에서 여자들, 아이들, 노인들이 땅바닥에 웅크리고 앉아 도끼만 한 묵직한 망치로 돌덩이들을 끝없이 쳐 댄다. 꽝, 꽝……. 꽝, 꽝, 돌을 치는 망치 소리가 짙은 안개 속으로 울려 퍼진다. 그토록 마른 팔과 빈약한 어깨에서 어쩌면 그렇게 놀라운 힘이 나오는지, 모두들 기계적으로 바위를 큰 돌덩이로 만들고, 그걸 다시 작은 돌덩이로 만든 다음, 또다시 잔돌로 만들고 있다. 커다란 바윗덩어리가 성공적으로 산산조각이 나면, 그다음 바윗덩어리가 앞으로 굴러 오고, 그러면 또 어김없이 똑같은 세기로 바위를 내려친다. 바위가 잔돌 더미가 될 때까지!

일하던 여자들 중 한 명이 고개를 돌려 한참 동안 나를 뚫어져라 쳐다본다. 그녀가 입고 있는 오렌지색의 낡은 사리는 온통 진흙투성이다. 사리 끝자락은 힘겨운 노동으로 머리칼이 흘러내리거나 비에 젖는 걸 막기 위해서인지 머리에 휘감겨 있고, 팔목에 낀 팔찌들은 서로 부딪히며 음산한 소리를 낸다. 그녀 옆에서는 열두 살쯤 되어 보이는 남자아이가 고개 한 번 들지 않고 바윗돌을 내려치고 있다. 아마도 빠른 속도로라도 단조로움을 이겨 내고 싶은 모양이다. 그들의 모습을 보니 슬퍼지기도 하고 게으른 내 모습에 죄책감이 들기도 한다. 나는 고개를 돌리고 시장으로 가는 새 도로로 발걸음을 옮긴다.

꼬불꼬불한 진흙길을 올라가다가 언덕마루 부근에서 왼쪽으로 돌아 꼭대기에 이르면, 널찍한 푸른 들판, 바로 축구장 한가운데서 갑자기 길이 끊어진다. 거기서 약 백 미터 정도 앞에 오륙 미터 높이의 둑이 있고, 그 위에 몽가르 시장이 계곡을 내려다보고 있다. 그리고 축구장 한쪽 끝에서는 시야를 가로막는 방해물 하나 없이 몽가르 병원이 훤히 내려다보인다. 헬리콥터 비상 이착륙장으로도 쓰이는 툭 튀어나온 언덕 꼭대기 아래로, 우거진 나뭇잎 사이에 살며시 숨어 있는 병원의 초록색 지붕이 보인다. 병원 건물은 가운데 부분의 안뜰을 둘러싸고 있는 사각형 형태로, 좀 더 멀리 보이는 쪽의 모서리에 수술실의 둥근 지붕이 튀어나와 있다. 병원 뒤로 보이는 길은 나무들 사이로 사라졌다가 좀 더 먼 공터 아래쪽에서 다시 나타나는데, 그 길은 병원 직원들의 사택으로 이어진다. 공사 현장 소리가 대기를 가득 메운다.

나는 축구장을 가로질러 시장으로 올라가는 가파른 계단 앞에 도착한다. 시장의 상점들은 진흙길을 따라 산허리까지 죽 늘어서 있다. 숙식을 제공하는 호텔이 세 개 있고, 그 나머지 건물들은 일층에 문을 열고 장사를 하는 상점들이다. 모든 상점에는 흰색으로 굵직하게 이름과 숫자를 쓴 파란 간판이 있는데, 위쪽에 쓰인 글자들은 필시 부탄의 공용어인 종카어인 듯싶다. 아래쪽에는 영어로 상점과 상점 주인들에 대한 정보가 쓰여 있다. 사 호 상점 데첸 렌둡, 육 호 상점 카르마 예세, 칠 호 상점 도르제 초덴 등등. 나는 데첸 상점, 카르마 상점, 도르제 상점 중 어디로 가야 할지 마음을 정하지 못한 채, 좀 더 자세히 살펴본 후 쇼핑을 하기로 한다.

상점 건물들은 모두 멋진 예술 작품이다. 나무 들보들이 하얀 석재의 틀을 이루고, 나무 기둥들이 떠받치고 있는 이 층은 미술관을 방불케 한다. 부드러운 아치 안에는 삼엽형 장식의 창틀이 조각되어 있고, 꽃과 보석 그리고 행운을 가져온다는 여러 가지 문양들이 그려져 있다. 뾰족 솟아 있는 지붕으로 이어지는 벽면들 또한 복잡한 무늬가 섬세하게 조각되어 화려한 색으로 칠해져 있다. 일부 창문은 매듭이나 바퀴 같은 전통 문양의 격자무늬 창살로 되어 있다.

나는 조심스레 첫 번째 상점의 문지방을 넘어선다. 백열전구가 침침한 빛을 발하는 상점 안 선반들에 부패하지 않는 보존 식품, 값싼 옷가지, 플라스틱 용기, 손전등, 냄비, 성냥, 콜라병, 못을 비롯한 철물이 든 상자들이 쌓여 있다. 줄을 이용해 천장에 매달아 놓은 바구니들에는 매콤한 감자칩과 슬리퍼, 음식을 보관하는 플라스틱 그릇, 비누곽, 실, 말레이시아산 라면 등이 가득 담겨 있다. 바닥에는 렌즈콩이 담긴 큰 통이 있고, 그 옆에는 마른 콩이 담겨 있는 통이 있다. 밀가루와 쌀이 담긴 큰 자루들 역시 주둥이가 풀린 채 바닥에 있지만, 가격 표시는 어디에도 없다. 그리고 바구니 하나에 흠이 난 바나나들과 배처럼 생긴 초록색 과일이 들어 있다.

"꾸스짱 뽀올 라!"

계산대 뒤에 서 있는 남자가 똑똑지 않은 발음으로 웅얼거린다. 우물우물 무언가를 먹고 있는 모양이다. 입술을 벌리자 새빨간 껌 사이로 검게 찌든 치아가 보인다. 그는 넓적한 푸른 잎으로 작은 꾸러미를 싸면서 호기심 어린 눈길로 나를 본다.

"꾸스짱 뽀올 라!"

그는 다시 큰 소리로 인사를 하며 자신이 있는 쪽으로 오라고 큼지막한 손을 흔든다. 입을 좀 더 크게 벌리자, 아랫입술의 우묵한 곳에 새빨간 즙이 고여 있다. 듬성듬성 나 있는 회색빛 수염에도 똑같은 색이 얼룩져 있다. 나를 빤히 보는 그의 작은 눈이 친절해 보이는데도 왠지 당황스럽다. 그가 느닷없이 기침을 하더니, 잽싸게 몸을 돌리고 계산대 뒤의 어둠 속으로 칵 소리를 내며 침을 뱉는다. 나는 너무 겁이 나서 인사조차 못 하고 상점을 뛰쳐나온다.

3
첫 만남

몽가르에서의 세 번째 날은 매주 일요일마다 열리는 재래 장터를 방문하는 것으로 시작된다. 페마가 조언해 준 대로 나는 여덟 시 정각에 '장터'로 향한다. 장터란 농부들이 수확한 채소들을 땅바닥에 내려놓고 파는 진흙투성이 풀밭을 가리키는 재미있는 이름이다. 내 눈엔 그저 사람들이 우르르 몰려다니는 데로만 보인다. 마을 사람들이 농작물 뒤에 앉거나 서 있고, 다른 많은 사람들이 이리저리 몰려다니면서 되도록 빨리, 되도록 많은 채소를 사려고 애쓴다. 공급량은 제한되어 있고 종류가 그다지 다양하지도 않다. 갓 가지 크기의 빨간 고추와 파란 고추들, 마른 풀을 끈 삼아 한 다발씩 묶은 시금치들, 사탕수수 한 바구니, 초록색 깍지콩 약간, 다소 자극적인 냄새가 나는 화려한 색의 가루들이 가득 든 깡통 몇 개, 바나나 잎사귀로 싸 놓았지만 퀴퀴한 냄새는 여전한 테니스공 크기의 하얀 치즈 덩어리들, 그리고 굵게 빻은 옥수수 가루가 든 깡통들과, 옥수수 가루 속에 조심스레 넣어 놓고 파는 달걀 몇 알이 전부이다.

나는 속절없이 서서 어수선한 장터를 바라본다. 사람들 사이에 오가는 낯선 말들이 내 주위를 어지럽게 맴돈다. 어떤 데서는 흥정이 과열되어 말다툼으로 변하기도 한다. 한 할머니가 두툼한 대마 자루 속에 감자들을 마구 주워 담는 깡마른 인도 남자에게 노발대발 소리를 친다. 내 옆으로는 당근들을 쌓아 놓고 파는 노인이 있는데, 세 사람이 한꺼번에 몰려들어 각자 낡은 비닐봉지에 당근들을 주워 담느라 서로 밀치고 난리다.

나는 괜스레 주눅이 든 채, 이 모든 싱싱한 채소들의 값이 얼마나 되는지 알아내려 애쓴다. 일 눌트럼짜리 몇 개와 오 눌트럼짜리 지폐 몇 장이면 필요한 건 뭐든 살 수 있어 보인다. 양이 많은 건 아니지만 먹을거리 값은 정말이지 싼 편이다. 이십 눌트럼이 일 달러도 채 안 된다. 하지만 이곳에서 통용되는 채소 이름도 값도 모르는 내가 뭘 어떻게 살 수 있겠는가? 나는 절박한 심정으로 혹시 페마나 카르마가 오지 않았을까 싶어 두리번거린다.

대나무를 엮어 만든 바구니를 등에 멘 젊은 여자가 나를 밀치고 지나간다. 그녀는 맨발에, 아무렇게나 휘감은 옷을 발목 위로 훅 추켜올린 차림새다. 장터에 있는 다른 모든 여자들처럼, 장방형의 긴 천을 몸에 휘감고, 어깨 부분을 두 개의 쥠쇠로 고정시킨 키라를 입고 있다. 그리고 허리를 질끈 묶어 키라가 일정한 형태를 유지하도록 하고 있다. 여자는 토고라고 하는 윗옷을 바구니에 벗어 던진 채, 몸을 구부리고 앉아 콩을 한 무더기 주워 담는다.

갈수록 늘어나는 사람들이 좀 더 싱싱하고 좋은 채소들을 사기 위해 아무 데로나 밀치고 다닌다. 그 때문에 나는 바닥에 어떤 채소들이 놓여 있는지도 거의 볼 수 없을 지경이다. 젊은 남자들, 뚱뚱한 여자들, 여자아이들, 그리고 깡마른 인도 남자들이 커다란 자루를 손에 든 채 무더기로 몰려다니며 허리를 숙이고 흥정을 한다. 나는 얼어붙은 동상처럼 진흙 밭에 꼼짝 않고 서서 소란스런 광경을 지켜본다. 모두들 급하게 오가며 큰 소리로 흥정을 하고는 장바구니를 가득 채운다. 나만 빼고 모두.

후텁지근한 날씨에, 지칠 줄 모르고 내리는 비가 물건을 사는 사람들도 파는 사람들도, 또 땅바닥에 놓인 채소들도 모두 적신다. 나는 채소며 과일이 쌓여 있는 사이를 이리저리 돌아다니기 시작한다. 하지만 오가는 사람들에 밀려 바닥의 채소라도 밟게 될까 봐 여간 신경이 쓰이는 게 아니다. 이내 팔려고 내놓은 채소들이 눈에 띄게 줄어든다. 더 이상 꾸물거리다가는 앞으로 일주일 동안 채소는 입에 대지도 못할 듯싶다. 하지만 무슨 방법으로 바닥에 놓인 채소들을 내 배낭 속에 담아 넣을 수 있단 말인가? 방법을 물어볼 사람이 아무도 없다. 낯익은 얼굴을 찾아 두리번거려 보지만, 눈길이 마주치는 사람이라고는 물건을 파느라 정신없는 딸들 옆에 조용히 앉아 있는 주름 깊은 할머니들뿐이다.

"니찡, 니찡! 망기, 메메, 삼! 삼 말라! 길라, 메메! 삼!"

누군가 쉼 없이 소리친다. 내가 뭔가를 고를 준비가 되었을 때는 채소들이 이미 다 팔리고 없다. 채소들이 다 팔리고, 장이 파장을 한다. 모두들 짐을 꾸려 돌아갈 채비를 한다.

비에 흠뻑 젖은 채, 텅 빈 배낭을 메고 맥없이 집으로 돌아가는 길에 병원 직원을 한 명 만난다. 그가 들고 있는 두 개의 가방에는 채소들이 넘치도록 가득 담겨 있다.

"상점가에 가 보세요."

그가 큰길을 따라 늘어서 있는 상점들을 가리키며 말한다.

"저기 상점에 가면 필요한 걸 살 수 있을 거예요. 외국에서 들여 온 물건도 많거든요. 한번 가 보세요."

운 좋게도, 상점들 중 한 군데서 영어를 할 줄 아는 주인을 만난 다. 나는 내가 사야 할 물건들을 열거한다. 그는 유쾌하게 고개를 끄덕이며, 잎사귀 형태 그대로 있는 각종 차들을 보여 준다. 그런 형태의 차들을 보니 뭘 골라야 할지 더욱 혼란스럽지만, 나는 그럭 저럭 빨간 상표가 붙은 차 봉지를 하나 고른다. 그리고 여과기와 분유 한 봉지도 사고, 그다지 깨끗하지도 하얗지도 않은 설탕을 산 다음에 특별한 간식거리로 쿠키를 달라고 한다. 그러고 나자 상점 주인은 덜컹덜컹 흔들리는 걸상 위로 올라가 천장에 매달린 밧줄 에서 호일로 싼 두루마리 화장지 두 개를 끌어낸다. 그러고는 오래 된 신문 위에 숫자들을 휘갈겨 쓰고 웃는다. 나도 그 뜻을 알아채고 웃는다.

이 작은 상점을 운영하는 주인의 이름은 린진 쇼케이다. 그는 키가 작아서 계산대 뒤에 있으면 거의 보이지도 않을 정도이지만, 상점 안 어디에 어떤 물건이 있는지 낱낱이 알고 있는 듯 보인다. 계산대 위에 있는 사탕 단지들 사이에 커다란 가스등을 켜 놓아서 상점 안은 꽤 밝은 편이다. 내가 이전에 들어갔던 상점들보다는 훨씬 밝다. 그리고 선반 위에 있는 상품들도 좀 더 다양해 보인다. 특히 과자들 종류가 꽤 많다.

"모두 인도에서 들여온 것들이에요. 삼둡종카르 버스가 일주일마다 오거든요. 하지만 우기 동안에는 도로 사정이 안 좋아져서 버스가 못 오는 경우도 종종 있어요. 요즘엔 먹을거리를 많이 준비해 놔야 하더라고요. 몽가르에 사람들이 많아져서 전보다 장사가 잘되거든요. 걸핏하면 전기가 나가는 것만 빼면 요즘은 살맛이 나죠."

린진 쇼케이 씨가 쉭쉭 소리를 내는 가스등을 가리키며 말을 잇는다.

"요즘 이곳으로 몰려드는 인도인들은 쿠루 강 수력발전소 공사장에 일하려고 오는 사람들이에요. 그러니까 몇 년 뒤 발전소 공사가 끝나면, 우리 지역도 전기 공급이 원활해지겠죠."

"이 먹을거리들을 모두 인도에서 들여온다고요?"

내가 묻는다.

"전부 다 그런 건 아니지만, 제가 한 달에 한 번씩 삼둡종카르로 트럭을 몰고 가서 물건을 떼어 와요. 인도랑 우리나라랑 국경을 이루는 지방 아시죠? 전 이 가게를 확장할 생각이에요. 지난번에 콜라를 좀 들여왔는데 드릴까요?"

린진 쇼케이 씨가 부탄에서 제조되었음을 알려 주는 '드룩'이란 상표의 과일 주스 병들 사이에 딱 하나 있는 코카콜라 병을 손으로 가리킨다.

나는 웃으며 고개를 가로젓는다. 아직 콜라를 간절히 마시고 싶을 정도는 아니다.

"필요한 게 있으면 말씀하세요. 삼둡종카르에서 가져다 드릴게요."

의욕이 넘치는 주인이 말한다.

"고맙습니다."

나는 인사를 한 뒤, 계산대 앞에 있는 자루와 바구니들도 살펴본다. 자루는 윗부분이 모두 열려 있어서 그 속에 든 걸 얼마든지 볼 수 있다. 감자가 든 바구니도 있고, 놀랍게도 브로콜리가 든 바구니도 있다.

"이건 제가 덤으로 드리죠. 몇 개나 필요하세요?"

린진 쇼케이 씨가 감자 몇 알을 집어 손에 올려놓고 흠이 있는 것들을 골라내더니, 좋은 감자들만 비닐봉지 속에 담아 주고 브로콜리까지 한 송이 덤으로 준다.

"의사 선생님, 꼭……."

금발 머리 외국인이 의사로 왔다는 말이 이미 읍내에 쫙 퍼진 모양이다. 나는 누가 누구인지 전혀 모르건만 이곳 사람들은 내가 누구인지 다 알고 있는 듯하다. 사람들은 나를 그냥 '의사 선생님'으로 알고 있다. '물리치료사'라는 말을 기억하는 데는 필시 시간이 좀 걸릴 것이다. 의사 선생님. 나는 의사 선생님이란 호칭을 중얼거려 본다. 뜻밖에도 그 말이 입에 착 달라붙는다. 갑자기 내가 그저 낯선 외국인이 아니라 존경받는 대단한 사람이 된 것 같은 기분이 든다.

"의사 선생님. 꼭 다시 오세요. 꼭이요."

린진 쇼케이 씨가 다시 한 번 도깨비 아저씨처럼 웃으며 작별 인사를 한다. 나, 의사 선생님은 그 인사를 들으며 밖으로 나선다.

몽가르에는 축구장 외에 평평한 땅이 거의 없다. 어디를 둘러보든 집들이 다양한 각도의 비탈길에 점점이 흩어져 있고, 들판은 층층 계단식이며, 작은 길은 비탈을 따라 뱀처럼 꼬불꼬불 이어져 있고, 도로는 산을 타고 오르내린다. 높고 낮은 산과 함께하는 것이 이곳의 삶인 듯 보인다.

나는 상점가에서 종으로 향하는 길을 따라 걷다가, 다시 종을 돌아 병원으로 가는 먼 길을 택한다. 종은 부탄이 통일을 이룬 17세기에 티베트의 침략을 물리치기 위해 세운 요새이다. 하지만 오늘날은 승려들을 위한 사원과 행정기관의 역할을 동시에 한다. 벽면이 안쪽으로 비스듬히 기운 티베트 스타일의 건축물, 종들은 크기 여하를 막론하고 고즈넉한 부탄 마을의 풍경을 더욱 아름답게 빛내 준다.

산비탈 사이로 난 작은 오솔길을 따라 큰 집들이 몇 채 모여 있는 곳을 지나 계속 길을 걷다 보니 다소 가파른 벼랑 끝자락에 다다르게 되고, 그곳에서 원뿔형 지붕이 위로 솟아 있는 하얀색의 초르텐을 마주한다. 그리고 마당의 빨랫줄에 걸어 놓은 옷들이 펄럭이는 소리처럼 무엇인가가 부드럽게 펄럭이는 소리가 들려온다. 그 소리의 주인은 언덕 꼭대기에 드문드문 꽂혀 있는 기도 깃발들이다. 긴 장대 끝에 묶인 흰색 무명천들이 바람결을 따라 앞뒤로 펄럭인다. 소원을 빌기 위해 세워 놓은 기도 깃발들도 초르텐만큼이나 오래되어 보인다. 비바람과 기나긴 세월을 견뎌 내느라 군데군데 찢어져서 너덜너덜하다. 가까이 가서 한참을 올려다봐도 어떤 글이 쓰여 있는지 알 수가 없다. 낯선 문자 속에 상징적인 기호들만이 겨우 보인다. 천에는 온통 뭔지 모를 문구들과 그림들이 똑같은 형태로 반복되어 있다. 모두 똑같은 기도 문구일까?

비록 시간의 흐름을 견디지 못해 누렇게 색이 변하고 글자들이 희미해졌지만, 기도 깃발들은 마법이라도 쓰는 듯 내 발걸음을 멈춰 세운다. 나는 바람이 지금 내 눈에 보이는 깃발들의 주위를 감돌다 기원의 뜻을 실어 가는 과정을 상상한다. 바람이 간절한 기원을 싣고 산등성이를 넘고 골짜기를 지나서, 더 많은 기도 깃발들이 모여 합창하는 산으로 올라간다. 그리고 그곳에 있는 기원들을 모두 모아서 다시 길을 떠난다. 바람은 부탄 왕국의 모든 길을 지나고 모든 집 주위를 돌며 춤을 춘다. 그렇게 충실한 집배원처럼 바람은 전국 방방곡곡의 기원들을 모아 하늘로 높이 더 높이 올라간다…….

수풀을 헤집고 나타난 한 남자 때문에 꿈꾸듯 펼쳐지던 상상의 나래가 그만 꺾이고 만다. 남자는 무심한 시선을 던지고 이내 사라진다. 그 뒤를 이어 어린 남자아이가 우거진 수풀 속에서 나타난다. 그 아이 역시 나를 빤히 보더니 아무 말 없이 가 버린다. 하지만 내 호기심은 그냥 무심히 지나치지 못한다.

저 두 사람이 어디서 온 것일까? 나는 조심스레 두 사람의 발걸음에 짓눌린 수풀을 길 삼아 우거진 수풀 속으로 들어가 본다. 지독한 냄새가 코를 찌른다. 나는 얼른 돌아서서 너무나도 상반되는 두 가지 풍경에 대해 생각한다. 벼랑 끝자락에 서 있는 아름다운 초르텐과 수풀 속 공중 화장실에 대해서.

조직적이고 사물을 엄격히 구분하는 서양의 사고방식을 가진 나에게 그 두 가지 모습은 결코 조화를 이루지 못하고 대립한다. 이곳 사람들은 기도를 하고 의식을 치르며, 무엇보다 초르텐이 서 있는 이 신성한 장소를 귀하게 여기지 않는 걸까? 초르텐은 성인이나 위대한 승려들을 기리는 기념관일뿐더러 소중한 보물과 유물을 보존하는 역할까지 한다. 초르텐을 세우는 자체가 경건한 믿음을 보여 주는 것일진대, 그 주변도 깨끗하고 순수하게 지켜야 하지 않을까?

나지막하게 진언을 외며 한 할머니가 다가온다. 등이 새우처럼 굽고, 목에 핏줄이 불거져 나온 꼬부랑 할머니이다. 꽉 쥐고 있는 지팡이가 아니면 제대로 걷기도 힘들 듯한 모습이다. 할머니는 멈춰 서서 쉴 때도 오른손 엄지손가락을 계속 움직이며 기계적으로 염주 알을 돌린다. 잠시 후, 할머니는 내가 있는 걸 알아차리고 고개를 들어 나를 본다. 그러고는 웃으며 다시 힘겨운 발걸음을 돌린다. 초르텐에 다다른 할머니는 떨리는 손을 뻗어 초르텐의 하얀 돌벽에 댄다. 그리고 초르텐 주위를 시계 방향으로 천천히 세 바퀴

돈 다음, 흡족한 표정으로 계단에 앉아 쉰다. 머리를 지팡이에 기 댄 채, 손으로는 여전히 염주 알을 돌리면서. 내가 그곳을 떠나려 돌아설 때, 할머니는 일어나서 우거진 수풀을 지나 무거운 발걸음 을 옮긴다. 코를 찌르는 불쾌한 냄새는 안중에 없는 듯.

장중한 드라마로 관객의 넋을 빼앗는 웅장한 극장처럼, 우기의 구름이 계속 하늘 풍경을 지배한다. 때로는 재미있게 때로는 불길 하게, 거대한 먹구름들이 연방 모양과 형태를 바꿔 가며 끝없는 가 면무도회를 연출한다.

일요일 오후, 낮은 산자락에 걸려 있던 구름이 산등성이를 타고 하얗게 솟아오르는 광경에 이끌려 무작정 밖으로 나선 뒤, 나는 발 길 닿는 대로 이리저리 거닌다. 아무런 목적도 생각도 없이 그저 이 낯선 땅을 조금이라도 더 보고 싶다는 충동에 이끌려서. 이 골 짜기 너머는 어떤 모습인지 조금이라도 빨리 보고 싶어 견딜 수가 없다. 가파른 산비탈에서든 완만한 구릉지에서든, 이곳 사람들의 유일한 이동 수단은 걷기이다. 그러므로 지금 내 여행 속도를 제한 하는 건 내 발뿐이다.

조용히 혼자 거니는 걸 예상했건만, 마을 사람들이 쾌활하게 이 야기를 주고받으며 부지런히 길을 오간다. 무거운 짐을 어깨에 짊 어진 이들도 있고, 맨 몸으로 성큼성큼 길을 재촉하는 이들도 있 다. 몽가르의 포장도로는 수천수만 개의 발자국들로 여기저기 해 져 있다. 시장으로 물건을 팔러 가는 마을 사람들, 병원을 오가는 환자들, 날마다 학교에 다니는 아이들, 소를 몰고 이쪽저쪽 풀밭을 찾아다니는 농부들, 그리고 이웃 마을의 친척이나 친구를 찾아가는 사람들에게 포장도로는 꼬불꼬불 가파른 비탈길을 끝내고 만나게 되는 반가운 길이다. 사실 이곳 도로는 사람들의 길이다. 어쩌다 지나는 차량은 사람들이나 심지어 동물들이 길을 내줄 때까지 속도를 줄이고 뒤따라야 한다.

여자아이들 몇이 도로가에 앉은 남자아이들 옆을 지나가면서 서로 쿡쿡 찌르고 장난을 치며 킥킥거린다. 어디선가 본 듯한 낯익은 광경이다. 수줍게 힐끔거리고, 괜스레 도도하게 굴고, 엉덩이를 살짝 흔들며 시시덕거리고…… . 남자아이들은 좋으면서도 짐짓 관심이 없는 척, 여자아이들의 윤기 나는 검은 머리칼과 키라 속에 감춰진 부드러운 곡선을 슬금슬금 곁눈질한다.

상점가 부근에 쭉 뻗어 있는 도로는 팀푸로 향하는 길이다. 나는 그 길을 따라 느긋하게 발걸음을 옮긴다. 세찬 개울물이 모퉁이를 돌아 나무들 사이로 굽이쳐 흐른다. 인도 여자 몇 명이 개울가에 웅크리고 앉아 빨래를 헹구기도 하고, 편평한 돌 위에 옷을 올려놓고 방망이질을 하기도 한다.

도로를 따라 좀 더 걷다 보니 가파른 샛길이 나온다. 그 샛길 위로 작은 집들 몇 채가 옹기종기 모여 있다. 나는 가파른 샛길을 오르기로 한다. 샛길은 질퍽하니 미끄럽다. 운동화 바닥이 땅에 닿기가 무섭게 쭉쭉 미끄러진다.

몇 분 지나지 않아서 숨이 차오르고 땀이 나는 게 계속 갈 엄두가 나지 않는다. 무작정 길을 나선 것이 후회도 되고. 나는 다시 샛길이 세 갈래로 나뉘는 곳에 이른다. 하지만 어느 길이 어디로 이

어지는지를 알려 주는 표시는 어디에도 없다. 수많은 맨발들에 다
져져 반들반들해진 세 갈래 길 앞에서 어느 길로 가야 할지 망설이
고 있을 때, 여자아이들 넷이 진흙길을 올라오는 소리가 들린다.
아이들이 멈춰서 키득키득 웃으며 나를 쳐다본다. 그러더니 열 살
쯤 돼 보이는 제일 작은 아이가 당돌한 웃음을 지으며 묻는다.

"어디 가세요?"

"그냥 걷는 거야."

"바르팡에 가시는 거예요?"

아이가 이마에 주름을 잡고 묻는다. 그냥 걷는다는 것이 어처구
니없는 일로 생각되는 모양이다.

"실은 나도 잘 모르겠어."

내가 우물쭈물 대답한다. 바르팡이 어디란 말인가?

다른 세 명의 여자아이들은 가던 길을 계속 가려고 몸을 돌린다.
하지만 꼬마 심문관은 아직 내 대답이 만족스럽지 못한지 또다시
묻는다.

"어디서 오셨어요?"

"캐나다에서 왔어."

"내 이름은 잠쇼예요. 저기는 우리 언니 케상이고요."

꼬마가 앞에 가는 세 아이 중 나이가 제일 많아 보이는 아이를
가리키며, 내 소개를 기대하는 눈길로 쳐다본다.

"난 브리타야."

겨우 한 마디 대답하고는, 나는 다시 할 말이 궁색해진다.

잠쇼가 귀엽게 생긋 웃는다.

"우리 집에 가시지 않을래요? 가세요, 네?"

나는 가파른 진흙길을 오를 일이 걱정돼서 아이의 집이 어디인지 묻는다.

"저기예요!"

잠쇼가 구름과 산이 맞닿아 있는 곳 어딘가를 가리킨다.

어떻게 해야 할지 갈등이 생긴다. 내 입장에서는 나쁠 게 없잖은가? 길에서 만난 사람들 중에 영어를 할 줄 아는 사람은 잠쇼가 처음이다. 내가 부탄 동부의 방언에 좀 더 익숙해질 때까지, 마을 어른들과 이야기를 나누기는 어려울 것이다. 하지만 학교에 다니는 아이들은 모두 영어를 배운다. 그러므로 당장은 아이들만이 이곳의 문화에 대해 조금이라도 내게 가르쳐 줄 수 있다. 나는 잠쇼의 초대에 응하기로 한다.

아이들이 얌전하게 내 뒤를 따르면서, 나와 걸음 속도를 맞추기 위해 일부러 천천히 걷는다. 허둥지둥 언덕길을 올라가는 내 모습이 왠지 어설프고 우스꽝스럽다. 아이들과 입구 바깥쪽에 나무 물통이 놓인 고풍스런 농가를 지날 때, 검정개 한 마리가 우리를 향해 으르렁거린다. 그러자 아이들이 일제히 소리를 지르며 개에게 돌을 던진다. 개는 여전히 이빨을 드러낸 채 뒷걸음질 친다.

계속 올라가던 중에 잠쇼의 언니가 갑자기 앞으로 뛰어가더니 산 위쪽으로 무슨 말인가를 크게 소리친다. 잠시 후 대답이 들려오자 아이가 다시 소리친다. 남은 아이들도 무슨 말인가를 소리치더니 눈 깜짝할 사이에 나무들 속으로 사라진다. 잠쇼와 나만 뒤에 남겨 놓고.

우리는 한참을 더 올라간 다음에야 잠쇼의 집에 도착한다. 나무와 돌을 섞어 지은 집 주위에 바나나나무 몇 그루가 서 있고, 흙 마당에는 닭들이 꼬꼬 소리를 내며 돌아다닌다. 잠쇼의 집은 주변 환경과 완벽하게 어우러진다. 안마당에도 들풀과 덩굴이 자라서, 어디까지가 사람이 일군 땅이고 어디가 손을 타지 않은 자연 그대로의 땅인지 구분이 되지 않는다. 어느 날 문득 숲이 인간의 평화로운 거주지로 바뀐 듯싶다.

계단 끝에 이르러서 보니, 내 오른쪽에 본채가 있고 부엌은 따로 왼쪽에 떨어져 있다. 잠쇼가 큼지막한 나무문을 지나 집 안으로 나를 이끈다. 내 왼쪽으로 자그마한 방이 두 개 있는데, 어느 방에도 가구나 장식물이 전혀 없다. 그리고 바로 앞쪽으로 큰 방이 하나 더 있는데, 필시 기도실이 분명해 보인다. 잠쇼가 나를 그 방으로 이끈 뒤 재빨리 작은 모직 카펫을 흔들어 먼지를 털어 내고 반쯤 열린 창문 앞에 내려놓더니 앉으라고 권한다. 그리고는 어디론가 사라진다. 혼자 남겨진 나는 내 발끝이 성스러워 보이는 것들을 가리키지 않도록 주의하며 책상다리를 하고 앉아서 찬찬히 주위를 살핀다.

하얀 회반죽 벽면의 틀을 이루는 묵직한 나무 들보들은 튜더 양식의 하프팀버(집의 기둥, 들보 따위는 나무로 만들고 그 사이사이에 벽돌, 흙을 채워 메우는 건축 구조) 구조와 비슷하고, 나무 널빤지를 깐 바닥은 반들반들 윤이 난다. 내 뒤쪽의 벽과 그 옆 벽에는 나무틀 창문들이 죽 나 있는데, 각각의 창문 안쪽으로 미닫이 덧문들이 있다. 열린 창문을 통해 들어오는 산들바람이 방 안을 시원하고 쾌적하게 한다.

한쪽 구석에 깔끔하게 말아서 세워 놓은 두 개의 매트 뒤에서 고양이 한 마리가 뛰어나온다. 그 위쪽 벽에 부탄 남자들이 입는 길고 헐거운 옷인 고들이 걸려 있고, 그 옆에는 가늘고 긴 나무통이 가죽끈으로 묶여 걸려 있다. 그리고 문 오른쪽으로 직물을 짤 때 앉는 걸상과 반쯤 완성된 아름다운 직물이 틀에 매달려 있다.

몇 분이나 지났을까 잠쇼가 어디서 뭘 하고 있는지 궁금해진다. 하지만 나는 손님으로서 예의를 지키려면 어떻게 해야 되는 건지 몰라 어디선가 인기척이 나기만을 기다린다. 고양이가 다시 들어와서 개켜 놓은 키라 위에 웅크리고 앉는다. 창문 너머로 암소가 우적우적 풀을 먹는 소리와 멀리서 개 짖는 소리가 들려온다.

옆에 붙어 있는 부엌에서 연기가 피어오른다. 나는 무슨 일인지 알아보려고 일어난다. 벽에 진흙을 이겨 바른 작은 부엌 안에서 잠쇼가 흙화덕 앞에 웅크리고 앉아 깜부기불 속에 대나무를 불고 있다. 화덕 위에는 시커먼 주전자가 놓여 있고, 고양이 두 마리가 화덕 옆에 앉아 고양이 세수를 하고 있다. 벽에는 나무 선반들이 줄지어 있는데 그 위에 솥과 냄비들, 작은 단지들, 빈 병들이 가지런히 정돈되어 있고, 희미하게 빛나는 알루미늄 국자도 한 쌍 걸려 있다. 그리고 둥근 플라스틱 통 두 개와 참치 캔도 눈에 띈다. 창턱은 먼지와 거미줄로 뒤덮여 있고, 그 주변에는 온통 까만 재와 검댕 가루가 내려앉아 있다.

깜부기불 속의 장작 끝에서 불꽃이 살아나자, 잠쇼가 까만 통에 손을 뻗어 찻잎을 꺼내면서 소리친다.

"차를 내가려고요."

나는 잠쇼의 말이 안내받은 자리로 돌아가라는 정중한 요청임을 알아채고 그렇게 한다.

드디어 사기그릇들이 달캉달캉 부딪히는 소리를 내며 잠쇼가 문 앞에 나타난다. 잠쇼는 아무 말 없이 차를 내밀고 또 어디론가 나간다. 찻잔 옆 그릇에 구운 쌀알들이 담겨 있다. 조심스레 몇 알 집어서 맛을 본다. 뜻밖에도 바삭바삭하고 맛이 담백하다. 은은한 버터 향에 더불어 달콤한 맛까지 나고 오도독오도독 씹히는 소리도 일품이다. 우유를 넣은 차와 같이 먹기에 그만이다.

잠쇼가 오래되어 보이기도 하고 맛도 별로 없어 보이는 분홍색 크림이 든 쿠키를 한 접시 가지고 돌아온다. 나는 예의상 하나를 집어 먹은 다음에 이내 차와 구운 쌀로 입가심을 한다. 잠쇼는 그 쌀을 자오라고 한다. 인심이 후한 꼬마 집주인은 계속 들락날락하며 내 찻잔과 자오 그릇을 다시 채워 준다. 내가 차와 자오를 세 그릇이나 비우고 난 뒤, 잠쇼가 내 옆에 앉아 레인코트를 요리조리 뜯어본다. 그러다 때마침 어떤 생각이 떠오른 듯 머리를 갸웃 기울이고 말한다.

"노래 한 곡 불러 주세요. 네?"

"노래?"

내가 되묻는다.

"어떤 노래든지 아시는 거요."

잠쇼가 키라 자락을 펴면서 조른다. 이 작은 친목 모임에서 마땅히 내가 해야 할 답례인 듯싶다. 지금까지 나 혼자 다과를 두둑이 즐겼으니까.

"난 노래를 잘 못해."

나는 핑계를 댄다.

"노래 한 곡 하세요, 네?"

잠쇼는 조금도 물러서지 않는다.

나는 마지못해 독일 민요를 부르기 시작한다. 어쨌거나 잠쇼가 이해할 수 없는 언어로 노래를 부르면 무안함이 덜하리라는 생각에서.

내가 노래를 시작하자마자 청중이 곱절로 늘어난다. 잠쇼의 언니인 케상과 작은 체구의 꼬부랑 할머니가 어디선가 나타난다. 세 사람은 떨리는 내 노랫소리에 조용히 귀를 기울인다. 아무도 웃지 않고 고개를 끄덕여 주는 것에 힘입어 나는 용감하게도 이 절까지 부른다.

마침내 노래를 끝낸 뒤, 나는 무안해서 아무 말 없이 앉는다. 케상과 할머니가 웃음 띤 얼굴로 나가고, 잠쇼는 박수로 내 노래를 칭찬한다. 이번에는 내가 잠쇼에게 노래를 청한다. 잠쇼는 순순히 콧노래를 부르기 시작한다. 두 손을 요리조리 흔들어 곡선을 만들어 내면서. 그런 다음 노래를 부르기 시작한다. 잠쇼의 목소리는 맑고 경쾌하다. 하지만 노래의 리듬은 애처롭고 구슬프게 들린다. 나는 잠쇼가 눈을 지그시 감고 몸을 양옆으로 흔들면서 노래하는 모습에 마음을 빼앗긴다. 그 모습은 어떻게 보면 다소 도발적이기까지 하다.

"샤르춉 노래니?"

노래가 끝난 뒤 내가 묻는다.

"아뇨, 인도 노래예요."

"인도 노래?"

"네, 영화를 보고 배운 거예요. 인도 영화는 정말 재밌거든요."

"그렇구나. 그리고 또 샤르촙 노래도 당연히 알고?"

잠쇼가 고개를 끄덕인다.

"네. 하지만 샤르촙 노래는 별로예요. 인도 노래가 훨씬 좋아요. 이제 다시 선생님이 노래할 차례예요."

꼬마 주인이 바라는 대로 할 수밖에 달리 뭘 어쩌겠는가? 여하튼 난 손님이고, 주인의 말에 따르는 게 예의일 듯싶다. 잠쇼가 청하는 대로 두어 곡을 더 부르고 나니 어스레한 땅거미가 집으로 돌아가야 할 시간이 되었음을 일깨운다. 캄캄해진 뒤에 잘 알지도 못하는 길을 헤매는 일은 끔찍한 악몽일 것이다. 나는 변명하듯 잠쇼에게 내 처지를 설명한다. 하지만 내 말을 알아들은 것 같던 잠쇼가 아무 말 없이 일어나 사라진다.

적어도 꼬마 집주인에게 고마웠다는 말은 하고 떠나고 싶어서 잠쇼를 찾아 나선다. 그리고 헛간 옆에서 작은 양동이 물에 뭔가를 씻고 있는 잠쇼를 발견한다. 잠쇼는 고맙다는 내 인사말에 별다른 반응을 보이지 않는다.

"죄송해요. 드릴 게 없어서."

잠쇼가 깨끗하게 씻은 달걀 두 개를 내 손안에 쥐어 준다.

"다음 주에 또 오세요, 네?"

나는 그 따뜻한 인심에 감동을 받아 조만간 다시 찾아오겠노라 약속을 한다. 그런 다음 소중한 선물을 조심스레 주머니에 넣고, 미끄러지고 넘어지며 몽가르로 향하는 진흙길을 내려간다.

　그날 남은 시간은 내 집에서 꾸물꾸물 일을 하면서 보낸다. 쥐의 공격을 피하려고 모든 소지품을 의자나 탁자 위에 올려놓을 수는 없는 일이기에 나는 공간을 최대한 활용하기로 한다. 짐가방들을 정리하고, 조리기구 등의 부엌세간을 제자리에 채워 넣은 다음, 화장실을 박박 문질러 닦고, 창문에 커튼도 단다.

　전기가 들어오는 동안 중요한 일을 모두 끝내야 하는 상황에 내가 얼마나 빨리 적응했는지 스스로 감탄하는 순간, 전기가 나간다. 다행히 전등 불빛이 금세 사라지지 않고 서서히 희미해진 덕에 손전등을 겨우 찾는다. 등유 램프에 등유를 채워 놓지 않은 나 자신을 책망하면서.

　바로 옆에서 날카롭게 삑삑거리는 소리가 또다시 들려오지만 이번에는 그냥 무시한다. 백신을 넣어 둔 냉장고의 경고 장치가 전기가 나갔음을 알리는 소리라는 것을 알고 있으니까. 하지만 섭씨 사도에서 육 도 사이에 보관하라고 쓰여 있는 작은 약병들이 괜찮을지는 정말로 걱정이다.

　나는 잔잔하게 흔들리는 촛불 아래서, 며칠 동안 본 광경들을 떠올린다. 좀 더 싼 값에 좀 더 좋은 물건을 사려고 이리저리 몰려다니던 재래 장터 사람들……. 먹고 살기 위해 돌 깨는 일을 하고 있던, 오렌지색 사리를 입은 가냘픈 인도 여자……. 화덕 앞에 웅크리고 앉아서 깜부기불을 되살리던 잠쇼……. 낡은 진흙투성이 키라를 입고 맨발로 시장을 오가던 마을 사람들……. 나는 독특한 고대 왕국에 막 도착했다.

그들은 나를 보고 어떻게 생각할까? 내 눈에 부탄 사람들이 낯설듯 부탄 사람들의 눈에는 내가 낯설어 보일 것이다. 내가 그들의 가난을 응시할 때, 그들은 멍하니 내 옷을 본다. 즐거운 상상은 아니지만, 발목 길이의 옷을 입은 여자들 사이에서 혼자 청바지와 티셔츠를 입고 있는 내 모습을 상상해 본다. 나와 그들을 비교하며 생각하다 보니 어느새 내 안에 이질감의 씨앗이 심어진다.

4

눈을 감지 말아요

내 뒤쪽에서 모기 방충문이 요란한 소리를 내며 쿵 닫힌다. 고양이 한 마리가 황급히 복도로 달아나더니 시야에서 사라진다. 앞으로 쭉 뻗은 널찍한 복도에는 받침이 없는 철제 휠체어 몇 대뿐 텅 비어 있다. 양쪽으로 여는 한 쌍의 노란색 문 위에 '수술실, 출입 금지'라는 표지가 붙어 있다. 좁은 통로 너머 어딘가에서 이야기하는 소리들이 들려온다. 나는 어쩔 줄 모르고 서서 누군가 나를 발견해 주기만을 기다린다.

냄새가 제일 먼저 나를 강타한다. 복부에 강펀치를 맞은 것처럼

"

견딜 수 없는 냄새이다. 지독한 오줌 지린내, 씻지 않아서 나는 몸 냄새, 쓰레기 냄새, 강한 소독약 냄새 등에 구역질이 솟구친다. 내 왼쪽으로 장방형의 아담한 안뜰이 있고, 병원 본관 건물이 안뜰 주변을 빙 둘러싸고 있다. 나는 먼지가 뽀얗게 쌓인 데다 구멍까지 난 방충망 쪽으로 걸어가서, 신선한 공기를 들이마신다. 뜰 건너편의 창문으로 당직실 안이 들여다보인다. 병원은 아직 조용하다. 간호사 몇 명이 슬리퍼를 질질 끌고 지나가면서 나를 빤히 쳐다보긴 하지만, 특별한 관심을 보이는 사람은 없다. 오전 아홉 시, 정규 근무 시간이 막 시작되었다. 내 보조사인 페마는 어디 가서 찾아야 할지 난감하다.

원무과장이 도착해서 나를 물리치료실로 안내한다. 안뜰을 왼쪽으로 끼고 따라가다가 복도가 티(T) 자 갈림길로 나뉘기 직전의 마지막 문에 이르자 '물리치료실'임을 알리는 표지가 있다. 원무과장이 문을 열고 내 근무지로 들어간다. 물리치료실은 서로 연결된 방 두 개와 화장실로 이루어져 있다. 첫 번째 방은 최근까지 소독실로 사용되었던 곳이다. 더러운 고무포가 덮인 탁자에 피와 붕대의 흔적이 여전히 남아 있다.

병원 업무를 총괄하는 의료원장이 찾아와 함께한다.

"몽가르에 오신 걸 환영합니다."

의료원장이 나와 같이 일하게 돼서 기쁘다고 강조한다. 그리고 변명하듯 웃으며 덧붙인다.

"유감스럽게도 선생이 오시는 걸 아주 최근에야 알았어요. 그래서 준비할 시간이 별로 없었죠."

그는 여기저기 흩어진 의료 기구들과 소독실의 흔적을 적나라하게 드러내는 비품들을 가리킨다.

"청소를 하도록 일하는 아이를 보내 드리겠습니다."

원무과장이 약속한다. 의료원장은 내게 앞으로 일 년 동안의 업무 계획을 세워야 할 책임이 있음을 덧붙인다. 그리고 주말까지 내가 추구하는 물리치료의 목적과 목표를 제출하라고 지시한다. 그러면 그가 평가한 다음 팀푸에 있는 본부로 넘기겠노라고.

몇 분 동안 격식을 갖춰 딱딱한 대화를 나눈 뒤, 두 사람은 각자 업무로 돌아간다. 나는 그들의 뒷모습을 지켜본다. 마른 한 사람은 긴장한 듯 절제된 걸음걸이이고, 다른 한 사람은 자신의 직위를 과시하듯 위엄을 갖춘 다소 무게 있는 걸음걸이이다.

나는 새로운 내 영역의 세부적인 것들을 살펴본다. 두 개의 방은 내가 기대한 것보다 훨씬 더 좋다. 마음속으로 나는 첫 번째 방은 운동실, 두 번째 방은 치료실로 정한다.

운동실은 정방형이고 밝다. 병원의 다른 곳들처럼, 사방의 벽이 어깨높이까지는 노란색 유성 페인트로 두껍게 칠해져 있고 그 위쪽 부분은 흰색 회반죽으로 발려 있다. 양쪽으로 여닫는 문이 한 쌍 있고, 그 맞은편에는 화장실 겸 작은 재고실의 입구가 있다. 거기서부터 엷은 색으로 칠해진 창문들이 세탁실과 이어져 있다.

치료실은 어두컴컴하다. 사방 벽이 어깨높이까지는 노란색, 그 위에는 파란색으로 칠해져 있다. 도르래 한 세트가 연결된 큰 철제 틀과, 침대 위로 높게 매달아 놓은 밧줄이 있다. 침대 윗부분에서 오른쪽으로 간유리 창문이 한 쌍 있는데, 열면 바로 통로이고 병원 안뜰이 내다보인다. 몽가르의 불완전한 전력 공급 상태를 고려해서 채광 기능을 하도록 만든 창문이 틀림없어 보인다. 몽가르에서는 거의 매일 정전이 되고, 한번 정전이 되면 몇 시간 동안 지속되거나 심지어 하루 종일 전기가 안 들어오기도 한다. 그 맞은편 벽에는 문이 하나 있고, 또 수술실과 통하는 간유리 창문이 있다. 그 문 옆의 벽면에는 엄청나게 큰 나무 붙박이장이 벽면 공간 대부분을 차지하고 있다. 방 한쪽 구석에는 적외선 램프, 초음파 기계, 초단파 열 치료기가 있고, 또 한쪽 벽에는 에이즈 예방법을 홍보하는 다채로운 색의 달력이 걸려 있다. 치료실은 더럽지는 않지만, 수년간 사용된 흔적이 곳곳에 남아 있다. 모든 것이 조금씩 늘어져 있거나 약간 기울어져 있는가 하면 여기저기 거미줄도 눈에 띈다.

나는 캐나다에서 근무하던 사설 스포츠 클리닉을 떠올리며 얼굴을 찌푸린다. 그 병원에서는 여섯 명의 물리치료사들이 예닐곱 명의 정형외과 의사들과 함께 일했다. 널찍한 물리치료실은 밝고 얼룩 하나 없었으며 갖가지 운동 기구에 더불어 침상도 열두 개나 되었다. 환자들은 균형 잡힌 몸매의 건강한 운동선수들이거나 운동을 많이 하는 학생들 내지는 프로 선수들이었다. 그들은 출근 전이나 퇴근 후에 들러서 치료를 받곤 했다. 병원의 재활운동 기구들은 최신 제품들임에도 불구하고 유통업자들이 새로 나온 기구들을 팔기 위해 정기적으로 찾아오곤 했다.

나는 다시 선사시대 유물 같은 초음파 기계를 본다. 여기서는 무슨 일을 하든 지속적인 전기 공급마저 기대할 수 없다.

하지만 캐나다에서 가져온 두꺼운 참고 서적을 보면서, 이곳에서 나의 주 임무는 가르치는 일이란 사실을 떠올린다. 캐나다에서 나는 물리치료 경력이 겨우 이 년밖에 안 되는 풋내기 물리치료사였고, 환자의 상태를 평가하고 치료하는 데 있어서 동료들과 정기적으로 의견을 나누곤 했다. 한데 이제는 내가 조언을 해 줘야 하는 입장이다. 내가 너무 겁 없이 온 것은 아닐까?

페마가 미안한 듯 수줍게 웃음 지으며 아홉 시 반에 도착한다.

"안녕하세요? 언제 출근하셨어요?"

페마가 웃는다.

나는 싱글싱글 웃으며 대답한다.

"우리 일이 시작되는 아홉 시에요."

내가 넌지시 비춘 뜻을 모르는 척 페마가 변명을 한다.

"니마가 아파요. 그래서 제가 좀 늦었어요."

이 말과 함께 지각 문제는 관심 밖으로 밀려난다.

나는 페마의 아들이 왜 아픈지 좀 더 캐묻기로 마음먹는다.

"니마한테 무슨 문제가 있어요?"

"기침병에 걸렸나 봐요. 어젯밤에 잠을 통 못 자더라고요."

나는 그제야 페마의 눈 밑에 거무스름한 다크서클이 있음을 발견한다.

"실은 니마가 밤에 잘 자는 법이 없어요. 늘 깨어 있죠. 그래서 내가 같이 놀아 줘야 해요. 안 그러면 울거든요. 어떤 때는 아침이 된 후에야 잘 때도 있어요."

"니마가 몇 살이에요?"

"조금 있으면 딱 한 살이 돼요."

페마가 자랑하듯 대답한다. 하지만 얼굴에는 어두운 그림자가 드리운다.

"그런데 아직 기어 다니지도 못하고 일어서지도 못해요. 어떻게 생각해요?"

"의사한테 데려가 봤어요?"

니마의 손놀림이 둔하고 뒤틀리던 것을 생각하면서, 맨 처음 내 머릿속에 떠오른 것이 뇌성마비이다. 하지만 나는 장기간에 걸쳐 예후를 지켜봐야 하는 너무나도 무서운 병명을 감히 입 밖에 내지 못하고 다른 질문을 한다.

"니마한테 무슨 일이 있었어요?"

"처음 태어났을 땐 괜찮았어요. 확실해요. 그런데 아이를 봐주던 사람이 잘못해서 니마를 떨어뜨렸던 것 같아요. 니마를 집에 두고 올 때마다 걱정이 돼서 죽겠어요."

페마가 멍하니 물리치료 침대 위의 파란 시트를 어루만진다.

"니마를 벨로르에 데려갔으면 좋겠어요."

페마가 절박한 눈빛으로 나를 본다.

나는 고개를 끄덕인다. 벨로르가 어디인지 혹은 무엇인지 모르지만, 페마에게는 대단한 의미가 있어 보인다.

"니마가 걸을 수 있을까요?"

페마가 희망의 끈을 잡고 싶어 하는 표정으로 주저하며 묻는다.

"글쎄요. 언제 여기로 한번 데려와 봐요."

나는 솔직하게 대답한다.

페마가 내 질문에 대해 생각하는 듯싶더니 이내 고개를 가로젓는다.

"사실 데려오고 싶지만 니마가 너무 무거워서요. 게다가 요즘같이 비가 오면 애가 다 젖기도 할 테고요. 또 누가 종일 니마를 봐주겠어요? 그렇다고 일하다 말고 애를 집에 데려갈 수도 없는 일이잖아요."

나는 생각 없이 한 말에 미안해진다. 하지만 페마는 내게 웃음을 지어 보이며 말한다.

"선생님이 오고 나니까 물리치료에 많은 변화가 생길 것 같은데요. 당연히 좋아질 거예요. 그렇게 오랫동안 물리치료실 방을 하나 더 늘려 달라고 해도 꿈쩍 않더니 선생님이 오자마자 벌써 운동실이 생겼네요. 환자들한테 참 잘된 일이에요, 그렇죠?"

간호사 두어 명이 문을 열고 머리만 빠끔 들이민 채, 낯선 언어로 페마와 몇 마디를 주고받는다.

"언니, 환영해요!"

그들이 내게 인사를 하고는 이제는 익숙해진 질문을 한다.

"몽가르가 맘에 드세요?"

나는 웃는 얼굴로 고개를 끄덕이면서, 여전히 어떤 대답이 적절할지 고민한다.

"차 마시러 오세요."

그들은 나를 초대한 뒤, 다시 페마와 몇 마디를 더 주고받고 떠난다. 나는 페마의 유창한 영어 실력에 감사하는 마음으로 나의 보조사이자 동료에게 묻는다.

"몇 가지 언어를 말할 줄 알아요?"

"샤르춉어, 종카어, 네팔어, 힌두어를 해요. 집에서 부모님하고
는 샤르춉어로 대화를 하죠. 우리 부모님 세대는 대부분 샤르춉어
를 쓰거든요. 내가 선생님한테 가르쳐 줄게요. 그리고 바르곰파에
사시는 우리 부모님을 뵈러 언제 한번 같이 가요. 가 보면 바르곰
파가 맘에 들 거예요. 진짜 시골 마을답거든요. 하지만 먼저 샤르
춉어를 배워야 해요. '꾸스짱 뽀올 라'는 알죠?"

"꾸스짱 뽀올 라!"

내가 웃으며 따라하자 페마도 따라 웃는다.

나는 페마와 같이 물리치료실을 둘러본다. 아무리 열려고 힘을
줘도 열리지 않던 붙박이장이 한참 만에 갑자기 열리는 바람에 페
마와 나는 미닫이문에 쾅 부딪히고 만다. 문이 열리자마자 온갖 잡
동사니들이 한데 얽혀 우르르 쏟아진다. 담요들, 코르셋 모양의 허
리 보호대들, 삼각붕대들, 검은 윤활유가 든 통, 흰색의 새 침대 시
트, 제대로 작동할 것 같아 보이지 않는 초음파 기계, 갖가지 나사
들이 든 상자, 이쑤시개들, 쫌쇠들, 이미 오래전에 없어졌을 기계
들의 예비 부품들, 쥐똥 더미들이. 대부분 꽤 오래된 물건들로 보
인다. 몽가르 병원이 세워지고 노르웨이에서 온 나병 선교회가 이
십여 년 동안 운영하던 때에 쓰던 물건들임이 틀림없어 보인다.

페마의 설명에 따르면, 몽가르 병원은 몇 년 전 나병 선교회가
떠난 뒤에 부탄 정부가 운영하는 종합병원으로 바뀌었다. 그리고
금년 1월 공식적으로 승격되어 부탄 동부의 위탁병원이 되었다.

페마와 나는 고물이 다 된 운동용 자전거와 고무 끝이 빠진 목발
한 쌍을 점검한다.

"목발들이 더 있긴 한데, 쓰지는 못해요. 보관실에 있거든요. 선교회가 떠나면서 목발을 다 남겨 주고 갔어요."

페마가 내 교실 숙소 위에 있는 건물 쪽을 가리키며 말한다. 그런 다음, 수술실 간호사들한테 얻어서 모아 놓았다는 붕대들을 보여 준다.

"만일의 경우에 대비해서 여기에 보관해 놨어요."

새 물리치료실 탐방은 업무 수첩을 살펴보는 것으로 끝이 난다. 업무 수첩에는 환자들의 이름을 시작으로 외래 환자인지 입원 환자인지, 어떤 진단과 어떤 치료를 받았는지에 대해 기록되어 있다. 페마가 한 기록은 내 맘에 쏙 들 만큼 상세하다.

잠시 후, 물리치료실 앞에 모여든 수많은 구경꾼들이 나를 괴롭히기 시작한다. 열린 창문으로 물리치료실을 들여다보는 얼굴들의 숫자로 판단을 한다면, 나는 아주 진기한 종의 호모 사피엔스임에 틀림없다. 환자나 방문객들이 병원 안뜰을 거닐다 말고 멍하니 서서 노골적으로 나를 빤히 쳐다본다. 금발 머리, 흰 피부, 스커트, 신발, 몸짓, 쓰는 말에 이르기까지 나의 모든 것이 호기심과 관찰의 대상이 된다. 사람들은 나를 보면서 고개를 끄덕이기도 하고 뭔가를 가리키기도 한다. 또 페마에게 말을 거는 사람도 있고, 그냥 말없이 쳐다보기만 하는 사람도 있다. 내가 일 분에 몇 번이나 숨을 쉬는지 헤아리는 사람들이 있다고 해도 놀랍지 않을 지경이다.

여학생들 몇 명이 속닥거리며 키득키득 웃는다. 그리고 내가 쳐다보면 수줍은 듯 고개를 돌린다. 이따금 필링파(외국인)라는 말과 의사라는 말이 들리기도 한다. 나를 안쓰럽게 여긴 페마가 여학생들에게 그만 가라고 한다. 그들은 킥킥거리면서 자리를 뜬다. 하지만 이내 호기심을 참지 못한 또 다른 구경꾼들이 모여든다.

그렇게 두어 시간 지나자, 눈에 띄는 내 외모에 대한 아쉬운 마음이 간절해진다. 나도 검은 머리칼에 짙은 색 피부를 가졌다면 얼마나 좋을까. 앞으로는 나도 다른 옷 말고 키라만 입으리라. 또 샤르춥어도 배우고, 주변 사람들과 어울리려 노력하리라. 앞으로는. 하지만 지금 당장은 문이며 창문을 닫고 싶은 마음뿐이고, 복도에 있는 환자들이 나를 그만 구경하고 갔으면 하는 바람뿐이다. 너무도 힘들지만 나는 애써 웃음을 짓는다.

그날 근무 시간이 끝날 즈음, 물리치료실이 새 단장을 마쳤다. 남아도는 비품과 기구는 다른 데로 옮겨 가도록 복도에 내놓고, 깔끔하게 페인트칠을 다시 했다. 바닥은 쓸고 닦았으며, 구석구석 쌓인 먼지도 몽땅 털어 냈다.

창문들은 그대로 열려 있지만, 나는 되도록 신경을 쓰지 않으려고 애쓴다. 세 시쯤 되자 몸이 천근만근 무거워진다. 페마가 니마 때문에 일찌감치 퇴근한 뒤, 물리치료실을 정리하는 일은 내 차지가 된다. 복도의 구경꾼들은 여전히 줄어들 기미가 없다. 페마가 없으니 내 자신감도 몽땅 없어진 기분이다. 내 일거수일투족이 어떻게 보일까 신경 쓰면서 나는 무대 위의 모델처럼 천천히 집으로 향한다.

다음 날 아침, 장맛비가 역수같이 퍼붓는다. 페마는 또다시 아홉 시까지 출근을 하지 못한다. 나는 의사들의 아침 회진에 참가한다. 외래 환자들을 주로 담당하는 일반의 란둡 선생은 참으로 유쾌한 사람인 듯싶다. 진지한 표정으로 환자들과 끊임없이 이야기를 주고받는다. 이마에 주름을 잡은 채 집중해서 환자들의 차트를 검토한 다음, 샤르촙어로 속사포처럼 이야기한다.

정형외과 의사인 칼리타 선생은 몽가르에 온 지 얼마 안 되는 사람으로, 내가 도착하기 직전에 여기로 옮겨 왔다고 한다. 그는 본래 인도의 아삼 주 출신으로 스코틀랜드에서 의학 공부를 마쳤고, 현재는 부탄에서 손꼽히는 정형외과 의사 중의 한 명이다.

치과 의사 셰트리 선생은 키가 작고 활기가 넘치는 사람이다. 이곳 동부 지방에서 통용되는 언어에 대한 실력은 아직 걸음마 단계로 보이는데도, 연방 우스갯소리를 하면서 네팔어와 종카어, 그리고 샤르촙어를 뒤죽박죽 섞어서 의사소통을 하려 최선을 다한다. 놀랍게도 그는 환자들을 진단하고 평가하는 과정에서도 아주 적극적인 역할을 한다. 그의 의학적 지식이 치아에 국한된 게 아님이 분명해 보인다.

의료원장은 안과 전문의로, 처리해야 할 행정 업무가 없을 때는 종종 아침 회진에 참여하기도 한다.

인도 출신의 젊은 일반의 비쿨 선생은 환자들에 대한 열의가 대단해 보인다. 회진 중에도 계속 외래 환자 진료실로 사라진다.

그 외에도 전문의인 프라단 선생과 카메룬 출신의 산부인과 의사 로버트 선생이 있는데, 두 의사는 휴가 중이라고 한다.

아담하니 작은 키에 단호한 태도의 수간호사는 모든 환자들의 차트가 실린 노란색 카트를 밀고 다니며 병실을 누빈다. 그 밖에도 온통 흰색으로 된 키라를 입고 머리에 작은 캡을 쓴 간호사들이 아침 회진에 함께한다. 간호사들은 붕대를 풀고 환자들의 상태에 대해 의사들에게 보고하는 한편, 필요한 차트를 준비한다. 다섯 개의 병실과 몇 개의 일인 실과 이삼인 실을 다 돌아야 한 차례 회진이 끝난다. 에이(A)와 비(B) 병실에는 여자들과 아이들이 입원해 있고 시(C)와 디(D) 병실에는 남자들이 입원해 있다. 그리고 한 개의 격리 병실에는 결핵과 나병에 걸린 환자들이 입원해 있다. 병실 전체에 총 육십여 개 정도의 침상이 있는데, 그보다 많은 환자들이 들어올 경우에는 바닥에 매트리스를 깔고 환자를 받는다.

나는 이 병실, 저 병실 옮겨 다니는 의사들의 회진 행렬을 조용히 뒤따른다. 이 병원 환자들이 앓는 병은 대부분 내가 잘 모르는 병들이고, 그래서 환자들이 겪는 고통의 원인이 무엇인지를 잘 파악할 수 없다. 게다가 환자들은 아무도 영어로 말하지 않으며, 나는 이 지방에서 통용되는 말을 전혀 알아듣지 못한다. 어제 겨우 렉푸는 '좋다' 혹은 '좋아졌다'는 뜻이고, 망기 혹은 말라는 '아니다'라는 뜻이며, 파이가는 '집에서'라는 뜻이고, 폴랑이란 말은 '배, 복부'라는 뜻임을 배웠는데, 폴랑은 환자들이 특히 자주 쓰는 말이다. 복부 통증으로 고통을 겪는 환자들이 많은 모양이다. 차트에는 내게는 다소 낯설게 들리는 병명들도 있다. 골수염, 바이러스성 뇌염, 만성 말라리아, 장티푸스, 복부 결핵, 나병의 궤양, 영양실조 삼 기 등등. 나는 이제 낯설기만 한 의학 세계로 들어왔다.

병실에서 나는 입원한 환자들과 간호하는 가족을 구별하는 데 어려움을 겪는다. 보통 두세 명이 한 침대 위에 앉아 있는데 간호를 하는 가족들이나 환자들이나 모두 똑같이 일상복을 입고 있다.

환자복은 흔적조차 보이지 않는다.

남녀 모두 숱이 많고 머리칼이 짧은 편인데, 머리칼이 먼지와 기름때에 찌들어서 삐죽 솟아 있기도 하다. 모두들 시커멓게 때가 끼어 있고, 기름기에 절어 있다. 그리고 입술이나 이에서 피가 흘러나오는 것처럼 보이는데, 심심할 때마다 씹곤 하는 라임 열매와 빈랑나무 열매의 즙이 아예 물들었기 때문이다. 입고 있는 옷들은 더럽고, 아무렇게나 질끈 묶여 있으며, 하도 닳고 낡아서 군데군데 구멍이 뚫린 것처럼 얇은 실만 몇 가닥 남은 경우도 있다. 무엇보다 가장 눈에 띄는 부분은 환자들의 발이다. 작은 키에 어울리지 않게 환자들의 발이 크고, 발가락은 둥그스름하니 뭉툭하며 발톱은 지저분하다. 발바닥은 평생 맨발로 걸어 다닌 탓에 깊게 트고 갈라진 한편 두꺼운 굳은살과 때로 뒤덮여 있다.

청결에 대한 인식 부족은 주변 환경에도 영향을 끼친다. 병원의 파란색 시트는 온통 얼룩져 있고, 키라를 담요 대용으로 사용하기도 한다. 연노랑색의 벽은 찌든 때와 곰팡이들로 지저분하고, 창문들은 먼지로 뒤덮여서 희뿌옇다. 그리고 방충망이 있음에도 불구하고 병실 안으로 들어온 수많은 파리들이 침대며 사람들 몸이며 음식물 위를 기어 다닌다. 이곳의 위생 상태가 별로 좋지 않다는 얘기를 이미 들은 터라 각오를 하고 있었음에도, 눈에 띄는 상황을 보니 걱정이 한층 깊어진다. 구석구석 쓰레기가 어질러져 있고, 침대 밑에는 피 묻은 반창고나 비닐봉지, 혹은 음식물 쓰레기들이 나뒹굴고 있다. 그리고 그런 것들 위에는 어김없이 파리들이 기어 다닌다. 마치 알을 깔 곳을 찾는 듯. 회진 행렬을 따라 침대 사이사이를 다니는 동안 배 속이 꽁꽁 뭉친 것처럼 뒤틀리고 무릎이 떨리기 시작한다. 충격적이지만 그래도 눈길을 돌리지 않으려 애쓴다.

사생활 존중이란 개념은 있는 것 같지도 않고 지켜지지도 않는다. 침대들이 다닥다닥 붙어 있어서 옆 침대에 있는 사람이 무엇을 하는지 보고 싶지 않아도 볼 수밖에 없는 실정이다. 많은 환자들이 체념한 듯 멍한 표정으로 병원 밖을 내다보고 있다. 산비탈의 바깥 세상을 동경하는 것처럼. 그러나 고통스러운 표정은 없다. 체념이나 불신의 표정이 다소 어려 있을 뿐. 환자들은 질문도 하지 않고, 때로는 대답도 하지 않는다. 그들이 마음속으로 무슨 생각을 하는지 나는 알 길이 없다.

커튼도 가리개도 없이 일렬로 죽 늘어선 침대들 중 하나에 눕게 된다면 어떤 느낌이 들까? 어떤 기분일까? 생각해 볼 여지도 없이 끔찍한 악몽일 것이다. 남녀 불문하고 모두들 평상복을 입고 있고, 더러워 보이며 고약한 냄새가 난다. 회진 행렬을 뒤따르면서 연민과 슬픔 그리고 분노가 뒤섞인 복잡한 감정이 북받쳐 오른다. 교육이라고는 받아 보지 못한 듯한 환자들의 무지함이 내 가슴을 애절하게 한다.

회진을 도는 중에 몇몇이 내 환자로 소개된다. 다리에 심한 화상을 입어 침대에만 누워 있는 여자아이. 눈병 치료를 받으려고 입원했지만 계속 통증과 어깨 경직을 호소하는 노인. 말라리아 뇌염으로 며칠 동안 온몸이 마비된 채 혼수상태를 헤매는 남자아이. 한쪽 다리에 괴저가 생겨서 무릎 아래를 절단하는 수술을 받았으나 이제는 침대에서 일어나야 하는 당뇨병 환자 할머니 등이 나의 환자들이다.

불결한 병실 상태에 자꾸 속이 뒤집히면서 자신감까지 사라지려 하지만, 그래도 나는 모두에게 웃음을 지어 보이려 애쓴다. '물리 치료실'이란 멋진 이름을 내건 두 개의 작은 방에서 어떻게 이 환자들을 치료할 수 있을까? 환자들의 얼굴에서는 비극만이 보일 뿐이다. 나는 한 환자에게 손을 내밀어 인사를 하면서 고통을 감내하는 눈빛을 만난다. 빈곤, 불결함, 그리고 질병들이 나를 짓누른다. 내 심장이 소리쳐 울고 자신감은 곤두박질친다. 내가 이 환자들을 조금이라도 도울 수 있다면, 그것은 작은 기적이 되리라.

5

라모

처음에는 슬며시 안을 들여다보며 웃음 짓는 주름투성이 작은 얼굴만 보인다. 물리치료실에 있는 내 책상은 문틀 뒤 바로 옆에 있다. 그 자리에 있는 내게 다시 바닥 위에 간당간당 떠 있는, 뼈만 앙상하게 남은 두 다리가 보인다. 그러더니 곧 작은 체구의 여인이 나타나고, 마지막으로 작은 여인의 등에 업힌 채 치료실로 들어오는 라모가 보인다.

나는 놀라고 당황스러운 눈으로 모녀를 쳐다본다. 수수깡처럼 마르긴 했지만, 등에 업힌 라모 때문에 엄마가 더 작아 보인다. 다 큰 딸을 업고 있는 엄마는 겨우 백이십 센티미터가 조금 넘는 모습으로 서 있다. 열세 살인 라모의 어깨가 엄마의 어깨보다 몇 인치는 더 넓어 보인다. 그렇게 작은 여인이 그 무거운 딸을 끈으로 묶지도 않고 업고 다니다니. 아무리 봐도 믿기지 않는다. 그런데 내 옆에 있는 침대를 가리키느라 한쪽 팔을 놓기까지 하는 게 아닌가.

나는 기겁을 해서 모녀를 안으로 이끈 다음 라모를 침대 위에 눕힌다. 라모는 마치 엄마 배 속의 태아 같은 자세로 누워서 불안한 듯 나를 올려다본다. 나는 영어로 최대한 부드럽게 말하면서 라모를 편하게 해 주려고 노력한다. 나의 노력에 대한 답으로 무슨 뜻인지 알 수 없는 수줍은 미소가 돌아온다.

잠시 후 들어온 페마가 치료를 하기 위해 자신이 라모를 불렀다고 이야기한다. 나는 당황스런 표정으로 휠체어가 없냐고 묻는다. 페마가 라모의 엄마는 늘 딸을 업고 다니며, 그건 일도 아니라고 대답한다. 그게 어떻게 일도 아니냐고 따져 묻고 싶지만, 당장은 내 생각을 속으로 감추면서 라모의 상태를 알아볼 준비를 한다.

페마가 내 옆으로 걸상을 끌어당긴다. 내가 몽가르에 체류하는 주목적은 페마에게 내가 아는 물리치료 기술을 되도록 많이 가르쳐 주는 것이다. 보조사로서 훈련을 받은 페마는 생리학은 물론 해부학에 대한 기초 지식까지 이미 갖추고 있다. 그럼에도 의사들이 내린 진단을 처방전으로 이용해서 단순하고 기초적인 치료만 하고 있다. 몽가르에 머무는 일 년 동안, 나는 페마가 좀 더 독립적으로 환자들의 상태를 평가하고 치료할 수 있도록 도움을 줄 것이다. 첫 주 동안 페마는 통역자 역할을 하며, 내가 하는 것을 지켜보기로 한다.

나는 펜과 종이를 들고 라모의 병력을 파악할 준비를 한다. 그렇지만 라모의 엄마는 정보를 제공할 마음이 없는 모양이다. 페마에게만 쉼 없이 샤르춥어를 쏟아 놓는다. 마침내 라모의 엄마가 말을 끝낸 뒤, 나는 페마에게 그녀가 쏟아 낸 말의 내용을 묻는다.

"라모가 다시 걸을 수 있는지 알고 싶대요."

나는 약간 조바심을 내며 달리 또 무슨 말을 했는지를 묻는다.

"별 얘기 안 했어요."

페마가 대답하고 라모를 돌아본다.

라모의 병력을 그러모으는 데만 거의 한 시간이 걸린다. 라모의 가족은 큰길을 따라 걸어서 이틀 거리에 있는 타시양체에 살고 있다. 시골 마을 사람들이 대부분 그렇듯 라모의 가족도 몇 대에 걸쳐 같은 마을에 살며, 크지 않은 땅에서 농사를 짓고 있다. 그리고 라모는 학교에 다닌 적이 없다.

라모 엄마의 말에 따르면, 라모는 오륙 년 전에 물이 끓는 냄비 위로 넘어져서 왼쪽 다리 뒷부분에 화상을 입었다. 화상은 치료되었지만, 그 이후 라모의 엉덩이에서 무릎 바로 아래까지 심한 흉터가 남았다. 게다가 일 년 전에 오른쪽 무릎을 칼로 찔리는 바람에 걷지도 못하고 고통을 받는 상태가 되었다.

라모가 다친 시기와 세부적인 사항들에 대해서는 간호사들마다 하는 얘기가 다르다. 그래서 라모의 엄마에게 좀 더 깊이 있게 반복해서 물어봤건만 결과는 마찬가지다. 왼쪽 다리는 팔 년 전에 다쳤다는 말에서 오륙 년 전에 다쳤다는 말이 있고, 오른쪽 다리를 다친 시기는 삼 년 전이라는 말에서 몇 달 전이라는 말까지 다양하기 그지없다. 아마도 삶과 직결되지 않은 세부적인 사항들을 되새기는 일은 그들에게 별 의미가 없는 모양이다. 결국 '발병 시기'란에는 물음표를 기록하고 다음 사항을 알아본다.

여하튼 분명한 사실은 두 번째 입은 부상으로 라모와 가족이 가혹한 시련을 맞게 되었다는 것이다. 그 이후 라모는 서지도 걷지도 못하고 하루 종일 침대에서 누워 지내며, 대소변을 보거나 이따금 몸을 씻어야 할 때는 엄마 등에 업혀 다니는 신세가 되었다.

라모 가족은 몇 차례 치료를 받으려고 했다. 승려가 몇 번이나 라모의 집에 와서 푸자라는 종교 의식을 치러 주었다. 라모의 가족은 라모의 빠른 회복을 위해 정성을 다해 빌고 공양물을 바쳤지만 아무런 결과도 얻지 못했다. 그래서 가족은 라모를 병원으로 데려갔고, 당시 외과의사는 라모의 화상 흉터를 길게 늘여서 다리가 완전히 펴지게 하고, 그럼으로로써 다리가 체중을 지탱할 수 있게 하려고 했다. 하지만 그 역시 도움이 되지 않았다. 그 뒤로 몇몇 다른 의사들이 같은 수술을 시도했지만, 불행하게도 섬유증이 초래되어 침대에서 꼼짝 못하게 된 탓에 라모의 다리는 더 경직되기만 하고 조금도 나아지지 않았다. 또 한번은 오스트레일리아의 성형외과 의사 팀이 라모의 상태를 보러 왔었지만, 그들 역시 유감을 표하며 고개를 내저었다. 달리 취해 볼 방법이 없다고.

이런저런 정보를 알아내는 사이, 라모의 엄마가 라모를 고칠 수 있느냐고 묻는다. 나는 조용히, 최선을 다하겠노라고 답하지만 라모의 엄마는 만족하지 못한다. 그녀가 보기에 나는 많은 지식과 능력을 갖춘 외국 의사이다. 나는 어떻게든 라모를 고쳐야 한다.

페마를 통해 라모에게 몇 가지 답을 얻어 내려 해 보지만, 라모는 우리를 말똥말똥 쳐다보기만 한다. 그 표정에는 두려움과 불신이 드러나 있다. 나는 라모의 몸에 손을 대기 전에 영어로 먼저 말을 하고, 그 말을 페마가 통역한다. 내가 한 말은 '한번 보고 싶다, 아프게 하지 않겠다, 엄마가 계속 옆에 함께 있을 거다, 그러니 내가 만질 때 어디가 아픈지 말해 달라.'는 내용이다. 라모가 서서히 긴장을 푼다. 여전히 못미더운 표정으로 내 일거수일투족을 지켜보고는 있지만, 적어도 불신하는 태도는 누그러진다.

몇몇 구경꾼들이 복도에 모여든다. 나는 라모의 프라이버시를 지켜 주기 위해 창문과 문을 단단히 닫는다. 그런 다음 라모에게 키라 대신에 입고 있는 꽃무늬 속치마를 벗으라고 말한다. 라모는 거부한다. 다리 전체를 봐야 한다고 아무리 설명을 해도 라모는 요지부동이다. 내가 조심스럽게 라모의 얇은 속치마를 들어 올리자 라모는 어린 아기처럼 움츠린다. 나는 곧 문제를 깨닫는다. 라모는 속치마만 입었을 뿐 속옷을 입지 않았다.

페마와 나는 라모의 당혹감을 덜어 주기 위해 속치마를 뭉쳐 다리 사이에 끼워 준다. 그렇게 하니 라모의 다리를 살펴보기에도 더 좋다. 라모의 왼쪽 다리 뒷부분은 끔찍하게 일그러져 있다. 길고 깊은 화상 흉터가 무릎 뒤쪽을 온통 뒤덮고 있다. 화상 흉터는 얽히고설킨 밧줄처럼 엉덩이까지 뻗어 있다. 비록 통증은 없지만 라모의 오른쪽 다리는 칠십오 도 이상은 펴지지 않는다. 오른쪽 발이 쓸모없는 부속물처럼 발목에 매달려 대롱거린다. 몇 년 동안 다리를 쓰지 않아서 근육이 모두 쇠약해졌고, 발바닥은 안으로 오그라들었다. 의학적 용어로 말하자면 만곡족(비뚤어지거나 위치가 바르지 못한 발의 선천성 기형)처럼. 라모가 긴장한 채, 내가 자신의 다리를 움직이는 것에 저항하려 하지만 너무 약해서 내 힘을 이겨 내지 못한다. 라모는 계속 징징거리면서 흐느껴 운다. 그럼에도 아프냐고 물을 때마다 고개를 가로젓는다.

라모의 오른쪽 무릎은 건드리기만 해도 아픈 모양이다. 내가 손을 대는 순간 비명을 지르기 시작한다. 몇 번의 시도 후에 나는 만져 보기를 포기한다. 관찰한 바에 따르면, 오른쪽 다리는 행여 움직인다 해도 오 도 이상은 펴지지 않을 듯 보인다. 라모의 엄마에게 오른쪽 무릎이 늘 이렇게 딱딱하게 굳어 있었느냐고 묻자, 그렇다고 대답한다. 또 늘 그렇게 아파했느냐는 질문에도 라모의 엄마는 고개를 끄덕인다.

엄마도 딸도 다른 상처에 대해서는 아무 말 안 했지만, 나는 라모가 욕창 소독을 받은 차트 기록을 보고 검사를 계속한다. 욕창은 하나가 아니고 둘이다. 하나는 꼬리뼈 위에, 하나는 왼쪽 좌골 위에 있는데, 둘 다 고름이 가득 차 있다. 라모가 앉기를 꺼리는 이유가 바로 이 때문이다. 움직이면서 상처 위에 붙였던 면 붕대가 떨어져 나갔는지, 피가 난 상처 위에 반창고만 달라붙어 있다. 상처의 질척질척한 고름 때문에 라모의 치마가 축축하다. 나는 진저리를 치며 라모의 엄마에게 상처들을 마지막으로 소독한 때가 언제인지 묻는다.

"어제요."

"오늘은 왜 안 했어요?"

나는 근무 태만이 분명한 이 일의 책임자가 누구일까 생각하며 묻는다.

"상처 소독은 늘 이틀마다 해요."

페마가 대답한다.

나는 충격을 받는다.

"그럼 늘 이런 상태예요?"

대답은 그렇다는 것이다. 나는 페마의 통역을 통해서, 라모가 화장실을 이용하기가 어렵다는 것과 용변을 본 후에 엉덩이를 물로 닦기 때문에 붕대가 늘 젖는다는 사실을 알게 된다. 그럼에도 라모의 엄마는 상처들이 조금씩 낫고 있다고 생각한다.

라모가 조용히 울고 있다. 내가 일어나 앉아 보라고 말하자 발끈 성질을 부리며 날카로운 비명을 지른다. 엄마가 엄하게 나무라지만 라모는 울음을 멈추지 않는다. 고통과 공포의 감정이 얼굴에 확연히 드러나 있다. 나는 오늘은 이 정도로 충분하다고 생각하며, 라모를 다시 병실로 데려가도록 한다. 그 왜소한 여자가 반가운 기색으로 딸을 등에 업고 조심스레 물리치료실 밖으로 나간다.

괜히 미안한 마음이 든다. 라모의 다리를 너무 세게 밀며 움직인 건 아닐까? 어쨌거나 긍정적으로 생각하려 애쓰면서, 나는 페마와 함께 휠체어를 사용할 수 있을지 이야기를 나눈다. 병원에는 새 휠체어가 세 개 있는데, 하나는 물리치료실에 속해 있고 다른 두 개는 병실에 속해 있다. 하지만 유감스럽게도 물리치료실의 휠체어는 늘 어디론가 사라진다. 휠체어를 찾아오라는 내 요청을 받고 어디론가 사라졌던 페마가 몇 분 후에, 앉는 부분이 부드러운 합성수지로 된 접이식 휠체어를 갖고 돌아온다. 나는 안도의 한숨을 내쉰다. 적어도 당장 한 가지는 라모에게 줄 수 있게 되었다.

신속한 점검 결과 휠체어의 브레이크가 고장 났음이 밝혀진다. 나는 부탄에 도착한 이후 수없이 꺼내서 활용했던 스위스제 다용도 칼을 다시 꺼내 브레이크를 수리하기 시작한다. 다행히도 쉽게 수리가 되고, 나는 휠체어를 타고 시험 운행을 한다.

그냥 다녀도 사람들의 노골적인 시선을 한 몸에 받던 내가 휠체어를 타고 수술 준비실 창문 앞을 지나자 간호사들이 놀라며 호들갑을 떤다.

"브리타 언니, 어디 가요?"

통통한 몸집에 쾌활한 성격의 루팔리 간호사가 내 뒤에서 창문 밖으로 머리를 내밀고 소리친다. 병원에서, 나는 의사에서 언니로 지위가 떨어졌다.

"휠체어를 시운전 해 보고 있어요."

내가 씽긋 웃으며 대답한다.

"언니, 차 마시러 올 거죠? 꼭 와서 우리랑 같이 마셔요. 페마 언니는 늘 우리랑 같이 차를 마셔요!"

언제 오라는 말인지, 점심시간이 있기는 한 건지 모르겠지만 초대만큼은 유혹적이다.

"고마워요. 나도 그러고 싶네요."

수술 준비실의 창문이 닫힌 뒤, 나는 다시 휠체어의 방향을 물리치료실로 돌린다.

카다멈(생강과의 다년생 식물)과 정향을 갈아서 만든 향기로운 차에 달콤한 쿠키를 두어 개 곁들여 먹으면서, 나는 라모의 욕창 소독에 대한 걱정을 토로한다.

"좀 더 자주 소독해야 한다고 생각하지 않으세요?"

"라모는 참 착한 애인데, 이제 언니의 도움을 받을 수 있게 돼서 정말 잘되었어요."

찬드라 간호사가 대답한다.

루팔리 간호사가 찬드라 간호사의 말에 맞장구를 친다. 하지만 욕창 소독 문제에 대해서는 발뺌을 한다.

"그 문제는 수간호사님께 얘기하세요. 여기 수술실에서는 드레싱 세트를 준비하는 일만 하니까요."

루팔리 간호사가 김이 나는 고압 멸균기를 가리키며 덧붙인다.

"그 일만도 보통 힘든 게 아니에요. 걸핏하면 전기가 나가는 거 알죠?"

루팔리 간호사가 다른 간호사들에게 호응을 청하려 고개를 돌린다. 테이블 앞에 앉아 있는 간호사들 모두 자못 진지하게 고개를 끄덕인다.

"우리는 날마다 드레싱 세트를 준비하느라 정신이 없어요. 게다가 이놈의 기계가 제대로 작동하는 법이 없어서 말이죠."

루팔리가 뻑뻑 소리를 내는 고압 멸균기를 탓하더니, 불쑥 어제의 수술 이야기로 화제를 돌린다.

몽가르 병원의 간호사들은 대부분 부탄 남부 지방 출신으로 보통 네팔어로 이야기를 나눈다. 나는 처음에는 간호사들이 응급 제

왕절개에 대한 이야기를 하고 있음을 짐작으로 알아챈다. 하지만 이내 낯선 외국어에 머리가 어지러워지면서 한 마디도 알아듣지 못하게 된다. 신이 나서 떠들어 대는 간호사들 틈에서 나는 혼자 차를 홀짝인다. 내가 최소한 동료들이 나누는 일상적인 잡담에 끼어들 만큼 되려면 시간이 얼마나 걸릴까 생각하면서.

수술 준비실에서 막간의 휴식을 취한 뒤에 페마와 나는 휠체어를 밀고 병실로 간다. 이제 라모는 적어도 병원에 있는 동안만큼은, 엄마 등에 업혀 다니는 대신 다른 이동 수단을 이용할 수 있다.

라모와 엄마는 침대 위에 앉아 점심을 먹고 있다. 페마와 나의 등장에 호들갑스러운 인사가 이어지고, 비워진 음식 접시는 담요 위로 옮겨진다. 나는 휠체어를 밀고 침대 옆으로 가면서 병원 음식을 훑어본다. 밥, 감자 카레, 그리고 달(렌즈콩과 향료를 사용한 인도 요리의 하나) 한 컵이 음식의 전부이다. 이전에 안뜰에서 요리사가 큰 양동이에서 음식을 퍼 접시에 담는 것을 보긴 했지만, 병실에서 이렇게 접시에 담긴 음식을 보니 새삼 놀랍다. 음식은 내가 예상했던 것보다 좋아 보인다.

라모는 불안한 표정으로 휠체어를 힐끔거린다. 모든 신상품이 신뢰를 얻는 건 아니지만, 내 어린 환자는 미지의 기술 제품에 겁을 집어먹은 표정이다. 하지만 작은 체구의 수다스러운 엄마는 바퀴가 달린 기구의 편리함을 즉시 알아챈다. 그녀는 환한 웃음을 지으면서 휠체어를 요리조리 뜯어본다.

여전히 의심스러운 표정을 짓고 있지만, 라모가 결국 휠체어를 타 보기로 한다. 그 마음이 언제 또 바뀔지 모른다는 생각에 나는 적절한 이동 규칙을 무시하고 라모를 침대에서 들어 올린다. 그것은 내 판단 착오였다! 앙상하게 뼈만 남은 라모의 손가락이 눈 깜짝할 사이에 내 목을 파고든다. 그리고 겁에 질린 비명이 터져 나온다. 라모는 마치 원숭이처럼 필사적으로 내 목에 매달린 채, 손을 놓으려 하지 않는다. 페마와 옆에 있는 환자들이 라모를 진정시키려는 소리가 들린다. 하지만 엄마의 엄한 목소리를 듣고서야 라모는 움켜잡은 손에서 힘을 뺀다. 우리는 천천히 라모를 휠체어에 내려놓는다. 라모는 휠체어에 앉아서 멋쩍게 나를 올려다본다. 라모의 엄마가 휠체어를 밀고 병실을 돌기 시작한다.

마침내 새로운 자유의 가능성을 깨달은 라모의 얼굴이 밝은 미소로 빛난다. 라모는 조심스레 이쪽저쪽으로 몸을 내밀고 팔걸이를 눌러 보기도 하고, 발받침대로 장난을 치기도 한다.

"얄라마!"

라모가 흥분해서 소리치자 옆 침대에 있는 할머니가 박수를 치며 환호한다. 라모는 신이 나서 엄마에게 뭔가를 재잘거리며 휠체어를 밀고 앞으로 나간다. 그런 다음 멈춰서 손뼉을 치며 우리를 돌아본다. 라모의 얼굴이 기쁨으로 반짝이고 두 눈에는 희망과 설렘의 빛이 아른거린다. 너무나 오랜만에 찾아온 작은 특혜에 천진난만하게 기쁨을 마음껏 드러내면서. 마치 몇 달 동안 이 순간을 기다려온 것처럼, 라모의 웃음소리가 고통의 벽을 뚫고 터져 나온다. 이제 라모는 침대 위에 갇혀 있지 않아도 된다. 휠체어의 부드러운 비닐 의자 위에서 새로운 독립을 찾았으니까. 몽가르에 도착한 이후 처음으로, 여기 오기를 잘했다는 생각이 든다.

6

허리가 휘는 일

몽가르에서의 첫 번째 주가 끝나 가고 있다. 어두컴컴하니 비가 오는 오전 시간이 왠지 더디게 흘러갈 것만 같다. 새로운 일과에 조금은 익숙해졌음을 느끼면서, 나는 잠시 병원을 떠나 숙소에 가서 책을 몇 권 가지고 왔다. 무거운 책들을 안고 수술실 앞을 지나 물리치료실로 향하다 보니, 물리치료실 창문 앞에 줄지어 서 있는 사람들이 보인다. 조금 전 병원을 떠날 때는 복도에 사람이 하나도 없었는데, 그사이 누군가 수문을 열어 놓은 것처럼 사람들이 우글 거린다. 모여 있는 사람들을 꼼꼼히 살펴봤지만 아는 얼굴은 하나도 없다. 게다가 그들은 보통 구경꾼들하고는 달라 보인다. 마치 각자의 생각 속에 빠진 채, 진득하니 나를 기다리고 있는 듯한 표정들이다.

내가 다가가자 사람들이 조용히 양쪽으로 비켜서며 길을 내준다. 아마도 내 흰색 가운이 권위의 표시임에 틀림없는 모양이다. 나는 웃음 띤 얼굴로 그들을 본다. 대부분이 인도 옷을 입고 있다. 여자들은 사리를, 남자들은 셔츠와 바지를 입고 있다. 차림새로 봐서는 병원 공사장의 인부들이거나 도로 건설 현장의 노동자들 같다. 팀푸에서 몽가르로 올 때 도로 곳곳의 작은 천막들 안에 도로를 닦는 인부들이 있는 걸 본 기억이 난다.

페마는 벌써 병력을 파악하느라 바쁘다. 남라(아픔)나 오가(어디?)라는 말이 들리지 않는 걸로 봐서, 페마와 그들이 하는 말은 샤르춥어가 아니라 네팔어나 힌두어로 보인다. 나는 한 마디도 알아듣지 못하고 그저 지켜만 본다. 페마 옆에 있는 여자는 잘 들리지도 않을 만큼 작은 소리로 말한다. 손은 깍지를 끼고 무릎 위에 가지런히 올려놓고 있다. 그녀는 긴급하면서도 비밀스러운 문제를 가지고 있는 듯 보인다. 내게는 눈길 한번 안 주지만, 잠시 후 페마가 그 여자의 말을 통역해 준다.

그 환자의 이름은 단 마야이고, 예상했던 대로 병원에서 한 시간 정도 거리에 있는 도로 건설 현장의 노동자이다. 그녀가 하는 일은 돌을 깨는 사람들 앞으로 돌덩이들을 나르는 것인데, 지난 몇 주 동안 허리 통증으로 고생을 해 왔다. 그런데 이제는 밤에 잠을 잘 수도 없을 만큼 요통이 심하단다.

나는 그녀의 진료의뢰서를 본다. '만성 척추 질환. 물리치료 요망. 친절한 평가와 치료를 부탁합니다.'라고 쓰여 있다. 서명은 대문자 비(B)를 시작으로 그 뒤에 휘갈겨 쓴 철자가 몇 개 더 있다. 단 마야에게 담당 의사가 누구인지 묻자, 외래 환자들을 진료하는 젊은 인도 의사 비쿨 선생님이라고 답한다.

나는 페마와 함께 마야의 상태를 평가한다. 유감스럽게도 내가 마야를 위해 할 수 있는 일은 거의 없는 듯하다. 살가죽과 뼈만 앙상하게 남은 마야가 돌덩이를 나르는 중노동을 하다니! 가혹한 노동을 그만두고 다른 일을 찾는 방법 외에는 마야의 허리 통증을 완화시킬 방법이 없어 보인다. 나는 페마와 함께 마야가 취할 수 있는 선택에 대해 논의한다. 하지만 마야가 새로운 일을 찾을 가능성은 전연 없다. 마야가 남편과 같이 벵골에서 몽가르로 온 이유는 고향에 있는 가족에게 보내 줄 돈을 벌기 위해서이다. 그들은 일을 할 수 있음에 감사하며, 거의 칠 년 동안 몽가르에서 막노동을 해 왔다.

일하는 시간만이라도 좀 줄일 수 없겠느냐고 묻지만 고개를 가로젓는 답만이 돌아온다. 일을 좀 더 쉬엄쉬엄하면 안 되겠느냐는 질문에도 역시 안 된다는 대답이 돌아온다. 그렇다면 다른 여자와 일을 바꿔서 할 수는 없느냐고 묻자, 모두들 비슷한 일을 하고 있다고 한다. 그나마 마야가 가장 젊고 힘이 센 편에 속한다고.

치료를 받으러 올 수는 있을까?

없다. 마야의 일터에서 병원까지 오는 데 너무 많은 시간이 걸린다. 그녀가 쉴 수 있는 시간은 오늘 오전뿐이다.

물리치료는 빨리 고치고 쉽게 치료할 수 있는 그런 분야가 아니다. 그리고 여러 문제들에 부딪히는 경우도 허다하지만, 여기 부탄에서 나는 전혀 예상치 못한 난관에 직면한다. 캐나다에서 이런 상황에 처한다면 그녀의 고용주에게 전화해서 업무량을 줄이거나 다른 업무로 바꿔 주라고 하면 된다. 또한 그녀는 산업재해 보상을 받을 수 있고, 적어도 얼마간은 일을 쉴 수 있다. 어쨌거나 계속 악화되는 통증을 완화시킬 방법을 찾을 수 있을 것이다. 하지만 여기서는? 그녀에게 뭐라고 해야 할까? 두려움마저 느껴진다. 진퇴양난에 빠졌음을 나는 알고 있다.

뭐라고 해 줄 말도 치료를 할 방법도 없다. 얌전하니 예의 바른 환자 마야도 실은 아무런 기대도 하지 않은 모양이다. 그만 가 봐야 한다는 말을 변명처럼 하면서 벌써 문을 향하고 있다. 이제 다시 중노동을 하러 가야 하는 것이다.

"요즘 몽가르에는 노동자들이 많아요. 그 사람들이 어디에 사는지 본 적 있죠?"

페마가 연민이 가득한 눈빛으로 한숨을 쉰다.

나는 고개를 끄덕인다.

"그 사람들을 치료할 수 있겠어요?"

"그럴 수 있기를 바라요."

나는 의구심을 숨기며 대답한다.

그다음 몇몇 환자들도 거의 비슷한 고통을 호소한다. 허리 통증, 어깨 통증, 팔꿈치 통증……. 가혹한 육체노동 때문에 그런 증상들이 생겼음이 분명하다. 그들 모두 노동자들이고, 또한 그들 모두 아무리 힘든 일이라도 해야 한다. 그들 중에 쉴 수 있는 여유를 가진 사람은 아무도 없으며, 쉬려고 하는 사람도 없다. 모두들 비에 흠뻑 젖은 채 피곤에 지친 얼굴로 발을 질질 끌며 물리치료실 안으로 들어왔다가 똑같은 모습으로 떠난다. 삶에 환멸을 느끼지만 체념한 듯 덤덤한 모습으로.

내가 아무 쓸모없다는 생각이 들어 비참해진다. 그들을 적외선 램프 아래서 잠시라도 편히 쉴 수 있게 해 줄 수 있으면 좋으련만 오늘은 전기마저 들어오지 않는다. 우리가 간절히 쓰고 싶어 하는 기계들은 눅눅한 어둠 속에 묻혀 잘 보이지도 않는다.

마침내 내가 치료할 수 있는 상태의 급성 환자를 만난다. 스물일곱 살의 부탄 청년 파상으로 통나무를 들다가 허리를 다쳤단다. 나는 그에게 그날 하루는 일을 하지 말도록 권하고 몇 가지 운동을 가르쳐 준다. 그러면서 자신감도 생기고 기분도 좋아진다. 비록 많은 환자들 중 한 명에 불과하지만 적어도 그는 내 도움을 받을 수 있다.

페마는 어떤 점에서 파상이 지금까지의 환자들과 다른지를 묻는다. 나는 좀 더 상세하게 파상의 상태에 대해 이야기를 한다. 이번 사례가 페마에게 학습 경험이 되기를 바라면서. 마지막으로 나는 파상을 다시 담당 의사에게 보내 항염증 약을 처방받아 오도록 한다. 파상이 몇 분도 채 안 돼 돌아와서는 의사가 나와 직접 이야기를 나누고 싶어 한다는 말을 전한다.

나는 놀라지도 않는다. 오늘 모든 외래 환자들의 진료의뢰서를 보낸 의사가 바로 비쿨 선생이다. 그 모든 환자들 중 내가 처음으로 치료할 수 있는 환자가 생겼는데, 비쿨 선생이 내 치료법을 의심하고 있는 것이다.

이미 오늘 아침 회진을 돌 때 나는 그와 언쟁을 했다. 그의 환자들 중 한 명의 진단 결과에 대해서. 그는 환자의 증상을 엘(L) 삼(요추 삼 번)의 양측마비(다리와 하반신의 마비)로 보았고, 나는 엘 사의 부전마비(어떤 기관의 기능이 완전히 상실되지는 않고 약화된 상태의 마비)로 보인다고 주장했다. 그와 나는 그런 증상이 유발된 원인이 종양 때문인지 자기면역 질환 때문인지, 아니면 압박골절 때문인지에 대해 한동안 논쟁을 했다. 그러는 중에 그는 하지 전체의 신경 지배에 대한 질문으로 나를 테스트하면서 내가 실수하기만을 기다렸다. 내가 움츠러들지 않고 당당하게 지식을 드러내 보이자 그는 놀란 듯 보였다. 결국 그는 자신이 물리치료에 대한 지식이 거의 전무함을 인정하고 획 돌아서 환자에게 가 버렸다.

그는 다시 나를 추궁하고 싶은 모양이다. 그렇다면 그가 기다려야 한다. 물리치료사를 만나려고 거의 한 시간이나 기다린 환자들이 밖에 또 있으니까. 나는 물리치료실에 온 환자들을 다 만나 본 다음 그에게 갈 것이다. 어쨌거나 급한 일이라면 그 훌륭한 의사 선생이 이곳으로 올 수도 있는 일 아닌가? 나는 차분히 웃으면서 파상에게 말한다. 비쿨 선생에게 다시 가서, 내가 잠시 후 찾아 뵙겠다는 말을 전해 달라고.

삼십 분 후, 나는 페마와 함께 두꺼운 파란 커튼 뒤에 있는 사 번 진료실로 들어간다. 서류를 보던 비쿨 선생이 고개를 든다. 그는 앉으라고 하며 책상 앞에 있는 의자 두 개를 가리킨다. 그의 쌀쌀

한 태도와 거만한 표정이 왠지 못마땅하다. 나는 어깨를 펴고 방어 태세를 취한 뒤, 든든한 지원군인 페마를 본다. 페마는 언제나처럼 웃고 있다.

"저한테 하실 말씀이 있다고요?"

문득 겁이 나기도 하지만, 나는 그런 속마음을 애써 누른다.

"네."

불길한 침묵이 뒤따르고, 조금 전의 용기는 간데없이 사라진다. 그의 표정을 읽을 수가 없다. 혹시 내가 정말로 어떤 실수를 한 것은 아닐까 불안하다. 다시 페마를 돌아본다. 그녀는 불안한 기색이 전혀 없다. 나는 속으로 오전에 본 환자들을 속히 떠올려 본다. 그가 나에게 뭘 바라는 걸까?

그의 질문이 나를 생각 밖으로 끌어낸다.

"몽가르가 마음에 드세요?"

처음으로 그의 얼굴에 웃음기가 스치고 지나간다.

"글쎄요, 아직은 잘 모르겠지만……."

나는 말꼬리를 흐리다가 재빨리 덧붙인다.

"좋은 곳 같아요."

좀 더 적극적으로 대답을 했어야 하는데 그러지 못한 내 자신을 책망한다.

"오늘 오전에 환자들을 너무 많이 보내서 미안해요. 내 생각에 는 물리치료가 환자들에게 얼마나 큰 도움이 되랴 싶지만, 어쨌든 당신이 잘 봐줄 거라고 생각했어요."

그가 진심으로 미안해하는 것처럼 들린다. 나는 조금은 편해진 마음으로 다음 말을 기다린다.

"파상에게 왜 그런 운동을 하라고 했는지 설명 좀 해 주시겠습니까?"

이것이 바로 함정이다! 다시 내 몸이 뻣뻣해진다. 하지만 그 순간 그가 물리치료에 대해 무지하다는 사실이 떠오른다.

"제가 살펴본 바에 따르면 파상의 허리 통증은 물리적 자극으로 인한 거예요."

나는 물리적 허리 통증과 원인, 그리고 그에 적용할 수 있는 물리치료에 대해 장황한 설명을 시작한다.

비쿨 선생은 주의 깊게 듣는다. 문득 그를 납득시키기 위해서가 아니라 나 자신을 위해 설명하고 있는 듯한 기분이 든다. 물리치료 운동에 대해 전혀 배운 적이 없는 사람에게 어떻게 물리적 요통 환자에 대해 설명할 수 있단 말인가? 노동자들의 허리를 휘게 하는 노동 조건에 대해 거론한다면, 그가 성을 낼까? 몽가르에 온 지 이제 겨우 일주일이 되었는데, 분쟁은 되도록 피하고 싶다.

비쿨 선생은 여전히 파상의 문제에 집착하며, 파상을 다시 진료실 안으로 불러들인다.

"파상, 이 선생님이 가르쳐 준 운동을 알아요?"

"네, 선생님."

"내게 좀 보여 줄 수 있겠어요?"

비쿨 선생이 진찰대를 가리키며 말한다.

"그럼요, 물론 보여 드릴 수 있죠."

파상이 조심스럽게 진찰대 위로 올라가서 내가 내줬던 숙제를 보여 준다. 전적으로 정확한 건 아니지만 봐줄 만한 정도라서 나는 아무 말 않는다.

비쿨 선생이 만족한 듯 보인다.

"흐음, 좋아요. 물리치료 선생님이 가르쳐 준 대로 꼭 운동하세요. 그리고 열흘이 지나도 계속 아프면 다시 오시고요."

그가 내게 시선을 옮긴다.

"파상을 치료하는 일은 다 끝난 건가요?"

"네."

비쿨 선생이 고개를 끄덕이며 파상에게 말한다.

"됐어요, 파상. 이제 가 보셔도 돼요."

마음이 놓인다. 나는 새로이 자신감을 얻어 비쿨 선생을 훑어본다. 그는 꽤 잘생겼고 젊어 보인다. 내 나이쯤 되었을까? 탄탄한 체격에 어깨는 넓고 건장해 보인다. 머리칼은 까맣고 숱이 많으며, 까무잡잡하니 부드러운 생김새가 흰색 의사 가운에 더욱 두드러져 보인다. 그리고 감정을 곧잘 드러내는 큼직한 두 눈이 이제 수줍은 미소 속에서 반짝이고 있다.

"물리치료에 대해 더 많은 이야기를 나누고 싶군요. 아주 재미있는데요."

"좋아요. 언제든지요."

나는 선뜻 대답한다.

토론이 끝난 듯 보인다. 페마와 나는 자리에서 일어난다. 여태까지 한 마디도 하지 않던 페마가 그제야 그에게 농담을 건넨다.

"비쿨 선생님께 진찰받기를 학수고대하며 아직도 밖에서 기다리고 있는 여자 환자들이 얼마나 많은지 아세요?”

나는 갑자기 무안한 느낌이 들어 진찰실을 서둘러 나선다. 밖에 나와서 페마가 입이 귀에 걸리도록 활짝 웃는다.

“물리치료에 대한 설명으로 비쿨 선생님을 한 방 먹였네요, 그렇죠?”

우리는 같이 웃는다. 페마의 말이 맞다. 우리는 처음으로 작은 승리를 얻었다.

물리치료실에 돌아와서 책상 위에 쌓여 있는 진료의뢰서들을 보니 작은 승리의 기쁨이 꼬리를 감춘다.

“이것들은 어디서 온 거예요?”

“입원 환자들 거예요. 병실에서 온 진료의뢰서들이죠.”

나는 한숨을 쉬며 의뢰서들을 훑어본다. 만성 요통이 있는 할머니, 발에 궤양이 생긴 나병 환자, 그리고 또 많은 요통 환자들……

서른 살쯤 되어 보이는 젊은 여자가 물리치료실로 들어온다. 외국에서 의사가 왔다는 소문을 듣고 꼬박 이틀을 걸어서 왔단다. 그녀는 막무가내로 내게 치료를 받겠다고 고집을 피운다. 하지만 당황스럽게 진료의뢰서도 가져오지 않았다. 그래서 다른 의사 선생님을 먼저 뵙고 왔느냐고 묻자, 그렇다고 고개를 끄덕인다. 전에 산부인과 의사에게 진찰을 받은 적이 있는데, 이제는 내가 봐주기를 바란단다. 좀 더 이야기를 들어보니 그녀가 걱정하는 문제가 분명해진다. 그녀는 가족계획의 일환으로 자궁 내 피임 기구를 삽입했는데, 그것을 내가 봐주기를 바라고 온 것이다. 웃어야 할지 울어야 할지……

페마 역시 이러지도 저러지도 못하고, 내가 의사인 것은 맞지만 그런 종류의 의사는 아니라고 설명한다. 여자는 실망한 기색을 드러내면서, 그래도 내가 한번 봐주면 안 되느냐고 되묻는다. 빗속을 뚫고 병원까지 그 먼 길을 걸어온 걸 생각하니 괜스레 미안한 마음이 든다. 내가 몽가르에 왔다는 소식이 주변 마을에 참으로 빨리 퍼졌나 보다. 여자는 처음에 그 소식을 듣고, 마침내 여자 의사에게 자신의 은밀한 부분을 보이게 되었다는 생각에 얼마나 기뻤을까? 비록 내 잘못으로 그런 오해가 생긴 건 아니지만 안쓰러운 마음을 갖지 않을 수 없다. 외국인 의사에 대한 그들의 높은 기대를 충족시킬 수 있을지 걱정이 앞선다.

그날 근무 시간이 끝날 즈음, 마침내 마지막 진료의뢰서에 다다른다. 마지막 환자는 예순여덟의 노부인 체링 데마 씨로 위궤양, 척추측만증, 요통을 앓고 있다.

페마가 연세가 지긋한 노부인을 부를 때는 이름 대신 '아비'라는 호칭을 쓰라고 가르쳐 준다. 나는 샤르춥어를 익히기 위해 되도록 많은 이야기를 샤르춥어로 하기로 페마와 약속한다.

비 병실에서 온 예순여덟의 아비는 참으로 유쾌하다. 평생을 고지대의 강렬한 햇빛 속에서 일해 온 아비의 얼굴은 말린 자두처럼 쪼글쪼글하고, 누런 이 하나가 이상한 각도로 뻗쳐 있어서 환한 미소가 더욱 두드러져 보인다. 페마가 병력을 파악하는 동안 아비는 연방 웃으면서 웅얼웅얼 대답을 한다.

병력 파악 후, 내가 아비의 몸 상태를 알아볼 차례가 된다. 제지할 겨를도 없이 아비는 키라를 후딱 벗는다. 그리고 믿기 어려울 만큼 더러운 발을 내 쪽으로 뻗고 물리치료 침대 위에 눕는다. 나는 멋쩍게 웃으며 아비에게 똑바로 일어서 있어야 한다고 말한다. 아비는 합죽 웃음을 지으며 등을 가리키고는 계속 침대 위에 누워 있다. 마침내 일어나야 한다는 내 말뜻을 알아챈 아비는 부리나케 일어나 키라를 입는다. 나는 또다시 등 부위를 볼 수 있을 만큼 키라를 내리라는 뜻을 전하느라 애를 먹는다.

아비의 엉덩이 바로 윗부분에 깊은 자국이 나 있다. 오랫동안 키라 허리끈을 너무 꽉 조여 묶어서 난 자국인 듯하다. 그렇게 허리끈을 조인 채 힘겨운 들일을 하고, 몇 년 동안 자식들을 업어 키우고, 그것도 모자라 손자 손녀들까지 업어서 키웠으니 등뼈가 아무리 강하다 한들 안 아플 수 있겠는가. 아비의 척추는 척추측만증이란 진단이 무색할 만큼 기형적으로 뒤틀리고 굽어 있다. 조금 움직여 보라는 내 말에 아비는 그저 웃음만 짓는다.

조금이라도 아비의 고통을 줄여 줄 방법이 없음을 한탄하고 있을 때 불이 들어온다. 즉 전기 공급이 된다는 뜻이다. 아비는 번개처럼 다시 침대에 누워 기대에 찬 얼굴로 나를 본다. 이제 환자들이 가장 탐내는 기구가 된 적외선 램프의 스위치를 켜 주자 아비는 기쁨의 탄성을 나지막이 쏟아 낸다. 일 분이나 지났을까, 아비는 그새 잠이 든다. 하지만 안타깝게도 겨우 십 분 만에 다시 불이 나간다.

"불이 안 들어와요. 기계가 작동이 안 돼요!"

내 말에 아비는 다시 웃음 지으며 키라를 입는다. 그리고 물리치료실을 나가기 전에 내 손안에 호두를 한 움큼 쥐여 준다.

"까딘체 라."

아비는 고맙다는 인사도 잊지 않는다. 그런 다음 실제 키의 사분의 삼 정도로 허리를 바짝 구부리고 느릿느릿 물리치료실을 나가서 손을 흔든다. 나는 아비의 진료의뢰서에 퇴원 일자가 오늘로 적혀 있는 것을 보았다. 이제 다시는 아비를 만날 수 없으리라. 아비는 벌써 끊임없는 들일과 허드렛일이 기다리는 집으로 향하고 있는지도 모른다.

"움직이지 말아요."

페마가 내 앞으로 급히 달려들더니 손가락으로 내 가운 앞자락을 잽싸게 움켜잡는다.

"잡았다!"

그녀는 손가락 끝에 시선을 집중하고 잡은 걸 살핀다.

"녀석들이 선생님을 정말로 좋아하네요."

나는 손을 내저으며 쓴웃음을 짓는다. 페마의 말이 맞다. 마치 내 온몸이 벼룩들의 온상 같다. 이 주 전 몽가르에 도착한 이후 병원에서 매일 벼룩 잡기 행사를 치러야 했는데, 나는 지정된 벼룩 수거함이다. 나 말고는 다른 사람 아무도 그 끔찍한 작은 흡혈귀와 문제가 없어 보인다. 몇몇 의사들에게 벼룩 퇴치법을 물어봤지만 다들 그저 당혹스러운 표정으로, 퇴근해서 집으로 돌아가는 즉시 옷을 갈아입으라는 말뿐이다. 나는 속으로 '옷이야 물론 갈아입죠!'라고 반박한다. 하지만 그다음 날 환자들을 접하자마자 내 몸은 다시 벼룩들의 먹이 창고가 되는데 옷을 갈아입는 게 무슨 소용이 있단 말인가. 어떤 때는 벼룩들이 펄쩍 뛰는 게 보이기도 하고, 또 어떤 때는 내 옷 속 어딘가에서 벼룩이 슬금슬금 기어 다니는 것이 느껴지기도 한다. 게다가 녀석들은 늘 내 속옷을 향해 돌진한다! 싸구려 세제 때문에 생긴 뾰루지처럼, 브래지어 라인과 팬티 고무줄 주위에 벌겋게 부풀어 오른 반점들이 가실 날이 없다. 모기와 암갈색 날벌레들도 지독하지만 벼룩에 비하면 아무것도 아니다. 긁지 않으려고, 참을 수 없는 가려움을 무시하려고 안간힘을 쓰면서 한숨 못 자고 밤을 새운 적이 한두 번이 아니다. 하지만 그 가려움이란 참을 수 있는 성질의 것이 아니다. 벌써 내 피부는 지나치게 민감해져서 어떤 곳에서는 피까지 난다.

페마가 안쓰러운 눈길로 나를 본다.

"벼룩은 정말 끔찍해요. 니마도 허구한 날 여기저기 물리죠. 나나 침미는 물리는 법이 없는데 왜 그런지 모르겠어요. 우리 피부색이 더 짙어서 그런지도 모르겠어요."

페마는 진심으로 나를 걱정하지만, 그녀 역시 해결책을 제시해 주지는 못한다.

우리는 다시 하던 얘기로 돌아간다. 페마는 어깨의 해부학적 구조와 어깨 관절에 통증을 일으키는 원인들을 공부하고 있다. 몽가르 병원에 도착하는 물리치료 진료의뢰서들의 특유한 패턴이 서서히 드러난다. 특정한 증상의 환자들이 간헐적으로 오고 간다. 몇 달 동안 어깨 통증 환자가 한 명도 없다가 어느 날 갑자기 비슷한 증상을 가진 환자들이 네 명이나 온다. 어제는 만성 어깨 통증 환자들이 밀려들었다.

페마는 이맛살을 찌푸리며 공부에 전념한다.

"회전근개가 뭐예요?"

"어깨를 지지하는 근육들이에요. 어깨 관절 안쪽에 있는 힘줄들이죠. 이것들이에요."

나는 책에 나온 그림을 가리킨다.

"그것들을 어떻게 치료할 수 있어요?"

페마는 흥미로운 지식을 얻는 데 열심이다.

나는 되도록 구체적인 답변을 피하고 페마 스스로 생각해 보도록 권한다.

"다른 힘줄들의 염증은 어떻게 치료하죠?"

나는 대답 대신 질문을 한다.

"장 오마 운동 핀차 모?(지금 운동할 수 있어요?)"

누군가 우리의 공부를 방해한다. 얼굴에 주름이 가득한 노인이 남아 있는 몇 개의 치아를 드러내며 묻는다. 나는 웃는다. 이 메메는 내가 좋아하는 사람들 중 한 분이다.

"난 오도, 메메!(들어오세요, 메메!)"

내가 대답한다.

메메는 느릿느릿 걸어 들어와서, 고를 급히 벗고 곧장 적외선 램프 옆에 있는 걸상으로 향한다.

"망기, 메메!(지금은 안 돼요!)"

나는 전기가 들어오지 않아서 적외선 램프를 사용할 수 없음을 설명하려고 애쓴다. 페마는 내가 몸짓 발짓을 해 가며 샤르촙어로 설명하려는 시도에 웃음을 터뜨린다. 그리고 몇 마디 말로 간단하게 통역을 한다. 메메는 자신이 생각한 운동을 할 수 없어서 실망한 표정이다. 나는 문틀에 있는 도르래 장치를 가리킨다.

"난 운동 피, 나도?(지금 운동하세요, 아셨죠?)"

"딕페, 딕페.(알았어요, 알았어요.)"

마지못한 대답이 들려온다.

나는 메메가 운동할 준비를 하는 모습을 지켜본다. 오랫동안 산속 마을에서 힘든 일을 한 탓에 다리는 활처럼 휘었고, 몸은 어찌나 야위고 말랐는지 늑골이 다 드러날 정도이며, 쇄골은 마치 무슨 받침처럼 툭 튀어나와 있다. 팔뚝은 여느 농부들처럼 햇볕에 까맣게 탔고, 두 발을 제외한 나머지 부분의 피부색은 다소 엷은 편이다. 머리칼은 반백으로 회색빛이지만 아직도 숱이 많다. 그리고 성긴 코밑수염과 아래턱 수염 때문에 튀어나온 광대뼈가 더 튀어나와 보이며, 언제나 웃음을 머금은 얼굴에는 웃음선이 아로새겨져 있다.

메메는 웅크리고 앉아서, 그러잖아도 가는 눈을 더 가늘게 뜨고 의심스러운 표정으로 도르래를 살피더니 조심스럽게 줄을 끌어당겨 본다. 도르래가 움직인다. 메메가 움찔하며 좀 더 세게 잡아당기자 도르래가 제대로 작동한다. 메메는 의기양양한 얼굴로 나를 돌아본다. 웃음 짓는 그의 얼굴에 주름이 가득하다. 그 주름은 메메가 오랫동안 행복한 삶을 살아왔음을 보여 주는 증거이리라. 메메는 우리에게 농담을 하면서 도르래와 줄로 익살을 부린다. 정확히 꼬집어 말하자면 메메의 행동은 운동이라고 볼 수 없지만 여하튼 그 목적에는 부응한다. 그 순간, 전등 빛이 다시 살아난다. 줄을 끌어당기는 일에 여념이 없던 메메가 눈 깜짝할 사이에 줄을 내려놓고 적외선 램프를 향해 달려간다. 불빛은 전기를 뜻하고, 전기는 적외선 램프의 따뜻한 온기 아래에서 편히 쉴 수 있음을 뜻한다. 메메의 삶은 정말 축복받은 인생이다.

이내 또 다른 노인이 적외선 램프 옆에 있는 의자로 다가선다. 그는 너덜너덜해진 물리치료 진료의뢰서와 기도 바퀴(경전을 새긴 통을 손으로 돌리도록 만든 것으로 마니차라고도 함), 염주를 들고 있다. 그리고 느긋하게 차례를 기다리면서 손목을 천천히 시계 반대 방향으로 돌림으로써 윗부분에 있는 원통형 통이 끌어당겨져 획 소리가 나게 하고, 기도 바퀴에 매달려 있는 진주알 크기의 구슬 두 개가 연달아 빙글빙글 돌아가게 한다. 다른 한 손에는 염주를 들고 엄지손가락으로 끊임없이 염주 알들을 돌린다. 그러면서 낮은 목소리로 계속 뭔가를 중얼거리는데 나는 도통 이해할 수 없는 말들이다. 그래서 페마에게 묻는다.

"옴 마니 밧메 훔이라고 하시는 거예요."

페마가 대답한다.

옴 마니 밧메 훔? 기도 문구인가? 아니면 고통을 잊기 위해 같은 문구를 그냥 반복하는 걸까? 나는 그 의미를 묻는다.

노인은 내가 확실하게 들을 수 있을 만큼 큰 목소리로 그 말들을 왼다.

"옴 마니 베메 후, 옴 마니 베메 후, 옴 마니 베메 후, 옴 마니 베메 후……."

또렷하지 않은 발음으로 같은 음절들이 계속 반복된다. 그리고 이 말이 반복될 때마다 염주 알이 움직이고 기도 바퀴가 서너 번씩 돌아간다. 내가 의미를 묻자, 기도를 하던 메메가 답을 해 준다. 나는 그 사실이 놀랍기도 하고 기쁘기도 하다. 일반적으로 부탄 사람들은 신앙심이 아주 깊다. 그래서 종교 의식을 부지런히 따른다. 하지만 종교 의식이나 상징물에 대해 좀 더 깊은 의미를 설명할 수 있거나 설명해 주고자 하는 사람은 거의 없다. 이 메메는 배움이 많고 말을 잘하는 노인임에 틀림없다. 할 말이 참으로 많은 듯 보인다. 페마가 어렵고도 장황하게 메메의 설명을 번역해 준다.

내가 이해한 바에 따르면 옴 마니 밧메 훔은 진언, 즉 기도 문구이다. 진심을 다해 암송하면 바라는 결과에 좀 더 가까워진다고 한다. 많은 기도 문구들이 있지만, 부탄에서 가장 보편적인 기도 문구가 옴 마니 밧메 훔이다. 문자 그대로 번역하면, '오, 연꽃 속에 있는 보석이여'란 뜻이다. 마니는 '보석'을, 밧메는 '연꽃'을 뜻하고, 옴은 만물의 시작을 나타내는 소리이며 훔은 '그렇게 되어지다'라는 뜻의 어미이다. 훔과 옴은 우주를 나타내기도 한다.

부탄 사람들은 기도 바퀴를 돌릴 때마다 선한 업이 쌓인다고 믿는다. 또한 진언을 욀 때마다 만물에 대한 깨달음을 얻을 가능성이 높아진다고 믿는다. 진언을 암송하는 행위 자체가 깨달음에 좀 더 가까이 이를 수 있는, 영적인 길로 가는 공덕을 얻게 해 준다는 것이다.

페마가 통역하는 말에 지친 노인이 고개를 돌리고 눈을 감는다. 그리고 만물의 깨달음을 얻기 위한 암송을 계속한다.

적외선 램프를 이용할 수 있다는 소식이 퍼졌는지, 이내 물리치료실에서의 행복한 휴식을 기다리는 환자들이 줄을 잇는다. 하지만 안타깝게도 전력 공급은 덧없이 끝이 나고, 물리치료실은 다시 어둑어둑해진다. 그리고 환자들은 사라진다.

정오까지 전기가 들어오지 않자, 페마는 니마를 병원으로 데려오기 위해 서둘러 집으로 향한다. 전문의인 프라단 선생이 기침이 심해졌다는 니마를 봐주기로 약속했기 때문이다. 니마를 품에 안고 돌아온 페마의 표정은 한시름 놓은 듯하면서도 여전히 불안해 보인다.

"프라단 선생님이 그냥 기침병이라네요. 니마에게 먹일 기침약을 타 왔어요."

나는 페마가 프라단 선생을 깊이 신뢰하고 있음을 알고 있다.

"프라단 선생님이 니마가 기어 다니지 못하는 것에 대해서는 뭐라고 하세요?"

나는 조심스레 묻는다.

페마가 니마의 까만 곱슬머리 한 가닥을 손가락에 감아 빙빙 돌리자 아이가 까르륵 웃기 시작한다. 페마는 부드러운 손길로 아이를 들어서 바닥 위에 세워 놓고 받쳐 준다. 니마는 흔들거리며 서서 반짝이는 눈망울로 엄마를 쳐다본다.

"어쩌면 머리를 다친 것일지도 모르겠어요. 아니면 아이를 낳을 때 뭐가 잘못되었거나."

니마가 계속 까르륵 웃는다. 그러다 발작적인 기침에 몸을 가누지 못한다. 페마가 아이를 꼭 안으며 말한다.

"하지만 처음엔 니마에게 아무 문제가 없어 보였어요."

페마에게 안긴 니마가 한쪽 손을 빼내더니, 손가락을 입술에 가져간다. 아이는 먼 데를 보는 듯도 하고 생각에 잠긴 듯도 한 표정으로 집게손가락을 입술에 대고 천천히 입술을 굴리기 시작한다.

"안 돼!"

페마가 부드럽게 아들을 나무라고서 내게 고개를 돌린다.

"니마가 내 말을 알아듣기나 하는지 모르겠어요. 말을 하면 가끔 웃기는 하는데, 말귀를 알아듣는것 같지는 않아요. 니마를 벨로르로 데려가고 싶어요. 프라단 선생님도 벨로르에 가야 제대로 진단을 내릴 수 있을 거라고 하세요."

만난 이후 처음으로 페마가 내 앞에서 한 줄기 눈물을 보인다. 눈물이 니마의 소매 앞자락에 작은 얼룩을 남긴다.

나는 고개를 끄덕인다. 그리고 페마에게 감정을 추스릴 시간을 주기 위해 책상에 있는 서류들로 시선을 돌린다. 나는 남인도 타밀나두 주에 있는 벨로르가 인도에서 제일가는 진료 및 임상 연구 병원 중 하나라는 것을 프라단 선생을 통해 알고 있다. 의료기구와 자원이 부족한 탓에 부탄에서는 제대로 진단을 내릴 수 있는 병원이 많지 않다. 그래서 복잡한 진단이나 치료가 필요한 환자들은 인도로 보내진다. 하지만 위탁 환자 한 사람에 대해 부탄 정부가 지원해야 하는 비용이 너무 커서, 한 번에 많은 환자들을 인도로 보낼 여건이 안 된다. 그래서 대기자 명단이 꽤 길다. 그럼에도 벨로르는 페마에게 유일하게 현실적인 희망이다. 지금까지 부탄에서는 그 누구도 페마의 아이를 정확하게 진단하지 못했다. 나 또한 니마

의 증상이나 징후가 혼란스럽기는 하지만 행여 뇌성마비는 아닐까
하는 의심이 든다.

"요즘 우리는 오로지 니마 걱정뿐이에요."

페마가 한숨을 쉬며 말한다. 나는 충동적으로 손을 내밀어 페마
의 어깨 위에 내려놓는다. 젊은 엄마는 나를 보며 애써 웃으려고
한다. 하지만 슬픔이 가득한 검은 눈이 그녀의 의지를 배신한다.
내가 니마의 부드러운 곱슬머리를 쓰다듬자 아이가 옹알이로 보답
한다. 페마가 보지 않는 사이 니마는 다시 손을 빼내서 입술로 가
져간다.

그런 다음 아이가 고개를 돌린다. 아이의 얼굴에 만족스런 표정
이 나타나 보인다.

"안녕하세요."

페마의 남편 카르마가 제과점 과자를 한 박스 가지고 들어오더
니 내게 지친 표정으로 웃음을 짓고는 몸을 낮춰 아들을 안는다.
니마가 좋아서 앙앙거린다.

"배고플 것 같아서 아빠가 사 왔어."

카르마가 이번에는 페마를 보며 묻는다.

"프라단 선생님은 뭐라고 하셔?"

젊은 엄마 아빠가 한동안 조용히 이야기를 나눈다.

"오늘은 출근 안 하세요?"

내가 카르마에게 묻는다.

"오전만 일하고 조퇴했어요. 니마를 집에 데려가려고요."

피곤한 듯 카르마가 느릿느릿 대답한다.

"니마가 어젯밤 잠을 거의 못 잤어요."

그가 변명하듯 말한다. 그들 모두 제대로 못 잤음이 분명하다.

"페마도 같이 가지 그래요?"

내가 불이 나간 전구를 가리키며 말한다.

"오늘은 환자가 별로 없을 거예요."

한순간 내 권한 밖의 말을 한 건 아닌가 싶은 마음이 들어 불안하지만, 어쨌든 아무도 알아채지 못할 거라고 스스로를 위로한다.

"혼자서 괜찮겠어요?"

페마가 묻고는 재빨리 일어선다. 내 마음이 바뀔까 봐 겁이라도 나는 듯.

"물론이죠."

나는 페마의 이른 퇴근을 합리화할 명분을 찾으면서 짐짓 자신 있는 척 거짓말을 한다.

"우리가 환자들에게 늘 하는 말이 좀 쉬라는 거잖아요. 안 그래요? 내가 보니까 니마도 당신들 두 사람도 당장 가서 쉬어야겠어요."

어쨌거나 그건 사실이다. 이 작은 물리치료실에서 우리가 할 수 있는 일은 많지 않을지도 모른다. 하지만 그래도 나는 캐나다에서 배운 걸 살릴 수 있지 않은가.

7
초덴

며칠 전 회진을 돌던 중에 초덴에 대해 알게 되었다. 셰트리 선생의 설명에 따르면 초덴은 횡단성척추염 환자이지만 병원에서 삽입한 도뇨관 때문에 유발된 요로감염으로 병원에 입원했다. 초덴의 상태에 약간 미심쩍은 부분이 있어서 나는 좀 더 깊이 캐물었다. 셰트리 선생은 횡단성척추염이란 척수를 침범하고 신경장애를 일으킬 수 있는 바이러스성 질병이라고 대답했다. 그런 질병 때문에 초덴은 허리 아래로 부분적 마비가 왔고, 약 사 년 동안 걷지도 일어서지도 못했단다. 내가 그날 초덴을 봤을 때 그녀의 양쪽 다리 근육이 빈번한 경련으로 인해 심하게 수축되어 있었다. 그 때문에 초덴은 무기력하게 고통을 참아 내며 침대에 웅크리고 있었다. 그럼에도 다리에 대한 치료는 전혀 받고 있지 않다고 했다. 그녀가 입원한 건 단지 요로감염을 치료하기 위해서일 뿐이라고.

초덴에게 물리치료가 필요하다고 생각하는 사람은 아무도 없는 것 같았다. 나를 제외하고. 나는 한번 시도해 보고 싶었다. 초덴을 치료해 보고 싶다고 허가를 구하자 의사들은 마지못해 물리치료 진료의뢰서를 써 주었다.

물리치료 기간을 정할 때 의사들은 노골적으로 망설임을 드러냈고, 나는 그 때문에 약간 짜증이 났다. 병원에서 내 역할에 대한 의사들의 태도는 간혹 혼란스럽다. 겉으로는 동료의 한 사람으로 기꺼이 받아들이는 듯 보이지만, 이미 처방이 내려진 사항에 대해 내가 다른 의견을 내놓을 때면 알게 모르게 적의를 드러내곤 한다. 때로는 그런 느낌이 모두 내 착각은 아닐까 싶은 생각이 들 때도 있다. 어쩌면 내게 편집증적인 면이 좀 있어서 아무도 아무 말도 안 했는데 나 혼자 비난을 받은 것처럼 느끼는지도 모른다. 하지만 그럼에도 내가 누군가의 발끝을 밟아서 그 사람의 마음을 상하게 한 듯한 불편한 느낌을 떨쳐 낼 수가 없다.

여하튼 오늘 초덴이 그녀의 어머니와 다섯 살배기 어린 딸 예세와 함께 물리치료실에 오기로 되어 있다. 초덴은 큰 갈색 눈에 까만 머리칼을 짧게 자른 스물여섯 살의 젊은 엄마이다. 그녀는 잘 웃고 지적으로 보이는 온화한 인상을 가지고 있다. 또한 자신감이 넘치고 놀랍도록 기민해서, 근육이 발달한 두 팔에 체중을 싣고 엉덩이를 옆으로 돌려 이동함으로써 마비된 다리를 다루는 법을 터득했다. 이런 방식으로 초덴은 침대에서 의자 위로 내려앉을 수 있고, 필요한 경우에는 바닥으로까지 이동할 수 있다.

초덴이 횡단성척추염의 공격을 받은 건 몇 해 전이었다. 정확히 몇 해 전에 발병했는지에 대해서는 의견이 분분하다. 여하튼 딸을 낳은 후 발병한 것은 분명해 보인다. 그때 이후 허리 아래로 완전히 마비가 되었고, 하체 말단 부위의 잦은 경련으로 고통을 겪는 현재의 상태까지 되었다. 초덴은 도뇨관이 제일 큰 문제라고 말한다. 그녀가 갖고 있는 도뇨관이 하나뿐인 데다 마을에서 도뇨관을 깨끗하게 유지하기가 어렵다고. 그 때문에 초덴은 지난 몇 년 동안 요로감염으로 몇 번이나 입원했다.

초덴의 어린 딸 예세가 호기심 어린 표정으로 나를 본다. 내 금발 머리와 하얀 피부가 신기한 모양이다. 하지만 예세는 엄마의 휠체어 옆을 떠나지 않는다. 마치 초덴의 작은 수호천사처럼 엄마 옆에 조용히 서서 나를 믿어도 될지 재 보고 있는 듯하다.

"엄마랑 같이 침대 위에 앉고 싶니?"

내 물음에 예세가 얌전히 고개를 끄떡인다. 단 일 분도 엄마 곁을 떠나고 싶지 않은 모양이다.

나는 페마를 통해 세 여자에게 우리가 초덴의 상태를 어떻게 판단할지에 대해 전한다. 초덴의 엄마는 몇 가지 질문을 하지만 초덴은 아무 말도 하지 않고 웃음 띤 얼굴로 어린 딸을 가까이 끌어당긴다. 우리가 한 말을 전혀 알아듣지 못했을 텐데도 예세의 표정이 눈에 띄게 편해진다.

페마가 못마땅한 얼굴로 나를 돌아본다.

"팀푸로 가 보는 게 더 낫지 않을까요?"

"왜요?"

내가 묻는다.

"팀푸에 있는 병원이 시설도 더 좋고 물리치료실도 더 좋잖아요. 거기 가서 치료를 받는 게 훨씬 낫죠."

"환자의 상태를 평가하는 데 있어서는 별 차이 없을 거예요."

나는 반박한다.

"그래도 팀푸에 가서 치료받는 게 더 나아요."

"여기서 할 수 있는 게 있는지 우선 알아보고요. 우리도 할 수 있어요."

몽가르의 낙후된 시설에 대한 페마의 갑작스런 저항에 나는 어안이 벙벙해진다. 초덴을 보고 아들이 떠오른 걸까? 니마도 팀푸에 가면 더 좋은 치료를 받을 수 있을 거라고 생각하는 걸까? 나는 내 성실한 보조사에게 본보기를 보여 줌으로써 니마를 우리 물리치료실로 데려오게 해야겠다고 마음먹는다. 초덴에게 좋은 결과가 나타나면 페마가 내 치료법에 좀 더 확신을 갖게 되고, 결국에는 니마를 내게 맡겨 볼지도 모른다.

나는 페마로부터 초덴에게 시선을 돌린다. 그리고 이 두 젊은 여자들이 공유하는 조용한 결단력에 깊은 인상을 받는다. 하지만 이번만은 내 환자가 영어를 못 하는 것에 감사한다.

"시작도 하기 전에 초덴의 희망을 꺾지는 말아 줘요."

나는 페마에게 간청한다.

부지런한 내 보조사는 어깨를 으쓱하며 다시 한 번 못을 박는다.

"팀푸 병원이 더 좋은 시설을 갖추고 있어요."

그런 다음 페마는 초덴의 상태를 평가하기 시작한다.

초덴의 다리가 어느 정도 움직이는지 알아보던 중, 페마가 노력을 중단해야 하는 상황에 직면한다. 페마가 밀면 밀수록 초덴의 다리에 자꾸 경련이 일어나기 때문이다. 반사적으로 근육이 심하게 수축되면서 초덴의 다리를 악마처럼 옭아매는 경련이 시작되자 초덴의 다리가 발끝 쪽으로 밀쳐져 굽혀지지 않는 다리처럼 쭉 펴지거나 혹은 다리가 잡아당겨져 오그라들기도 한다. 초덴이 신경을 쓰면 쓸수록 다리 근육은 더 심하게 이쪽저쪽으로 뭉치고 꼬인다. 다리 근육의 긴장이 풀리기를 기다리는 수밖에 달리 할 수 있는 일이 없다. 마침내 긴장이 풀리면서 초덴의 뻣뻣한 다리가 휙 움직여지는가 싶더니 적당한 자세가 된다.

그럼에도 초덴은 멈추려 하지 않는다. 잠깐 쉰 후에 이번에는 좀 더 천천히 의미 있는 움직임을 시도한다. 처음에는 마치 성공할 듯 보인다. 하지만 기대와 달리 초덴의 다리가 다시 뻣뻣하게 굳어지는가 싶더니 어떻게 손을 써 볼 겨를도 없이 초덴의 다리가 나를 뻥 차서 벽 쪽으로 밀어낸다. 나는 도르래 운동 기구 받침틀의 철근에 엉덩이를 찧는다. 그 바람에 덜커덩거리는 소리가 물리치료실 안에 울려 퍼진다. 초덴이 어쩔 줄 몰라 하며 사과를 하고, 그만 포기하려는 기색을 보인다. 나는 페마를 통해 초덴을 안심시키면서 아무렇지 않다는 뜻을 거듭 전한다. 바보 같은 느낌이 드는 건 바로 나 자신임을 어떻게 초덴에게 납득시킬 수 있을까? 내가 미리 대비를 했어야 했다. 다음번에는 좀 더 조심하리라.

페마와 나는 다시 이십여 분 동안 초덴의 다리를 살펴보고, 마침내 경련을 막을 해법을 찾는다. 초덴의 무릎을 구십 도로 구부리고 발바닥을 침대 위에 대고 쫙 펴게 한 다음 균일하게 힘을 가해 누르면 계속되는 경련이 멎는 듯 보인다. 초덴은 기진맥진한 상태에서도 웃음을 띤다. 땀방울이 이마에 흘러내린 머리카락을 흠뻑 적시고, 초덴의 얼굴을 타고 떨어진다.

초덴의 엄마가 물을 가지러 간 사이, 예세는 침대 위로 올라가서 초덴의 배에 머리를 묻는다. 두 사람은 다정하게 서로에게 속삭인다. 그러면서 초덴은 웃음을 머금고 예세의 이마에 흘러내린 곱슬머리를 손으로 빗어 준다. 마냥 편안하고 다정해 보이는 엄마와 딸의 모습이 사뭇 감동적이다. 힘겨운 나날을 견뎌 내면서 모녀의 사랑과 믿음이 더욱 깊어졌으리라.

라모의 경우처럼 초덴과 그의 가족도 몽가르에서 꽤 멀리 떨어진 작은 마을에 살고 있다. 그들이 병원에 오가는 일은 다른 대륙으로 여행을 하는 것처럼 오랜 시간이 걸린다. 집에서 초덴은 부모님과 남편이 들로 일을 하러 나간 사이, 대부분 낮 시간을 혼자 보낸다. 그녀는 두 팔의 힘으로 몸을 이끌고 집 안 이곳저곳을 돌아다닌다. 그럼에도 여전히 삶을 행복하게 받아들이는 것처럼 보인다. 초덴이 예세와 장난을 치면서 휠체어를 타고 병실로 돌아갈 준비를 한다.

작은 성공에 힘을 얻은 나는 치료 계획을 세운다. 초덴이 걸을 수 있도록 도와주기 위해서. 초덴의 몸은 강하고 의지 또한 굳다.

어떻게든 초덴을 도울 수 있는 방법을 찾아내고 말리라. 나는 초덴에게 다음 날 아침에 의사들이 회진을 돌기 전에 다시 물리치료실로 오라고 한다. 그러면 치료를 짤막하게 두 번으로 나눠서 할 수 있다. 내가 처음 몽가르에 도착했을 때 의료원장이 달리 필요한 게 있는지 물은 적이 있었다. 이제야 나는 필요한 것이 있음을 깨닫는다. 평행봉이다! 초덴이 양손으로 꽉 잡고 일어설 수 있는 평행봉과 낙상을 막아 줄 좁은 통로가 필요하다. 운동실의 한쪽 벽에 평행봉을 놓을 공간이 있다. 열 발짝 정도의 길이인데, 그 정도면 충분하다. 그리고 초덴이 자신의 모습을 볼 수 있는 거울도 필요하다. 일어서는 일이 가능함을 초덴이 직접 봐야 하니까.

나는 페마에게 내 생각을 말하고 나서 묻는다.

"아주 큰 거울을 구할 수 있을까요?"

"못 구할 게 뭐 있어요!"

페마가 의욕적으로 대답한다. 신중을 기하던 이전 모습은 온데간데없다.

"원무과장에게 말하면 될 거예요."

나는 곧장 원무과에 연락해서 내 계획에 대해 이야기한다. 그러자 원무과장이 무슨 일이든 척척 해내는 아룹을 보내 준다. 우리는 평행봉으로 낡은 파이프 두 개를 이용하고, 바닥 부분에는 나무판자를 깔기로 한다. 그 직후 아룹은 내가 생각하는 평행봉의 정확한 그림을 묻는다. 내 열의가 전염된 모양이다.

손재주가 뛰어난 기술자 두 명, 전기 기사인 덴둡과 그의 조수인 텐진이 평행봉 제작팀에 합류한다. 우리는 진짜 기술자들처럼 평행봉을 설치할 공간을 요리조리 살핀다.

"바닥 부분이 너무 길면 모퉁이 주변이 잘 안 맞을 거예요."

페마가 결핵 병동으로 이어지는 복도를 가리키며 말한다.

우리는 사람들의 손바닥 크기를 살펴보고, 어느 정도 굵기의 파이프가 필요한지 가늠한다. 그런 다음 안정성 문제를 논의한다. 나는 키가 각기 다른 환자들이 편하게 왔다 갔다 할 수 있는 이상적인 평행봉이 되려면 어떠해야 하는지를 열심히 설명한다. 아룹은 내가 하는 모든 제안을 재차 확인하며 대답을 한다.

"이렇게 만들고 싶다는 거죠……. 맞죠?"

그런 다음 고개를 갸웃거리다가 덧붙인다.

"네, 네, 만들 수 있어요. 좋아요, 좋습니다!"

아룹은 의욕도 대단하고 아는 것도 많아 보인다. 페마는 거침없이 따져 묻고, 덴둡과 텐진은 친절하게 고개를 끄덕인다. 모든 면에서 우리가 추진하는 일이 잘될 수밖에 없을 것 같다.

그날 오후, 나는 아룹과 덴둡과 함께 세탁물을 말리는 오두막으로 간다. 그곳은 몇 개의 기둥이 지붕을 떠받치고 있는 단순한 목조 건물이다. 한쪽 구석에 난로가 있고, 옷을 너는 빨랫줄들이 한쪽 끝에서 다른 한쪽 끝까지 나란히 뻗어 있다. 오두막은 창고로도 쓰이는 모양이다. 빨랫줄에 널린 시트와 베갯잇들 아래에 나무 조각들, 낡은 문짝들, 찌그러지고 녹이 슨 침실용 탁자들, 그리고 왜 모아 두었는지 모르겠지만 깨진 창문들이 너저분하게 쌓여 있다.

오두막의 사면 모두 바람이 통하도록 열려 있지만 안에서 풍기는 냄새는 퀴퀴하니 곰팡내가 난다. 어느 환자의 친척으로 보이는 노파가 불 위에서 음식을 조리하고 있고, 거기서 연기가 뿌옇게 피어올라 갓 빨아 널은 시트들에 스며든다.

나는 아룹과 함께 평행봉을 세우기 위한 공사 원칙들에 대해 이야기를 나눈다. 그리고 덴둡은 네 귀퉁이의 지지대들이 제자리를 잡도록 망치로 두드린다.

작업 과정이 놀랍도록 빠르게 진행된다. 내 경험상 안달복달하며 성마른 서양인들과, 느긋하니 만사태평인 남아시아인들 사이에 '제시간'에 대한 개념은 확연한 차이가 있다. 부탄 사람들도 예외는 아니다. 보통 내일까지 보내 주겠다고 약속한 물건은 하루가 지난 다음에야 도착한다. 그것도 운이 좋은 경우에나. 나는 이곳에 온 뒤 꼭 갖춰야 할 생존 기술 중 한 가지가 인내심임을 깨닫게 되었다. 그런데 평행봉을 생각해 낸 지 하루도 지나지 않았건만 지금 내 눈앞에서 평행봉이 만들어지고 있다. 이는 정말 기적이다.

또 다른 기적이 그날 오후를 축복한다. 비가 멈춘 것이다! 하늘에 있는 누군가 하얀 솜털 뭉치들을 움켜쥐고 있다가 확 뿌린 것처럼 뭉게구름들이 흩어져 있다. 안개가 이쪽저쪽으로 흩어지면서 위로 떠올라 결국 수증기가 되어 사라진다. 군데군데 드러난 파란 하늘에서 쏟아져 내리는 따스한 햇살이 남아 있는 눅눅한 그림자들을 몰아낸다. 나무며 관목이며 풀잎 위의 물방울들이 증발하면서 수증기가 아지랑이처럼 피어오른다.

저녁 노을빛에 초록의 스펙트럼이 그림처럼 펼쳐진다. 안개에서 벗어난 산봉우리들이 하늘에 닿을 듯 치솟아 있다. 부드러운 능선을 그리는 아름다운 산들마다 무성한 나뭇잎들이 진초록빛 물결을 이룬다. 산속 비탈길을 파고드는 계곡들은 산등성이 사이로 구불구불 이어지다가 어느 사이 다음 모퉁이 뒤로 모습을 감춘다.

병원 앞, 전염병 병동과 수술실에 둘러싸인 작은 안뜰에서 환자들과 간병인들이 옹기종기 모여 아름다운 저녁을 즐긴다. 여자들은 도란도란 이야기를 나누면서 뭔가를 짜거나 뜨기도 하고, 혹은 다른 사람의 머리에서 이를 잡아 주기도 한다. 남자들은 한쪽에 모여 앉아서 카드놀이를 하고 있다. 새로운 병원 건물이 들어설 예정이지만 아직 공사가 시작되지 않은 움푹 파인 부지에서 모래 장난을 하는 아이들도 있다. 어떤 아이들은 숨바꼭질 놀이를 하고 있고, 또 다른 아이들은 한 가닥의 고무줄을 길게 늘여 잡아매고 고무줄 위에서 펄쩍펄쩍 뛰고 있다. 몇몇 남자아이들은 소란스레 축구를 하고.

휠체어에 탄 초덴은 경사로에서 안뜰에 모인 사람들을 내려다보고 있다. 라모의 엄마도 라모가 탄 휠체어를 밀고 풀밭으로 나온다. 수줍음이 많은 예세와 낡은 키라를 입은 또 다른 여자아이가 라모와 함께 잡기놀이를 시작한다. 내가 몽가르에 온 뒤 처음으로 마음껏 시원하게 웃는 소리들이 들려온다. 편안하고 느긋한 오후 내내 즐거운 노랫소리와 놀이를 하는 흥겨운 소리들이 이어진다. 산 너머로 해가 진 뒤, 요리사가 저녁 준비가 다 되었음을 알리자 그때서야 모여 있던 사람들이 천천히 병원 건물 안으로 움직인다.

8

미물에도 자비를

유월의 셋째 주, 여름철 우기의 우중충한 날들이 계속되던 중 세상을 환히 비추는 아름다운 햇살로 축복받은 날에 나는 침대와 양동이들을 새로 배정받은, 병원 아래쪽의 방 두 개짜리 숙소로 옮긴다. 하늘을 날 듯한 기분이다. 짐을 옮기자마자 우울한 교실 숙소는 내 기억 속을 떠난다. 몽가르에 도착한 이후 교실에서 이곳으로 옮기면서 건설 현장이 세 배나 가까워졌지만, 공사 현장 소리를 무시할 수만 있다면 전망은 최고이다. 가파른 계곡이 시야에서 사라지다가 그 맞은편의 찰리 산 남쪽 산허리로 이어지는 전경이 현관

바로 앞에서 훤히 보인다. 병원 단지 아래쪽의 시멘트 건물에 구조가 똑같은 방 두 칸짜리 공동 주택이 네 가구 있는데, 그중 하나가 내 숙소이다. 주위에 떠도는 건축 공사 소음만 없다면 이곳이 정말 세상 끝에 있는 궁전이라고 해도 과언이 아닐 정도이다. 친하게 지내려는 마음이 별로 없어 보이긴 하지만 이웃들은 모두 친절하다. 내 거처 왼쪽에 사는 수술실 간호사 찬드라만이 웃음을 주고받으며 이야기를 나눈다. 위층에 있는 두 집의 거주자들은 그저 전망만을 같이 나눌 뿐이다.

내 거처 입구 앞, 위층으로 올라가는 계단 밑에 약간의 공간이 있다. 나는 그곳을 세탁물 건조실로 정한다. 새 숙소로 옮긴 뒤 처음 맞는 일요일 아침, 내 작은 현관 앞에 암탉 한 마리가 나타난다. 녀석은 내 현관을 무단으로 점유하고 질퍽한 똥까지 싸 놓는다. 그러고는 시원한 듯 꼬꼬거리며 현관문 안으로 고개를 쏙 들이밀고 내 거실 겸 침실인 다목적 용도의 방을 살핀다. 내가 꾸민 장식들이 암탉의 마음에 들었는지는 모르겠다. 모퉁이를 돌아 달려온 수탉과 함께 날개를 퍼덕이며 소란스레 울어 대더니 어디론가 가 버렸으니까.

그때 전화벨이 울린다. 숙소에 있는 진짜 내 전화이다. 게다가 낡은 전화기도 아니다. 지난 오 년 동안 몽가르는 인공위성을 통해서 바깥 세계와 연결되었다. 참으로 사치스러운 방법이 아닐 수 없다. 새로운 기술이 부탄에 들어오면, 그것은 흔히 가장 유용하면서도 세련된 형태로 받아들여진다는 사실이 새삼 떠오른다. 나는 기대에 들떠 수화기를 든다. 통화감도 깨끗하고 전파 장애도 없다.

하지만 전화선 너머 목소리의 주인공이 누군지 도통 모르겠다.

"비쿨입니다."

목소리가 반복된다.

그래, 맞다. 의구심이 많은 그 의사이다. 일요일 오전에 왜 나한테 전화를 한 걸까?

"같이 배드민턴 치지 않으실래요? 의사들 모두 열 시경에 모여서 시합을 할 예정이거든요."

나랑 배드민턴을 치자고? 맙소사! 나는 고등학교 때 이후로 라켓을 잡아 본 적도 없다. 몽가르 병원의 존경받는 의사들과 시합을 하면서 꼭 친목을 도모해야 하는 건지 잘 모르겠다.

"글쎄요, 전 라켓이 없는데요."

내가 대답한다.

"괜찮아요. 다른 사람한테 빌리면 되니까요."

의사가 끈덕지게 요구한다.

다른 핑계거리를 생각해 내고 싶지만 머릿속이 하얗다. 내 대답은 내 귀에조차 성의 없는 빈말로 들린다.

"고맙지만 오늘은 안 되겠어요. 나중에 가서 구경이나 할 수 있으면 할게요."

비쿨 선생은 내 대답이 흡족하지 않은 듯 뚱하게 전화를 끊는다.

"알았어요, 안녕히 계세요."

친목 도모를 위한 그의 첫 번째 초대를 거절한 것이 마음에 걸린다. 그럼에도 오늘은 피하고 싶다.

정오쯤 외로움이 밀려들면서 부끄럽지만 올라가서 한 게임이라도 볼까 하는 마음이 든다. 길을 나서면 여지없이 내게 와 닿는 시선과 숨죽인 웃음을 각오하고, 나는 병원으로 올라가는 길로 향한다. 다행히 길에는 아무도 없다.

직원 사택들 사이에 있는 작은 시멘트 섬 위에서 남자들이 복식 경기를 하고 있다. 원무과장과 의료원장 팀이 비쿨 선생과 페마의 남편인 카르마 팀과 대결하고 있다. 두 팀은 치열한 접전을 벌이고 있다. 긴장을 늦추는 웃음소리 하나 없다. 그럼에도 그들이 게임을 즐기고 있음을 느낄 수 있다. 선수들은 흡사 전쟁을 하는 듯 보인다. 이를 악물고 눈을 가늘게 뜬 채 인상을 쓰면서 셔틀콕을 쳐 댄다. 셔틀콕을 받아치지 못하면 같은 팀 선수는 신음소리를 내뱉고 반대편에서는 환호성이 터져 나온다.

나는 잠시 미적거리다가 병원 단지 사이로 난 길을 계속 올라간다. 에이(A) 클래스 사택은 나무 몇 그루와 낡은 배구 코트가 있는 풀밭 주위로 늘어서 있다. 셰트리 선생, 칼리타 선생, 비쿨 선생, 로버트 선생이 작은 정원이 딸린 사택을 각각 한 채씩 차지하고 멋진 전망을 나누고 있다. 의료원장, 원무과장, 그리고 수간호사는 병원 단지 한가운데 위치한 에이 클래스 사택의 또 다른 형태인 나지막한 방갈로에 살고 있다. 그 주변으로 간호사들과 조제실 보조사들, 그리고 다른 여러 보조 직원들을 위한 비(B) 클래스와 시(C) 클래스 사택들이 있다.

나는 직원 사택이 심각하게 부족한 형편임을 알고 있다. 현재 짓고 있는 건물들은 모두 새로운 사택들이다. 그렇지만 공간이 제한

되어 있어서 새로 사택을 지으려면 낡은 숙소들을 허물어야 한다. 그러다 보니 많은 직원들이 집에서 쫓겨나 마을로 옮겨 가야 했다. 하지만 마을도 사정은 마찬가지, 빈집이 별로 없다. 몽가르는 변화가 많지 않은 곳이다. 그래서 유입 인구가 늘어나면 수용할 능력이 없다.

구불구불 이어지는 병원 길을 한 바퀴 돈 후에 나는 다시 배드민턴 코트에 다다른다. 경기는 끝이 났고, 원무과장과 카르마가 네트를 치우고 있다. 비쿨 선생이 어슬렁어슬렁 내게 다가온다. 순간 나는 다시 미안한 마음이 들어 멋쩍게 웃는다.

그는 할 말이 있는데 입 밖에 내지 못하고 망설이는 듯 보인다. 소심하게 한쪽 다리에 체중을 싣고 서 있다가 다시 다른 쪽으로 옮기면서 나를 보고, 그러다 다시 라켓을 보다 또다시 나를 본다.

"오늘 게스트하우스에 가서 저녁식사나 같이 할까요?"

그가 마침내 말을 꺼낸다.

저녁을 먹자고? 내 귀를 믿을 수 없을 정도이다. 좋다! 물론! 누군가 다른 사람이 요리한 저녁식사라면. 어제 저녁 내가 만든 것과는 다른 진짜 저녁이라면. 내가 어제 한 밥은 죽처럼 질척질척하고, 콩 반찬은 소스가 부족한 건지 양념이 부족한 건지 도저히 먹을 수 없을 정도였다. 나는 너무 여러 날 동안 감자와 빵만 먹고 지냈다. 꿀과 땅콩버터가 벌써 눈앞에 펼쳐지는 듯하다.

내 요리 솜씨가 형편없음을 아는 걸까? 아니면 친목을 위한 초대인가? 뭐, 어쨌거나 저녁식사 초대라니 배부르게 두둑이 먹을 수 있다는 뜻이다. 나는 너무 좋아하는 기색을 비치지 않으려 애쓰면서 조용히 초대를 받아들인다.

그 일요일은 푹푹 찌는 무더위가 기승을 부린다. 숨이 턱턱 막히는 것이 시원한 레모네이드와 아이스크림이 간절해지는 그런 날이다. 우리는 다섯 시쯤 병원을 벗어나 산에 오른다. 저녁이 되자 더위가 한풀 꺾이고 구름이 하늘에 드리운다. 사람의 진을 빼던 눅눅한 습기와 지독한 더위가 물러나고, 드디어 기분 좋게 시원한 여름밤이 찾아온다.

비쿨 선생은 무뚝뚝하게 약간 앞서서 걸어가고, 나는 뒤쳐지지 않으려 부지런히 따라간다. 무언의 합의하에 우리는 상점가에 도착할 때까지 아무 말 없이 걷는다. 그러다 인도 노동자들과 마을 어른들, 그리고 젊은 남자들이 어우러져 술을 마시거나 내기 당구와 비슷한 손 당구를 하면서 시끌벅적 떠드는 곳에 이르렀을 즈음 우리는 진지한 대화에 빠져든다.

"나는 캐나다가 참 좋아요. 좋은 나라죠. 환경을 위해 많은 일을 하거든요. 세계적으로 환경 보호에 가장 앞장서는 이들이 캐나다 사람들이에요."

"흐음."

나는 긍정인지 부정인지 모를 애매한 답을 한다.

비쿨 선생이 말을 잇는다.

"나는 특히 허드슨 베이 회사를 좋아해요. 그 회사가 캐나다의 숲들을 보호하기 위해 많은 일을 한다고 들었어요."

이 대목에서 나는 끼어들지 않을 수 없다. 그는 정녕 내가 알고 있는 허드슨 베이와 같은 회사를 말하는 걸까?

"그 회사가 원래 모피 무역을 시작으로 성장한 회사라는 사실도 아세요? 그런 회사를 환경 친화 기업이라고 볼 수는 없죠."

비쿨 선생은 놀란 듯 보이지만 그래도 물러서지 않고 꿋꿋하게 버틴다. 캐나다 사람들의 환경에 대한 인식과 태도가 바람직하다는 둥 일장 연설을 늘어놓더니, 급기야 세계정세에 대한 이야기로 넘어가는 게 아닌가. 나는 잠자코 듣기만 한다. 어쨌거나 화제가 미래의 세계 전쟁으로 옮아간다. 그 의사는 세계 전쟁이 일어날 가능성이 전혀 없다고 확신한다나. 하다하다 독일 사람들과 히틀러에 대한 강연까지 시작하는 그를 더 이상은 참을 수가 없어 내가 쏘아붙인다.

"내가 원래 독일 출신인 거 아세요? 한 번도 안 가 본 나라에 대해 일반화해서 말하는 건 바람직하지 않다고 생각해요. 그런 건 위험하죠! 그러면서 편견이 생기니까요!"

나는 열이 뻗쳐오른다. 그는 자신이 얼마나 대단한 사람이라고 생각하는 걸까? 이론적 지식만 가득한 오만한 책벌레. 발길을 돌리고 싶은 마음이 굴뚝같아진다. 하지만 나는 그와 함께 점점 더 멀리 길을 따라 올라간다. 몽가르 읍내와 게스트하우스를 뒤로 한 채. 여기저기 패인 포장도로에 들어서면서 우리는 좀 더 무난한 화제로 방향을 돌린다. 하지만 마찰은 계속된다.

읍내에서 벗어난 지 이십 분 정도쯤 후에 우리는 길모퉁이에 다다른다. 뒤돌아보니 우리 아래로 몽가르가 보인다. 병풍처럼 주위를 둘러싼 산들이 어스름한 빛 속에서 회색빛 윤곽을 드러내고 펼처져 있다. 비쿨 선생이 산봉우리를 하나하나 가리키며 이름을 가르쳐 준다. 때로는 이곳 지방에서 부르는 본래 이름을, 때로는 그가 지어 붙인 이름을.

"저기 몽가르 맞은편에 있는 산은 찰리예요. 나는 저기 사는 사람들을 참 좋아해요. 굉장히 재미있거든요. 찰리 산에 사는 사람들만큼 술을 많이 마시는 사람은 없을 거예요!"

비쿨 선생이 술에 취한 사람처럼 비틀비틀 춤을 춘다. 나는 풋웃지 않을 수 없다.

그런 다음 그가 그 옆의 산을 가리킨다.

"찰리 옆에 있는 높은 봉우리는 탁추예요. 그 오른쪽으로 이 계곡 끝에 있는 산마루는 코리 라이고요."

나는 그의 손가락을 따라 꼬불꼬불한 오솔길이 나무들 사이로 사라지는 산마루로 시선을 옮긴다. 그곳은 경치가 참으로 아름답다. 층층 계단식의 논과 옥수수 밭들이 산허리에 점점이 흩어져 있다. 농가와 자그마하게 보이는 사람들은 주변 환경과 자연스럽게 어우러진다. 부탄의 전통 가옥들의 크기와 건축 양식도 놀랍지만, 주변 산지의 아름다운 경치와 절묘한 조화를 이루는 모습에 나는 다시 한 번 감탄을 금치 못한다.

비쿨 선생이 차분하게 말을 잇는다.

"나는 돌아가신 아버님을 기리는 뜻으로 코리 라를 크리슈나 파하르라고 불러요. 크리슈나 파하르는 매일 아침 해가 뜨는 곳이고, 새로운 날이 시작되는 곳이에요."

그다음으로 그는 좀 더 먼 남쪽을 가리킨다.

"그리고 저기 두 개의 봉우리는 내가 후루야와 아난디라고 이름 지었어요. 해가 뜨기 전 세상이 아직 캄캄할 때, 여기 서서 보면 저 산들의 가는 능선만 보이죠. 그러다 갑작스레 후르야와 아난디가 두드러져 보여요. 저 두 산의 모습이 좀 더 선명하게 뚜렷해지죠. 태양빛이 코리 라 위에 다다르기 전에 저 두 산을 먼저 비추거든요."

그의 산들을 보는 동안 비쿨 선생의 태도가 부드러워진다. 그의 얼굴에 드러나 있던 오만함이 사라지고 꿈을 꾸는 듯한 표정으로 변한다.

"난 내 자연을 사랑해요."

그가 조용히 말하고 나서 미소를 짓는다. 지금까지 그의 얼굴에 나타나던 방어적 태도를 말끔히 지워 버리는, 마음을 따뜻하게 하는 미소이다. 그의 까만 눈이 열정적으로 빛난다. 나는 잠깐 동안 그의 미소에 마음을 빼앗긴다. 그 순간 비쿨 선생이 무심코 흘린 고백을 추스르려는 듯 자못 냉정한 표정으로 몇 발자국 앞서 나아간다.

개 한 마리가 절룩거리며 길을 내려온다. 개의 슬픈 표정에 한순간의 기쁨이 와르르 무너진다. 그 가여운 개는 군데군데 털이 빠져 있고, 듬성듬성 드러난 뻘건 살갗에는 짓무른 상처투성이다. 우묵한 복부 위로 튀어나온 갈비뼈들이 가죽만 남은 살갗을 떠받치고 있으며, 다리에 난 상처들에서는 피가 흘러내리고, 부어오른 눈에는 눈물이 고여 있다. 그리고 발과 가슴에는 입에서 흘러나온 침방울이 길게 늘어져 있다. 개는 뭐든지 먹을 만한 걸 찾으려는 듯 코를 길에 대고 연방 쿵쿵거리더니, 그마저 체념했는지 네발을 질질 끌며 내려온다.

부탄에서 그렇게 가여운 상태의 개를 처음 본 것은 아니지만, 여태까지 본 개들 중 죽음의 문턱에 가장 가까이 간 것처럼 처참한 모습이다. 팀푸나 몽가르의 거리에는 길 잃은 개들이 허다하다. 그런 개들은 대부분 옴 때문에 겉모습이 볼썽사납게 망가져 있다. 하지만 그런 개들에게 신경을 쓰는 사람은 아무도 없다. 그 가여운 동물들에게 도움의 손을 내미는 사람을 한 번도 본 적이 없다. 그러기는커녕 발로 차고 고함을 지르기 일쑤이다. 그리고 아이들은 어릴 때부터 그런 개들은 단지 돌 던지기를 할 때 살아 있는 표적으로써 유용할 뿐이라고 배운다.

나는 멈춰 서서, 그 가여운 짐승이 우리를 피해 멀리 빙 돌아가는 것을 지켜본다. 비쿨 선생이 나를 돌아본다. 나는 그에게 안쓰러운 마음을 털어놓는다. 그가 이해해 주리라 생각하지 않지만 그래도 답답한 마음을 속에만 담아 둘 수가 없다. 놀랍게도 그가 관심을 보인다.

"마음이 참 따뜻하시네요."

그는 비웃는 기색 없이 대꾸한다.

"나는 사실 이런 개들에 대해 별다른 생각을 해 본 적이 없어요. '그냥 개들이 있구나'라고만 생각했죠."

"그래도 당신은 의사잖아요. 적어도 당신만큼은 이 가여운 동물들에게 관심을 보여야죠."

내가 비난한다.

"난 사람을 치료하는 의사예요! 동물에 대해선 아무것도 몰라요."

"어쨌든 개들이 고통을 겪는 게 보이잖아요! 나는 정말……. 부탄의 모든 불교 신자들이 어떻게 저런 개들을 그냥 지켜만 보는지 이해가 안 돼요."

"당신 말이 맞을지도 모르겠네요."

비쿨 선생이 고개를 끄덕이더니 주머니에서 빨간색의 작은 갑을 꺼낸다. 그리고 내게 그것을 내밀면서 묻는다.

"저 개에게 먹을 걸 주고 싶죠?"

"이게 뭔데요?"

"킷캣(얇은 웨하스에 초콜릿을 입힌 과자)이에요. 아이들에게 주려고 몇 개씩 가지고 다녀요."

부드러워진 그의 얼굴에 잘난 척 과시하는 표정은 조금도 남아 있지 않다. 고마운 마음이 밀려든다. 연민의 마음으로 서로 통한 의사와 나는 새로운 친밀감으로 가까워진다.

나는 킷캣을 작은 조각으로 부수어 조심스레 길 위에 내려놓는다. 개는 쳐다보지도 않고 절룩거리며 지나간다. 나는 황급히 잘게 부순 초콜릿 과자 조각을 길 위에 죽 늘어놓는다. 그래도 그 가여운 개는 그냥 길을 내려갈 기세이다. 관심이 없어 보이기도 하고, 한편으로는 시각과 후각이 완전히 무디어져서 볼 수도 냄새를 맡을 수도 없는 듯 보이기도 한다. 하지만 이내 길바닥에 놓인 작은 부스러기 하나를 조심스럽게 핥아 먹는다. 꿀꺽 삼키기도 어려운 모양이다. 나는 재빨리 나머지 조각을 더 잘게 부숴 놓는다. 개는 경계심을 풀지 않은 채 천천히 한 조각 한 조각 먹어 치운다. 조만간 또다시 닥쳐올 힘든 상황에 대비해 조금이라도 기운을 아끼려는 듯 고개 한 번 들지 않고. 내 눈에서 뜨거운 눈물이 흘러내린다. 개가 편안하게 남은 식사를 할 수 있도록 비쿨 선생과 나는 게스트하우스로 발걸음을 돌린다.

초등학교 앞에서 가파른 길이 왼쪽으로 꺾인다. 우리는 그 길을 따라 로얄 게스트하우스로 향한다. 육중한 빨간 문을 지나 안으로 들어서자 아름다운 영국식 정원이 나온다. 양쪽으로 큰 나무들이 줄지어 서 있는 통로를 지나가니 향기로운 꽃향기가 그윽하게 풍겨 온다. 잔디는 초록 카펫을 깔아 놓은 듯 말끔하게 정리되어 있고 높은 돌담이 정원을 에워싸고 있다. 그 돌담 너머에 종이 있고, 그 아래로 몽가르 읍내의 주택들이 있다. 친절한 젊은이 케상이 본채 앞에 살짝 가려진 자리로 우리를 안내한다.

비쿨 선생이 자기 마음대로 나를 위해 맥주를 주문하다가 내가 술을 마시지 않는다고 하자 놀라서 눈썹을 추켜올린다. 나는 콜라를 주문한다.

음식은 미리 준비해 놓았던 모양이다. 몇 분도 안 지나서 볶은 땅콩 한 접시에 이어 몇 가지 음식들이 나온다. 대부분 고기가 들어간 음식들이다. 몽가르에 도착한 이후 나는 처음으로 고기가 들어간 음식을 접한다. 고기를 먹어도 내 속이 괜찮을지 걱정이다. 그럼에도 그 음식들을 마다하고 싶지는 않다. 나는 조금씩 먹으면서 고기를 그다지 좋아하지 않는다고 해명한다. 비쿨 선생이 또다시 놀란 표정을 짓는다. 그리고 콜라를 하나 더 주문해 주고 담배를 권한다. 나는 정중히 거절한다. 담배를 피우지 않으므로. 그가 서양인들에 대해 갖고 있던 편견과 계속 부딪히고 있는 것이 눈에 보인다. 서양 사람이라고 모두 술을 마시고 담배를 피우며 고기를 먹는 건 아니지 않는가? 그가 담배를 피워도 되겠느냐고 묻는다. 하지만 몇 모금 피우고는 담배 불을 비벼 끈다. 우리는 어색하게 식사를 마친다.

식탁에서 음식 그릇이 다 치워지고 난 뒤에야 우리는 다시 이야기를 주고받는다.

"비쿨 선생님, 선생님의 종교에 대해서 말인데요. 그러니까 힌두교와 불교에 대해 난 아직도 헷갈리는 점이 있어요."

"어떤 점이요?"

비쿨 선생이 묻는다.

"예를 들어서, 나는 부처님은 신이라고 생각했어요. 한데 며칠 전에 부처님은 신의 존재를 믿지 않았음을 알게 되었어요."

"뭐, 그렇다고 할 수도 있죠. 부처님은 신의 존재를 부인하지도 인정하지도 않았어요. 고결한 삶의 중요성을 강조했죠. 비폭력적인 삶의 방식을요. 부처님은 우리에게 믿음을 요구하지 않았어요. 우리 스스로 영적인 삶을 깨닫고 경험하기를 바랐죠."

내가 납득할 수 없는 것이 그 점이다. 부탄에 와서 내가 방문한 모든 집과 사원에는, 신으로서 숭배하는 불상들이 하나 이상씩은 있었다.

"하지만 부탄 사람들은 부처님을 신으로 숭배하잖아요. 아닌가요? 내 말은, 우리 환자들이나 마을 사람들은 모두 부처님을 믿는다는 말이에요."

"그렇죠."

비쿨 선생이 인정한다.

"믿음이 깨달음보다 더 쉽고 로맨틱하니까요. 내 말이 무슨 뜻인지 알죠? 사람들은 믿고 싶어 해요. 인간이니까."

비쿨 선생이 공범자의 웃음을 지어 보이며 의자에 등을 기댄다. 이런 화제가 편한 모양이다. 물론 그가 잘 알고 있는 분야이리라. 그는 깊은 철학적 지식을 펼쳐 놓는다. 나는 그를 통해 부처님과 구루 린포체, 그리고 환자들의 종교적인 행동과 고통을 감내하는 부탄 사람들의 태도 등에 대해 알게 된다. 그는 깊은 산속에 은둔하며 명상 수행을 하는 승려들과, 불교와 힌두교가 어떻게 연관되어 있는지에 대해서도 설명해 준다.

몇 시간이 지나고 자정이 가까워져서야 우리는 희미한 달빛과 수없이 반짝이는 별빛을 등대 삼아 어둠을 뚫고 병원 단지로 돌아가는 발걸음을 재촉한다.

이른 아침, 상쾌한 기분으로 잠에서 깨어난다. 눈부시게 환한 햇빛이 방 안으로 쏟아진다. 평소 얻기 힘든 아늑함을 만끽하면서, 나는 느긋하게 일어나 진한 커피를 한 잔 마신다. 그리고 모든 창문과 문을 활짝 열어젖히고 싱그러운 아침 공기를 가슴 가득 받아들인다.

이웃한 산봉우리들 중에서 단연 우뚝 솟아 있는, 찬란한 초록의 거봉이 맞은편에서 인사를 보내온다. 오랜 세월 여름철의 우기와 겨울철의 건기를 견디어 온 그 높은 산의 얼굴은 크고 작은 주름들로 골이 져 있다. 계절이 바뀔 때마다 조금씩 땅속을 파고드는 강줄기들이 둥글게 휜 허리를 길게 늘어뜨린 채 그 산과 주변의 산들을 갈라놓으며 빠져나간다.

쿠루 강 위로 솟은 가파른 경사면에 자리한 찰리 산의 층층 계단식 논과 밭들이 아침 햇살에 환하게 빛난다. 온갖 색조의 초록빛이 물결치는 논과 밭 주변의 나무들과 수풀들 또한 푸름을 과시한다. 뭉게구름을 뚫고 나온 햇빛이 찰리 산의 얼굴을 찬란한 빛깔로 수놓고 있다.

내 아래쪽에서 링미탕 쪽으로 쏟아져 내리는 강골라의 포효 소리가 들려온다. 그 소리는 강줄기를 따라 펼쳐진 기암절벽에 부딪치며 계곡 사이로 울려 퍼진다. 그 소리와 함께 온갖 새들의 노랫소리가 밝아 오는 새날을 축하한다.

나의 아침 일과가 시작된다. 날씨의 변덕에 적응하게 된 다음부터 나는 병원 업무가 시작되는 아홉 시 전에 되도록 많은 일을 하려고 애쓴다. 출근 전 아침 시간은 샤워를 하고 집을 청소하며 아침을 준비하는 일로 대부분 채워진다. 오늘처럼 그런 일들이 일찍 끝나는 날에는 빨래도 하고.

나는 파란색의 큰 플라스틱 통에 찰랑찰랑하게 물을 채운다. 빨랫감이 어찌나 끝없이 쌓이는지 믿을 수 없을 정도이다. 매일 퇴근을 하자마자 벼룩이 들끓는 옷을 벗어 통 속에 던져 넣는다. 그런 다음 산책을 나가면, 한증막처럼 뜨거운 열기와 습기에 짓눌려 온몸이 땀에 흠뻑 젖은 채 돌아오게 된다. 그러면 또 옷을 갈아입을 수밖에. 그뿐인가. 밤에 벼룩들이 잠옷 속으로 밀고 들어와 기승을 부리면 잠옷 역시 벗어 던지는 수밖에 다른 방법이 없다.

빨래를 말리는 일 또한 결코 만만치 않다. 잔뜩 흐린 날이나 비가 오는 날에는 사실상 빨래를 말릴 방법이 없다. 며칠이 지나도록 빨랫줄에 걸려 있는 옷들을 안으로 걷어 들일 생각조차 못할 수도 있다. 그럼에도 바짝 마르지 않고 조금이라도 눅눅한 기가 있으면 옷장 안에서 곰팡이가 피기 시작한다. 그런 옷들은 내가 입은 후에야 체온에 의해서 완전하게 마른다. 하지만 그것도 겨우 몇 분 동안이다. 몇 분 후에는 다시 땀과 흙먼지에 옷이 더럽혀진다. 빨랫감이 가득 담긴 무거운 양동이를 문밖으로 내가면서, 앞으로는 냄새와 얼룩에 유난을 떨지 않으리라 다짐한다. 남들처럼 살면서 우기의 규칙에 적응하리라고.

오늘 아침, 빨래 너는 일이 거의 끝나갈 무렵, 털이 복슬복슬한 강아지 한 마리가 현관으로 뛰어오른다. 가까이 오라고 불러 봐도 녀석은 커다란 갈색 눈망울로 나를 빤히 쳐다보기만 한다. 내가 쪼그리고 앉아서 손가락으로 바닥을 톡톡 치자 강아지가 조금씩 꼬리를 흔든다. 여전히 거리를 두고 서서. 테리어만 한 크기에 붉은색의 긴 털로 덮여 있는 녀석은 흉한 몰골로 돌아다니는 대부분의 개들과 달리 건강하고 말끔해 보인다. 혹시 누군가의 애완견인가 싶은 생각도 들지만 몽가르에서 이 강아지의 주인이라고 짐작할 만한 사람이 아무도 떠오르지 않는다.

붉은 털 강아지가 조금씩 내게로 다가오더니 킁킁거리며 내 손과 발과 옷의 냄새를 맡는다. 그러고는 만족스러운지 펄쩍 뛰어오르면서 기운차게 짖는다. 나는 웃으면서 주방으로 남은 밥을 찾으러 간다. 하지만 남은 음식은 감자뿐이다. 문득 친구의 곰 인형 이름이 떠올라서 새 친구의 이름도 스퍼드라고 짓는다.

병원 업무가 끝난 늦은 오후, 라모에게 줄 속옷을 사러 상점가에 가기로 한다. 병원 안은 한가하니 인적이 없다. 외래 환자용 진료실로 들어가는 문 하나만이 여전히 열려 있다. 커튼 사이로 고개를 디밀고 들여다보니 비쿨 선생이 책을 읽고 있다.

"안녕하세요! 아직도 일하세요?"

내 목소리가 조용한 시멘트 벽 안에 울려 퍼진다.

그가 당황한 듯 고개를 들더니 천천히 훼방꾼을 알아본다.

"아, 안녕하세요!"

그는 황급히 담뱃갑을 책상 서랍 속에 넣는다. 내 눈이 그런 모습을 놓칠 리 없다. 나는 웃으며 말한다.

"담배를 숨길 필요 없어요."

비쿨 선생이 쿠키 단지에 손을 집어넣다가 들킨 어린아이처럼 무안한 표정을 짓는다.

그는 처음에는 약간 난처해하더니 이내 안심한 듯 씩 웃는다.

"어떻게 그렇게 빨리 봤어요?"

"뭐, 난 그런 일엔 눈치가 빠르거든요. 그런데 뭐하고 계세요?"

나는 책상 앞으로 다가가서 그가 읽고 있던 책들을 들여다본다. 깨알 같은 글자들이 빽빽한 의학 서적들이다.

"내가 부탄에 온 건 조용한 데서 피지(PG) 입학시험을 준비하기 위해서였어요."

"피지 입학시험요?"

내가 되묻는다.

"대학원 시험요. 물론 의학 학위는 있지만 대학원에 가서 종양
학을 좀 더 공부할 생각이에요."

비쿨 선생이 약간 거만하게 대답한다.

나는 고개를 끄덕인다. 종양학은 암에 대해 연구하고 그 치료법
을 연구하는 아주 전문적인 학문이다. 이 진지한 의사라면 그런 분
야에서도 두각을 나타낼 수 있으리란 생각이 든다.

"언제 지원할 건데요?"

"내년에요. 인도는 대학원 경쟁률이 엄청나요. 상상해 보세요,
매년 종양학을 지원하는 의사들이 일만 명이 넘는데, 자리는 단 두
개뿐이니 어떻겠어요?"

"일만 명의 의사들이 두 자리를 놓고 경쟁한다고요?"

나는 미심쩍어 하며 되묻는다. 자신의 대단함을 부각시키기 위
해 또 과장을 하는 게 아닐까?

비쿨 선생이 얼른 자신의 말을 수정한다.

"아, 찬디가르 대학원 연구소에 자리가 둘뿐이라는 말이에요.
다른 의대 연구소들도 있지만 모두들 찬디가르에서 일하고 싶어
하죠. 암에 대한 연구를 하기에 가장 좋은 곳이거든요."

"이렇게 외진 병원에서 일하는 의사가 그런 큰 계획을 갖고 있
을 줄은 몰랐어요."

비쿨 선생이 고개를 끄덕인다.

"처음엔 석 달 예정으로 부탄에 왔어요. 부탄에서 의사들을 구한다는 소식을 듣고, 인도의 소란스러운 병원에서 벗어나 공부하기에 이보다 더 좋은 곳은 없다고 생각했죠. 여기는 조용하고 공부할 시간도 많이 낼 수 있으니까요. 한데 와서 지내다 보니까 여기가 정말로 좋아졌어요. 훼손되지 않은 자연도 좋고 고스란히 전해져 오는 전통과 문화도 그렇고요. 그래서 좀 더 머물기로 결정했죠. 실은…… 올해가 삼 년째예요."

그가 싱긋 웃는다.

"그래서 늘 이렇게 늦게까지 진료실에서 책을 보시는군요!"

"네, 저녁에는 여기가 내 서재예요. 여기 있으면 아무도 방해하는 사람이 없죠."

"식사는 안 해요? 밤이 되도록 이 방을 떠나시는 걸 본 적이 없는데……."

내가 시계를 보면서 묻는다.

그가 얼버무리며 말을 돌린다.

"나는 주로 호텔에서 먹어요."

그러고는 내가 좀 더 자세한 설명을 원하는 걸 알아차리고 덧붙인다.

"이번 주에 자리를 옮긴 조제실 보조사 노르부 씨 알죠? 그분이 내 식사를 준비해 줬었어요."

그가 잠시 머뭇거리다 덧붙인다.

"나는 요리를 못해요."

"그래서 늘 호텔에서 먹는다고요?"

내가 놀라서 묻는다. 요리에는 젬병이라고 자처하는 나조차도 그런 사실이 믿기지 않는다.

"뭐, 난 한 끼만 푸짐하게 먹어요. 아침에는 차랑 코코넛을 좀 먹고요."

그는 당황한 표정이 역력하다.

"아하."

나 역시 어떻게 반응해야 할지 난감하기는 마찬가지다. 수년간 혼자 지낸 남자들은 스스로 음식을 해 먹을 줄 안다고 생각했다. 사실 이십대 중에 나처럼 요리를 못하는 사람은 극소수일 거라고 생각했는데, 잘못된 생각이었나 보다.

나는 어색한 마음에, 배고픈 의사가 다시 공부에 집중할 수 있도록 그곳을 떠나기로 한다. 하지만 무슨 이유에선지 문을 나서다 말고 발걸음을 멈춘다. 그리고 자신이 무슨 말을 하는 건지 깨닫기도 전에 그를 초대하는 내 목소리가 들린다.

"오늘 밤에 제 숙소로 저녁 먹으러 오세요. 어차피 저녁을 해야 하니까 와서 같이 드세요."

내가 왜 그런 말을 했는지? 설상가상으로 그는 왜 초대를 받아들였는지? 상점가에 가는 내내 나 자신을 책망한다. 어떤 음식을 만들어야 하나? 그는 뭘 먹을까? 우리 둘이 뭘 먹지? 재료는 어떤 것을 사야 하나? 나 혼자 먹는 음식조차 제대로 할 줄 모르는데 인도 음식을 어떻게 준비하지? 나는 심지어 카레 특유의 맛을 내는 노란 향신료의 이름조차 모른다. 그가 부탄 사람들처럼 고추를 듬뿍 넣어 아주 매운 음식만 먹는다면 어쩌나? 초대를 다시 물릴 수만 있다면……. 하지만 너무 늦었다. 어떻게든 무엇인가를 생각해 내야 한다!

우선 속옷 문제를 해결한 다음에 음식 문제에 대해 생각하기로 한다. 나는 간호사들 중 한 명이 찾아가 보라고 추천해 준 예세 팔덴 상점을 어렵지 않게 찾는다. 그 상점은 중이층 형태로 약간 지하로 들어가 있다. 오른쪽 벽에는 온갖 종류의 음료들이 빽빽이 진열되어 있다. 맥주, 럼주, 오렌지 스쿼시, 레몬 스쿼시, 파인애플 통조림, 오렌지 주스, 그리고 도시락 크기의 음료수 상자에 든 과일 혼합음료 등등. 음료 앞에는 갖가지 쿠키, 사탕, 오래된 듯 보이는 초콜릿, 크래커들이 길쭉한 유리 상자에 가득 담겨 있다. 나는 먼 벽면 쪽 선반 위에 옷 종류가 쌓여 있는 걸 보고 속옷을 요구한다.

"어떤 사이즈로 드릴까요?"

"작은 걸로 주세요. 아주 작은 걸로요."

내 대답에 계산대 뒤에 있는 여자가 숨죽여 웃는다. 나는 결국 덧붙인다.

"제가 입을 게 아니라 환자한테 줄 거예요. 열세 살 먹은."

여자가 작은 나비 무늬가 있는, 속옷 꾸러미들을 두어 개 끄집어 낸다. 아무도 볼 수 없는 곳에 입기에 그런대로 괜찮아 보인다. 나는 제일 작은 사이즈를 골라서 사고, 서둘러 상점을 나온다. 라모의 속옷 사는 일을 끝냈으니 이제 요리 문제에 골몰해야 한다.

나는 린진 쇼케이 씨의 상점 안을 잠시 둘러본다. 버스에 실려 삼둡종카르에서 온 것이 틀림없어 보이는 토마토들이 큰 바구니에 담겨 있다. 토마토……. 토마토로 만들 수 있는 요리가 없을까? 문득 기막힌 생각이 떠오른다. 칠리 콘 카르네(저민 고기에 칠리 고추, 삶은 콩, 양파, 토마토 등을 넣고 만든 스튜의 일종)! 카르네(고기)는 빼고 그걸 만들자! 몽가르에는 보통 사람들이 이용할 수 있는 고기가 별로 없다. 고기를 넣지 않고도 맛있게 만들 수 있는 조리법이 숙소 어딘가에 있다는 기억이 떠오른다. 나는 린진 쇼케이 씨를 돌아본다.

"고추를 좀 살 수 있을까요?"

그가 의문이 가득 담긴 표정으로 묻는다.

"고추를 넣고 음식을 만드시려고요?"

"네, 한번 해 보려고요. 음, 다섯 개만 살 수 있을까요?"

"고추 다섯 개요?"

"네, 다섯 개만 주세요."

린진 쇼케이 씨가 입이 귀에 걸리도록 크게 웃는다. 그리고 파란 고추 다섯 개를 건네주며 말한다.

"받으세요. 그냥 드리는 거니까 돈은 안 내셔도 돼요."

나는 가스레인지 위에서 부지런히 준비를 한다. 고추를 손질하며 땀을 흘리고, 양파를 썰며 눈물을 흘린다. 그리고 간절한 목소리로 냄비들에게 맛있는 음식을 만들어 달라고 빌고 또 빌면서, 가슴을 졸이며 주방과 거실을 왔다 갔다 한다. 식탁은 제대로 차려졌나? 감자들이 벌써 다 익었나? 저녁식사를 끝마치기 전에 전기가 나가면 어쩌지? 만일의 경우에 대비해서 초를 몇 개 준비해 놓는 게 좋을 듯싶다. 아니, 초는 좀 그런가? 단순히 저녁식사만 같이 하는데 촛불은 너무 로맨틱하다. 그렇지만 여기는 몽가르이다. 모두들 촛불을 켜 놓고 먹지 않는가. 그래도 등유 램프를 쓰는 게 낫겠다. 그가 괜히 엉뚱한 오해를 하지 않도록. 어차피 저녁을 준비하는 김에 와서 먹으라고 한 초대에 불과하니까.

놀랍게도 내가 만든 칠리 콘 카르네는 꽤 맛이 좋다. 하지만 조금만 더 오래 끓이면 모든 것이 너무 익어서 볼품없는 잡탕이 될 게 뻔하다. 나는 초조하고 걱정이 되어 가스레인지 불을 줄였다가 아예 꺼 버린다. 그러고 나서 몇 분 뒤에는 음식이 차가워질까 봐 또 걱정이 된다. 나는 시계가 무섭기라도 한 듯 움찔거리며 올려다본다. 그런 다음 내 곁으로 다가온 스퍼드와 감자를 함께 나눠 먹는다.

아홉 시, 나는 손님이 오지 않은 텅 빈 식탁에 앉아서, 카르네가 들어 있지 않은 차갑게 식은 칠리 콘 카르네를 억지로 먹는다. 실망감 때문일까 입맛이 쓰다.

전깃불이 깜빡거리더니 희미해진다. 다시 생각할 것도 없이 전기가 나가려고 하는 신호이다. 나는 방이 칠흑 같은 어둠 속에 묻히기 전에 성냥을 그어 촛불을 켠다. 거미 한 마리가 바닥을 가로질러 기어 와서 내 신발 밑으로 모습을 감춘다. 그리고 또 한 마리가 벽에서 침대 위로 떨어진다. 저리 가! 굼실굼실 기어 다니는 벌레와 모기장 속에 함께 갇혀 있다는 생각을 하니 끔찍한 느낌이 들어서, 나는 방을 엉금엉금 기어 다니며 불청객을 몰아 집 밖으로 쫓아낸다. 부엌에서 달그락거리는 소리가 난다. 아마도 쥐들 소행이리라. 어제 도마 위에 붙어 있던 이상한 털이 떠오른다. 내가 음식을 잘 덮어 뒀던가? 초파리들은 어떻게 하면 막을 수 있지? 곰팡이가 피지 않게 할 방법은 없을까? 마실 물은 끓여 놨나? 이런, 깜빡했다. 내일 아침에 마실 물이 있으려나?

잠이 들락 말락 하면서 한 가지 불쾌한 의문이 머릿속을 빙빙 맴돈다. 비쿨 선생은 왜 오지 않았을까?

9
지루하지 않아요?

아직 날이 밝지 않았음에도 나는 벌써 한 시간이 넘도록 너무나도 끔찍한 적과 추격전을 벌이고 있다. 벼룩이란 놈과! 처음엔 허기가 져서 일어났다가 어제 저녁에 만들어 놓았던 음식을 허겁지겁 먹고, 그것도 모자라 초콜릿 바를 하나 또 먹었다. 이웃집 수탉이 깨어나 첫 울음소리를 내는 새벽 네 시 반에. 그런 다음 그냥 침대로 돌아가 뒹굴거리며 책이나 읽으려고 했다. 그런데 다리에 뭔가 있는 듯한 느낌이 들어서 불을 비춰 봤더니 벼룩이란 놈이 펄쩍 뛰어오르는 게 아닌가.

지금까지 이 주 넘게 밤낮으로 피가 날 때까지 몸을 긁어 대며 고통스런 시간을 보낸 뒤 깨달은 것이 있다. 내 피를 노리는 적이 방 안 어딘가 있다는 사실을 알고 나면 절대 책 읽는 일을 할 수 없다는 것이다! 그래서 나는 마지못해 일어나 시트와 담요를 들고 밖으로 나가서 탁탁 턴 다음 지붕 아래 빨랫줄에 널어놓는다. 그런 다음에 욕실로 가서 내 몸과 잠옷을 샅샅이 검사한다. 하지만 아무 소용이 없다. 깨알보다 작은 벌레는 이미 달아나 버렸으니까.

그냥 옷을 입기로 한다. 양말 한 짝을 집어 드는데, 수상쩍은 검은 점이 눈에 띈다. 나는 그것을 짓눌러 뭉개는 데 성공한다. 그렇지만 다리 위에 또 다른 검은 점이 눈에 띈다. 이 시점에서 나는 완전히 발가벗고 욕실에 서 있다. 다행히 요령껏 놈을 잡는다. 벼룩이란 놈들이 얼마나 빠른지 알기에 곧장 휴지로 짓누른다. 하지만 조심스레 휴지를 펴 보니 아무것도 없다. 휴지가 얼마나 두툼하다고, 그놈의 벌레가 휴지 속으로 스며들기라도 했단 말인가? 그건 아니다. 놈이 내 쪽으로 뛰어오르나 싶더니 어디론가 사라진다.

피에 굶주린 그 작은 놈의 벼룩을 한 마리라도 놓치면, 나는 편집증 환자가 된다. 그 흡혈귀의 행방을 찾아 나서지 않고는 배길 수가 없다. 하지만 아무런 성과도 얻지 못한다. 결국 나는 한 마리를 잡고 두 마리를 놓쳤다. 대부분 내 사냥 점수 평균이 그렇다. 방 안이나 옷, 혹은 소지품에 잠복해 있다가 아무 죄 없는 내 살에 덤벼들기 위해 내가 지나가기만 기다리고 있는 놈들이 아직 몇 마리나 더 있다는 점을 감안하면 그 점수도 후한 것이다. 나는 방충제를 사방에 뿌린다. 그러면 놈들이 있던 자리에서 다른 어딘가로 뛰어내린다. 대성공이다.

내가 너무 폭력적이 된 걸까? 불교 철학은 살아 있는 모든 존재를 귀하게 여기라고 가르치는데……. 죄의식이 느껴진다. 보통 때 나는 파리 한 마리도 해치지 못한다. 하지만 수면 부족이 내 심사를 뒤틀어 놓는다. 나는 용서를 빌면서, 입었던 옷을 모두 벗어 특대형의 목욕통 속에 처넣는다.

병원에 환자들이 넘치도록 가득 찬다. 하룻밤 새 스물한 명이 새로 입원했다! 도처에 환자들이 바닥 위에 매트리스를 깔고 누워 있다. 정말 온 사방에. 링거 대가 복도 한복판에 세워지고, 간병인들이 그나마 남은 공간까지 꽉꽉 메우고 있다. 비쿨 선생은 아침에 출근해 교대한 낮 근무 간호사들에게 이런저런 지시를 내리느라 바쁘다. 엄청난 혼란 속에서 정해진 순서는 없지만, 어쨌든 모두가 조용히 기다려야 하는 상황임은 잘 알고 있다. 불평을 하는 사람도 하소연을 하는 사람도 없다. 아무도 즉각적인 관심을 요구하지 않는다. 환자들이나 간병인들 모두 순순히 차례를 기다린다.

오전 여덟 시 반에 나는 물리치료실의 문을 연다. 양쪽으로 여닫는 파란색 문들이 삐걱거리며 열린다. 전등 스위치를 켜자 조용하니 깨끗한 방이 나를 반긴다. 어린아이들을 위해 기증받아 놓은 동물 인형들이 물리치료 침대 위에서 변함없이 환한 웃음으로 인사를 건네온다. 커다란 솜털뭉치 같은 그렘린 인형, 흔들면 소리를 내는 청개구리 인형, 귀여운 강아지 인형, 머리에 붙은 빨간 눈이 튀어나올 것 같은 벌레 인형들이. 의사들은 처음에 이 인형들을 보고 눈살을 찌푸렸다. 하지만 나는 우리의 작은 인형 군단이 좋다. 인형들은 페마와 나의 작은 성을 지켜 주는 수호천사들이다.

전깃불이 몇 번 깜박거리더니 환하게 밝아졌다가 이내 꺼져 종일 들어오지 않는다. 나는 안뜰 쪽으로 나 있는 창문들을 열고, 안전한 우리의 성에서 바깥 경치를 내다본다. 물리치료실에 있으면 마음이 편안해진다. 물리치료실에 있는 두 개의 방에서 페마와 나는 결정을 내리고, 환자들의 상태를 평가하고, 치료를 하고, 상태가 좋아 보이면 내보내기도 한다. 하지만 물리치료실을 떠나는 순간 우리는 몽가르 병원에서 통용되는 무언의 법칙에 따라 지위의 규칙을 지키고 존중한다. 지위라는 것이 지혜와 밀접한 관계가 있거나 환자를 위해 최선을 다하는 순서와 밀접한 관계가 있는 것은 아니지만. 어쨌거나 저 밖에서는 숨기고 가려야 할 게 있지만 이 안에서는 뭐든 자유롭게 터놓고 이야기한다. 물리치료실에는 아무런 비밀이 없다.

나는 뿌듯한 마음으로 운동실에 새로 설치된 평행봉을 점검한다. 기다란 쇠파이프에 새로 칠한 노란색 페인트가 반짝반짝 빛나고, 전체적으로 견고한 느낌이 난다. 평행봉 끝 쪽 벽에는 전신 거울이 붙어 있다. 잠시 나는 다소 일그러져 보이는 거울 속의 내 모습을 본다. 브리타, 너구나. 몽가르에 온 지 이제 겨우 삼 주 되었지만 벌써 고향처럼 편한 느낌이 든다. 나는 웃음을 지으며 견고함을 다시 한 번 확인하기 위해 평행봉을 흔들어 본다. 그런 다음 치료를 할 준비가 되었음을 초덴에게 알리기 위해 비 병실로 향한다.

병실 분위기는 활기가 넘친다. 그때까지도 아침을 먹는 환자와 간병인들이 있고, 침대를 정리하거나 볼일을 보기 위해 화장실 앞에 줄을 선 사람들도 있으며, 조금이라도 더 자려고 발버둥 치는 사람들도 있다. 의사들이 회진을 돌기 전까지 남아 있는 삼십 분 동안, 환자와 간병인들은 느긋하게 아침에 할 일들을 한다.

초덴은 아직 물리치료실에 갈 준비가 되지 않았다. 초덴을 기다리는 동안 병실의 부산함이 내 주의를 끈다. 내가 서 있는 곳의 통로 건너편에서 겨우 걸음마를 할 정도의 아기가 발가벗은 채 베개 위에 쉬를 하기 시작한다. 그러자 순식간에 엄마가 아기를 잡아채서 침대 옆으로 들어 올린다. 아래로 드리워진 아기의 발에 오줌이 튀고 옆 사람의 고무 슬리퍼에도 튄다. 바닥에 오줌이 고이지만 아무도 주의를 기울이지 않는다. 침대를 흠뻑 적시는 일을 피한 날쌘 엄마가 이제는 침대 위에 앉아서 키라의 죔쇠를 풀고 모유를 먹이기 시작한다. 아기는 만족스럽게 젖을 빤다. 모든 일이 여느 때와 같이 계속된다.

그때 에이 병실에서 떠들썩한 소리가 들려온다. 젊은 남자의 도움을 받아 천천히 옷을 입고 있는 아비(할머니)의 침대맡에서 간호사 두 명이 몇몇 사람들과 큰 소리로 언쟁을 하고 있다. 나는 어제 회진을 통해 이 아비가 심한 위궤양을 앓고 있으며 오늘 수술을 받기로 되어 있음을 알고 있다. 그렇지만 분위기로 봐서 그 아비가 병원에서 나가려고 하는 모양이다. 나는 간호사들 중 한 명에게 무슨 일인지 묻는다.

아비의 가족이 그녀의 빠른 회복을 빌기 위해 종교 의식인 푸자를 행하려고 집으로 모셔 가기를 원한단다. 또한 오늘은 수술받기에 좋은 날이 아니라고 수술받기도 거부하고. 푸자를 한 다음에 다시 병원으로 모셔 오겠지만 어쨌든 지금은 떠나야 한단다. 간호사들이 아비에게 병원에 그냥 계셔야 한다고 아무리 설득을 해도 소용이 없다. 아비의 가족은 의사들의 말을 들으려고 하지 않는다. 이미 들을 만큼 충분히 들었다고만 한다. 라마승이 아비를 집으로 모셔 오라고 했기 때문에 무슨 일이 있어도 가야 한단다. 누군가 막을 겨를도 없이 아들이 아비를 모시고 병원을 떠난다.

나는 비 병실로 돌아온다. 이제 준비를 마친 초덴과 함께 우리는 물리치료실로 향한다. 사흘 동안 같은 일정을 계속하고 있는데 조금씩 나아지는 기분이 든다. 이제 나는 큰 어려움 없이 초덴의 다리를 최대한 움직일 수 있다. 초덴은 긴장을 푸는 법을 터득했고, 나는 천천히 하는 법을 배웠다. 오늘은 다른 치료를 시도할 예정이다. 새로 설치한 평행봉이 운동실에서 눈부신 모습으로 기다리고 있다. 오늘 초덴은 처음으로 일어서게 될 것이다.

페마가 출근하자마자 우리는 계획한 일에 달려든다. 일단 초덴의 허리에 이동 벨트를 단단히 묶는다. 그런 다음 평행봉 앞으로 휠체어를 밀고 간다. 거기서 초덴은 평행봉 초입에 놓인 나무 걸상으로 옮겨 앉는다. 그 맞은편 끝에는 전신 거울이 붙어 있다. 우리는 초덴에게 무엇을 해야 할지 설명한다. 나는 초덴 앞에 무릎을 꿇고 앉아 그녀의 발이 미끄러지지 않도록 잡아 줄 것이다. 그러면 초덴은 양손으로 평행봉을 꽉 잡고, 하나, 둘, 셋에 일어서는 것이다! 초덴이 휠체어를 밀어내는 순간 내가 초덴을 끌어당겨 일어서도록 도와줄 것이다. 모든 것이 계획대로 된다면 초덴은 평행봉 사이에서 두 팔로 자신의 체중을 지탱하고 안전하게 설 수 있다.

초덴은 불안한 기색이 역력하다. 나는 무릎을 꿇고 앉아서 초덴에게 평행봉 사이에 두 발을 내려놓으라고 신호를 보낸다. 초덴은 발바닥을 바닥에 대려고 애쓴다. 그러나 허벅다리 근육이 수축되면서 허공에 헛발질을 하게 된다. 잠시 후 다시 시도해 보지만 역시 실패한다. 결국 내가 초덴의 발을 바닥으로 이끈 다음, 온 힘을 다해 누른다. 초덴의 근육들이 긴장을 푼다. 이제 다른 쪽 발을 내려놓을 차례이다. 하지만 이번 발은 받침대에서 아예 떨어질 생각을 않는다. 우리는 다시 초덴의 근육들을 풀어 준다. 마침내 초덴의 두 발이 바닥 위에 놓이게 되기까지 몇 시간이 걸린 듯한 느낌이다. 초덴이 땀을 흘린다. 그녀의 손바닥은 땀에 흥건히 젖어 있다. 평행봉을 얼마나 단단히 움켜잡고 있는지 알 만하다. 초덴의 강한 팔뚝 근육이 울퉁불퉁 불거져 있고, 온몸이 기대감으로 떨리고 있다.

"딕페?(준비되었어요?)"

초덴이 머리를 옆으로 휙 젖히더니 불안한 듯 웃으며 그렇다고 한다. 준비가 되었다. 나는 "일어나요!"라는 말과 함께 초덴을 내 쪽으로 끌어당긴다. 초덴이 갑자기 앞으로 기울어지면서 무릎이 구부러진다. 나는 졸지에 초덴을 껴안은 상태로 떠받치게 된다. 초덴의 온 체중을 고스란히. 신음소리가 절로 나오고, 내 허리도 비명을 지르기 시작한다. 초덴이 다시 기운을 찾아서 강력한 두 팔로 평행봉을 잡고 자신의 몸을 지탱한다. 페마가 우리를 구해 주러 달려온다. 페마는 초덴의 무릎이 펴지도록 밀어 올린 다음, 계속 펴진 상태로 있도록 단단히 잡아 준다.

초덴은 여전히 떨고 있다. 하지만 이번에는 두려움에 떠는 듯 보인다. 그만하자고 애원하듯 무슨 말인가를 중얼거리지만 나는 잠시만 기다려 보라고 한다. 그리고 내가 아는 샤르츕어를 총동원해서 고개를 들어 보라고 한다. 아무 반응이 없다. 초덴은 내게 기댄 채 몸을 앞으로 구부리고, 마음대로 움직여지지 않는 자신의 두 다리를 보고 있다. 나는 다시 초덴에게 고개를 들어 보라고 한다. 드디어 초덴이 고개를 들고 내 뒤에 있는 거울을 본다. 처음에는 놀란 표정을 짓고, 그다음에는 믿지 못하겠다는 표정을 짓더니, 마침내 기쁨의 표정이 그녀의 얼굴에 밀려든다. 서서히 긴장이 풀리자 초덴은 들뜬 목소리로 어린 딸 예세와 이야기를 시작한다. 무슨 말을 하는지는 알 수 없지만 좋은 소식을 전하고 있음을 미루어 짐작할 수 있다. 초덴의 얼굴에는 웃음이 가득하고, 목소리는 뿌듯함으로 들떠 있다. 초덴은 몇 년 만에 처음으로 자신이 똑바로 선 모습을 보았다.

잠깐 동안의 짜릿한 기쁨을 맛본 다음, 우리는 다시 초덴이 휠체어에 앉도록 돕는다. 초덴은 지칠 대로 지쳤음에도 다시 일어서 보기를 원한다. 나는 그녀의 두 다리를 살핀다. 계속적인 근육의 수축과 이완으로 그녀의 두 다리는 발받침대에서 벗어나 힘없이 늘어져 있고, 발가락들은 아무렇게나 벌어져 뒤틀려 있다. 초덴은 다시 한 번 일어설 준비가 되었는지 모르지만 그녀의 몸은 휴식이 필요하다.

놀란 표정의 자그마한 얼굴이 한쪽 구석에서 안을 들여다본다.

라모가 초덴의 힘겨운 운동을 지켜보고, 이제 자신도 똑같은 시도를 해야 하는 줄 알고 겁을 집어먹은 것이 틀림없다. 나는 웃는다. 라모 또한 이미 대견스러울 만큼 많이 나아졌다. 나는 고개를 가로저으면서 들어오라고 손짓한다. 휠체어를 조작하는 기술이 아직 서툰 라모는 두어 번 문틀에 부딪힌 후에야 안으로 들어와서 방 한가운데에 멈춘다. 고집불통 환자 라모를 물리치료 침대로 옮기는 일은 페마가 맡는다.

매일 반복되는 흐느낌이 시작된다. 라모가 물리치료 침대에 눕자마자 불안해하며 떠는 것이 두려움 때문인지 아픔 때문인지 아니면 둘 다 때문인지 정녕코 모르겠다. 라모가 내는 소리의 높낮이로 어떤 시점에서 정말로 아픈 것인지는 알 수 있지만, 배경소리 같은 흐느낌은 특별한 원인이 없어 보인다. 어쨌거나 물리치료로 모든 아픔을 없애 줄 수는 없다.

외과 의사와 함께 라모의 엑스레이 촬영 사진을 보고 오른쪽 무릎에 대해 이야기를 나누면서, 라모의 오른쪽 다리를 물리치료로 고치려는 건 가슴만 아픈 시간 낭비임을 깨달았다. 어떻게든 오른쪽 무릎을 다시 쓸 수 있게 하려면 수술 외에는 방법이 없다. 하지만 지금까지 모든 외과 의사들이 라모의 무릎을 건드려 보려고도 하지 않았다. 칼리타 선생은 시도야 해 볼 수 있겠지만 몽가르에는 필요한 수술 장비조차 없다면서, 라모의 오른쪽 무릎에 대해서는 미련을 버리라고 충고한다.

그렇지만 왼쪽 다리는 미미하나마 가능성이 있다. 화상 흉터가 엄청나서 몇 번의 수술로도 아무런 성과를 얻지 못했지만, 아직 어리므로 어느 정도까지는 다리가 펴질 가능성이 있다. 완전히 정상으로 되돌릴 수는 없겠지만 언젠가 라모가 목발을 짚고 설 수 있을 만큼 강해지도록 도움을 줄 방법은 있다. 어떤 방법을 쓰든 현 상태보다는 나을 것이다.

페마가 라모의 쇠약해진 근육을 강화하기 위한 치료 계획을 짠다. 매일 라모는 다리 스트레칭을 하고, 우리는 라모의 운동량을 감시한다. 라모가 하는 반복 운동을 통해 나는 샤르쵭어로 수를 세는 법을 배웠다. 뚜어, 니찡, 삼, 쁘쉬, 나, 끄홍 등등.

침대 모서리에 걸터앉아 두 다리를 흔들거리고 있는 라모는 십대 소녀의 쾌활한 본성을 되찾은 모습이다. 라모의 머릿속은 늘 엉뚱한 생각들로 꽉 차 있다. 장난이 가득한 얼굴로 생글거리면서, 반복 횟수를 까먹은 척 운동량을 조금씩 속인다. 우리가 살짝 꾸짖거나 훈계하는 것이 오히려 운동 횟수를 조금씩 속이는 재미를 늘리는 모양이다. 그렇지만 너무나 놀랍게도 라모는 정해진 운동량을 다 해낸다. 게으르고 굼떠서 힘들 정도로 운동을 하거나 근육을 지나치게 쓰는 법은 없지만, 자신만의 시간에라도 결국은 운동량을 다 해낸다. 어떤 날에는 몇 시간이 걸리기도 한다. 그럴 때면 라모가 우리와 함께 있기 위해서 일부러 느릿느릿 운동을 하는 게 아닌가 하는 생각이 든다.

나는 라모가 흥밋거리를 애타게 찾는 걸 이해할 수 있다. 어린 소녀에게 병실은 아무런 매력이 없는 곳이다. 내가 병실로 찾아갈 때마다 라모는 늘 침대 위에서 엄마와 단둘이 놀고 있다. 라모가 하는 놀이는 대개 단순한 것이다. 한 가지 즐겨 하는 놀이는 한 사

람을 끈으로 묶어 놓고, 나머지 한 사람이 그 끈을 풀어내는 것이
다. 또 돌멩이를 던져 작은 그릇으로 받는 것도 라모가 좋아하는
놀이 중 하나이다.

그렇지만 물리치료실에 견줄 만한 놀이터는 없을 것이다. 물리
치료실에서 라모는 미지의 생물을 탐구하기도 한다. 내 옆에 붙어
앉아서 내 금발 머리를 신기한 듯 만져 보기도 하고, 자신의 손가
락에 감아 보거나 불빛에 비춰 보기도 한다. 또 파란 내 눈을 유심
히 들여다보다가 페마의 눈과 비교해 보고는, 자신의 생각을 크게
떠벌리기도 한다. 그뿐인가. 살결이 하얀 내 팔을 살며시 만져 보
기도 하고, 두 눈을 동그랗게 뜨고 내 주근깨들을 관찰하기도 한
다. 물리치료실에서 라모는 내가 글자를 어떻게 쓰는지, 환자들의
상태를 어떻게 평가하는지, 또 다른 환자들은 어떤 운동을 하는지
등등 참으로 많은 구경을 할 수 있다.

내가 샤르춥어를 해 보려고 하면 라모는 킥킥거리며 기꺼이 내
선생이 되어 준다. 참을성이 아주 많은 선생이. 우리는 함께 신체
부위 명칭을 하나씩 공부한다. 내가 어떤 부위를 가리키면 라모가
그 부위의 명칭을 말해 준다. 그러면 나는 그 발음을 따라 한다. 라
모는 웃으면서도 결코 발음을 교정해 주지는 않는다. 그러면 나는
몇 번이고 달리 발음을 해 본다. 혀를 색다르게 꼬거나 또는 다른
위치에 대고 발음해 보는 방식으로. 같은 말을 몇 번이고 반복하다
가 마침내 라모가 만족하는 듯한 웃음을 지으면 우리는 다음 단어
익히기로 넘어간다.

다른 환자들이 물리치료를 받으러 오면 라모는 비어 있는 침대

로 올라가서 가만히 지켜본다. 더러 운동을 계속할 때도 있지만, 대개는 침대 위에 앉아서 놀란 표정으로, 다른 사람이 치료받는 모습을 찬찬히 살핀다. 병원에서 물리치료실의 네 벽 안은 라모에게 제2의 고향이다. 라모가 물리치료실에 없을 때면 라모의 얼굴이 나타나기를 기대하며 창밖을 보게 된다. 휠체어는 라모에게 새로운 자유를 주었고, 물리치료실은 라모의 새로운 여행 목적지가 되었다.

숙소로 막 돌아왔을 때 전화벨이 울린다. 비쿨 선생이다.

"배드민턴 치지 않을래요?"

나는 선뜻 그러겠다고 답하지 못하고 망설인다. 남이야 어떻든 아랑곳없이 자신만 생각하는 남자들에 둘러싸여 시합을 할 상황을 생각하니 목에 가시라도 걸린 듯 좋다는 대답이 안 나온다. 결국 배드민턴을 쳐 본 적이 별로 없다며 궁색한 변명을 늘어놓는다.

"꼭 오세요, 재미있을 거예요."

비쿨 선생이 고집을 부린다.

나는 안절부절못하며 전화기 줄을 만지작거린다. 그가 이런 나를 볼 수 없음이 다행스럽다. 나는 내 안에 있는 용기를 모두 끌어모아 배드민턴 대신 하이킹을 할 생각은 없는지를 묻는다.

비쿨 선생이 잠시 뜸을 들이더니 대답한다.

"글쎄요, 오늘 비상 당직 근무를 해야 하는데, 다섯 시 이후에도 괜찮아요?"

나는 안도하며 얼른 괜찮다고 한다. 고맙게도 그가 배드민턴 애기는 다시 꺼내지 않는다.

우리는 그의 집 앞에서 만나서, 헬리콥터 이착륙장을 돌아 상점
가로 이어지는 진흙길을 천천히 올라간다. 일단 병원 단지를 벗어
나자 공기가 시원하고 상쾌해진다.

나는 열심히 언덕길을 오른다. 다시 구름이 끼더니 이슬비가 소
리 없이 내려 내 머리칼을 촉촉이 적신다. 길은 한적하다. 상점가
에 도착해 몇 집을 지나치도록 주위는 놀라울 만큼 고요하다. 노인
한 분만이 상점 앞에 앉아 진언이 가득 적혀 있는 큰 기도 바퀴를
돌리고 있다. 기도 바퀴가 한 바퀴 돌 때마다 경통 윗부분에 있는
나무못이 종을 쳐서 소리를 낸다. 그 소리는 내가 오늘 하루를 얼
마나 자비로운 마음으로 성실하게 보냈는지 되돌아보게끔 한다.
노인은 어딘가 먼 곳을 응시한 채 엄지손가락으로 염주 알을 하나
씩 돌린다. 결코 기도를 중단하는 법 없이 긴 의자의 한쪽 구석에
깊숙이 들어앉아 일정한 리듬으로 기도 바퀴를 돌린다. 땡……
땡…… 땡…… 종소리가 시장에 울려 퍼진다. 종소리가 사이사이
끊길 때에는 고요한 정적이 주위를 감싼다. 비쿨 선생과 나는 종소
리에 홀린 듯 조용히 귀를 기울이며 종소리에 맞춰 걸음을 옮긴다.
천천히 한 걸음 한 걸음 옮길 때마다 내 몸과 마음이 편안해지는
느낌이다.

상점가를 뒤로하고 우리는 다시 코리 라를 향해 올라간다. 각자
생각에 빠져 말없이 구름 속을 걷노라니 비에 젖은 나뭇가지들이
산들거리며 우리를 맞는다. 구름은 우리의 발걸음을 따라 흐르며
구름 고치가 되어 평온하게 우리를 감싼다. 지상에 우리 둘만 있는

듯, 아무도 걷지 않은 길을 처음 걷는 듯, 우리는 정적 속에서 길을 걷는다.

코리 라를 절반쯤 올라가다가 우리는 다시 돌아선다. 비가 점점 거세져서 비쿨의 티셔츠와 청바지가 흠뻑 젖었다. 그럼에도 그는 비가 친구라도 되는 양 반기는 듯 보인다. 나는 곁눈으로 슬쩍 그를 본다. 냉담한 표정에 걸핏하면 따지고 드는 엄격한 의사의 모습은 병원에 남겨 두고 왔는지, 주위의 모든 생명체를 감싸 안은 듯 경쾌한 걸음걸이의 활기찬 젊은이의 모습만 보인다. 자부심으로 타오르던 까만 눈이 이제는 깊고도 해맑아 보인다. 마치 어른이 되기를 거부하는 어린 소년의 눈처럼.

"비쿨 선생님."

내가 말을 꺼내자마자 그가 얼굴을 찡그리며 말을 막는다.

"선생님이라고 부르지 말아요. 난 그냥 비쿨이에요. 알았죠?"

그가 간곡히 청하듯 말하고 웃는다.

"아, 알았어요."

나는 뿌듯함과 설렘이 뒤섞인 마음으로 대답한다.

"비쿨."

소리 내어 불러보니, 그의 이름이 부드럽게 혀에 감긴다. 나는 이름을 부른 김에 용기를 내어 하루 종일 머릿속을 떠나지 않던 문제를 끄집어낸다.

"어젯밤에 왜 저녁 먹으러 오지 않았어요?"

나는 내 목소리가 사무적이기를, 그래서 실망감이 드러나지 않기를 바라며 묻는다.

그가 걸음을 멈춘다.

"정말 초대한 거였어요?"

나는 고개를 끄덕인다. 그의 목소리에 당혹감이 배어 있다.

"나를 위해 음식을 만들었다고요?"

"뭐, 우리 둘이 먹어도 충분할 만큼 만들었어요. 당신이 올 줄 알았거든요. 어디 다른 데서 저녁을 먹었어요?"

비쿨이 정말로 당혹스러운 표정을 짓는다.

"실은 아무것도 못 먹었어요. 룬체에서 환자가 오는 바람에 병원으로 돌아가야 했거든요. 환자를 본 다음에 그냥 외래 진료실에 남아서 공부했어요."

무슨 말을 해야 할지 당황스러우면서도 왠지 마음이 놓인다.

비쿨이 골똘히 자신의 발만 내려다보다가 털어놓는다.

"난 그냥 농담인 줄 알았어요. 정말 미안해요. 오래 기다렸어요?"

그가 미안해하며 나를 본다.

"그렇게 오래 기다리진 않았어요."

나는 거짓말을 한다. 사실은 그가 얼마나 무례한 처신을 했는지 따져 묻고 싶었었다. 지난밤 내내, 그를 만나면 가차 없이 몰아붙이든지 아니면 완전히 무시하고 외면하는 상상을 했었다. 첫 번째 생각은 이미 틀어졌다. 하지만 그렇다고 해도 왜 내 마음이 놓이면서 어제의 서운함은 씻은 듯 사라지고 웃음 짓는 그의 모습만 눈에 들어오는 거지? 그가 내 마음속에 벌써 그렇게 깊이 들어와 있었나? 이번 일은 그냥 대수롭지 않은 일로 생각하고 잊고 싶다. 그런

데도 그를 보고 있노라면, 아름답게 반짝이는 그의 검은 두 눈을 보고 있노라면, 자꾸만 손을 뻗어 만져 보고 싶은 충동이 생긴다. 그와 손을 잡고 걷는다면 어떤 기분일까……. 나는 문득 몽가르의 현실을 떠올리며 제정신을 찾는다. 누군가 우리를 본다면 소문이 걷잡을 수 없이 퍼져 나갈 것이다.

나는 비쿨의 두 뺨에 생긴 사랑스러운 보조개에서 눈길을 돌려 몽가르의 상점가 광경을 바라본다. 그리고 상점가 초입에 들어서면서 가까스로 냉정한 태도를 되찾는다.

우리는 린진 쇼케이 씨의 상점 앞에서 헤어진다. 나는 저녁거리를 몇 가지 사야 하고, 비쿨은 환자들을 살펴보러 병원으로 돌아가야 한다.

"잘 가요."

나는 약간 잠긴 목소리로 속삭인다. 그런 다음 나 자신과 다른 모든 사람들에게 확실하게 들릴 만큼 큰 소리로 반복한다.

"잘 가요, 나중에 봐요."

비쿨이 돌아보며 손을 흔든다. 그러자 내 마음속에서 기쁨의 비눗방울들이 보글보글 솟아오른다.

"의사 선생님, 안녕하세요? 저 의사 선생님하고 어디 다녀오셨어요?"

린진 쇼케이 씨가 얄궂은 표정으로 나를 본다. 신경이 쓰이지만 웃을 수밖에. 참견하기 좋아하는 시장 사람들에게는 나의 모든 행동거지가 펼쳐진 신문과 같음을 진작 깨달았어야 했다.

"산책을 다녀왔어요."

나는 솔직하게 대답하고 재빨리 화제를 돌려서 상점 안의 모습이 달라졌다고 이야기한다. 린진 쇼케이 씨가 물건이 잔뜩 쌓인 계산대 뒤에서 나오며 히죽 웃는다.

"종일 할 일이 없어서 가게에 신경 좀 썼죠."

신경을 쓴 것이 눈에 확 띈다. 모든 상품과 먹을거리들을 가게의 왼쪽으로 다시 진열해 놓고, 오른쪽에는 테이블 하나와 의자 몇 개를 놓아 작은 바를 만들었다. 깡마른 다리의 마을 사람 두어 명이 벌써 자리를 차지하고 앉아서 거의 다 비운 맥주병을 손에 든 채 흡족한 표정으로 빈랑나무 열매를 씹고 있다.

"몽가르에서는 할 일이 별로 없어요. 그렇죠, 의사 선생님?"

린진 쇼케이 씨의 아내인 데마가 하소연한다.

"여긴 너무 따분해요."

데마는 요즘 내 생활이 얼마나 재미없고 무료한지 다 안다는 듯 말한다.

"저랑 같이 제 친구 초덴 카르마를 만나러 가실래요?"

데마의 친구 집으로 가는 길에 몽가르 주유소를 지나게 되는데, 그곳에는 선사시대의 유물 같은 수동 펌프가 가솔린이 절실한 운전자들을 기다리고 있다. 파란색 큰 덤프트럭이 수동 펌프 옆에 멈추자 그 즉시 남자아이들 몇 명이 화려하게 장식된 차량 주위로 몰려들어 닳아빠진 타이어며 움푹 들어간 범퍼에 감탄스런 눈길을 보낸다. 데마와 나는 무지갯빛 기름방울들이 가득한 웅덩이들을 피해 길을 재촉한다. 주유소를 지나고도 한동안 디젤유와 등유의 강한 냄새가 코를 찌른다.

초덴 카르마의 집 안에 들어가니 주유소 냄새 대신 짙은 향내가 머리를 어지럽힌다. 나는 작은 의자 깊숙이 들어앉는다. 우리의 방문을 예상하고 있었던 듯 키가 작은 주인 여자가 담담하게 자오 한 그릇과 차 두 잔을 내온다. 이런저런 소문이며 얘깃거리를 꿰고 있는 그녀는 내가 몽가르에 온 이유에 대해서도 알고 싶어 안달이다.

나는 장황하게 설명을 하는 중간 중간 내온 쌀을 힐끗거리며 어떻게 먹어야 할지 고민한다. 초덴 카르마가 찻잔 속에 쏟아 넣고 떠 먹으라고 일러 준다. 나는 크게 당황하며 더러운 내 손을 보여 주고 정중히 거절한다. 초덴 카르마가 의아스러운 표정으로 하얀 내 피부를 뜯어본다. 아무리 봐도 깨끗해 보인다는 표정으로. 그러더니 화통하게 웃으며 잠깐 기다리라는 말과 함께 사라졌다가 잠시 후에 큰 그릇 하나와 물 한 통, 그리고 비누를 가지고 돌아온다. 그녀가 그릇 위로 물을 부어 주는 동안 나는 멋쩍게 거실 한가운데 앉아서 손을 씻는다. 물방울과 비눗물이 사방으로 튀지만 개의치 않는 표정이다. 여주인은 만족스럽게 웃으면서 내게 차를 더 마시라고 권한다.

데마와 초덴 카르마는 샤르춉어로 활기차게 이야기를 나눈다. 그사이 나는 조용히 방 안을 둘러본다. 우리가 앉은 의자 맞은편에는 그 집의 불단이 있는데, 그 위에 공양 그릇들과 꽃이 몇 송이 꽂혀 있고 그 왼쪽 선반에는 텔레비전과 비디오 기계가 있다. 부탄에서는 텔레비전 프로그램이 허용되지 않는다. 법으로 엄격하게 금하고 있다. 하지만 몇 년 전부터 인도 영화와 서양 영화들이 부탄 왕국에 들어오게 되었는데, 몽가르의 몇몇 상류층 가구에까지 퍼진 모양이다.

초덴 카르마가 내 시선을 뒤쫓더니 텔레비전을 보며 자랑스럽게 고개를 끄덕인다.

"몽가르에서 할 수 있는 소일거리는 영화 보는 일밖에 없어요. 여긴 정말 너무 따분해요."

초덴 카르마는 남편이 부탄 왕국 서쪽 끝에 있는 파로라는 큰 도시에서 몽가르로 전근하게 되어 옮겨 왔는데 몽가르가 정말 싫다며 덧붙인다.

"의사 선생님도 여기서 지내기가 따분하실 거예요. 몽가르는 별로 좋은 느낌이 안 들어요. 그렇죠?"

나는 이 소박한 마을에 너무나도 어울리지 않는 그녀의 빨간 립스틱을 보면서 고개를 가로젓는다. 정적과 평화가 감도는 이곳의 산들을 내가 얼마나 좋아하는지 설명하려 애쓰지만, 그녀와 나의 사고방식이 너무 다르다는 인상만 받는다. 두 여자는 이해할 수 없다는 표정으로 나를 빤히 본다. 그러더니 몽가르는 할 일이 아무것도 없는 따분하고 지루한 곳이라고 계속 되풀이한다. 그리고 부탄의 대도시인 팀푸나 푼촐링에서 살면 얼마나 많은 이점이 있는지 설명하려 애쓴다. 비록 정감 어린 분위기에서 이야기가 계속되긴 하지만, 그들과 나의 이야기는 자꾸 다른 방향으로만 흘러가고 교차점에 이르지 못한다. 나는 너무 다른 이방인처럼 보이지 않기 위해 도시 생활에 대한 내 생각은 그냥 마음속에 담아 둔다. 마침내 그 집을 떠날 시간이 되었을 때, 주인이 꼭 다시 오라는 말을 수없이 한다. 두 여자는 여전히 나 혼자 너무 따분하게 지낼까 봐 걱정이다.

　저녁에는 전기가 들어오지 않는다. 나는 흔들리는 촛불 아래서 일기장에 내 생각을 털어놓는다. 그때 노크 소리가 내 생각을 방해한다. 깜짝 놀라서 시계를 본 뒤 조심스럽게 문을 열자, 큼지막한 제과점 상자를 든 비쿨이 미안하다며 열린 문틈 사이로 얼굴을 드러낸다. 그리고 상자를 내 손에 떠넘기며 말한다.
　"이걸 주려고 왔어요."
　나는 상자 뚜껑을 열고 달콤해 보이는 파이 조각들에 눈길을 빼앗긴다. 지난밤의 일에 대한 사과의 선물인가? 아니면 혹시……? 무언의 내 질문에 대답하듯 비쿨이 어젯밤 저녁 초대에 응하지 못한 것에 대해 사과의 말을 한다. 그러더니 겸연쩍어 하며 발끝만 내려다본다.
　"들어오실래요?"
　멋쩍기도 하고 주변의 이목이 신경 쓰이기도 해서 나는 주저하며 문을 연다. 스퍼드가 침대 옆에서 뛰쳐나와 어둠 속에 대고 짖어 댄다. 손님은 문 옆의 의자에 앉는다.
　"저녁은 드셨어요?"
　내가 묻는다.
　"실은 안 먹었어요."
　비쿨이 우물우물 대답한다.
　가져온 파이라도 좀 먹으라고 내놓자 비쿨은 나를 위해 사 온 거라며 극구 사양한다. 그럼에도 나는 부엌에서 나이프를 가져와 파이를 모두 반 조각으로 나눈다. 비쿨은 부탄의 식사 예절법에 따라 두어 번 거절하더니 이내 달콤한 파이 조각을 몇 번 씹지도 않고 게걸스레 먹어 치운다.

파이를 먹고 나서 비쿨이 내 작은 사진첩을 뽑아 든다. 우리는 함께 사진들을 본다. 그와 나 사이에 새로운 정이 싹튼 느낌이다. 비쿨은 즐거운 표정으로 내 사진을 보면서, 사진 속 풍경에 장황하게 감탄을 늘어놓고 일일이 평을 한다. 실망스럽게도 어느새 뭐든 아는 체하는 비쿨로 돌아가 있다. 나는 그런 태도를 애써 외면하려고 하면서, 사과의 뜻으로 파이 상자를 갖고 왔을 때 그의 얼굴에 나타났던 표정을 떠올린다.

이런 저런 이야기를 나누는 사이 시간이 쏜살같이 지나간다. 그가 일부러 미적거리고 있거나 좀 더 있을 핑계거리를 찾고 있는 게 아닌가 싶은 생각이 들 때쯤, 열 시가 조금 지난 시간에 비쿨이 현관문을 나선다.

나는 한편으로는 안도하고 한편으로는 실망하며 잘 가라는 인사를 한다. 스퍼드가 또다시 짖어 대기 시작한다. 나는 이 늦은 밤의 손님을 혹시라도 누군가 알아챌까 걱정스러워 주위를 두리번거린다. 주변 사택의 문은 모두 닫혀 있고 창문에는 커튼이 드리워져 있다. 그럼에도 벽에도 귀가 있다는 생각에 마음이 놓이지 않는다.

10
히말라야에서 차 한잔

이웃집 수탉의 날카로운 첫 울음이 평화로운 새벽을 깨고 아침
단잠을 깨우더니 뒤이어 문을 쾅쾅 두드리는 소리가 귀청을 뒤흔
든다. 나는 아직도 잠결에 묻어 있는 꿈의 잔상을 떨쳐 내려 머리
를 흔들며 비틀비틀 걸어가서 문을 연다. 파란색 병원 유니폼을 입
고 병원에서 잔심부름을 하는 도르제가 함박웃음을 지으며 물이
가득 든 양동이를 들여 놓는다.

"선생님 물이에요."

나는 어리둥절해서 도르제를 물끄러미 쳐다보고, 도르제는 연신

싱글거린다.

"왜 물을 가져온 거야?"

나는 여전히 밀려드는 잠을 떨쳐 내려 안간힘을 쓰면서 뚱딴지 같은 물 양동이의 의미를 파악하려 한다. 비가 쏟아져 내리는데 물 양동이를 가져오다니…….

"수도관이 고장 나서 물이 안 나와요. 의사 선생님이 가져다 드리라고 했어요."

나는 너무 당황스러워서 어떤 의사가 그랬는지 묻지도 못하고, 고맙다는 인사만 겨우 하고는 물 양동이를 부엌으로 옮긴다. 그러고도 물이 안 나온다는 말을 믿을 수가 없어서 직접 확인을 해 본다. 수도꼭지가 몇 방울의 물을 졸졸 토해 내더니 이내 쉭쉭 소리를 내며 멎는다. 나는 결국 수도꼭지를 다시 잠근다. 참으로 재미있다. 집 밖에는 비가 억수같이 퍼붓고 있는데 집 안에는 물 한 방울 나오지 않다니. 우기의 또 다른 아이러니한 모습이다.

한 시간 후, 나는 아침의 은인을 확인하기 위해 비쿨의 집으로 향한다. 중년의 부탄 여인이 문을 열어 준다. 물어볼 필요도 없이 마을 사람이리라. 그녀는 빨간색과 파란색이 섞인 체크무늬 키라를 아무렇게나 둘러 입고, 고무 슬리퍼 속에 맨발을 간신히 끼워 넣어 신고 있다. 그녀가 나를 보고 웃는다. 나도 웃는다. 나를 보고도 전혀 놀라는 기색이 없는 걸 보면 나를 알고 있는 것 같은데, 나는 그녀를 만난 기억이 떠오르지 않는다. 그녀가 샤르춉어로 중요한 내용으로 보이는 무슨 말인가를 열심히 한다. 그렇게 빨리 말하

면 내가 한 마디도 알아들을 수 없다는 사실은 안중에 없는 듯. 그
녀는 말을 끝내고 고개를 끄덕이며 웃는다. 내가 알아들은 말은
'존쇼'와 '닥터'뿐이다. 이윽고 그녀가 집 안으로 들어간다. 나는
어떻게 해야 할지 난감해서 현관 앞 계단에 망연히 서 있는다.

"아마."

나는 어색하게 여자를 부른다. 부탄 말에 남자든 여자든 이름을
몰라도 부를 수 있는 호칭이 있다는 것이 고맙기까지 하다. 이십대
이상으로 보이는 여자들을 모두 '아마'라고 부를 수 있다.

"비쿨 선생님은……?"

그가 집에 있는지 묻고 싶지만 적당한 샤르촙어가 떠오르지 않
는다.

아마가 뭐라고 대답을 하지만, 나는 이번 역시 무슨 뜻인지 알아
듣지 못한다. 그냥 돌아가야 하나? 아니면 집 안으로 들어가 볼까?
난감한 상황에 대처할 자신이 없어진 나는 풀밭 길로 돌아서서 큰
길로 향한다. 그렇지만 풀밭 길 중간쯤에서 다시 한 번 부딪쳐 보
기로 마음먹고 모든 용기를 끌어모은 다음 부엌이 있는 뒷문 쪽으
로 간다. 그곳에도 비쿨은 없고, 아마가 여전히 웃음 띤 얼굴로 마
치 검처럼 큰 부엌칼을 놀려 노련하게 양파를 썰고 있다.

보통은 텅 비어 있을 부엌이 이제 곧 차려질 진수성찬의 준비물
들로 가득하다. 쌀이 담긴 비닐봉지가 열린 채 있고, 거기서 절반
쯤 덜어 낸 쌀이 조리대 위에 쏟아져 있다. 개수대에는 진흙 덩어
리 같은 감자들이 가득하고, 바닥에는 콩이 수북이 쌓여 있다. 그
리고 그 옆에는 겉으로 보기에는 전혀 매울 것 같지 않은 풋고추들

이 한 무더기 놓여 있다. 아마는 커다란 무쇠칼을 자유자재로 쓰고 있다. 육중한 칼날이 정확하게 그녀의 손가락 끝 바로 앞을 내려친다. 구부러진 칼끝이 죽 늘어선 냄비와 팬들을 거의 뚫어 버릴 기세이다. 압력솥이 삐삐 소리를 낸다. 기름에 튀긴 달과 향신료 냄새가 솔솔 풍겨 온다. 나는 용기를 내 미숙한 샤르촙어로 묻는다.

"닥터 비쿨, 길라?"

"차."

그녀가 대답하며 고개를 좌우로 흔든다. 그래, 그가 집에 있다는 대답이다.

하지만 그다음 머릿속에 떠오른 말은 '난 항 파일?(당신은 뭘 할 건가요?)'뿐이다.

아마는 언어 장벽을 넘기 위한 어설픈 내 시도를 이해할 수 없는지, 요리를 하다 말고 내 곁으로 다가온다. 그러고는 또다시 누런 이를 드러내고 햇볕에 그을린 얼굴에 주름이 가득해지도록 활짝 웃으면서 뭔가를 급히 이야기한다.

나는 다시 묻는다.

"닥터 비쿨?"

"차, 차."

그녀는 고개를 끄덕이며 비쿨의 침실을 가리킨다. 그러더니 갑자기 내 뜻을 알아챈 듯 부엌문 쪽으로 가서 그를 부른다.

집 안쪽에서 비쿨의 대답이 들려온다. 그의 말투에 장난기가 배어 있다. 아마와 허물없이 지내는 사이임이 분명해 보인다. 그가 부엌을 둘러보며 냄비의 내용물을 살피다가 드디어 계단에 웅크리고 앉아 있는 나를 본다.

그가 웃는다.

"노르부 아마를 벌써 만났군요. 페마의 어머니세요."

그 말로 모든 설명이 끝났다는 듯, 그는 아마에게 고개를 돌리고 생기 넘치는 목소리로 무슨 이야기인가를 시작한다. 간혹 두 사람의 대화가 중단될 때는 아마가 큰 소리로 웃을 때뿐이다. 두 사람이 나누는 이야기의 대상이 나라는 느낌에 마음이 불편하고 두 귀가 화끈거린다. 나는 조바심을 내며 비쿨에게 어서 통역을 해 달라고 요구한다.

그가 짓궂은 웃음을 지으면서 말한다. 노르부 아마가 앞으로 내가 그의 식사를 책임지면 되겠다는 말을 했다고. 그러고는 웃고 있는 아마에게 다시 확인을 한다. 아마는 계속 고개를 끄덕이면서 나를 보다가 부엌을 가리킨다. 나는 기분이 상해서 요리를 못한다고 대답한다. 비쿨이 통역하자 노르부 아마가 즉시 반박한다. 자신은 여기서 너무 먼 데 살아서 비쿨에게 음식을 만들어 줄 수 없다고. 비쿨의 식사 문제를 해결해 줄 누군가가 필요한데, 그녀가 생각하기에 내가 딱 적격이라고. 혼자 살면서 비쿨과 내가 먹을 음식을 준비하지 못할 이유가 뭐 있느냐고. 노르부 아마는 덧씌운 은니를 드러낸 채 의기양양하게 웃으며 나를 본다. 그런 다음 이제 비쿨의 식사 문제가 해결되었다는 표정으로 다시 밥과 카레를 준비하는 일에 달려든다.

나는 얼굴이 빨갛게 달아오른다. 설상가상으로 노르부 아마가 나도 거실로 들어가서 같이 밥을 먹어야 한다고 우기는 것이 아닌

가. 하지만 '같이'라는 말은 비쿨과 나 둘뿐임이 밝혀진다. 노르부 아마는 다시 부엌으로 사라져서 요란한 소리를 내며 부엌을 치우기 시작한다.

밥과 카레를 아침으로 먹을 생각에 내 배가 요동을 친다. 비쿨이 내 앞에 포크를 놔 주고 자신은 손으로 음식을 퍼 먹기 시작한다. 그리고 내가 미처 맛을 보기도 전에 그의 접시를 거의 다 비운다. 비쿨이 기대에 찬 시선으로 지켜보는 사이, 나는 조심스럽게 한술을 떠서 입에 넣는다. 그 즉시 목이 타오르고 눈물이 찔끔 나온다.

비쿨이 부엌으로 뛰어가서 물 두 잔을 가지고 나와서는 "고추가 너무 많아요!"라고 소리치며 유리잔의 물을 벌컥벌컥 마신다. 나는 힘겹게 내 몫의 음식을 조금씩 먹는다. 노르부 아마는 여전히 부엌을 치우느라 바쁘다. 비쿨이 내가 못내 안쓰러웠는지 누가 볼세라 내 접시의 음식을 단숨에 비운다.

노르부 아마가 돌아와서 매콤한 음식을 더 덜어 주려고 한다. 세 번 이상 정중하게 거절했음에도 노르부 아마는 고개를 가로저으며 계속 덜어 주려고 한다. 하지만 이번에는 비쿨조차 단호하게 거절한다. 아마의 마음을 달래 주기 위해 우리는 조만간 그녀의 집을 방문하기로 약속한다. 그러자 아마는 넉넉한 웃음을 지으면서, 무거운 대나무 바구니를 어깨에 메고 빗속으로 걸어 나간다.

"노르부 아마는 어디에 살아요?"

나는 페마와 닮은 데가 전혀 없는 쾌활한 중년 부인에게 호기심을 느끼며 비쿨에게 묻는다. 지금까지 페마의 어린 시절 고향은 내 상상 속에만 존재하는 장소였다. 페마는 고향 얘기를 많이 하지 않았다. 더구나 최근에 팀푸로 가서 살고 싶다고 했었기에 나는 페마의 가족이 가까이에 살고 있다는 사실마저 거의 잊고 있었다.

"저 산꼭대기 마을 바르곰파에 집이 있어요."

비쿨이 몽가르 위쪽의 구름 속 어딘가를 가리킨다. 나는 이제 마을 사람들이 하늘과 땅이 만나는 곳 '저 위' 어딘가에 산다는 말에 익숙하다. 그래서 더 이상 구체적으로 묻지 않는다.

"그런데 왜 그동안 아마를 보지 못했을까요?"

"여름에는 몽가르에 자주 내려오시지 못해요. 들에서 할 일이 많거든요. 아마 일요일마다 재래 장터가 파장한 뒤에 페마를 보러 가실 거예요."

"그런데 당신은 어떻게 노르부 아마를 그렇게 잘 알아요?"

"아, 내 식사 문제를 해결해 주었던 조제실 보조사 노르부 씨가 아마의 남편이에요. 그분이 옮겨 가시기 전에 시 클래스 사택에 사셨거든요. 그래서 노르부 아마가 남편을 보러 자주 내려오곤 했었어요. 그리고 마을에 잔치가 있을 때마다 나를 늘 바르곰파에 초대해 주기도 하셨고요. 아마의 가족은 진짜 미낙파예요!"

비쿨이 웃는다.

"미낙파요?"

"마을 사람들이 서로를 부르는 말이에요. 만일 마을 사람을 만나서 이야기를 할 때, '에, 미낙파, 오 델레?'라고 하면, 마을 사람들이 그 즉시 편하게 대해 줄 거예요. 미낙파라는 말은 아비나 메메처럼 경의를 표하는 말이거든요."

"그럼 페마의 가족 모두 그 마을 출신이에요?"

"네, 모두 농부들이었죠. 부탄의 대부분 시골 사람들처럼요. 부탄 동부에서는 딸들이 집과 땅을 물려받는 게 관습이에요. 그래서 노르부 아마가 농지를 물려받아서 농사를 짓고 있죠. 사실 이제 곧 페마가 물려받아야 하는데 어떻게 될지 잘 모르겠어요. 페마는 십중팔구 농사짓는 일을 하러 돌아가지 않을 테고, 페마의 여동생은 팀푸에서 공부하고 있거든요. 오빠는 수도승이고."

"그러면 노르부 씨는 돈을 벌려고 병원에서 일하시는 거예요?"

내가 묻는다.

"네, 실은 그래요. 시골에서 사는 데는 큰돈이 필요하지 않아요. 대개 옥수수나 채소들을 재배해서 먹고살거든요. 고기는 특별한 행사 때만 먹고요. 일요일 재래 장터에서 수확한 농산물을 팔기도 하지만 대부분은 직접 먹으려고 재배하는 거예요. 병원에서 받는 노르부 씨의 월급은 부수입이었죠. 페마의 아들에게 들어갈 치료비에 보탤 계획이었어요."

노르부 씨에 대한 이야기를 하면서 비쿨의 표정이 심각해진다.

"노르부 씨는 물론 좋은 사람이지만, 술 때문에 문제가 좀 있어요."

비쿨이 한숨을 내쉰다. 술을 지나치게 많이 마시는 것은 부탄 동부의 관습에 상당 부분 기인한다고 볼 수 있다. 하지만 보통 이 지방 사람들이 마시는 술은 옥수수나 다른 곡물들을 이용해 집에서 빚은 술로 제한되어 있다. 그럼에도 노르부 씨는 병원에서 받은 돈을 가족을 위해서는 한 푼도 쓰지 않고 술을 마시는 데 다 쓰기 때문에 페마는 아버지가 받은 월급을 구경도 못 해 봤다고 한다. 게

다가 페마의 여동생이 팀푸에서 학교를 다니고 있어서 페마 가족
은 늘 돈에 쪼들린단다.

비쿨이 낙담한 표정으로, 자신도 노르부 씨가 술을 끊게 하려고
온갖 노력을 다했지만 몇 달 뒤에 그 모든 노력이 물거품으로 돌아
간 사실을 알게 되었다는 이야기를 한다. 어쨌거나 노르부 씨는 산
속의 예스러운 세상과 병원의 새로운 세상 사이의 괴리감에 적응
하지 못하는 것이다. 기대치도 다르고 시간의 리듬도 다른 두 세상
에. 그를 둘러싼 세상의 압박감을 견뎌 내지 못하는 나약한 노르부
씨에게 술은 저항하기 힘든 유혹이다. 그래서 아마 혼자 힘든 농사
일을 하고 채소를 팔러 재래 장터까지 그 험한 길을 오가고 있다.
최소한 팀푸에 있는 어린 딸에게 보내 줄 돈이라도 벌기 위해서.

"미낙파의 삶은 결코 만만하지 않아요."

비쿨이 덧붙인다.

"하지만 그들은 절대로 울지 않죠. 삶 자체에 만족하니까. 당신
도 무슨 일이 일어나든 웃어요."

나는 높은 산지의 들에서 고된 일을 하느라 얼굴 가득 깊은 주름
이 생겼지만, 눈가에 까마귀 발처럼 생긴 웃음 주름을 만들어 가며
환하게 웃던 노르부 아마의 얼굴을 떠올린다. 페마는 어떨까? 그
녀도 언젠가 어머니 같은 얼굴을 갖게 될까? 아마도 그렇게 되기
는 힘들 것이다. 아버지 노르부 씨처럼 페마는 든든한 가족과 마을
을 떠나 새로운 삶을 선택했으니까. 아마와 달리 페마는 우는 법을
배우고 있다.

비가 그치고 오후의 열기에 산봉우리들이 희뿌연 김을 내뿜는

어느 날, 우리는 바르곰파로 향하는 산길에 오르기로 계획한다. 페마가 아이들을 데리고 그곳에 가서 가족과 함께 주말을 보낼 거라며 내게도 찾아올 것을 거듭 권한다.

"비쿨 선생님하고 같이 와요."

페마는 대놓고 놀리듯 눈을 찡긋한다.

"비쿨 선생님은 바르곰파에 자주 가 봐서 길을 잘 알아요. 선생님도 당신하고 동행하길 바랄 거예요."

작은 강 계곡을 끼고 구불구불 이어지던 오솔길이 동쪽 산허리 비탈을 타고 가파른 오르막길로 변한다. 우리는 샛강을 건너고, 풀밭을 지나고, 마치 큰 혹처럼 지면을 뚫고 나온 큰 바위를 조심스레 넘는다. 또한 큰 참나무 가지가 우산처럼 오솔길을 아늑하게 감싼 곳을 지나기도 한다. 숨 돌릴 겨를도 없이 이어지는 가파른 산길에 내 숨소리가 점점 거칠어져 간다. 비쿨은 그 정도 높이를 오르는 건 아무 일도 아니라는 듯 닳아 해진 낡은 운동화를 신고 앞서 가는 걸음이 가볍기만 한다. 그럼에도 몇백 미터마다 걸음을 멈추고 내게 숨을 돌릴 여유를 준다.

경치가 환상적으로 아름답다. 우리 맞은편의 산비탈에는 울창한 나무숲 사이사이에 포상 마을의 논밭이 펼쳐져 있다. 옥수수 밭 바로 옆에 있는 집들과 허름한 헛간들은 꽃눈을 머금은 관목과 우거진 풀밭 그리고 온갖 꽃이 만개한 들판과 어우러져 한 폭의 아름다운 모자이크 그림을 만들어 낸다. 다채로운 색의 온갖 꽃들과 한창 무르익어 가는 농작물들과 대조되어 숲의 진초록이 더욱 싱그러워 보인다. 높이 올라갈수록 숲이 우거지고, 무성한 나뭇잎과 함께 초록이 더욱더 짙어진다. 농가와 함께 점점이 흩어져 있는 하얀 초르텐들은 오후 햇빛을 받아 반짝인다.

우리는 윗벽에 가로로 빙 둘러 칠해진 빨간 띠가 사원임을 나타내는 오래된 건축물 앞에 다다른다. 언뜻 보기에는 그저 크고 낡은 농가로 보이지만, 가까이서 보면 종교적으로 설계된 구조가 드러난다. 작은 기도 바퀴들에 죽 매달린 리본이 원통을 빙 둘러 감싸고 있다. 다만 고장 난 기도 바퀴가 오랜 세월 비바람에 시달리면서 스러진 부분만 중간 중간 리본이 빠져 있다. 그리고 박공지붕과 처마는 다양한 동물 모양의 목각물들로 화려하게 장식되어 있다. 그런데 인적이 너무 없어서, 이 성스러운 건축물이 버려진 듯 다소 황량해 보인다. 행운을 가져다준다는 큰 파라솔이 그려진 빛바랜 빨간색 출입문은 녹슨 맹꽁이자물쇠로 단단히 잠겨 있다.

좀 더 올라갔을 때 우리는 산골 마을 사람들 몇 명을 만난다. 그들은 "오 델레?" 하며 정답게 인사를 건넨다. 글자 그대로 번역하면 '어디 가세요?'라는 뜻이다. 우리의 대답에 훨씬 더 밝은 웃음과 격려가 되돌아온다. "라소 라, 닥터!(조심해서 잘 올라가세요, 의사 선생님!)"와 같은 격려가.

몽가르에서 족히 한 시간은 올라온 산길에도 일을 보러 오가는 산골 마을 사람들의 행렬이 끊이지 않는다. 그들은 성큼성큼 손쉽게 산을 올라가고 가파른 비탈길을 뛰어가듯 내려간다. 요들 같은 민요를 부르기도 하고 서로를 큰 소리로 부르기도 하면서. 그들의 목소리가 이 산 저 산에서 메아리친다. 산골 마을 사람들은 경쾌하게 웃고 떠들며, 무슨 일이든 편안한 마음으로 즐겁게 해낸다. 평온과 여유가 서로에게 전염이 되는가 보다.

작은 초르텐 앞에서 길이 두 갈래로 갈라진다. 우리가 가야 할 길은 다른 한쪽 길보다 훨씬 더 경사가 져서 한 걸음 한 걸음 옮길 때마다 주의를 기울여야 한다. 나는 진흙길에 더불어 자꾸만 힘이 풀려 가는 다리 때문에 악전고투한다. 비쿨조차 걸음이 느려진다. 그러면서도 신사답게 내 배낭을 들어 주겠다며 가져간다. 나는 새삼 놀라면서 그를 본다. 또다시 엄격한 의사의 모습은 간데없이 사라지고 소년처럼 싱그러운 웃음과 반짝이는 눈빛의 자상한 젊은이로 변해 있다. 그는 마치 자신의 집에 가는 길인 것처럼 주변의 나무나 낯익은 표시들에 대해 끊임없이 이야기를 하면서 부지런히 길을 재촉한다.

옥수수 밭 위로 한 농가의 지붕이 삐죽 나타날 즈음, 개 한 마리가 날카롭게 짖어 대는 소리가 우리를 맞이한다. 우리는 걸음을 멈춘다.

"개한테 물려서 병원에 오는 환자들이 많아요."

비쿨이 주의를 준다. 그런 다음 들녘 너머로 "오이이에에." 하고 꼬리를 길게 늘이며 소리친다. 그 소리가 높이 솟은 산자락을 휘돌아 메아리친다.

잠시 후, 노르부 아마가 오솔길을 따라 뛰어 내려온다.

"꾸스짱 뽀올 라! 존쇼! 존쇼!"

아마는 기쁨을 감추지 못하고 손을 흔들면서 환한 웃음으로 내가 한 마디도 알아들을 수 없는 말을 연방 쏟아 낸다. 아마는 안전하게 개를 묶어 놓고, 너른 시골집으로 들어가는 입구인 가파른 나무 계단으로 우리를 이끈다.

계단 중간쯤의 작은 단에 오르자 검게 그을린 부엌문이 열려 있어 안이 들여다보인다. 거미줄이 쳐진 작은 창문을 통해 몇 줄기 햇살이 흙화덕 위에 쏟아진다. 불꽃이 활활 타오르는 화덕 위에는 까맣게 그을린 냄비가 세 개 올려져 있다. 할머니 한 분이 눈에 잘 띄지 않게 불가에 앉아 숟가락으로 얇은 나무통 속을 휘젓고 있다.

나는 이 흥미로운 요리의 장을 좀 더 자세히 살펴보고 싶지만, 정중한 손님으로서 지켜야 할 예법에 따라 노르부 아마가 이끄는 대로 거실이 있는 위층으로 올라간다. 우리가 올라가자마자, 두 개의 담요가 그 집에서 가장 좋은 방석으로 변한다. 아마는 우리에게 그 위에 앉으라고 권한다.

"존쇼, 의사 선생님!"

그 방은 큼직하고 통풍이 잘 돼서 시원하다. 창문은 물론 덧창까지 활짝 열려 있어서, 멀리 산비탈 위에 자리 잡은 몽가르 읍내의 집들이 자그마하게 내려다보인다. 아마의 집 바로 밑에서는 키가 큰 옥수숫대들이 바람결에 흔들리며 살랑거린다.

노르부 아마가 사라지고 비쿨과 나만 남는다. 나는 페마와 아이들을 찾으려 주위를 두리번거린다.

"페마 못 봤어요?"

결국 내가 묻는다.

비쿨이 어깨를 으쓱한다.

"할아버지께 갔나 봐요. 여기서 멀지 않은 곳에 작은 명상 오두막을 짓고 그곳에 사시거든요."

텅 빈 방에 비쿨과 나란히 앉아 있으려니 왠지 어색하다. 나는 손가락으로 머리카락을 비비 꼬면서 페마와 아이들이 빨리 돌아오기만을 빈다. 그러다가 건너편에 있는 불단에 마음을 빼앗긴다. 공양물을 바치는 공양대는 널찍하니 튼튼해 보이고, 그 양쪽에는 유리 상자들이 있다. 다섯 개의 기단들은 각각 부탄식 창문에서 볼 수 있는 아치형 틀에 둘러싸여 있다. 각각의 꽃받침 안에는 비단 법의를 입고 있는 다양한 색의 불상들이 앉아 있다. 불단 중앙에 있는 두 개의 큰 불상은 청동 광택이 나고, 다른 불상들은 좀 더 작으며, 하나는 파란 피부색을 가지고 있다.

공양물로는 두어 개의 향과 물이 가득 담긴 일곱 개의 바리때가 있고, 그 옆에 세 개의 버터램프가 조용히 타고 있다.

"일곱 개의 바리때는 부처님께 바치는 일곱 가지 공양물을 상징해요."

비쿨이 설명한다.

"공양물이란 음식이나 마실 것, 혹은 몸을 씻을 물 등 우리가 나누고자 하는 것들을 말하죠."

나는 새로운 관심을 갖고 그 작은 그릇들을 본다. 평범하고 단순한 공양물인 물. 이곳 히말라야에 사는 사람들의 생활은 넉넉하지 않다. 하지만 물은 누구나 바칠 수 있다. 물은 어떤 고난이나 탐욕을 초래하지 않고, 단지 순수한 믿음만으로 바칠 수 있는 보편적인 공양물이다.

불단의 양쪽으로 확장한 부분이 있는데, 그곳에는 반짝이는 비단 천으로 표지를 만든 불교 서적들이 있다. 불단에는 또한 주황색 승복을 입은 승려들의 사진이 두 장 있는데, 흰색의 의식용 스카프로 우아하게 장식되어 있다.

흥미를 자아내는 불단의 모습이 내 호기심을 자극한다. 비쿨과 나는 좀 더 가까이 가서 살펴보기 위해 시원한 바람이 들어오는 자리를 떠난다. 처음 내 눈길을 사로잡는 것은 책시렁 밑에 있는 일종의 붙박이장인 식기장이다. 그물망으로 뒤덮인 식기장의 문 안쪽에는 치즈 덩어리들과 바나나 잎으로 싼 꾸러미들이 있다. 그 모양이 재래 장터에서 본 버터 포장과 비슷해 보인다. 음식물 저장고인 그 식기장은 불단의 귀한 물품들과 조화를 이룬다.

나는 다시 일곱 개의 바리때를 살펴본다. 그것들은 얽히고설킨 무늬와 상징물들이 그려진 은그릇으로, 몇 년 전 아버지께서 여행 후 가져오신 옛날 중국 궤를 떠오르게 한다. 광택이 나는 그릇에 담긴 물이 반짝거린다. 이 모든 귀중한 물품들의 한가운데에는 천 숫물이 담긴 물병과 부처님의 자비를 상징하는 큰 공작 깃털이 하나 있다.

비쿨이 다른 장식물들 사이에서 염주를 집어 올려 내게 건넨다.

"여기 이 끈들 좀 봐요."

그가 금속 고리들이 열 개씩 꿰어 있는 가죽 끈들을 가리킨다. "염주 하나에는 백여덟 개의 염주 알이 있어요. 그 염주 알들을 하나씩 하나씩 한 바퀴를 다 돌리면 이 첫 번째 고리를 가죽끈의 건너편으로 넘기는 거예요. 그런 다음 염주를 계속 돌리는 거죠. 열 개의 고리를 모두 건너편으로 넘기면 두 번째 끈으로 넘어가서 다시 시작하는 거예요."

"기도를 세면서 하는 이유가 뭐예요?"

내가 묻는다.

"올바른 방향을 유지하기 위해서 아닐까요?"

비쿨이 어깨를 으쓱한다.

그 대답은 그다지 수긍이 가지 않는다. 나는 다시 불단으로 고개를 돌린다. 그곳에 놓인 흰색의 작은 물체가 내 주의를 끈다. 꼭 치아처럼 보인다.

"저건 뭐죠?"

비쿨이 미처 대답을 하기 전에 노르부 아마가 큰 찻주전자를 들고 들어온다. 우리는 겸연쩍은 표정으로 가족의 소중한 물품들을 기웃거리던 무례를 멈추고, 우리를 위해 마련된 자리로 돌아간다. 노르부 아마는 기분이 한껏 부풀어 있다. 끊임없이 이야기를 쏟아 내며 우리의 찻잔을 채워 준다. 그 차는 뿌옇고, 기름방울들이 둥둥 떠 있다. 나는 조심스레 한 모금 홀짝여 본다. 느끼한 맛이다! 그리고 아주 많이 짭짤하다! 대체 무슨 차가 이런 맛이란 말인가? 노르부 아마가 기대에 찬 표정으로 나를 본다. 나는 억지웃음을 짓는다. 혀와 배 속이 오그라드는 느낌이지만. 내 배는 그 이상한 액체의 역겨움을 받아들이지 못하는 듯싶다.

"수유차예요."

비쿨이 알려 준다.

"버터차죠. 전에 마셔 본 적 있어요?"

나는 고개를 가로젓는다.

"괜찮죠?"

그의 물음에 나는 마지못해 동의한다. 차가 아니라 느끼한 수프 같다고 생각하면서 다시 한 번 용기를 내어 한 모금을 마신다.

"여기, 이걸 넣어서 먹어 봐요."

비쿨이 자오를 한 움큼 집어 내 찻잔에 넣어 준다. 나는 그런다고 맛이 좋아질까 싶은 마음으로 자오를 넣은 차를 홀끔거린다. 입맛이 당기지 않기는 마찬가지이다. 둥둥 떠 있는 쌀알에 밀려 기름기가 안 보이는 것이 그나마 좀 낫다고 할까. 그래도 예의상 다시 한 모금을 마신다. 놀랍게도 맛이 그런대로 괜찮다. 자오를 오도독오도독 씹다 보니 짭짤한 차 맛에 서서히 속이 풀리는 것 같다. 나는 또 한 모금 마신다. 마실수록 맛이 더 좋아진다.

결국 노르부 아마가 몇 번이나 내 찻잔을 채워 줬는지 모를 만큼 많이 마신다. 찻주전자에 든 차를 거의 다 마셨을 때쯤 페마가 병을 하나 들고 니마와 침미를 데리고 나타난다.

"아줌마!"

침미가 좋아서 폴짝폴짝 뛴다. 그러더니 니마를 끌어당겨 우리 앞에 나란히 앉아서는 호기심 어린 표정으로 우리를 지켜본다. 어쨌든 적어도 침미는 그렇다. 니마의 시선도 우리에게 향해 있기는 하지만, 정말 우리를 보고 있는 건지는 모르겠다. 니마는 언제나처럼 손가락으로 아랫입술을 굴리느라 바쁘다.

"아줌마!"

침미가 집에서 만든 작은 자동차를 밀면서 내 관심을 돌린다. 자동차라고 해 봐야 차체를 대신하는 평편한 나무 껍데기에, 짧은 나무토막 두 개를 붙여 차축과 바퀴를 대신한 게 전부다. 침미가 나무 자동차를 밀며 책상다리를 하고 앉은 내 앞을 왔다 갔다 한다.

페마가 딸이 열심히 바퀴 자국을 내고 있는 마룻바닥 위에 나무 주발을 내려놓는다.

"정말 잘 오셨어요!"

페마가 다정하게 미소 짓는다. 이제 보니 노르부 아마의 웃는 얼굴과 참 많이 닮아 보인다.

"먼 길 오느라 힘들었죠? 아라 좀 드세요."

"아라요?"

조심스레 내어놓은 음료의 냄새를 맡자 구역질이 치밀어 오른다. 톡 쏘는 냄새가 코를 찌르고, 눈물까지 나게 한다. 그렇다, 이것이 집에서 빚어 마신다는 그 유명한 부탄의 민속주 아라이다.

"난 마시지 않는 게 좋겠어요."

내가 사양하자 비쿨이 막 우리 옆으로 돌아온 노르부 아마에게 좀 더 부드럽게 말을 돌려서 내 뜻을 전한다. 아마는 그래도 좀 마셔 보라고 권하며 고개를 끄덕인다.

"제, 제!"

아마가 언짢아하지 않기를 바라면서 나는 배를 가리키며 인상을 찡그린다. 그리고 병원에서 들었던 '배가 아프다'는 말을 기억해 낸다.

"폴랑 남라!"

노르부 아마와 페마가 크게 웃는다. 내 사과가 받아들여진 것이다. 그럼에도 마셔 보라는 권유를 몇 번이나 더 받지만, 나는 주저하며 냄새만 맡아 보고 끝내 마시지는 못한다.

폴랑 남라, 나는 마법의 주문을 되뇌어 본다. 그런데 놀랍게도 정말 말 그대로 되는 게 아닌가. 배가 빵빵하게 부풀어 오르고, 배 속 어딘가에서 버터차가 돌처럼 딱딱하게 뭉치는 느낌이 든다. 돌덩이는 점점 커져 가는 듯했고, 움직이면 속이 뒤집혀서 바닥에 모든 걸 토해 낼까 두려워 감히 움직이지도 못한다. 다시 채워진 내 찻잔을 보니 소름이 오싹 끼친다.

땅거미가 작별의 시간을 알리자 노르부 아마와 페마, 그리고 페마의 할머니인 아비가 우리에게 비닐봉지를 두 개씩 챙겨 준다. 하나에는 옥수수를 말려서 두들겨 팬 텡마가 담겨 있고, 다른 하나에는 말린 옥수수를 거칠게 간 카랑이 담겨 있다. 카랑은 마을 사람들에게 주요한 음식이다. 부탄 사람들은 옥수수 낟알들을 말려서 거친 가루로 만든 다음 나중에 요리를 해 먹기 위해 저장해 둔다. 쌀처럼. 우리가 두 봉지 중 하나씩만 받겠다고 정중히 사양하자 노르부 아마가 싱싱한 달걀 네 개를 옥수수 가루 속에 묻어 준다. 깨뜨리지 말고 조심해서 가져가라면서. 삼 대의 세 여인 모두 작별을 못내 아쉬워한다. 페마는 식구들 모두 우리가 하룻밤 묵고 갈 줄 알았다고 전한다.

"정말 멋진 집이에요!"

내 손을 꼭 잡고 있는 페마에게 내가 묻는다.

"늘 이런 데서 살고 싶지 않아요?"

한순간의 망설임도 없이 페마가 고개를 가로젓는다.

"오, 아뇨!"

"내 말은 물론 카르마랑 당신이 같이 살 경우를 말하는 거예요."

페마가 또다시 고개를 가로젓는다.

"여기는 너무 지루해요. 난 시골에서 살고 싶지 않아요. 팀푸에서 살고 싶어요."

'그래요, 나도 알고 있어요.' 나는 속으로 말했다. 그렇지만 그 이유는 이해할 수가 없다.

"아마랑 노르부 씨가 좀 더 연세가 드시면 농사일은 어떻게 되는 거예요? 여동생인 린진 체링도 팀푸에서 공부하고 있잖아요, 맞죠? 오빠는 수도승이고요. 그럼 부모님은 누가 모셔요?"

"엄마가 여자애를 입양할 생각을 하고 계세요."

페마가 걱정 없다는 목소리로 대답한다.

"린진은 선생님이 되고 싶어 해요. 그리고 난 침미가 의사가 되기를 바라고요. 여기서는 그다지 살고 싶지 않아요."

나는 옹색한 페마의 집을 떠올린다. 그리고 이 너른 집에서 아마와 아비가 니마를 돌봐 주며 페마에게 편히 일할 기회를 주는 것에 대해 상상해 본다. 물론 카르마는 읍내에서 사는 게 나을지도 모른다. 그러지 않으면 한 시간 반씩 걸어서 종으로 출퇴근을 해야 하니까. 페마는 나만큼도 아쉬운 기색 없이 말을 잇는다.

"난 학교에서 영어를 배운 뒤부터 시골이 아닌 다른 곳에 가서 살아야겠다고 생각했어요. 직장 생활을 하면서 돈을 벌고 싶었죠. 늘 이런 산골 마을에서 사는 건 싫어요."

나는 아비와 아마를 보다가 다시 페마와 침미에게 시선을 옮긴다. 이 사 대의 여인들은 다정하게 웃는 모습이며 까만 눈이 꼭 닮았다. 그렇지만 두 세대는 다른 희망과 꿈을 키우고 있다.

우리가 막 신발을 신으려고 할 때 노르부 아마가 불단으로 가더니 그녀의 귀중품, 일찍이 내가 궁금해했던 흰색의 작은 물건을 집어 든다. 아마는 손가락을 입속에 넣고 꺽꺽 소리를 내며 뺨을 가리킨다. 그 흰색 물체가 당신의 치아임을 알려 주기 위해서.

페마가 웃는다.

"엄마는 저 이를 끼웠다 뺐다 하실 수 있어요. 하지만 읍내에 가실 때만 이를 끼우죠. 이를 끼워 넣으면 더 나아 보인다고 생각하시거든요."

비쿨과 내가 마주 보고 웃는다. 산골 마을의 아마조차 겉치레에 조금은 신경을 쓰나 보다.

아비 또한 뭔가 생각이 난 듯 허리를 잔뜩 구부린 자세로 방으로 향하며 우리에게 따라오라고 손짓을 한다. 우리는 불단을 지나 묵직한 나무문을 통해 방 안으로 들어간다. 그 방은 작고 어두침침하며 퀴퀴하니 좀약 냄새가 난다. 그리고 옷 더미들이 가득 쌓여 있다. 한 귀퉁이에 있는 침대 위에는 고양이 몇 마리가 개켜 놓은 키라와 고 위에 웅크리고 앉아 있다. 아비는 오렌지색 체크무늬의 옷감 더미를 옆으로 치우고 큰 나무 상자의 뚜껑을 연 뒤 방충을 끄집어낸다. 대나무로 짜서 만든 그 작은 그릇은 아비만큼이나 오래된 듯 보인다. 하지만 다채로운 무늬 속에 새것일 때의 화려함이 여전히 남아 있다. 아비는 온화하게 웃으면서 내게 그 방충을 준다. 나는 당황하며 감사의 인사를 한다. 온 가족의 후한 인심에 몸 둘 바를 몰라 하면서.

늘 그렇듯 비쿨은 넉살 좋게 강한 호기심을 드러낸다.

"이건 정말 대단하네요!"

그는 소리를 지르며 상자로 달려든다. 그러더니 진주가 여러 개 박힌 은 목걸이를 꺼내 든다. 아비가 수선을 피우는 비쿨을 나무란다. 하지만 놀랍게도 다른 사람들은 모두 웃는다.

"그게 뭐예요?"

내가 다시 방으로 들어가면서 묻는다.

비쿨이 싱글거리며 빨갛게 물든 아비의 목에 은 목걸이를 걸어 준다.

"이걸로 아비가 메메 수행자를 유혹해서 결혼까지 하게 되었대요."

노르부 아마와 페마가 계속 키득거리자 아비가 나무라는 시선을 보낸다. 비쿨은 붙임성 좋게 팔을 뻗어 아비의 가녀린 어깨를 감싸 안는다. 그러고는 그가 가장 좋아한다는 이야기를 시작한다.

"메메는 젊은 총각이었을 때 결혼을 하지 않기로 맹세했어요. 그리고 언젠가는 종에 가서 거처하면서 승려가 되겠다고 발표했죠. 그날 아비는 너무나 슬펐어요. 아비의 집은 메메의 집과 아주 가까웠어요. 그래서 두 사람은 매일 같은 풀밭으로 소들을 몰고 나가서 꼴을 먹였죠. 아비는 벌써 몇 년 전부터 메메를 짝사랑하고 있었어요. 그래서 늘 제일 예쁜 옷을 입고 한껏 단장을 하고 나갔지만 메메는 아비에게 눈길조차 주지 않았죠.

그래도 아비는 메메를 단념할 수가 없어서, 어느 날 결혼을 원치 않는 남자의 마음을 바꿔 결혼하게 만들 수 있는 묘책이 있다는 스님을 찾아갔어요. 한 달 동안 아비는 온갖 방법을 다 써 봤지만 아무런 효과도 나타나지 않았어요. 아비는 슬픔에 빠져서 점점 야위어 갔죠. 그러던 어느 날, 딸 걱정에 노심초사하던 아비의 부모님이 딸을 돕기 위한 계획을 세웠어요. 그분들은 메메를 저녁식사에 초대했죠. 아비의 어머님은 딸에게 자신이 제일 아끼던 키라와 함께 이 목걸이를 건네줬어요."

이야기가 계속되자 노르부 아마와 페마가 웃음을 멈춘다. 아비조차 체념한 듯 비쿨의 이야기에 귀를 기울인다. 알아들을 수 없는 언어지만 너무나 재미있게 이야기하는 비쿨의 목소리에 이끌려서. 그리고 반짝반짝 빛나는 목걸이의 마력이 모두를 사로잡는다.

"저녁식사가 시작되기도 전에 메메는 아비의 목걸이에 관심을 가졌어요. 그리고 맞은편에 앉아 있는 처녀의 아름다운 모습에 마음을 빼앗겨서 술을 너무 많이 마시면 안 된다는 걸 깜빡 잊었죠. 아비의 부모님이 계속 술잔을 채워 줬거든요."

비쿨이 잠시 이야기를 멈추고 내게 다가와 은밀히 속삭인다.

"부탄 동부 사람들은 처녀의 가족이 검은 마법을 써서 청년의 마음을 사로잡을 수 있다고 믿어요. 청년의 술잔에 신비한 약초를 넣어서 처녀와 사랑에 빠지게 만들 수 있다고요."

비쿨이 다른 여인들에게 고개를 돌리고 방금 내게 했던 말을 그들의 말로 다시 한다. 이야기를 들은 즉시 노르부 아마는 동감의 뜻으로 고개를 크게 끄덕이고, 아비는 소리 높여 항의한다. 검은 마법 같은 건 알지도 못한다고 주장하면서. 비쿨은 모를 리 없다고 고개를 가로저으며 웃는다.

"있잖아요, 브리타. 노르부 아마가 늘 내게 하는 말이 있어요.

마을 사람들의 집에 가서 술잔을 받으면 조금씩 세 번은 흘리라는 말을 늘 하죠. 그래야 약초의 마법으로부터 나를 지킬 수 있다고요. 노르부 아마는 내가 그런 식으로 어떤 여자에게 빠져들기를 원치 않거든요."

"그런 걸 정말 믿어요?"

내가 믿기지 않는 표정으로 묻는다.

"그야 모르는 일이죠."

비쿨이 대답한다.

"어쨌든 아비의 부모님은 그날 저녁 내내 술로 메메의 마음을 어지럽혔어요. 아비의 어머님은 심지어 메메에게 좀 더 가까이 다가가서 진주 목걸이를 보라고까지 했죠. 메메는 갑자기 쑥스러운 마음이 들어서 아비에게 그래도 되겠느냐고 물었어요. 하지만 아비는 그저 웃음만 지어 보였죠. 드디어 메메가 처음으로 아비의 아름다운 까만 눈을 보게 되었어요. 그전까지 메메는 젊은 아가씨들의 아름다운 용모나 마음에 관심을 가져 본 적이 없었어요. 한데 그때는 아비 옆에 있고 싶다는 생각이 밀려들었죠. 두 사람은 오랫동안 서로를 바라봤어요. 그리고 그날 밤 메메는 아비의 집에 머물렀죠. 다음 날 두 사람은 결혼했어요. 그러니까, 봐요. 마법이 통한 거예요."

비쿨이 자신의 이야기에 만족한 듯한 표정으로 목걸이를 다시 상자 속에 넣는다. 아비, 노르부 아마, 그리고 페마가 동시에 내게 이야기를 쏟아 놓는다. 나는 알아듣는 척 고개를 끄덕인다. 노르부 아마와 아비의 말은 알아들을 수 없지만, 여하튼 메메와 아비의 사

랑 이야기를 조금씩 다르게 이야기하고 있음은 짐작할 수 있다. 나
는 결국 웃음을 터뜨린다. 어쩌면 삼 대에 이르는 세 여인 모두 어
떤 마법을 알고 있을지 모른다고 생각하면서.

11

노인 수행자

"이걸 어디서 구하셨어요?"

오래 되어 누렇게 바랜 예수 그리스도의 사진을 가리키며 더듬더듬 샤르촙어로 내가 묻는다. 화려한 불상과 밀교(탄트라 불교라고도 함. 7세기 후반 인도에서 성립한 대승 불교의 한 파)의 몇몇 보살상들과 함께 예수 그리스도의 사진이 불단의 한 공간을 차지하고 있다. 페마의 할아버지는 잠시 생각하더니 대답한다.

"외국의 부처지."

나는 메메의 말과 몸짓을 통해 선교회의 한 의사가 주고 간 사진

임을 알아챈다. 메메는 행여 내려앉았을지 모르는 먼지를 후 불어
날려 보내고 버터램프에 불을 밝힌다. 불단 앞에 선 메메는 이 세
상 너머의 무엇인가에 마음을 빼앗긴 듯하다. 경건함이 깃든 그의
시선은 인간이 이르게 되는 열반의 세계 저 너머로 향해 있다.

예수는 서양인들의 부처이다. 참으로 간단명료하다. 메메에게
기독교와 불교를 구별하는 일이 무슨 의미가 있겠는가? 메메는 어
떤 모습을 하고 있든 숭고한 존재를 믿는다. 모든 인간이 메메처럼
평화로운 타협점을 찾을 수 있다면 좋으련만.

메메는 물질을 추구하는 속세와의 인연을 끊고 믿음과 신앙의
길을 택했다. 그리고 이승에서의 남은 시간을 평화로운 명상 속에
서 수행자로 보내는 것에 만족하고 있다. 현재 있는 곳, 현재 하는
일에 만족하는 여든넷 메메의 온화한 얼굴에는 무욕의 평온함이
깃들어 있다.

오두막은 겨우 방 하나 정도의 크기이지만, 돌과 나무를 이용해
부탄식으로 견고하게 지어졌다. 메메는 몇 년 전 명상의 삶을 위해
몇백 미터 언덕 아래의 큰 농가에 가족을 남겨 둔 채 이 작은 은신
처로 들어왔다. 그는 아마가 혼자서도 농사를 잘 지을 수 있음을,
그리고 자신의 노쇠한 뼈로는 더 이상 힘든 농사일을 할 수 없음을
잘 알고 있다. 아내와 가족을 깊이 사랑하지만, 메메는 이제 홀로
인생과 종교에 대해 생각하고 명상할 안식을 필요로 한다.

메메는 곰첸이다. 즉 어느 정도의 종교 수련을 받아서 보통 사람
들을 위해 종교 의식을 행할 수 있는, 마을의 정신적인 지도자이
다. 곰첸들은 부탄 사회에서 특별한 위치를 차지한다. 그들은 종교

에 헌신함으로써 특유의 권한을 부여받지만, 동시에 결혼이 허용
된다. 하지만 일단 가정을 이룬 뒤에는 종으로 다시 돌아가 더 높
은 경지의 종교 수행을 하는 것은 불가능하다. 그래서 메메는 노르
부 아마가 농지를 일구면서 아비를 모실 형편이 된 후에 다시 수행
자의 길을 택했다.

작은 오두막에는 메메에게 필요한 모든 것이 있다. 염소 가죽으
로 만든 바닥의 깔개는 메메의 잠자리가 되고, 낡은 고는 이불이
된다. 메메는 승복과 비슷한 암홍색의 고 위에 흰색의 얇은 웃옷을
입고 있는데, 그 옷은 몇 년 동안이나 입어서 낡고 해졌으며 얼룩
때가 묻어 있다. 그 외에 카랑과 고추를 조리하는 데 필요한 알루
미늄 냄비 두어 개와 버터차를 준비하는 데 필요한 납작한 병, 묵
은 때가 낀 플라스틱 그릇들이 있다. 선반에는 종교적인 의미가 있
는 물건들이 놓여 있는데, 그중 대부분의 것들이 내게는 낯설다.
내 눈에 익은 물품은 손에 들고 돌리는 기도 바퀴와 염주, 그리고
다채로운 색의 천에 싸인 몇 권의 불교 경전들이 전부이다.

오두막에 있는 불단은 모든 것을 수용하는 메메의 포용력을 보
여 준다. 공양 그릇 뒤에 '달다'라는 상표가 붙은 연노란색 비닐봉
지가 있는데, 그 속에는 버터램프의 연료인 고체 식물성 기름이 담
겨 있다. 불단의 양쪽 끝부분은 두 개의 빈 코카콜라 병에 초록이
싱싱한 나뭇가지들을 꽂아 장식했고, 공양한 물 옆에는 프루티 망
고 주스 두 갑이 놓여 있다.

나는 오늘 이곳에 혼자 온 덕에 평화로운 고요함 속에서 새로운
것들을 보다 자세하게 살펴볼 수 있는 기회를 얻는다. 불단 위에

있는 단형후퇴식(채광과 통풍을 위해 위로 갈수록 면적을 조금씩 줄이는 방법) 신전은 이 오두막의 벽을 쌓으면서 같이 만든 듯이 보인다. 단순한 나무틀로 된 신전은 오렌지색과 파란색의 꽃 그림으로 장식되어 있다. 두 개의 유리 창문으로 들어오는 먼지와 틈새 바람이 미치지 않는 선반 위에는 불상과 구루 린포체 상이 자비로운 미소를 머금고 앉아 있다. 그 주위에 또 다른 모습으로 현시한 두 부처의 작은 상들이 있는데, 내 눈에는 생소한 것들이다.

부탄의 종교에 관한 책들을 꽤 읽었음에도 밀교 보살상들의 다채로운 모습은 여전히 낯설기만 하다. 사찰이나 그림들 속에서 내가 알아볼 수 있는 건 가장 흔한 세 개의 불상뿐이다. 첫 번째는 역사적으로 알려진 부처님으로 거의 아무런 장식이 없는 단순한 옷을 입고 화려한 왕관 대신 빛의 왕관을 쓴 채 연꽃 옥좌 위에 책상다리를 하고 앉아 있다. 두 번째는 약간 말려 올라간 콧수염과 턱수염이 특징인 구루 린포체이다. 삼지창과 함께 작은 아령처럼 보이는 불교 도구인 도르제를 한 손에 쥔 모습이다. 마지막으로 회색빛의 긴 턱수염에 끝이 뾰족한 빨간 모자를 쓴 삽둥 나왕 남겔이 있는데, 모든 불상들 중에서 가장 평범해 보인다.

부탄에 오기 전까지 내가 알고 있는 부처님은 부탄 사람들이 상게이라고 하는 붓다 석가모니뿐이었다. 석가모니는 오늘날 우리가 알고 있는 불교를 창시했다. 그의 본래 이름은 고타마 싯다르타로, 기원전 5세기경 인도 북부의 왕국에서 왕자로 태어났다. 싯다르타의 아버지는 싯다르타가 장차 위대한 통치자가 되거나 전 인류의 스승이 될 것이라는 예언을 듣고는 아들을 궁 밖으로 나가지 못하도록 했다. 그래서 싯다르타는 현실의 가혹한 삶을 모르는 채로 궁 안에서 많은 특권을 누리며 어린 시절을 보냈다. 그가 궁궐 밖의 세상을 처음 접한 것은 청년이 되어서였다. 궁궐 밖에서 처음으로 생로병사에 직면한 싯다르타는 크게 당황했고, 인간의 삶이 고난 이라는 사실을 깨달았다. 그리고 안락함과 풍요로운 물질을 버리 고 방랑하는 고행자가 되었다. 그런 다음 육 년간의 명상과 고행 뒤에 궁핍은 깨달음으로 이끄는 길이 아님을 깨닫고 '중도' 사상 을 체계화했다. 싯다르타는 보드가야의 보리수나무 아래서 깨달음 을 얻었고, '깨달음을 얻은 자'란 뜻의 부처가 되었다. 그리고 부 처의 가르침, 다시 말해서 '다르마'를 퍼뜨림으로써 오늘날 우리 가 알고 있는 불교를 창시했다.

부탄에서 파드마삼바바(연꽃에서 태어난 사람)로도 알려진 구루 린포체(위대한 스승)는 제2의 부처로 추앙받는다. 그는 오늘날 파키 스탄의 스와트 계곡에서 태어난 승려로 밀교를 전파했다. 기원후 8세기에 파드마삼바바는 마귀들과 불교의 적들을 진압하고, 그들 을 보호신들로 바꿈으로써 부탄에 밀교를 도입했다. 구루 린포체 가 마귀들을 물리치는 데 사용한 주요 무기 중 하나가 도르제였는 데, 그것은 번개를 본떠 만든 금강석 무기로 불교 교리의 순수성과 불멸성을 상징한다.

삽둥 나왕 남겔은 기원후 17세기에 스스로 부탄의 종교 통치자 가 된 티베트의 불교 학자였다. 삽둥의 지휘하에서 부탄은 티베트 의 공격에 수차례 저항했고, 수많은 계곡과 지방의 부족들이 하나 로 모여 통일국가가 되었다. 또한 삽둥은 부탄에서 처음으로 수도

원과 요새의 기능을 동시에 할 수 있는 종을 세웠다. 그리고 행정과 율법의 이원 체계를 확립한 후 그 자신은 대승정, 즉 제켄포가 돼서 모든 수도원을 지휘하는 영적 지도자가 되었다. 한편 부탄의 행정과 정치는 속세의 통치자 데시가 이끌었다. 1656년 삽둥의 사망 직후 부탄은 현재의 상태로 통일되었고, 많은 갈등과 불화를 거치면서 1907년에 세습 군주제가 확립되기 전까지 승과 속의 이중 통치 형태가 계속되었다.

메메의 오두막 벽면에는 예로부터 추앙받아 온 불교 학자들의 초상과 현대 지도자들의 사진이 하나의 콜라주 작품을 만들어 내고 있다. 제켄포인 달라이라마(아직 부탄의 대승정 직위를 유지하고 있다)와 삼 대 국왕인 직메 도르제 왕축의 사진이 있고, 그 옆에는 부처님이 깨달음을 얻었다는 인도의 보드가야 사원의 사진과 네팔의 보드나트 스투파(눈이 그려진 하얀색의 불탑. 보드는 '깨달음', 나트는 '사찰', 스투파는 '사리탑'을 뜻한다)의 사진이 있다. 콜라주 작품 밑에는 젊은 시절 메메의 빛바랜 사진들과 그의 아내와 딸의 사진 한 장이 벽면에 붙어 있다.

평범한 가정생활을 뒤로 하고 은둔 생활을 하고 있지만 메메의 일상은 이런저런 일들로 분주하다. 메메는 말없이 마른 고추들을 골라서 파란색 비닐봉지에 넣는다. 요즘은 읍내 가까운 지역의 나무들이나 관목들 사이에 버려져 있는 비닐봉지들을 쉽게 발견할 수 있다. 불과 몇 년 전까지만 해도 부탄 동부에는 비닐봉지가 존재하지도 않았다는데, 요즘 특히 읍내 사람들은 천이나 대나무로 짠 전통 바구니 대신 비닐봉지를 많이 이용한다.

내가 알고 있는 다른 부탄 사람들처럼 메메도 후한 인심을 보여 준다. 메메는 마른 고추를 고른 뒤 남은 것들을 치우고 능숙한 솜 씨로 버터차를 대접할 준비를 한다. 불 위에 물을 끓이고 검은색 찻잎을 넣는다. 그런 다음 어디선가 큼지막한 버터 덩어리를 꺼내 넣고, 놋쇠 고리가 달린 기다란 나무관으로 휘젓는다. 거기에 소금 을 한 줌 넉넉하게 넣자 특이한 향기가 작은 오두막에 가득 퍼진 다. 나는 메메 앞에서 텡마와 버터차를 거뜬히 먹어 치운다. 숲의 소리가 잔잔하게 들려오는 가운데 메메와 나는 즐거운 웃음을 나 누며 오붓한 티타임을 갖는다.

부탄 사회에서 티타임이 끝나면 보통 손님이 떠나야 할 시간이 다. 메메가 다소 과장된 몸짓으로 고의 접힌 부분에서 작은 피리를 꺼낸다. 굳은살이 박여 두툼한 손가락들이 그 가는 악기의 작은 구 멍에 잘 맞지 않아 보인다. 메메는 가까스로 피리의 구멍을 막은 다음 가슴 깊은 곳으로부터 끌어올린 듯한 소리를 뱉어 낸다. 마치 천둥이 다가오는 것 같은 소리를. 메메가 요란스럽게 목을 가다듬 은 뒤 허공에 침을 내뱉자 그것이 바닥의 깔개 옆에 있는 병 속으 로 떨어진다.

작별 인사를 드리자, 메메가 눈을 깜박거리며 나를 보더니 만족 스런 표정으로 피리를 입술에 대고 분다. 가냘픈 악기에서 소리가 흘러나온다. 메메의 피리 소리는 밝고 경쾌하면서도 심금을 울린 다. 그 소리를 따라 병원으로 돌아가는 나의 발걸음도 가벼워진다. 몇 킬로미터나 떨어진 지금도 내 마음속에서는 그 피리 소리가 들 린다.

팔 월의 어느 날 아침, 페마가 손에 든 쪽지를 흔들며 물리치료
실로 들어온다.

"벨로르에 가는 진료의뢰서를 받았어요! 니마를 데려가서 진찰
을 받아 볼 거예요."

페마의 목소리에 안도감과 걱정이 뒤섞여 있다.

"잘되었네요, 페마! 언제 갈 거예요?"

페마 입장을 생각하니 나도 같이 흥분이 된다. 몇 달간의 기다림
과 걱정 끝에 드디어 니마의 이상한 행동을 진단받을 수 있게 된
것이다. 좋은 소식에 같이 기뻐하며 페마를 껴안는다. 하지만 잠시
후, 페마 없이 지낼 생각을 하니 눈앞이 캄캄해진다. 따뜻한 우정
과 끊임없는 격려, 그리고 환한 웃음으로 늘 나와 함께하며 통역까
지 해 주던 고마운 페마를 떠나보내고 나 혼자 물리치료실을 지킬
생각을 하니 가슴이 쿵 내려앉는다.

"얼마나 오래 가 있을 거예요?"

"잘 모르겠어요."

일정을 전혀 가늠할 수 없다는 뜻으로 페마가 양 손바닥을 위로
향해 보이며 어깨를 으쓱한다.

"병원이 보통 멀어야지요. 벨로르는 인도 남쪽 끝에 있어요. 오
가는 데만도 이 주는 걸릴 거예요. 남편도 같이 갈 예정이에요. 한
육 주쯤 후에 돌아오게 되지 않을까요?"

물리치료실에서 말이 전혀 통하지 않는 환자들에 둘러싸인 내
모습을 상상해 본다. 상상만으로도 두려움이 밀려온다. 나는 결코
잘해 낼 수 없을 것이다! 지난 두 달여 동안 힘들고 어려운 상황에

처할 때마다 페마는 내게 든든한 버팀목이 되어 주었고, 의지가 되어 주었다. 푹푹 찌는 날씨에 전기까지 들어오지 않아 어두침침한 많은 날들을 우리는 함께 견디어 냈다. 그런데 페마가 없다면?

"걱정 말아요."

페마가 나를 안심시키려 한다.

"전화할게요. 그리고 비쿨 선생이 있잖아요."

질투라도 하는 척 위로하는 페마의 말에 나는 픽 웃음을 터뜨린다. 내가 비쿨의 진료실에 들락거리는 사실을 페마가 모를 리 없다. 페마뿐인가. 비쿨과 내가 같이 식사를 하고 또 산책을 하는 모습이 사람들의 눈에 자주 띄면서, 우리 둘이 결혼했다는 소문이 읍내에 파다하게 퍼졌다.

페마가 치료 일지를 펴고, 오늘 치료를 받으러 오기로 예정되어 있는 환자들의 이름을 살핀다. 좋은 소식을 받았음에도 페마는 피곤해 보인다. 언제나처럼 숱 많은 검은 머리를 단정하게 빗어 넘기고 주름 하나 없이 다림질한 키라를 단정하게 차려입었으며 차분한 얼굴의 입꼬리에는 아직 웃음의 흔적이 남아 있지만, 진단 결과를 알게 된다는 것이 마음을 무겁게 하는 모양이다. 그해 여름은 페마에게 참으로 힘든 시간이었다.

"진단을 받은 다음에 거기 머물면서 치료까지 받고 올 수도 있어요."

페마의 차분한 말이 나를 움츠러들게 한다.

"네, 그럴 수 있으면 그래야죠."

페마의 말에 동의하고 싶지만 왠지 그럴 수 있을까 싶은 의문이

든다. 만일 뇌성마비라면 치료 방법이 없을 테니까. 니마가 치료 가능한 다른 어떤 병을 앓고 있을 가능성은 극히 적어 보인다. 하지만 페마의 희망을 꺾고 싶지 않아서 나는 그대로 입을 다문다.

"꽤 한참 동안 자리를 비워야 할 것 같은데 괜찮겠어요? 기차표를 예약해야 해서요."

"그럼요. 얼른 갔다 와요."

나는 고개를 끄덕이며 부지런히 소지품을 챙기는 페마를 지켜본다. 움직임도 발걸음도 활기차 보이지만 페마의 손이 떨리고 있다.

나는 한동안 페마가 떠날 날이 다가오고 있음을 깜빡 잊는다. 몽가르의 배구팀과 축구팀 선수들이 물리치료실을 꽉 채우면서 하루 일과가 정신없이 지나간다. 그럼에도 매일매일 찾아오는 두 방문객 초덴과 라모는 내게 큰 기쁨을 준다.

초덴의 상태는 놀랄 만큼 좋아졌다. 믿을 수 없을 만큼 강인한 힘과 의지력 덕분에 이제 겨우 두어 주밖에 안 되었는데도 혼자서 평행봉을 잡고 처음부터 끝까지 걸어갔다 걸어온다. 잠깐 쉬는 동안에도 초덴은 당당하니 꼿꼿하게 서 있다. 날마다 남녀노소, 간병인, 문병객 할 것 없이 구경꾼들이 몰려들어 하루하루 발전하는 초덴의 모습을 지켜본다. 여러 면에서 그들은 초덴에게 힘을 주는 팬클럽이다. 초덴의 병에 대해 잘 모르는 어린아이들도 자신들이 중요한 상황을 지켜보고 있다는 느낌이 드는지 감탄스런 표정으로 입을 헤벌린 채 평행봉 사이를 오가는 초덴을 주시한다. 초덴이 걷는 일은 모두의 목표가 되고, 한 걸음씩 내딛는 걸음은 모두에게 기적이 된다.

이따금 놀란 근육 때문에 초덴이 헛발질을 하게 될 때가 있다. 그럴 때는 여전히 누군가 초덴의 무릎을 단단히 잡아 줘야 한다. 초덴이 평행봉 사이에 서서 거울 속 자신의 모습을 보며 힘겨운 싸움을 할 때면, 여름철 우기의 지독한 더위 탓에 초덴의 이마에서 구슬 같은 땀방울이 쉼 없이 흘러내린다. 그렇지만 초덴은 결코 불평하거나 움츠러드는 법이 없다. 오히려 입을 꽉 다물고 불굴의 의지를 드러낸다. 손바닥에 땀이 차 금속 평행봉에서 자꾸 미끄러져 내리면, 셔츠에 손을 쓱 문질러 땀을 닦아 내고 다시 시작한다. 그뿐인가. 다리 힘이 다 빠져서 더 이상은 한 발짝도 움직일 수 없을 것 같아 보이는데도 초덴은 조금만 더 연습하게 해 달라고 조른다. 잘못된 신경계와의 싸움으로 아무리 힘들고 고통스러워도 초덴의 정신력은 결코 약해지지 않는다.

초덴의 의지력은 정말이지 감탄스럽다. 그녀는 날마다 내 예상을 뒤엎고 더 빨리 더 많이 좋아진다. 체중을 지탱하고 걷는 운동은 또 다른 이점을 가져온다. 초덴의 말에 따르면, 걷기 운동을 시작한 이후로 다리의 긴장이 풀려서 걸핏하면 생기던 경련이 사라졌고, 그 덕에 밤새 거의 한 번도 깨지 않고 단잠을 잔다고 한다. 예세와 초덴, 그리고 그녀의 어머니는 어떻게 그 비좁은 병원 침대를 나누어 쓰면서 긴긴 여름밤을 견디어 낼까?

매일 같은 일정을 되풀이하며 힘겹게 걷기 운동을 하고 그 보상으로 하루가 다르게 좋아지고 있는 초덴과 나 사이에는 특별한 정이 쌓인다. 나는 초덴 덕에 마음이 설레고, 초덴의 성공 덕에 마음이 뿌듯하다. 초덴은 이제 머잖아 혼자 걸어 다닐 수 있게 될 것이다. 몇 년 동안 장애로 고통을 겪었지만 앞으로는 마을 사람들과 크게 다를 바 없이 정상적인 삶을 이어갈 수 있을 것이다.

그렇지만 초덴이 기울여야 하는 엄청난 노력은 심신을 지치게 한다. 그래서 일주일에 몇 번씩 초덴은 열이 나거나 너무 지쳐서 물리치료를 빼먹는다. 그런 일이 생긴 어느 날 나는 통역을 해 줄 페마를 대동하고 초덴의 병실로 향한다. 그런데 초덴이 편안한 모습으로 딸과 함께 침대 위에 앉아서 놀고 있는 게 아닌가. 나는 당황스러운 마음으로 물리치료실에 오지 않은 이유를 묻는다. 초덴이 수줍게 웃으면서 대답한다. 이제 요로감염이 다 나아서 집으로 돌아갈 예정이라고. 나는 내 귀를 믿을 수가 없다. 페마가 잘못 알아듣고 통역했음이 틀림없다. 초덴이 물리치료를 그만둘 리 없다. 아니, 이제 와서 그만둘 수는 없다. 지금은 안 된다. 이렇게 몰라보게 좋아졌는데! 우리가 이루려는 목표가 바로 코앞에 있는데!

나는 주위를 둘러본다. 하지만 다른 병상들에서는 호기심 어린 시선만 보낼 뿐 아무도, 아무 말도 하지 않는다. 도저히 믿기지 않아서 페마에게 다시 한 번 확인해 달라고 부탁한다. 역시 똑같은 대답이다. 내일 퇴원을 한단다. 페마는 초덴이 소지품들을 말끔하게 정리해 쌓아 놓은 짐 가방을 가리킨다. 이미 초덴의 남편이 병원으로 오는 중이란다. 초덴이 곧 병원을 떠나리란 소식이 나만 피해 갔음을 나는 그제야 깨닫는다. 그리고 의사들과 얘기를 하면서 최악의 두려움에 맞닥뜨린다. 초덴이 벌써 퇴원 수속을 마쳤단다.

나는 물리치료실의 책상 뒤에 있는 의자에 앉아 초조하게 몸을 앞뒤로 흔들면서 초덴의 퇴원을 막을 방법에 대해 생각한다. 초덴은 아직 퇴원할 준비가 되지 않았다. 결국 나는 의료원장을 찾아가서 초덴이 최소한 평행봉 밖에서 걷는 연습을 할 때까지 두어 주만 더 병원에 있게 해 달라고 간청한다. 의료원장이 승낙한다. 나는 안도의 한숨을 내쉬면서 초덴과 함께 이 기쁜 소식을 나누기 위해 병실로 달려간다. 하지만 침울한 얼굴이 내 기쁜 소식을 외면한다. 초덴의 엄마가 어쨌거나 집으로 가야 한다고 고집을 부린다.

나는 도저히 이해가 안 되어, 그렇게 빨리 퇴원하려는 이유를 알아봐 달라고 페마를 다그친다. 여태까지 그렇게 힘든 노력을 마다하지 않고 해 온 초덴이 더 이상 병원에 있기가 싫다는 이유만으로 모든 걸 창밖으로 던지려 하는 건 아닐 것이다. 나는 초조하게 대답을 기다린다. 샤르춥어로 조용히 계속되는 이야기에 귀를 기울이고 있자니 초덴에 대한 믿음이 다시 고개를 든다. 전부 다 오해였을 것이다. 이제 잠시 후면 불굴의 의지를 가진 내 젊은 환자와 다음 주 치료 계획을 짜게 될 것이다. 그렇지만 지루한 기다림 끝에 역시 실망스런 답이 돌아온다. 곧 추수기가 되기 때문에 초덴의 엄마가 더 이상 병원에서 딸의 병간호를 해 줄 수 없단다. 집에 돌아가서 농작물을 거둬들여야 하기 때문에. 그래서 초덴 역시 엄마와 함께 돌아갈 수밖에 없단다.

믿을 수 없는 현실이 나를 짓누른다. 내가 가족의 생계 문제에 대해서까지 왈가왈부할 수는 없다. 몽가르 병원에서 초덴 같은 환자가 간병인 없이 입원해 있을 수 없는 것도 사실이다. 초덴은 화장실에 드나드는 일을 비롯해서 개인적인 많은 일들을 결코 혼자

서는 할 수 없다. 누군가 늘 옆에서 도와줘야 한다. 특히 밤에는. 이곳 병원에서는 간호사들이 그런 일까지 하지는 않는다. 다른 외부인이 환자를 돌봐 줘야 한다.

시스템의 덫에 걸린 느낌이지만 그래도 우리 목표를 이대로 포기할 수는 없다. 성공이 바로 코앞에 있는데, 이제 곧 걸을 수 있는데, 이제 와서 포기를 한다니 말도 안 되는 일이다. 나는 페마에게 몇 주 동안 초덴의 병구완을 하면서 부수입을 올릴 여자를 구할 수 있을지 묻는다. 구할 수 있을 거라는 페마의 대답을 듣고, 나는 다시 원무과에 찾아가서 내 생각을 전한다. 그들은 원칙적으로는 내 생각에 반대하지 않지만 간병인 수당까지 챙겨 줄 예산은 없음을 밝힌다. 또 다른 걸림돌이다. 하지만 이번 문제는 내가 해결할 수 있는 일이다. 비용이 얼마나 들까? 병원에서 심부름을 하는 아이의 평균 월급이 칠백 눌트럼으로, 캐나다 돈으로 환산하면 삼십 달러가 채 안 된다. 나는 별다른 망설임 없이 필요한 비용이 얼마든 내가 지불하겠다는 뜻을 밝힌다. 몇몇이 놀란 듯 눈썹을 추켜올리지만, 여하튼 내 제안이 받아들여진다.

월급을 마구 쓰려는 외국인 여자가 못마땅한 듯 노골적으로 반감을 드러내는 시선도 있지만, 나는 모르는 척 무시하고 초덴에게 나의 계획을 털어놓는다. 초덴이 좀 더 병원에 머물면서 치료받을 수 있다는 사실에 나처럼 기뻐하기를 바라면서. 하지만 그런 반응은 없다. 초덴은 또다시 엄마와 한참 동안 이야기를 주고받더니 결국 집으로 가겠다고 한다. 나는 그러려는 정확한 이유가 뭔지 도저히 모르겠다. 낯선 사람의 도움을 받아야 하는 상황이 불편해서 그러는 것인지, 우리가 적당한 간병인을 구하지 못할 거라는 생각에서 그러는 것인지, 여하튼 그 정도 사소한 문제들을 참아 내지 못할 만큼 초덴이 걷는 문제를 대수롭지 않게 여긴다고는 도저히 생각할 수가 없다.

온화하지만 단호한 초덴의 얼굴을 보면서, 나는 결국 초덴이 마음을 바꾸지 않으리란 사실을 깨닫는다. 초덴은 한 달 뒤 추수가 끝나면 다시 오겠노라고 약속한다. 하지만 지금은 떠나야 한단다. 나는 초덴의 힘겨웠던 긴 여정에 대해 생각해 본다. 아픈 사람들이 가득한 병실에서 몇 주 동안이나 힘들고 불편하게 지내 오면서 이 병실이 얼마나 끔찍해졌을까에 대해서. 그럼에도 나는 끝까지 희망을 끈을 놓지 않고, 제발 조금만 더 병원에 있으라고 부탁도 해 보고, 간청도 해 보고, 애원도 해 본다. 하지만 그날 오후 결국 초덴의 결정을 받아들이기로 한다.

그다음 날 아침, 나는 무거운 마음으로 초덴이 무사히 돌아가기를 바라며 작별 인사를 한다. 운동실에 덩그마니 놓인 평행봉이 왠지 쓸쓸해 보인다. 이제 평행봉에 생명을 불어넣어 줄 사람은 아무도 없다. 평행봉은 더 이상 희망도 도움도 주지 못한다. 농사일에 밀려 버려진 채 무용지물이 되고 말았다. 초덴은 한 달 후에도 어쩌면 그 후에도 병원으로 돌아오지 않을 것이다. 이제 내가 할 수 있는 일은 초덴이 집에서라도 운동을 계속하기를 비는 것뿐이다.

초덴이 떠나고 난 뒤, 나는 심기일전해서 또 다른 문제 환자 라모에게 관심을 기울인다. 라모의 왼쪽 다리는 느리지만 꾸준히 나아지고 있다. 하지만 움직여지지 않는 라모의 오른쪽 무릎에 대해서도 미련을 버릴 수가 없다.

"마을 사람들은 강하니까 걱정하지 말아요."

아무리 정교한 수술로도 라모의 다리가 크게 달라지지 않을 거라고 판단한 외과 의사가 내게 한 충고였다.

"고칠 방법이 없어요."

다른 의사들 역시 별 도움이 되지 않는 진단을 내렸다. 그런 소극적인 말들에 화가 나서 견딜 수가 없다. 라모는 이제 겨우 열세 살이다. 뭔가 할 수 있는 일이 틀림없이 있을 것이다.

미국의 정형외과 의사들이 팀푸에 있는 병원으로 한 달씩 순환 근무를 자원하여 온다. 나는 라모의 엑스레이 사진을 그 의사들에게 보내서 그들의 소견을 들어보기로 한다. 마침내 희망의 빛이 희미하게나마 보이기 시작한다.

"시도는 해 볼 수 있죠."

전화기 저편에서 정형외과 의사가 말한다.

"하지만 무릎 융합 수술을 해야 할 텐데, 그럴 경우 그 무릎을 다시는 움직이지 못하게 될 수도 있습니다."

나는 여러 결과들을 비교해 본다. 현재도 라모는 늘 한쪽 다리를 쭉 펴고만 앉을 수 있다. 그 다리를 구부리고 일어설 수는 없다.

"쉽지 않은 수술이 될 겁니다. 무릎을 째고 수술을 해야 하는데, 동맥하고 신경이 문제입니다. 수술 중에 손상될 수도 있으니까요. 그 점에 대해서 신중하게 생각해 봐야 할 겁니다."

나는 생각에 생각을 거듭한다. 엄청난 책임감이 무겁게 나를 짓누른다. 하지만 최악의 경우, 라모의 무릎을 절단해야 된다고 해도, 지금처럼 불구로 지내느니 의족을 다는 편이 낫지 않을까? 나는 수술을 받는 게 낫다 싶지만 라모가 거부한다.

라모는 겁에 질린다. 겁에 질려서 아무도 자신의 다리를 잘라 낼수 없다고 고함을 치고, 대성통곡을 하면서 물리치료실로 들어온다. 나는 라모 옆에 앉아서 어깨를 감싸 안고 의사들이 무릎을 잘라 내지 않을 것이라고 설득한다. 하지만 라모는 들으려고도 하지않는다. 라모의 엄마조차 고개를 가로저으며 조용히 거부한다. 라모는 어떤 수술도 받지 않을 거라고.

매일 그 문제에 대해 언급할 때마다 매번 똑같은 벽에 부딪힌다. 라모가 물리치료실에 운동하러 오는 횟수가 줄어들고, 내가 라모를 불러와서 운동을 시켜야 하는 일이 잦아진다. 그러던 어느 날 아침 회진을 돌면서, 나는 라모가 그렇게 겁을 내는 이유를 깨닫게된다.

라모 옆의 침대에 당뇨병으로 몸이 쇠약해진 할머니가 누워 있다. 이 할머니는 다리에 치료가 불가능한 괴저가 생긴 탓에 무릎 아래 다리를 절단해야 했다. 당시 상황에서는 그 방법밖에 없었고, 할머니는 다행히 수술을 잘 받고 회복 중이다. 그리고 슬관절 경직을 풀기 위해 물리치료실로 운동을 하러 오시는데, 나는 운동뿐 아니라 절단된 부분이 안 보이게 감추는 법까지 가르쳐 드린다. 라모는 하루 종일 그 할머니를 보면서 다리 수술은 어떤 종류든 항상 다리를 절단한다고 생각한 모양이다. 그러니 겁에 질릴 수밖에.

라모가 두려워하는 이유를 알게 된 후, 나는 라모의 잘못된 생각을 바로잡아 줄 수 있으리라는 희망에 부푼다. 그래서 몇 시간에 걸쳐서 라모와 그녀의 엄마에게 융합 수술에 대해 설명한다. 하지만 대답은 여전히 '싫어요!'이다.

라모에게 동기를 주기 위한 필사적인 시도의 하나로, 나는 라모에게 평행봉 운동을 권한다. 처음에 내 작전은 비참하게 끝난다. 라모는 발에 쥐도 나고 손바닥도 아프다면서 사사건건 불만을 터뜨리고 골을 내며 징징거린다. 내가 어떤 노력을 하든 그 반대로 하기로 마음먹은 모양이다.

어느 날 아침, 의사들이 모두 회진을 도는 사이 페마와 물리치료실에서 환자들에 대한 이야기를 하고 있는데 라모가 열린 창문 쪽으로 휠체어를 밀고 온다. 라모는 넉살 좋게 히죽거리며 열린 창문 안으로 고개를 들이밀고 다른 환자들이 아무도 없음을 확인한다. 그러더니 엄마에게 손을 흔들어 신호를 보낸다. 라모의 엄마는 뭔가 꿍꿍이셈이 있는 사람처럼 페마에게 속닥거리기 시작한다.

"만일 수술을 한다면, 언제 하게 되나요?"

나는 미국인 정형외과 의사가 팀푸에 도착하는 구월까지 기다려야 한다고 대답한다.

"라모는 팀푸에서 얼마나 오래 있어야 하죠?"

"한 달이나 두 달쯤 걸릴 거예요. 라모의 회복 상태에 따라서요."

라모의 엄마는 좀 더 개인적인 사정을 말하기 위해 물리치료실 안으로 들어온다. 그러더니 내 쪽은 쳐다보지도 않고 페마에게 뭔가를 이야기한다. 알아들을 수는 없지만 라모의 미래에 중요한 영향을 미칠 수 있는 내용임을 나 또한 느낌으로 알아챈다. 마침내 페마가 라모 엄마의 말을 통역해 준다.

"팀푸에 갈 수 없대요. 숙식비를 감당할 돈이 없어서요."

나는 안도의 숨을 내쉰다. 극복할 수 있는 장애물이므로. 페마도 나와 생각을 같이한다. 두 모녀가 몽가르로 다시 돌아올 때까지 숙식비는 어떻게든 내가 충당하기로 한다.

그 약속과 함께 모든 문제가 해결된다. 라모의 엄마는 한순간도 내 진심을 의심하지 않는다. 또한 내가 그들에게 얼마를 줄지 성가시게 묻지도 않는다. 나를 신뢰하고 있음에 틀림없다. 이제 그들은 내 손안에 그들의 운명을 맡기고 팀푸로 갈 것이다.

마치 마법의 지팡이가 닿은 것처럼 라모의 태도가 백팔십 도로 변한다. 달리 말을 안 해도 스스로 물리치료실의 문을 밀고 들어온다. 페마가 라모의 운동 목록을 작성하고, 매일 몇 번씩 반복 횟수를 늘린다. 라모는 묵묵히 따른다. 필사적으로 평행봉 사이로 달려 들어 지쳐서 움직일 수 없을 때까지 운동을 계속한다. 라모의 체력은 하루가 다르게 좋아지고, 나날이 더 건강해지고 행복해 보인다. 몇 주 후, 우리는 라모를 팀푸로 데려갈 교통편을 마련한다.

라모가 떠난 직후, 페마와 작별 인사를 해야 할 날이 코앞으로 다가온다. 마치 내가 떠날 날짜가 잡힌 것처럼 허전하다. 이곳에서 본래 내가 하기로 한 일, 즉 페마에게 내 기술을 가르쳐 주는 일이 사실상 중단된다. 라모도 초덴도 다 떠났다. 다음 몇 달 동안 내 임무는 무엇이 될까?

나는 누구보다 페마가 그리울 것이다. 침착하고 차분한 페마의 존재는 병원 직원들과의 의사소통에서 내 생명줄이 되었고, 그녀의 미소는 장맛비와 벼룩들과의 전쟁 속에서 내게 힘을 주었으며, 그녀의 재치와 수완은 전기가 들어오지 않는 많은 날들을 극복할 수 있게 해 주었다. 필시 몽가르에서의 내 진짜 시련은 이제부터 시작될 것이다.

"행운을 빌게요!"

나는 친구에게 속삭이듯 말한다. 남편과 함께 아들을 데리고 우체국 앞에 서서 삼둡종카르로 가는 버스를 기다리고 있는 내 친구 페마에게.

"걱정 말아요!"

페마가 같은 말을 되풀이하며 니마를 등에 업는다. 니마는 마냥 좋은 듯 입을 벌리고 페마의 키라 위에 침을 질질 흘린다. 그리고 무의식적으로 입가를 훔치는 동작을 하면서 페마의 토고 위에 침방울을 튀긴다.

"니마, 안녕!"

나는 손을 흔든다. 니마는 옹알이를 하면서 먼 산을 멍하니 바라본다. 니마가 불쑥 작은 손을 내 쪽으로 뻗는다. 하지만 다시 입가로 손을 가져가서 자신과 엄마에게 침을 튀긴다.

"이렇게 가게 돼서 정말 잘되었어요."

나는 나 자신에게 말하듯 일부러 큰 소리로 말한다. 페마가 고개를 끄덕인다. 그리고 환하게 웃으면서 손수건을 꺼내 애정 어린 손길로 니마의 손가락을 닦아 준다.

"비쿨 선생님 좀 잘 돌봐 줘요."

페마가 싱긋 웃는다.

나는 짐짓 인상을 쓰는 척하며 그렇게 하겠노라 약속한다.

"잘 다녀와요! 내 맘은 늘 당신과 함께할 거예요!"

나는 목이 메는 소리로 작별 인사를 하면서 몽가르 시장을 뒤로 하고 떠나는 만원 버스를 향해 손을 흔든다.

12

초르텐과 기도 깃발

무더운 여름이 끝나 가고 있다. 더위가 주춤한 사이 서늘한 기운
이 대지 위에 짙은 안개를 흩뿌린다. 초록이 무성한 수풀 속에 서
있는 바나나나무들이 긴 수염이끼가 붙어 있는 노송을 지켜보고
있다. 까만 점이 점점이 찍혀 있는 오렌지빛 날개에, 날개 끝이 파
란색과 흰색으로 장식된 나비 한 마리가 분홍 꽃밭 사이에서 우아
하게 나풀거리다가 산들바람을 타고 아련한 하늘 끝으로 사라진
다. 구름 사이로 저 멀리 산봉우리들이 희미하게 모습을 드러낸다.
안개를 머금은 산봉우리들은 변함없이 장엄해 보이면서도 한편으로는 덧없는 환상처럼 보이기도 한다.

정원에서 들려오는 비쿨의 기타 소리가 잔잔하게 심금을 울리며 고요한 정적을 깨뜨린다. 잠시 후 기타 선율이 멈추고 철쭉나무 잎 사귀들만이 바람결에 흔들리며 사각거린다. 내 발걸음은 유유히 비쿨의 집으로 이어지는 낯익은 길로 향한다.

가끔 이곳에 있는 수많은 사람들 중에서 왜 하필 비쿨에게 편안함을 느끼게 되는지 궁금할 때가 있다. 나는 어느새 비쿨과 매일 함께하는 산책과 식사, 철학적인 토론, 그리고 편안한 우정에 길들기 시작했다. 운명이 우리를 이렇게 같은 곳에 내던지지 않았더라도 지금처럼 가까워질 수 있었을까? 낯선 곳에서 만난 두 이방인, 그런 동질감에서 우리의 우정은 시작되었다. 이런 유대 관계의 견고함을 얼마나 믿을 수 있을지 의문이 들기도 하지만, 우리는 어쩌면 내가 생각하는 것보다 더 많은 공통점을 갖고 있는지도 모른다. 어쨌거나 한 가지 확실한 점은 무슨 일이 일어나든 우리는 친구로 남아야 한다는 것이다. 몽가르는 누군가와 반목하며 지내기에는 너무 좁은 곳이다. 헤어진 연인들을 위한 공간은 전혀 없다. 그와 나 자신을 믿을 수 있을까? 나는 그와 나누고 싶은 것들이 참으로 많다. 하지만 상처를 입게 되지는 않을까?

비쿨이 뜰에서 구름을 보고 있는 모습이 눈에 들어온다. 잘생긴 그의 얼굴이 부드러우면서도 근사해 보인다. 그는 내가 다가가는 낌새를 전혀 알아채지 못한다. 내가 부르자 깜짝 놀라며 돌아본다. 뭘 하고 있느냐는 내 물음에 그가 대답한다.

"내 하늘을 보고 있어요."

내 하늘. 그는 정말로 진지하게 그렇게 말한다. 그가 주위의 모든 것들과 무척이나 자연스럽게 어우러져 보여서 이 세상이 정말 그의 것이라는 느낌이 든다. 그는 정말 이곳에 어울리는 사람이다. 겹겹이 둘러싸인 산과 구름 속에 호젓하게 앉아 있는 그의 모습이 내 마음을 흔든다. 순간, 그의 세상을 함께 나누고 싶다는 강렬한 열망이 마음속 깊은 곳에서 고개를 내민다.

"비쿨."

나는 조심스레 속마음을 내비친다.

"당신 하늘을 나와 함께 나누지 않겠어요?"

비쿨이 놀라서 나를 본다. 처음에는 당황한 표정이더니 이내 기뻐하는 기색을 보인다. 그는 고개를 갸웃 기울이고 문화와 생각의 모든 차이를 지워 없앤다. 내 생각을 두 손으로 소중히 감싸 안듯 그가 부드럽게 대답한다.

"물론이죠!"

우리는 신비로운 그림자와 환상적인 아름다움이 가득 찬 세상 속으로 들어가 코리 라를 향해 나란히 발걸음을 옮긴다. 무엇이 그토록 부탄을 특별하게 만드는지 궁금해진다. 시선이 머무는 곳 어디에나 우뚝 솟은 산봉우리들? 아니면 자연 그대로의 아름다움을 간직한 숲? 어쩌면 나는 오가는 마을 사람들의 환한 미소에 사로잡혔는지도 모른다. 아니면 웅얼웅얼 잔잔하게 들려오는 기도 소리에 마음이 편해지는 걸까?

우리가 걷고 있는 오솔길이 좁은 골짜기 속으로 내리치더니 다시 맞은편 산 위의 나무들 사이로 모습을 드러낸다. 비쿨은 여름철

장맛비를 양껏 받아 제법 큰 개울로 변한 샛강들을 펄쩍펄쩍 뛰어 넘어 앞서 간다. 나는 안전하게 건널 수 있는 곳을 찾아 두리번거리며 물 흐르는 소리에 귀를 기울인다.

건너편 둑에 있는 하얀색의 작은 구조물 초르텐이 부탄에서는 길 안내 표지 역할을 한다는 사실이 떠오른다. 고대 불교는 부탄 왕국의 활력의 근원이다. 유서 깊은 불탑과 그 주변에 있는 기도 깃발들을 보면서 부처님의 가르침, 즉 다르마의 무한함에 대해 곰곰이 생각해 본다. 이곳 히말라야에서 일상생활의 근간을 이루는 것들에 대해서.

부탄 사람들의 깊은 신앙심을 보여 주는 증거는 어디에나 있다. 수많은 개울이나 강가의 세찬 물줄기는 그 주변에 설치된 큰 기도 바퀴를 돌리면서 불교의 진언들을 하늘로 올려 보내는 한편, 풍성한 결실로 들판을 축복한다. 길가나 산길에 세워진 초르텐들은 악령을 쫓거나 위대한 라마승들을 추모하기 위한 것이다. 흰색을 비롯해 다른 여러 가지 색들의 기도 깃발들은 높은 산이나 강가에서 펄럭이며 사람들의 기도를 바람결에 물결에 실어 보낸다. 마을의 사찰이나 농가들은 연꽃 그림과 행운을 가져다준다는 여덟 가지 상징물들을 예술적으로 표현한 그림들로 장식되어 있다. 또한 키라와 고의 옷감에조차 종교적인 무늬들이 아름답게 짜여 있다. 불교 없는 부탄은 생각할 수 없다.

나는 비쿨이 초르텐 둘레를 세 번 도는 모습을 지켜본다. 그는 불교 유적을 그의 오른쪽에 두고 시계 방향으로 차분하게 돈다. 그의 믿음은 거짓 없고 순수하다. 그리고 불교와 힌두교에 대한 그의 지식은 해박하고 세세하다. 나는 그를 통해 명상과 불교 의식의 세계, 소승불교와 밀교의 세계, 그리고 여전히 내 머릿속에 모호한 개념으로 남아 있는 불교 철학의 세계로 들어가게 되었다. 마을 사람들의 믿음과 마을 곳곳에서 접할 수 있는 불교의 가르침들에 비하면, 불교에 관한 나의 지식은 너무나 미미하고 보잘것없다. 불교의 관습들 중 일부는 뵌교(티베트에 불교가 들어오기 전에 있던 샤머니즘)라는 고대 종교의 애니미즘적, 샤머니즘적 관점에서 유래하고, 또 어떤 관습들은 마귀들과 보살들의 역사로부터 유래한다.

나는 다시 흰색의 소박한 구조물 초르텐으로 눈길을 돌린다. 내 키보다도 높지 않은 초르텐들도 허다하지만 어떤 모습이든 내게는 늘 신비로운 힘을 가진 것으로 보인다. 산속의 나무들이나 들판 사이에 있는 초르텐들은 겉치레라고는 없이 소박한 모습이지만 마음에 위안을 주는 힘이 있다. 비록 산속에서 길을 잃고 헤매게 된다 해도 초르텐을 보면 누군가 그 이전에 다녀간 곳임을 알 수 있다. 그곳에서 기도를 하고 진실한 믿음에서 기념물을 세운 것이니까. 초르텐의 모양은 부처님의 마음을 상징하고, 공양을 하는 곳은 성스러운 장소임을 뜻한다.

나는 경건한 작은 건축물로 다가가서 거친 회반죽 돌벽을 뒤덮고 있는 이끼의 부드러운 촉감을 느껴 본다. 초르텐은 구조적인 면에서나 철학적인 면에서나 주위 환경과 절묘한 조화를 이룬다. 작은 탑을 떠받들고 있는 각진 기반 부분은 대좌처럼 보이기도 하는데, 이는 땅을 상징하는 것이다. 기반 위에 있는 둥근 지붕은 물을 상징하고, 원뿔 모양의 뾰족탑은 불을 상징하며 해를 떠받치고 있는 초승달은 하늘을 상징한다. 뾰족탑에는 열세 개의 계단이 있는데 불타의 경지, 즉 깨달음에 이르는 열세 단계를 상징한다. 그리고 뾰족한 봉우리 끝에 있는 불꽃은 부처님의 성스러운 후광을 상징한다.

나는 초르텐 주변을 느긋하게 돌면서, 그토록 깊은 뜻을 염두에 두고 돌을 하나하나 쌓아 올린 손들에 대해 생각한다. 그리고 이 초르텐 속에는 무엇이 들어 있을지 생각해 본다. 모든 초르텐 속에는 기도 문구를 새겨 넣은 위패 '생명의 나무'가 숨겨져 있다. 또한 불전이나 불상, 혹은 무기가 들어 있기도 하고, 때로는 위대한 라마승의 유골 같은 신성한 불교 유물들이 보관되어 있다.

초르텐을 세우는 이유는 다양한데 이 초르텐을 세운 이유는 무엇이었을지 궁금하다. 초르텐은 성인의 방문을 기념하기 위해 세워지기도 하고, 때로는 귀신과 악령을 쫓아내거나 억누르기 위해 교차로나 산길, 혹은 다리 같은 위험한 장소에 세워지기도 한다. 어떤 이유로 세워졌든 초르텐은 부탄 사람들의 경건한 신앙심을 상징하는 유물로, 산골짜기에서도 불교 정신의 숭고함을 일깨워 준다.

비쿨이 해가 지기 전에 도착해야 할 곳이 있다면서 길을 재촉한다. 얼마 후, 우리가 걷는 오솔길이 길게 펼쳐진 완만한 산비탈의 골짜기 속으로 떨어진다. 잔잔한 바람결에 초록빛 벼들의 바다가 출렁이고 수백 마리 잠자리 떼가 춤을 추며 날아다닌다. 구름 속을 뚫고 나온 석양의 노을빛이 이리저리 춤추며 날아다니는 잠자리들의 투명한 날개에 반사되어 반짝거린다. 황금빛으로 타오르는 석양 아래서 잠자리들이 만들어 내는 작은 불꽃들이 현란한 빛의 축제를 연출한다.

울창한 나무숲을 올라가자 나무들이 한 줄로 늘어선 들판이 나온다. 이곳에는 마니 벽, 다시 말해서 기도 문구를 새겨 넣거나 그림으로 표현한 돌담이 두 개의 초르텐을 잇고 있다. 오랜 세월을 지나오면서 이 초르텐들은 주위의 산들과 하나가 되었다. 평평해진 지붕은 이끼와 우거진 수풀로 뒤덮여 있고, 한때는 하얀 회반죽이 칠해졌던 돌담은 노르끄름한 본래의 돌색으로 되돌아와 있다. 돌담의 어떤 부분은 돌 조각이 크게 깨져 나갔고, 석판의 그림들은 색이 바래서 희미하다. 그럼에도 기도 문구의 테두리 장식은 여전히 선명하다. 돌담을 오른쪽으로 끼고 천천히 돌면서, 나는 진언을 외는 나직한 소리가 들리지 않을까 귀를 기울여 본다. 그런 다음 살며시 입술을 모아 고귀한 여섯 음절의 소리를 내어 본다. 옴 마니 밧메 훔.

마니 벽을 지나 오솔길이 다시 숲 속으로 이어지는 곳에서, 우리는 활처럼 휜 다리에 맨발로 걸어오는 한 노인을 만난다. 그는 잠시 기도를 멈추고 웃음 띤 얼굴로 인사를 건넨다. 하지만 손에 들고 있는 작은 기도 바퀴를 돌리는 일은 결코 멈추지 않는다. 노인은 환하게 웃는 얼굴로 비쿨과 몇 마디를 주고받더니 동의를 표하며 고개를 끄덕인다. 방금 전 우리가 초르텐 주위를 도는 모습을 지켜봤다는 노인은, 그의 종교를 존중하는 우리의 태도에 크게 흡족해한다. 그리고 요즘 젊은이들은 옛 풍습을 잊어버리려 한다고 애석해하며 어깨를 으쓱한다. 노인이 들고 있는 기도 바퀴를 가리키며 말한다.

"여기 진언 안에는 많은 지혜가 담겨 있어요."

비쿨이 노인에게 내가 그 기도 바퀴를 몇 번 돌려 봐도 되겠느냐고 묻는다. 노인이 환하게 웃으며 내게 기도 바퀴를 건네준다. 나는 놀라서 받는다. 기도 바퀴는 보기보다 무겁지만 쉬이 잘 돌아가고 돌아갈 때마다 듣기 좋은 윙윙 소리를 낸다. 노인은 또다시 웃으며 계속 돌려 보라고 한다.

"옴 마니 밧메 훔."

노인이 나를 위해 진언을 왼다.

나는 노인이 외는 말의 의미를 생각해 내려 애쓴다. 그 말 속에 담긴 뜻을 이해하면 좀 더 자신 있게 발음할 수 있으리라 생각하면서. 나는 비쿨에게 조용히 그 뜻을 다시 묻는다.

"밧메는 연꽃, 마니는 보석을 뜻해요. 또한 마니는 깨달음을 얻고자 하는 마음을 뜻하기도 하죠. 구루 린포체나 부처님이 마음의 연꽃 속에 있는 귀중한 보석이라는 뜻일 수도 있고요."

진언에는 참으로 많은 종교적 의미가 함축되어 있는 모양이다. 한 단어가 몇 가지로 설명될 수 있는 걸 보면.

"의미에 너무 연연해하지 말고 그냥 느껴 봐요."

비쿨이 덧붙인다.

나는 옆에 있는 비쿨과 노인을 의식하면서 다시 기도 바퀴를 돌린다. 기도 바퀴가 돌아가는 소리에 귀를 기울이자 그 뜻을 알아야 한다는 생각이 사라진다. 돌리면 돌릴수록 바퀴의 움직임이 더 규칙적이 된다. 노인은 나를 위해 옆에서 계속 진언을 읊는다.

잠시 후 고맙다는 인사와 함께 기도 바퀴를 돌려 드리자, 노인이 다시 한 번 인자하게 웃으며 인사를 받는다.

"라소 라.(좋아요.)"

노인이 답례를 하며 손을 흔든다. 그 순간의 평온함에 넋을 빼앗긴 채, 나 또한 손을 들어 인사를 한다. 그런 다음 웃음 띤 얼굴로 나를 보고 있는 비쿨에게 고개를 돌린다. 비쿨이 손을 내민다. 나는 두근거리는 마음으로 그의 손을 잡는다.

습한 공기 때문에 산에 오르는 것이 점점 더 힘들어진다. 숨이 턱턱 막히고 입에서는 단내가 난다. 우리는 말없이 속도를 늦춘다. 서두를 필요가 없으므로.

얼마 후 해가 모습을 감춘다. 황혼의 여명 속에서 희미한 안개 장막이 산을 휘감고 회색빛 땅거미가 서서히 내려앉는다. 애타는 사랑에 울어 대는 개구리들의 애절한 세레나데와 귀뚜라미들의 합창 소리만이 평화로운 정적을 깨뜨린다. 구름이 너무 낮게 드리워져 있어서 산에 높이 오르지 않았음에도 우리는 어느새 구름 속에 포근히 안긴다. 얼마 후 구름 속을 벗어나자 시원한 산들바람이 불어온다. 우리 발밑 아래로 솜털처럼 하얀 구름 바다가 끝없이 펼쳐져 있다.

우리는 계곡에서 피어오른 안개가 이리저리 휘몰아치면서 서서히 위로 향하는 광경을 조용히 지켜본다. 밤의 어둠이 말없이 스며드는 가운데 시선을 위로 돌리니 마치 하늘의 문 앞에 와 있는 느낌이 든다. 어디가 이 세상이고 어디가 저 세상인지 경계가 없어 보인다. 내 마음속에서는 현실이 꿈이 되고 환영이 실재가 된다.

여기가 신을 느낄 수 있는 곳인가? 내가 느끼는 것이 신의 존재인가? 모르겠다. 하지만 신이 평화이고 선이며 마음을 달래 주고 위안을 주는 존재라면, 이런 정적이야말로 신이 우리 옆에 있음을 말해 주는 것 아닐까? 시간의 흐름은 더 이상 중요하지 않다. 말도, 생각도, 확고한 신념도 필요치 않다. 이렇게 완전한 정적을 느낄 수 있음이 중요할 뿐이다.

모든 그림자와 형상이 서서히 어둠 속으로 묻히고 먼 산들이 지평선 아래로 잠긴다. 마지막 남은 미광이 사그라지고 새들이 노래를 멈추면서 낮 동안의 모든 움직임이 차분히 가라앉는다. 나는 비쿨과 나란히 걸으면서 상상의 망망대해 속을 떠돈다.

별빛이 반짝이는 밤하늘에 유난히 밝은 별 하나가 서쪽 하늘에 떠올랐다. 투명하고 아름다운 그 별빛은 까만 밤을 가로질러 하늘과 땅 사이의 공간을 눈부시게 메우며 지상에까지 이르렀다.

붉은 승복을 입은 어린 동자승은 밤하늘을 올려다보았다. 동자승은 나지막이 감탄사를 토해 내며 입을 다물지 못하고 경외하는 마음으로 빛나는 별을 바라보았다. 그리고 자신도 모르게 두 손을 들어 합장을 하고 깊숙이 머리 숙여 절했다.

몇몇 마을 사람들이 모여들어 눈부신 광경을 올려다보면서 소리를 죽이고 속삭였다. 상서로운 밤의 엄숙한 기운이 지상에 감돌았다. 솟아오른 산봉우리들은 깊은 잠에 빠졌고, 바람만이 잠에 취한 삼나무 잎사귀들을 잔잔히 흔들었다. 삼라만상이 고요했다. 하지만 고산지대의 나라, 어느 한 마을 사람들의 심장은 경이로운 광경에 사뭇 두근거렸다.

　별은 사흘 밤 동안 나타나 밤하늘에서 빛을 발했다. 사흘 밤 동안 그 별빛은 히말라야의 구석구석을 환하게 비추었다. 동자승은 밤마다 별을 올려다보면서 합장을 한 채 기도를 했다. 사흘째 되는 날 밤에 동자승은 두 눈을 반짝이며 떨리는 목소리로 친구들에게 속삭였다.

　"저건 툴쿠 별이야! 어디선가 위대한 라마승이 환생하셨어."

붉은 승복을 입은 젊은이가 창가 의자에 앉아 있다. 책장을 훌훌 넘기고 있지만 생각은 책이 아닌 다른 뭔가에 빠져 있는 듯하다. 내가 들어가자, 그가 순수한 웃음을 지어 보이며 올려다본다. 그리고 호기심과 반가움이 뒤섞인 표정으로 조용히 나를 살핀다.

　"안녕하세요."

나는 걸음을 멈추고 더듬거리며 말한다.

　"내가 온 건, 음, 비쿨한테 설탕이 좀 있는지 물어보러 왔어요."

나는 낯선 사람의 모습에 평정을 잃고 당황한다.

　"비쿨은 저기 있어요."

젊은 승려가 부엌을 가리키며 말한다. 그의 목소리는 나지막하니 약간 잠긴 듯하다. 나 때문에 깊은 잠에서 막 깨어난 것처럼.

얼굴이 달아오른다. 나는 아무 이유 없이 얼굴을 붉히고 얼어붙은 듯 꼼짝 않고 서 있다. 다행히도 마침 비쿨이 들어온다.

　"푼촉, 차이 피양게?(푼촉, 차 마시겠어?)"

비쿨이 아무런 거리낌 없이 자연스럽게 승려에게 말을 건다.

"푼촉은 내 친구예요."

비쿨이 젊은 승려가 앉아 있는 곳으로 걸어가며 말한다.

"이 친구는 티베트의 저명한 라마승의 환생불인 툴쿠예요."

푼촉은 다시 한 번 수줍은 미소를 짓는다. 그리고 힌두어로 비쿨에게 무슨 말인가를 하고는 승복의 매무새를 가다듬으면서 천천히 의자에서 일어난다.

"같이 산책하러 가지 않을래요?"

비쿨이 승려의 말을 전한다.

나는 처음에는 망설이지만, 산책이라는 너무나 유혹적인 제안을 거절하지 못한다. 푼촉은 차분한 태도로 문가에서 기다리고 있다. 미소 짓고 있는 그의 얼굴이 나만큼이나 어색해 보인다고 생각하면서 나는 수줍게 고개를 끄덕인다.

검은 머리를 파르라니 깎은 젊은 스님, 쉴 새 없이 이야기를 늘어놓는 쾌활한 인도 의사, 그리고 금발 머리에 파란 눈의 여자가 기묘한 조합을 이루면서 길을 걷는다. 큰길은 책을 펴들고 가면서 뭔가를 암송하는 아이들의 소리로 시끌벅적하다. 한동안 비쿨은 푼촉과 힌두어로 스스럼없이 이야기를 나눈다. 그러더니 당황스럽게도 내게 푼촉과 이야기를 나눠 보라고 권하는 게 아닌가.

"푼촉도 영어를 좀 해요. 그러니까 두 사람이 얘기를 나눠 봐요. 무슨 얘기든지."

비쿨은 나와 푼촉에게 대화를 권한 뒤 침묵을 지킨다.

머릿속이 텅 빈 듯 할 말이 아무것도 생각나지 않는다. 푼촉 역시 나와 비슷한 딜레마에 빠진 듯하다. 우리는 발끝만 내려다보며 그냥 걷는다. 결국 비쿨이 다시 끼어든다.

"이 친구 생활이 어떨지 궁금하지 않아요?"

비쿨이 내게 말한 뒤, 고개를 끄덕이며 푼촉과 나를 격려한다.

나는 곁눈으로 슬쩍 푼촉을 본다. 그냥 평범한 보통 젊은이처럼 보인다. 나는 모든 용기를 끌어모아 묻는다.

"겔롱(비구승. 제대로 된 학식과 수행력을 갖춘 스님)이세요?"

말이 내 입을 빠져나가는 순간 다시 주워 담고 싶어진다. 그렇게 뻔한 것을 묻다니, 너무나 어리석은 질문이다.

푼촉이 웃는다.

"네, 하지만 실은 아직 게출이에요."

이제 또 뭘 물어봐야 하나? 그런데 내 머리가 제대로 된 질문을 생각하기도 전에 혀가 또 선수를 친다.

"게출이 뭐예요?"

나는 질문을 하고는 무안해서 헛기침을 해 대며 시선을 발끝으로 돌린다.

"게출은 종이나 사원에 살면서 부처님 말씀을 공부하는 승려예요."

"게출은 예비 승려예요. 겔롱이 되려면 먼저 일정한 수련 기간을 거쳐야 하죠. 그런 뒤에 정식으로 스님이 돼요."

비쿨이 덧붙여 설명한다.

"하지만 이 부근에서는 모든 스님을 그냥 겔롱이라고 불러요. 그 편이 더 쉬우니까요."

푼촉이 웃음으로 동의한다.

“아.”

또다시 침묵의 공백이 생긴다. 잠시 후 내가 푼촉에게 결혼을 할 수 있느냐고 묻자 그가 할 수 없다고 대답한다.

“몇 살에 스님이 되었어요?”

나는 시장에서 본 붉은 승복의 소년들, 동자승들을 떠올리며 묻는다. 칼리타 선생은 어린 승려들을 ‘리틀 붓다’라고 부른다. 어떻게 그토록 어린 나이에 모든 삶을 종교에 바치기로 결정할 수 있었을까?

“제가 여섯 살 때 어머니께서 룬체에 있는 종으로 저를 데려가셨어요. 저는 제가 겔롱이 될 것임을 늘 알고 있었죠. 알다시피 저는 툴쿠니까요.”

툴쿠. 푼촉의 발음으로는 ‘티꾸’처럼 들린다. 나는 다시 툴쿠의 의미에 대해 묻는다. 그렇지만 푼촉은 짧은 영어로 대답하기에는 너무 복잡한 듯 힌두어로 설명하고, 그 말을 비쿨이 통역해 준다.

푼촉의 설명에 따르면 불교도들은 모든 존재의 환생을 믿는다. 아무도 처음으로 태어나는 것이 아니다. 시간이 시작된 이후로 나고 죽기를 거듭하며 수없이 많은 인생을 산다. 툴쿠는 훌륭한 라마승이 다른 사람으로 환생한 존재를 일컫는 말이다. 그 라마승의 의식이 새로 태어난 아이에게 전해지고, 그 아이가 성인이 되어 라마의 의식을 구체화한다. 툴쿠 역시 많은 것들을 새로 배우거나 다시 배워야 하지만, 배움을 깨닫는 속도가 특히 빠르다. 그리고 다르마, 즉 바른 진리를 깨닫는 데 타고난 성향이 있다.

그런 개념이 다소 혼란스럽기는 하지만, 부탄에서 몇 달을 보낸 지금은 나도 부탄 사람들이 모든 존재의 환생을 깊이 믿고 있음을 알고 있다.

내가 모든 툴쿠들이 승려인지 묻자, 푼촉이 고개를 가로젓는다. 툴쿠라고 해서 반드시 사원에서 수행을 해야 하는 것은 아니다. 하지만 대부분 사원에서 공동체 생활을 할 필요를 느끼고 승려들처럼 산다. 툴쿠가 사원의 공동체 생활을 원치 않으면 가정을 이루고 속세의 삶을 살 수도 있다. 직업이 무엇이든 그가 툴쿠라는 사실은 언제까지나 변하지 않는다.

푼촉은 1970년에 몽가르 북쪽에 위치한 쿠르퇴에서 태어났다. 그 당시 티베트의 창포 계곡에서 온 일단의 승려들이 삼예 사원의 라마승이 환생한 아기를 찾으러 쿠르퇴에 왔었다. 삼예 사원은 수많은 전설과 이야기를 간직한 곳이다. 구루 린포체가 기원후 8세기에 지은 사원으로 히말라야에 밀교를 전파시키는 신호탄이 된 사원이다. 그때 이후로 삼예는 밀교의 가장 오랜 종파의 중요한 성채가 되었다.

이 유명한 사원의 승려들은 그들이 모시던 라마승이 쿠르퇴 어디선가 다시 태어났음을 알고 몇 주 동안 찾아 헤맸다. 예로부터 전해지는 의식과 전통에 따라 아기가 태어난 집을 모두 찾아다니며 일일이 확인을 했다. 그렇지만 환생한 기미를 보여 주는 아기는 하나도 없었다. 승려들은 수많은 방법을 이용해서 귀한 아기를 찾으려고 했다. 아기 집의 위치나 가족의 특성을 이용하는 방법 외에 아기의 모발을 확인하거나, 아기에게 전생의 라마승의 유물을 보여 주기도 했다. 그렇지만 그들의 판단 기준을 충족시키는 아기는 없었고, 열반에 든 라마승이 전생에 사용하던 유물(찻잔이나 염주, 혹은 작은 법고 같은 것)과 다른 라마승의 유물을 구별하는 아기 또한 하나도 없었다. 결국 승려들은 환생 아기를 찾지 못하고 티베트로 돌아갔다.

그렇지만 쿠피네사라는 마을에서 남자 아기가 태어난 직후, 아기의 엄마는 아들이 남다름을 알아챘다. 그 아기가 처음 한 말은 마을 사람들 아무도 이해할 수 없는 언어였고, 까만 두 눈으로 먼 곳을 응시하는 아기의 표정은 유난히 평온하고 침착했다. 그 아이, 즉 푼촉은 혼자 걸을 수 있게 되자마자 종에 가서 다른 라마승들과 함께 예불을 올리곤 했다. 그는 배우지 않고도 예불을 올리는 법을 알았다. 하지만 출생 직후 말했던 뜻 모를 언어는 더 이상 사용하지 않았다. 여섯 살이 되었을 때 푼촉은 엄마의 손에 이끌려 종으로 가서 승려가 되었다. 푼촉은 어린 승려로서의 생활에 만족했다. 수행이나 배움에 급속한 진전을 보였고, 이내 그보다 나이가 많은 수많은 라마승들의 지식을 능가하게 되었다.

일 년 후, 티베트 삼예 사원의 승려들이 다시 와서 푼촉을 킨레 라마승의 스무 번째 환생자로 인정했다. 푼촉은 팀푸에 있는 학교에 다니면서 정규 교육을 받기 시작했는데, 다른 여러 과목 외에 힌디어와 영어도 배웠다. 부탄의 수도인 팀푸에서 학교에 다니는 동안 영향력 있는 한 승려가 푼촉을 받아들였고, 그때 이후로 푼촉은 몽가르에서 동쪽으로 이십오 킬로미터쯤 떨어진 나창의 승가학교에서 공부하고 있다.

푼촉은 조금도 우쭐대거나 뽐내는 기색 없이 차분하고 덤덤하게 그의 이야기를 한다. 우리는 푼촉의 이야기를 들으면서 천천히 발걸음을 옮긴다. 그러는 사이 몽가르의 종 위에 이르른다. 종의 반짝이는 뾰족탑이 발아래로 보인다.

"이전 생을 기억해요?"

내가 묻는다.

"오, 아뇨!"

푼촉이 웃는다.

나는 나창에 있는 승가학교에 대해 생각하면서, 오늘 이곳에는 어떻게 왔는지 묻는다.

"걸어서 왔어요."

그가 대답한다.

"줄곧 걸어서 왔어요?"

나는 새삼 존경 어린 눈길로 푼촉의 고무 샌들을 본다.

"우리는 산을 타고 지름길로 다녀요."

푼촉이 대답하면서 코리 라 옆의 산등성이를 가리킨다.

해가 서쪽 산봉우리들 너머로 지기 시작하면서 산길 위에 황금빛 햇살이 길게 드리운다. 나는 적색 가사를 입은 승려가 바위를 타고 넘어 울창한 숲 사이로 달리는 모습을 상상해 본다. 또한 저명한 라마승의 환생 인물이 발에 물집이 잡힌 채 뜨거운 포장도로를 걷는 모습도 상상해 본다. 푼촉이 비쿨과 나란히 종의 입구로 향한다. 뒤에서 보니 툴쿠와 낮익은 젊은 의사 사이에 달라 보이는 점은 적색 가사뿐이다.

거의 일주일 동안 푼촉은 매일 비쿨을 만나러 온다. 두 젊은이는 종종 나창에서 북쪽으로 사흘 거리에 있는 아자 사원으로 여행할 계획을 세우며 시간 가는 줄 모르고 이야기를 나눈다. 하지만 당장은 여행을 떠날 수 없음을 비쿨은 잘 알고 있다. 우기의 고온다습한 날씨 탓에 식수가 오염되고 위험한 해충들이 들끓어서 그로 인한 환자들이 계속 병원으로 밀려들고 있기 때문이다. 병원은 환자들로 미어터질 지경이고 응급 상황에 대처할 수 있는 의사들은 턱없이 부족한 실정이다.

푼촉은 구체적인 여행 날짜에 대해서는 묻지 않는다. 그는 종에서 낮 시간을 보내고, 늦은 오후가 되면 나와 비쿨과 함께 병원 단지 안이나 읍내를 산책한다. 나는 푼촉에게서 우정을 소중히 여기고 친구를 기쁘게 해 주고자 하는 다정다감한 젊은이의 모습을 보게 된다. 푼촉의 집안은 가난하다. 그의 어머니 혼자 쿠르퇴의 한 마을에 살면서 고귀한 아들의 뒷바라지에 전력을 기울이고 있다. 나는 푼촉이 다소 안쓰럽다. 상당한 지위와 명예를 갖고 태어났지만, 그 때문에 평범한 삶을 이끌어 갈 선택의 자유를 잃은 왕족과 푼촉이 비슷하다는 생각이 들어서. 하지만 이런 내 생각은 사실 아무런 근거도 없다. 푼촉은 자신의 운명에 만족하는 듯 보인다. 툴쿠이든 아니든 그는 겸손하고 친절한 젊은이임에 틀림없다.

며칠이 지나자 나는 푼촉과 함께 보내는 시간이 더없이 편안해진다. 푼촉은 긴장을 놓을 수 없는 병원 환경에서 언제나 한결같은 버팀목처럼 나를 편안하게 위로해 주는 존재이다. 비쿨과 푼촉 사이의 친밀한 우정은 보기만 해도 마음이 푸근해진다. 두 사람은 서로를 진심으로 존중하며 각자 나름의 분야에서 상대의 경험이 풍부함을 인정한다. 의사는 실생활에서 부딪히며 힘겹게 얻은 교훈에 있어서, 승려는 부처님의 가르침에 대한 깨달음에 있어서.

어느 일요일, 비쿨과 내가 재래 장터에서 돌아와 보니 푼촉이 아침 준비를 하고 있다. 화려한 색의 카레를 얹어 먹을 흰 쌀밥도 한 솥 가득 해 놓고(내 경우에 쌀밥은 매콤한 음식의 얼얼한 맛을 중화시켜 주는 역할을 한다), 진수성찬을 준비해 놓았다. 알루 담(카레 소스에 있는 감자), 사그(시금치)와 양파, 에마 다치(고추와 신선한 치즈로 만든 부탄의 대표적인 음식) 외에 차파티(밀가루로 만든 인도식 납작한 빵)까지 준비했다. 부탄의 관습대로 우리의 일류 요리사는 어디론가 사라져 눈에 띄지 않게 있다가 우리가 식사를 끝낸 다음에야 비로소 식사를 한다. 싱싱한 고추를 듬뿍 더 넣어서. 나중에 푼촉은 내가 설거지를 하겠다는 것조차 말린다. 끝까지 고집을 피우면서 혼자 부엌을 차지하고 뒷설거지를 한다.

아무런 신호 없이도 푼촉이 나타나면 우리는 함께 산책을 한다. 푼촉과 함께하는 시간은 늘 너무나도 빨리 지나간다. 나는 그의 너그러운 이해심과 허식 없는 태도, 그리고 주변의 모든 사람을 겸허히 존중하는 태도에 감탄한다. 내가 비쿨과 같이 있는 모습을 보면 눈살부터 찌푸리는 일부 병원 사람들과 달리 푼촉은 내가 함께하는 것을 조금도 꺼리지 않는다.

어느 날, 나는 병원 측 담당자에게 비쿨과 같이 상점가를 돌아다니는 일을 삼가 달라는 주의를 듣는다.

"좀 더 신중하게 행동하셔야 합니다……. 같이 다니기에 적합하지 않은 사람과 어울려 다니며 시간을 보내는 일은 삼가해 주십시오……. 미혼인 간호사들하고 같이 다니는 게 좋을 것 같습니다……."

그런 말에 나는 깊이 상처를 받고, 병원에서 자꾸만 더 움츠러들게 된다. 다행히, 푼촉은 그런 편견이나 거부감을 전혀 갖고 있지 않다. 말없이 나를 인정해 주는 그의 태도는 내게 큰 힘이 된다. 나는 감사하는 마음으로, 마음의 문제에 관한 한 스님의 생각이 일반인들의 생각보다 훨씬 더 중요하다고 속으로 되뇐다. 그리고 푼촉이 오래오래 머물기를 바란다.

청명한 가을밤에 우리는 푼촉을 배웅하며 종까지 함께 걸어간다. 푼촉은 다음 날 아침 일찍 버스를 타고 나창으로 돌아갈 예정이다. 언제 다시 그를 볼 수 있을까?

"잘 있어요!"

푼촉이 아무런 감정의 동요 없이 평온한 얼굴로 손을 흔들며 작별 인사를 한다.

비쿨과 나도 손을 흔들어 답례한다. 푼촉이 왜 몽가르에 왔는지 나는 잘 모른다. 하물며 그의 다음 일정에 대해서는 더더욱 아는 바가 없다. 나는 그저 종의 문 안으로 사라지는 툴쿠의 적색 승복을 뒤쫓는다.

나는 내 손가락들을 비쿨의 손가락 사이로 밀어 넣고 깜깜한 밤하늘을 올려다보며 묻는다.

"만일 하늘에 툴쿠 별이 나타난다면 나도 볼 수 있을까요?"

"물론이죠. 왜 못 보겠어요?"

"난 믿음이 부족한가 봐요. 환생이나 불교에 관한 많은 것들이 그대로 다 믿어지지 않아요. 그러니까 내 말은, 난 불교신자가 아니라는 말이에요."

비쿨이 진지한 표정으로 나를 보며 말한다.

"나도 불교신자가 아니에요."

"그래도 당신은 믿잖아요."

내가 반박한다.

"흐음."

비쿨이 잠시 생각하더니 말한다.

"난 많은 것들을 믿어요."

"당신은 부처님을 믿죠, 그렇죠?"

비쿨이 신중을 기해 대답하려는 듯 뜸을 들인다.

"경우에 따라서는요. 전통적인 비쿨은 부처님을 신의 화신으로 믿어요. 난 아삼 지방의 전통적인 힌두교 가정에서 자랐거든요. 그런데 이성적인 비쿨은 부처님을 하나의 사상으로 믿어요. 인간이 생명의 신비, 깨달음의 신비를 경험할 가능성이 있는 존재라고 보는 바로 그 사상을 믿죠. 난 그런 사상이야말로 위대하다고 생각해요. 우리는 사상이 있기 때문에 존재하죠. 그리고 사상을 충족시키기 위해 신들을 만들고요."

부처님의 사상, 깨달음의 사상……. 왜 비쿨은 늘 어려운 말을 쓰는 걸까? 쉽게 이해할 수 있는 문장으로 말하는 법이 없다. 그의 복잡한 대답에 짜증이 난다.

"글쎄요. 미안하지만 난 아직 잘 모르겠어요. 그럼 당신은 힌두교도예요? 불교도예요?"

"둘 다 아니에요! 난 다르마를 따라요. 그것이 불교와 힌두교 모두의 본질이죠. 다르마의 중심에 감정과 경험의 본질이 있어요. 브리타, 중요한 건 당신이 느끼는 거예요. 당신이 믿는 게 아니라. 난 환생을 느낄 수 없지만 푼촉은 느끼죠. 그래서 난 푼촉의 감정을 존중해요. 무슨 말인지 알죠?"

그래, 비쿨도 실은 툴쿠 별의 존재를 믿지 않는다. 개인적으로 나는 툴쿠 별에 대한 이야기가 좋다. 그런 면에서 나는 로맨틱하다. 비쿨도 나와 같은 생각이면 좋을 텐데……. 그는 로맨틱한 사람이 아닌가? 그가 나와 같은 마음이면 좋겠다. 철학적 토론을 할 때는 말도 잘 통하고 좋은데, 속상하게도 문제를 보는 각도는 나와 늘 다르다. 동양인과 서양인이 만나면 으레 겪게 되는 문제일까? 어떻게 그를 내 편으로 끌어들일 수 있을까?

"그래도 사랑은 믿죠?"

나는 머뭇거리며 묻는다.

"실은 믿지 않아요. 사랑은 믿어야 할 종교가 아니니까요."

헉! 그의 대답에 가슴이 먹먹해지고, 두려움이 울컥 치솟는다.

"그러니까……. 당신은 사랑을 전혀 믿지 않는다는 거예요?"

나는 가라앉은 목소리로 비쿨을 똑바로 보지도 못하고 묻는다.

비쿨은 감정의 동요가 없어 보인다.

"사랑은 믿어야 하는 게 아니라고 생각해요."

이 말과 함께 그가 내게 시선을 돌린다. 그의 검은 눈 속의 표정이 뜻하는 바를 모르겠다. 지금 나를 놀리는 건가? 그의 손에서 내 손을 빼는 것으로라도 항변하고 싶지만 비쿨이 내 손을 더 꼭 잡고 웃는다. 그의 잘생긴 얼굴에 살짝 홍조가 떠오른다.

"나는 사랑을 느껴요. 사랑이 있음을요."

"그래요?"

빈정대는 투로 말하고 싶지만 내 목소리가 협조해 주지 않는다. 나는 안도의 숨을 애써 참으면서 그의 손을 잡은 손에 살며시 힘을 준다. 내 뺨도 발그레 달아오른다.

비쿨이 윙크를 하고는 병원 쪽으로 나를 돌려세운 다음 나지막이 덧붙인다.

"오늘 밤에 툴쿠 별을 찾아볼까요?"

얼마 후 우리는 비쿨의 뜰에 있는 늙은 철쭉나무 아래에 담요를 펼치고, 구부러진 나무줄기에 등을 기대고 앉아 밤하늘을 올려다본다. 깊은 정적이 주위를 감싼다. 축축한 나뭇잎 속에서 울어 대던 개구리들마저 울음을 멈춘다. 완전한 정적이 내려앉는다. 그저 아무 소리도 없는 상태와는 다르다. 소리가 없는 게 아니라 만물이 시작되기 전의 고요함 같다. 낮이 밤으로 바뀌면서, 부산하게 움직이던 모든 생명체들이 끝없이 펼쳐진 산의 드넓은 품에 안기어 평온한 잠에 빠져든 듯. 평화로운 대기가 손을 뻗어 부드럽게 우리를 어루만지는 것이 느껴질 정도이다.

동쪽 하늘에 떠오른 반달이 나뭇가지 사이에 걸려 있다. 비쿨이 몇 개의 별들을 가리키며 묻는다.

"저 별자리 알아요?"

"아뇨."

나는 고요한 분위기를 깨뜨리지 않으려 속삭인다.

"저기 있는 건 궁수자리예요."

나는 말없이 고개를 끄덕이며 비쿨의 어깨에 머리를 기댄다. 그는 바로 지금 여기 있는 나를 느끼고 있을까? 한줄기 바람이 스쳐 간다. 나는 믿음직한 친구에게 더 가까이 파고들며 달을 올려다본다. 우리와 함께하는 시간이 행복한 듯 달이 웃는다. 나는 나른해져 눈을 감는다.

부드러운 손길이 머리를 스친다. 내 머리칼을 조심스레 쓸어 내리는 비쿨의 부드러운 손길이 느껴진다. 나는 벅차오르는 기쁨을 누르며 눈을 감고 있다가 다시 반쯤 뜬 눈으로 하늘을 올려다본다. 어쩌면 오늘 밤 툴쿠 별을 볼 수 있을지도 모른다. 어쩌면 이 철쭉 나무 가지 아래서 시간이 잠시 멎을지도 모른다.

13
목발을 짚고 학교에

밤늦게 비가 내린 다음 날 아침, 햇살이 눈부시게 빛난다. 날씨가 어찌나 맑은지 집이며 나무들이며 모든 것이 뾰족한 연필로 그린 듯 선명하게 두드러져 보인다. 구름 또한 심혈을 기울인 예술가의 작품처럼 산 위에 근사하게 걸쳐 있다.

이런 낭만적인 마법의 풍경에서 잔혹한 병원의 현실로 눈을 돌리는 일은 기묘한 느낌마저 준다. 나는 아홉 시 정각에 물리치료실의 문을 열자마자 달콤한 기억의 창고 속으로 움츠러든다. 지난밤의 포근한 느낌을 놓치지 않으려 애쓰면서. 물리치료를 받으러 온 환자들에게 집중해야 함을 알지만 내 마음속의 새로운 두근거림을 아직은 내려놓고 싶지 않다. 물리치료실 문을 닫고 비쿨의 진료실로 달려가서 그가 거기 있는지, 실제로 있는지, 그도 나만큼 설레고 두근거리는지 확인해 보고 싶다. 내 일은 어느덧 뒷전으로 밀려난다. 이렇게 완벽한 아침에 병원에 있는 것은 시간 낭비라는 생각마저 든다. 그러나 그때, 척추피열(척추 및 척수에 이상이 생기는 선천성 질병)이란 병이 있는 여자아이 우겐을 만난다.

낡아서 너덜너덜해진 키라를 입고 작은 목발에 온몸을 의지하고 있는 우겐의 모습을 보자마자 모성애가 끓어오른다. 우겐은 딱딱한 굳은살이 박여 모양이 변형된 맨발에 신발도 신지 않고, 경찰관인 아버지를 따라 병원으로 들어선다. 우겐은 말이 별로 없고 잘 웃지도 않는다. 기분을 돋워 주려 아무리 애를 써도 소용이 없다. 아버지가 끈질기게 달래 보지만, 우겐은 끝내 물리치료실에 가기를 거부한다. 그런데 병력을 묻기 위해 비쿨의 진료실로 데려가자 뜻밖에 긴장을 푸는 게 아닌가. 비쿨이 웃는다.

"우겐하고 난 좋은 친구예요. 우겐이 가끔 나를 보러 오죠."

몇 분 동안 비쿨과 나는 이 어린 소녀의 장애가 얼마나 심각한지에 대해 이야기를 나눈다. 그사이에도 우겐은 병원에서 나가지 못해 안달이다. 병원이 끔찍하게도 싫은 모양이다.

"내가 우겐을 위해 할 수 있는 일이 없을까요?"

나는 조바심을 내는 우겐을 보고 무력감에 빠져들며 묻는다.

비쿨이 샤르춥어로 우겐의 아버지와 이야기를 나눈 다음 내게로 온다.

"우겐하고 아버지가 우리를 집으로 초대했어요. 차 한잔 마시러 오라고요. 한번 가 보는 게 좋겠죠?"

비쿨이 내게 눈을 찡긋한다.

"일단 우겐이 당신을 알게 되면 좀 더 편하게 느낄 거예요."

나는 대답을 기다리는 듯한 우겐을 보며 고개를 끄덕인다. 그리고 확신을 주기 위해 덧붙인다.

"딕페!(좋아요!)"

그러자 너무나 놀랍게도 우겐이 웃음을 짓는다.

수십 번은 오간 길이지만 몽가르 읍내의 모든 광경이 오늘은 이상하게도 새롭고 달라 보인다. 마치 흐릿하던 시야가 뻥 뚫린 느낌이다. 비쿨과 나란히 걷고 있자니 자신감도 생기고, 심지어 내가 대단한 사람이 된 듯한 느낌까지 든다. 우리는 상가를 지나 종으로 향하는 구불구불한 비탈길을 올라간다. 그리고 경찰 주거단지의 안뜰로 이어지는 자갈길에 들어선다. 경찰 주거단지는 삶의 고단함을 여실히 드러낸다. 각각의 가구로 이어지는 스무 개 남짓한 문들이 죽 늘어선 건물 하나가 우리 앞에 길게 자리 잡고 있다. 가구마다 방은 똑같이 두 개씩이다. 좁은 골목길은 집집의 부엌에서 나오는 하수로 질펀하다. 때 묻은 옷을 입은 아이들이 사방에서 뛰어다니고 놀며 소리를 지른다. 나이가 좀 들어 보이는 아이들은 빨래를 하거나 바닥에 걸레질을 하느라 바쁘다. 몇몇 여자들이 거무스름하게 그을린 부엌문 밖으로 우리를 내다본다. 호기심 어린 그들의 표정이 부엌에서 나는 연기에 흐릿해 보인다.

우겐의 집으로 향하는 우리에게 아이들이 길을 내주며 인사를 한다. 비쿨이 두어 사람에게 길을 묻자, 다들 골목 끝 쪽에 있는 문을 가리킨다. 검은 머리를 짧게 자른 중년 부인이 밖으로 머리를 내밀고 얼굴을 붉힌다. 그녀는 괜스레 미안해하며 키라에 손을 문질러 물기를 닦고, 서둘러 우리를 집 안으로 안내한다. 그리고 두 개의 방 중에서 좀 더 큰 방으로 우리를 이끈 다음, 그 집에 딱 하나 있는 침대에 앉으라고 권하며 작은 나무 탁자를 끌어당긴다. 그러고 나서 불단으로 보이는 벽장 문을 열고 플라스틱 컵 두 개와 과자 한 봉지를 꺼내더니 모습을 감춘다.

방 안에는 비쿨과 나만 남겨진다. 우리는 침대 커버로 덮어 놓은 화려한 색의 키라 위에 나란히 앉아서 어색한 듯 각기 다른 방향을 쳐다본다. 나는 그곳에 영어를 아는 사람이 하나도 없을 거라는 생각에 용기를 내서 비쿨에게 속삭인다.

"전에 여기에 와 본 적 있어요?"

"딱 한 번 와 봤어요. 여기 오면 서글픈 느낌이 들어요. 모든 게 너무 비좁고 갑갑해서요. 아주 착한 친구가 하나 있는데 저 너머에 살아요."

비쿨이 경찰 주거단지 뒤쪽을 가리키며 말한다.

내 생각이 어린 환자에 대한 걱정으로 옮겨 간다.

"이런 데서 어떻게 우겐이 욕창을 깨끗이 소독할 수 있을까요?"

아무리 둘러봐도 화장실은 보이지 않고, 다닥다닥 붙어 있는 문틈 사이로 새어 나오는 말소리들이, 사생활이란 아예 기대할 수 없음을 보여 준다.

"밖에 어딘가 변소가 있을 거예요."

비쿨이 대답한다.

나는 문제를 곰곰이 생각해 본다. 어쨌거나 우겐이 목발을 짚고 걸어 다니고, 척추 질환에 잘 적응하고 있는 듯 보이기는 하지만, 이런 환경에서 생활하려면 어려움이 이만저만 크지 않을 것이다. 대부분의 몽가르 가정이 위생 문제를 그다지 신경 쓰지 않지만, 이곳에서는 위생에 신경 쓰는 것 자체가 불가능해 보인다. 비쿨도 지난 몇 년 동안 우겐이 병원을 자주 찾은 이유가 늘 어떤 감염 때문이라고 했다. 불결한 도뇨관으로 인한 요로감염 때문이거나 양쪽 좌골 아래 욕창으로 인한 박테리아 감염 때문이라고.

우겐의 엄마가 차 두 잔을 들고 다시 나타난다. 수줍음이 많고 말이 없는 우겐이 그 뒤를 따라 들어온다. 내가 옆에 와서 앉으라고 해도 우겐은 목발에 기댄 채 문가에 서서 말없이 우리를 지켜보기만 한다. 겁을 내거나 반감을 품은 기색은 없이 그저 뚱한 표정으로. 대화를 이어 가려는 모든 시도에는 '네, 아니요'의 간단한 답만이 돌아온다. 실망스럽지만, 단 한 번의 방문으로 우겐의 신뢰를 얻기는 힘들 거라는 사실을 나는 담담히 받아들인다.

우겐의 엄마가 저녁을 먹고 가라고 성화지만 비쿨과 나는 정중히 사양한다. 비쿨은 다시 병원으로 돌아가서 비상 당직 근무를 해야 한다. 우겐 가족이 서운해하지 않기를 바라는 마음에, 또 우겐이 갖게 되었을지 모를 일말의 호의를 잃고 싶지 않은 마음에, 나는 그들이 나 또한 비상근무를 해야 한다고 생각해 주기를 바란다. 우겐은 아무 말 없지만, 다행히 우겐의 엄마는 내 마음을 아는 듯 보인다. 비쿨과 나는 초대에 대한 감사 인사를 하고, 시끌시끌한 경찰 주거단지를 떠난다.

비좁고 갑갑한 경찰 주거단지를 뒤로하고 큰길에 들어서자 아름드리 큰 나무들과 고즈넉한 종이 우리를 맞이한다. 나는 상쾌한 공기를 마시고 싶어 숨을 깊이 들이쉰다. 하지만 소변 냄새와 썩은 채소 냄새가 여전히 내 후각을 점령한다. 문득 뒤에서 누군가 보고 있는 느낌이 들어 뒤돌아보니, 우겐이 목발을 짚고 서서 손을 흔들고 있다. 여전히 웃음기 없는 무표정한 얼굴로.

나는 침을 꿀꺽 삼킨다. 어디를 가든 도시 생활은 더 혼잡하고 더 힘겨운 법이다. 하지만 몽가르의 이곳 시내만큼 그런 증거를 확실하게 보여 주는 곳은 없다. 경찰 주거단지 같은 추한 시멘트 건물들이 자연 그대로의 아름다움을 간직하고 있는 산들, 평화로운 초르텐과 사찰들, 그리고 끝없이 이어지는 푸른 숲들을 조롱한다. 우리는 누구나 어딘가에 샹그릴라가 있기를 바란다. 하지만 몽가르 시내에 쌓인 쓰레기 더미와 악취를 풍기는 더러운 하수구를 생각하면 지상낙원과 고통스런 삶의 현장은 종이 한 장 차이라는 생각을 지울 수가 없다.

우겐은 내가 애써 외면하고자 하는 부탄의 또 다른 실상의 한 면이다. 몇 주를 보내는 동안 어린 척추피열 환자에 대한 내 관심은 점점 커진다. 우겐은 학교에 다녀 본 적이 없다. 나무 목발까지 네 발로 움직이는 모습을 보이기도 싫고, 실금 현상 때문에 시도 때도 없이 화장실에 다녀야 하는 불편함을 감당할 수 없기 때문이리라. 우겐은 사춘기 소녀의 고집을 제대로 부리며 도뇨관을 거부했다. 꼬리표를 단 것처럼 성가시기도 할뿐더러, 속이 훤히 비쳐 보이는 비닐봉지 안으로 소변이 흘러들게 해야 하는 이유를 납득할 수 없는 모양이다.

나는 처음으로 병원에서 꽤 시끄러운 소란을 일으킨다. 방치되었음이 분명해 보이는 우겐 엉덩이의 고름 진 욕창을 한시바삐 치료해야 한다고 호들갑을 떨면서. 비쿨과 몇몇 간호사들의 도움으로 우리는 우겐을 설득해서 일주일 동안 매일 병원에 오도록 한다. 우겐의 가족은 진지하게 고개를 끄덕이며 상처를 잘 보살펴 주기로 약속하고, 우리는 몇 번에 걸쳐 우겐의 부모에게 곪은 상처를 깨끗하게 하는 법을 가르쳐 준다. 그 주 말쯤, 우겐은 면 패드와 반창고가 든 큼직한 봉지를 들고 병원을 떠난다. 심지어 새 도뇨관까지 달고. 하지만 안타깝게도 우겐에게 맞는 크기의 도뇨관이 떨어져서 좀 큰 도뇨관을 삽입했는데, 그것이 못내 마음에 걸린다.

그다음 주에 우겐이 고열과 요로감염으로 다시 병원에 온다. 지난 몇 년에 걸쳐 수없이 그랬듯, 입원한 우겐은 화장실 바로 옆에 있는 십이 호 침대를 차지한다.

그렇게도 싫어하는 병원에 입원해 있어야 하는 우겐이 마냥 안쓰럽기만 하다. 우겐은 대부분 시간을 초라한 병원 침대 위에서 홀로 지낸다. 이따금 아버지가 딸을 보러 오고, 엄마가 먹을거리를 가져오고, 언니와 동생이 오후에 와서 놀아 줄 때를 제외하고. 우겐은 간병인도 없이 거의 늘 혼자 외롭고 쓸쓸하게 있다. 지린내가 지독한 얼룩진 시트 위에 팽개쳐진 비참하기 그지없는 작은 꾸러미처럼.

하루에 한 번씩 우겐은 발을 질질 끌고 복도를 지나서 나를 만나러 온다. 또 욕창을 치료받으러 작은 수술실에 가기도 한다. 그런 때에도 우겐은 아무 소리도 내지 않고 좀처럼 웃지도 않는다. 간호사와 의사들은 그저 우겐을 위아래로 살핀다. 눈치 없는 몇몇 환자들이 무정하게도 우겐을 빤히 지켜볼 때면 우겐의 고통이 고스란히 내게 전해지는 느낌이다. 겉모습이 색다르다는 이유로 눈길을 받고 보통 사람과 다르다는 꼬리표가 붙는 기분이 어떤지 이제 나도 너무나 잘 알고 있다.

우겐을 볼 때마다 나는 서툰 샤르춥어로 웃음을 주려고 애쓴다. 하지만 성공하는 법이 거의 없다. 우겐은 무표정한 가면 뒤에 앳되고 예쁜 얼굴을 꼭꼭 숨기고 드러내지 않는다. 그리고 어떤 도움도 받지 않기로 결심했는지, 어느 누구의 도움도 받아들이지 않고 가까이 다가가는 것조차 반기지 않는다.

유난히 음산한 어느 날 오후, 나는 우겐을 내 사택으로 초대한다. 차와 핫초콜릿을 내가자, 우겐은 예의 바르게 두 잔 모두 조금씩 마시고는 차가워지도록 테이블 위에 그냥 놓아둔다. 우겐이 은근히 관심을 보이는 것은 캐나다에서 가족들과 함께 찍은 사진이 들어 있는 내 작은 앨범뿐이다. 나는 우겐이 편안해질 때까지 기다리기로 마음먹는다. 하지만 오후가 다 지나도록 우겐은 소파에 얌전하게 앉아서 말 한마디 않는다. 스퍼드가 낯선 방문객을 주시하자 우겐은 조용한 돌부처가 된다.

나는 조바심도 나고 다소 실망스럽기도 해서 궁리를 하다가 커다란 하키 가방을 뒤져 크레용과 색칠하기 책을 찾아낸다. 이런 상황에 대비해 준비해 온 물품이다.

마침내 우겐의 표정에 생기가 돈다. 두 눈은 뜻밖의 놀라움에 반짝이고, 얼굴에는 환한 미소가 감돈다. 우겐은 형편없는 실력으로 긴 드레스를 칠하기 시작한다. 한동안 크레용을 서툴게 만지작거리는 품새가 크레용을 쓰는 것이 처음인 듯싶다.

"학교에 다니고 싶니?"

내가 우겐에게 묻는다.

우겐은 수줍게 얼버무리더니 그렇다고 대답한다. 그래, 우겐은 학교에 다니고 싶어 한다. 이름을 쓸 수 있느냐고 묻자, 못 쓴다고 대답한다. 그러면서도 학교에 다니게 된다면, 곧장 일 학년이 되고 싶단다. 유치원 과정은 뛰어넘고. 여동생인 카르마 데마와 같은 교실에서 공부하고 싶다고.

그 정도 문제는 큰 어려움 없이 해결할 수 있을 것이다. 나는 우겐을 학교에 보내는 문제를 여러 가지로 생각해 본다. 우겐은 새롭게 형성되고 있는 도시 노동자 계층에서 태어나고 자란 아이로 지역 사회에서 별다른 지원을 받지 못한다. 시골 마을에 산다면 주위에 친구들이 넘쳐나고, 많은 도움과 관심을 받을 수 있을지도 모른다. 하지만 시내의 경찰 주거단지에서 우겐은 늘 혼자 남겨진다.

하루하루 살아가느라 바쁜 가족은 우겐을 쓸모없는 아이로 생각할까? 아니, 그보다 심하게 짐으로 여기는 건 아닐까? 나는 우겐의 부모를 좋아한다. 그들은 소박하고 정직하게 열심히 살려고 애쓰는 사람들이다. 하지만 우겐의 병에 대해 얼마나 알고 있을까? 우겐의 무표정한 얼굴은 견디기 힘든 고통을 말없이 참아 내느라 생긴 모습일지도 모른다.

그다음 날, 나는 우겐의 엄마와 교육 문제를 의논한다. 집에서 우겐은 설거지와 청소를 돕고, 가족의 도움조차 거절하면서 식사까지 직접 해 먹으려고 고집을 세운단다. 그리고 옷감 짜는 일에 관심을 보여서 엄마가 기초적인 것들을 가르쳐 주고 있다고 한다.

나는 우겐의 엄마에게 우겐의 미래에 대해 어떻게 생각하는지 묻는다. 읽고 쓰기를 배워서 장차 사무직 일을 하게 된다면 우겐이 좀 더 독립적으로 살 수 있지 않을까? 우겐의 엄마는 딸을 학교에 보내자는 말에 반색을 하면서도 자신은 우겐을 도와줄 시간을 내기가 어렵다고 말한다. 자신 또한 오후마다 학교에 다니고 있다면서. 그녀 역시 교육을 받지 못한 사람으로, 이제야 부탄의 국어인 종카어를 배우고 있단다.

다른 사람은 몰라도 우겐의 엄마만큼은 학교 교육의 필요성을 절실히 느낄 거라는 생각이 들면서도, 그녀가 우겐을 학교에 보내기 위해 얼마나 애를 쓸지에 대해서는 확신이 서지 않는다.

우겐이 병원에서 퇴원한 뒤에, 나는 여타 일을 제쳐 두고 우겐을 학교에 보내기로 결심한다. 시내 끝 언저리에 있는 초등학교는 병원에서도 우겐의 집에서도 십오 분 정도의 거리에 있다. 종 옆으로 수풀 속에 난 지름길을 이용하지 않는다면. 학교 본관은 사 층 높이의 목조 건물로 고학년 학급들이 배치되어 있고, 유치원과 일 학년 교실들은 좀 더 아래쪽 언덕에 있는 작은 시멘트 건물에 있다.

교감 선생님이 친절하게 학교 주변을 안내하며 설명해 준다. 학년말이 가까워지는데도 학생이 새로 들어오는 일이 마냥 반가운 모양이다. 우리는 교장 선생님과 입학 문제에 대해 논의한다. 교장 선생님도 새로운 학생을 반기는 눈치다. 진정한 열의가 있는지는 다소 의심스럽지만.

"우겐 같은 애들이야말로 우리가 도움을 줘야죠. 안 그런가요, 의사 선생님? 사실 우리는 그런 아이들에게 최선을 다할 의무가 있어요."

교장 선생님의 다소 과장된 듯한 말소리에 나는 조용히 고개를 끄덕인다.

"네, 그렇죠."

나는 다시 한 번 동의하며, 일찍이 우겐에게 학교에 다니라고 말해 준 사람이 아무도 없었음을 깨닫는다.

나는 가능한 한 빨리 우겐을 입학시키고 싶다는 뜻을 전하고, 일 학년 과정에서 시험 기간을 갖도록 해 보자는 교장 선생님의 제안에 동의한다. 지금은 우겐이 입학하기에 결코 좋은 시기가 아니다. 부탄의 교육 과정에서 학년은 삼월에 시작해서 십이월까지 계속되고, 겨울 동안에는 긴 방학을 갖는다. 난방이 되지 않는 교실에서 혹독한 추위를 이겨 내며 공부하기가 쉽지 않기 때문이다. 그런데 지금은 벌써 시월이다. 마른 체형에 우아한 차림새의 인도 여성인 일 학년 비(B) 반 담임 선생님이 최선을 다해 우겐을 도와주기로 약속한다. 우겐은 거의 두 학년 과정을 복습해야 한다. 잘해 낼 수 있을까?

약간 걱정이 되긴 하지만 일 학년 동생의 도움을 받을 수 있을 터이고, 시도조차 않는 것보다는 일 학년 과정에라도 도전하는 것이 나으리라.

우겐이 입학하려면 교복을 준비해야 하는 일이 아직 남아 있다. 교복 비용을 아끼려다 우겐을 입학시키는 일마저 허사로 돌아가게 하고 싶지는 않다는 생각에, 나는 기꺼이 비용을 치르기로 한다. 그래서 원무과장 부인에게 어디에 가면 키라를 만들 옷감을 살 수 있는지, 토고와 신발을 살 수 있는 곳은 어디인지를 묻는다. 그녀는 정보를 준 뒤 눈썹을 추켜올리며 속삭인다.

"그 비용을 다 대려고요?"

나는 비웃는 듯한 그녀의 말투를 무시하려 대답을 얼버무린다.

우겐은 나와 함께 상점에 가서, 나중에까지 넉넉하게 입을 수 있는 크기의 옷을 고른다. 상점 주인이 눈을 동그랗게 뜨고 나를 본다. 초보 양부모가 된 기분이 쑥스럽고 어색하다.

"옷이 몸에 맞니?"

나는 적당한 크기를 가늠할 수가 없어서 우겐의 선택에 맡기기로 한다. 키라 위에 입는 윗옷인 토고는, 아무리 급성장할 가능성(그럴 가능성이 없어 보이지만)을 감안한다 해도 너무 크지 않은가 싶다. 그래도 우겐은 기분 좋게 활짝 웃는다. 우리는 입학하는 데 필요한 품목을 하나씩 사고, 기형의 상태로 허약해진 우겐의 발을 보호하기 위해 빨간 고무장화까지 한 켤레 산다. 상점 밖으로 나와서 보니, 우겐이 큰 교복에 반은 묻힌 것 같다. 그럼에도 우겐의 발걸음은 가벼워 보이고, 머리는 당당하게 치켜세워져 있다.

수요일 아침, 나는 경찰 주거단지로 가서 우겐의 여동생인 카르마 데마와 함께 우겐의 첫 등교를 돕는다. 우리는 종을 지나 굽이

진 길을 따라 학교로 향한다. 카르마 데마는 얼굴 가득 웃음을 짓고 우쭐대며 언니 옆을 지킨다. 언니 가방까지 들어 주는 선심을 쓰면서. 두 자매 모두 아무 말이 없지만, 일 학년 동생의 기분은 한껏 들떠 있음이 분명하다. 이따금 앞서 달려가서 친구들과 재잘거리다가 이내 뒤돌아 와서 언니와 나란히 속도를 맞춰 걷는다. 환한 웃음으로, 불안정하게 비틀거리는 언니를 격려하면서.

학교에 도착하니 호기심 어린 수많은 시선들과 교감 선생님의 반가운 목소리가 우리를 맞는다.

"아, 이 애가 우겐이군요. 이제부터 우리랑 같이 학교생활 열심히 해 보자."

친절한 교감 선생님이 우겐을 편하게 해 주려고 최선을 다하는 모습이 역력히 보인다. 그럼에도 우겐은 수줍어하며, 모든 질문에 최소한의 말로만 대답한다. 나는 걱정스러운 마음으로 내 어린 제자를 본다. 우겐은 다른 아이들의 은밀한 속삭임과 철없이 보내는 노골적인 시선에 당황한 듯하지만, 대견하게도 그에 지지 않으려 고개를 꼿꼿이 들고 있다.

교감 선생님과 내가 어떻게 하면 우겐이 현재 학습 과정을 따라갈 수 있을지 의논하고, 임시 보충학습 계획에 대해 합의에 이르렀을 즈음 수업이 시작된다. 카르마 데마는 의기양양하게 언니를 데리고 교실로 향한다. 하지만 우겐의 선생님은 교실로 가지 않고 그대로 있다. 나는 놀라서 오늘은 수업을 하지 않느냐고 묻는다. 자그마한 체형에 맵시 있는 여선생님이 상냥한 미소를 지으며 대답한다.

"아니에요. 제가 우겐을 가르칠 거니까 걱정 마세요. 하지만 지금은 종카어 시간이에요. 종카어는 종카어 선생님이 따로 가르치고 있죠. 저는 다음 시간부터 들어갈 거예요."

나는 두 선생님과 좀 더 이야기를 나눈 뒤, 일 학년 교실이 있는 시멘트 건물로 향한다. 우겐을 찾는 데는 그리 오래 걸리지 않는다. 일 학년 비 반의 교실 문이 활짝 열려 있어서 맨 앞줄에 카르마 데마와 나란히 앉아 있는 우겐이 금방 눈에 띄기 때문이다. 우겐의 몸집에 비해 나무 책상과 걸상이 너무 작아 보인다. 엉덩이의 욕창 때문에 내가 만들어 준 쿠션도 도움이 되지 않는 듯싶고. 그럼에도 우겐은 주눅 들지 않고 당당하게 앉아 있다. 우겐이 내 모습을 알아채지 못하는 덕에 나는 수업 광경을 몇 분 동안 마음 놓고 지켜본다.

진지해 보이는 젊은 남자 종카어 선생님이 칠판에 몇 개의 그림을 그려 놓고, 그 밑에 어떤 글자들을 써 놓았다. 나는 도통 읽을 수 없는 글자들이지만 종카어 알파벳임은 미루어 짐작할 수 있다. 선생님이 칠판을 가리키면서 글자들을 큰 소리로 발음하고, 맨 뒷줄에 앉은 소년이 따라 읽는다.

놀랍게도 종카어 선생님이 다음으로 우겐을 지목한다. 우겐은 상기된 얼굴로 한 글자 한 글자 똑부러지게 발음한다. 종카어 선생님은 고개를 끄덕이며 칭찬을 해 주기도 하고 발음을 교정해 주기도 하면서 몇 번 더 반복해서 시킨다. 그리고 우겐이 쑥스러워하면서도 스스로 몇 번씩 발음을 해 보자 만족스런 표정을 짓는다. 종카어 선생님이 웃으며 "렉소!" 하고 소리치자, 반 아이들이 일제히 박수를 치며 환호한다. 마흔 명의 어린 아이들이 고사리 같은 손을 들어 학교생활을 막 시작한 우겐을 응원한다. 일 학년 비 반 아이들이 중간에 불쑥 끼어든 신입생을 어떻게 받아들일지 걱정스럽던 마음이 일시에 사라진다.

14
진리인가 돈인가

몽가르에 온 지 다섯 달이 지난 지금은 시장에 올라가는 구불구불한 돌계단이 익숙한 느낌을 넘어 소중한 느낌까지 든다. 축구장에서 상가로 이어지는 좁은 길은 병원에서 해방되어 마을 사람들과 라마승들의 세계로 접어듦을 뜻한다. 화려한 색으로 장식된 집들과 큰 기도 바퀴들 사이로 나타나는 꼬불꼬불한 비탈길을 걷는 일은 즐겁기만 하다. 하지만 요즘은 좀 달라졌다. 마을 광장의 초르텐 옆으로 보이는 길가 풍경은 도저히 믿을 수 없을 정도이다.

나는 언제나 몽가르는 아주 천천히 변할 거라 생각했고, 지난 몇 달 동안은 정말로 그러했다. 조금씩 서서히, 너무나 미묘하게 슬그머니 변해서 그 변화를 거의 알아챌 수 없을 정도였다.

처음에는 읍내의 인구수에 변화가 생겼다. 저녁 시간이 되면 마을 사람들과 상점 주인들 몇몇이 모여 소곤소곤 이야기를 주고받던 거리가 이제는 검은 피부의 인도 사람들로 북적거린다. 병원의 건축 공사가 확장되면서 점점 더 많은 인력과 건축 자재들이 읍내로 모여들었다. 상점에 딸린 몇몇 주점 외에 즐길 거리가 없는 몽가르의 골목골목에는 일거리를 찾아 조국을 떠나온 이들이 넘쳐난다. 그런 사람들이 수선을 피우거나 문제를 일으키지는 않는다. 다만 오랜 세월 비슷한 사람들끼리 조용하게 지내던 이 외진 곳에 나타난 그들의 모습이 낯설고 어색할 뿐이다.

그 후로, 소위 도시 계획이라는 미명하에 도로 건설 인부들이 모여들었다. 몽가르가 우회로를 건설하기로 한 것이다. 나는 어디에, 어떻게 우회로를 건설하겠다는 것인지 납득이 가지 않는다. 사실 그런 일을 벌이는 이유조차 모르겠지만, 누군가 몽가르를 개발하기로 결정을 내렸단다. 어쨌거나 안타깝게도 분명한 사실은 도시 계획 때문에 나무들이 죽어 간다는 것이다. 마지막 남은 나무 한 그루까지 무자비하게 베어지고 불태워졌다. 이제 몽가르 읍내는 비바람을 피할 그늘 하나 없는 헐벗은 땅이 되었다. 넉넉한 품 안에 몽가르를 감싸 안고 지켜 주던 초록 거인들이 도끼의 날에 무너져 장작개비가 된 채, 뉘 집의 장작난로 속에 들어갈 날만을 기다리고 있다.

나는 놀라움과 실망감에 휩싸여 이런 변화들을 지켜보면서, 현대화의 신에 희생될 다음 타자는 무엇일지 생각해 본다. 하지만 못 마땅해하는 내 눈길을 사람들은 달가워하지 않는다. 몽가르는 두 팔 벌려 개발을 받아들이고 있다.

처음에는 놀랍고 당황스러웠지만 이제 더는 어떤 변화에 놀라거나 하지 않는데, 오늘 본 모습만은 예외이다. 나는 계단을 오르느라 가빠진 숨을 가다듬고 나면 내 눈앞에 보이는 모습이 사라질 거라고 생각하면서 두 눈을 감는다. 하지만 세상에, 살짝 뜬 눈 사이로 보이는 모습은 여전히 그대로이다. 한길 오른쪽에 줄지어 서서 시장을 내려다보던 상점들이 간데없이 사라지고 텅 빈 공터가 입을 쩍 벌리고 있다. 하룻밤 새 모든 상점들이 사라지고 남아 있는 건 여기저기 널려 있는 쓰레기와 관목 위에 내려앉은 비닐봉지들뿐이다.

며칠 사이 개발은 빠른 속도로 진행되었다. 상점들이 있던 언덕이 사라지고, 도로가 넓혀졌다. 일차선 정도의 흙길이 이제 이차선으로 넓어졌고, 마을 사람들과 인도인들이 너나없이 도로 건설 현장에 퍼져서 돌을 깨기 위해 망치질을 하고 있다. 나는 상점들이 좀 더 위쪽으로 옮겨졌을 거라고 예상했다. 하지만 내 생각과 달리 병원으로 이어지는 골짜기에 다시 터를 잡고 있었다. 그곳의 진흙밭 사이에 임시 판잣집 상가들이 다시 세워졌다. 새로 터를 잡은 시장은 마치 난민 수용소 같은 모습이다. 도시 계획이 완공되는 대로 제대로 된 장소에 터를 잡아 옮길 예정이라고 한다. 하지만 어디로 옮길 거냐는 내 물음에는 아무 대답도 돌아오지 않는다.

나는 어수선한 도로를 벗어나 조용한 길을 찾고 싶어서, 몽가르 읍내를 떠나 레다자로 향하는 길로 들어선다. 그 길은 삶의 활기로 가득 차 있다. 몽가르에서 십 분 거리에 인도에서 온 도로 공사 인부들의 임시 숙소가 있는데, 거기만큼 삶의 열기가 넘치는 곳은 없다. 룬체 쪽으로 향하는 커브길에 이르면 납작하게 편 기름통이나 골진 철판, 대나무 자리, 기름을 먹인 천막 등으로 뒤덮인 판자촌이 나온다. 컨테이너 박스로 지은 임시 오두막들이 길 위아래로 죽 늘어서 있고, 그 사이사이는 진흙길로 이어져 있다. 오두막들 사이에 늘어진 빨랫줄에는 빨았음에도 타르나 수지가 얼룩져 지저분해 보이는 낡고 해진 빨래들이 가득 널려 있다. 아이들은 나이에 상관없이 돌멩이나 나뭇조각, 혹은 깨진 플라스틱 그릇들을 가지고 놀고, 아낙네들은 남자들이 일하러 나간 사이 청소를 하거나 음식을 만들고 있다.

내가 다가가자, 비쩍 마른 몸에 코를 질질 흘리며 놀던 아이들이 펄쩍펄쩍 뛰며 손을 흔든다.

"타타! 타타! 타타!"

아이들이 질러 대는 소리가 다정한 인사라기보다 히스테릭한 비명처럼 들린다.

"타타!"

무심하게 그냥 지나가는 어른들에게 익숙했던 아이들이 내 답례가 반가운지 키득거린다.

낯선 내 목소리에 주위의 몇몇 오두막에서 의심스런 눈길을 보내온다. 그런데 내 왼쪽에 있는 문가에서 호리호리한 여자가 웃음

을 지어 보인다. 눈을 가늘게 뜨고 초점을 맞춰 보니 석양을 등지
고 서 있는 여자의 얼굴이 익숙해 보인다. 나는 손을 흔든다. 그 가
녀린 여자는 일찍이 병원에 찾아왔던 내 환자들 중 한 명이었다.
인도인 도로 건설 인부들이 허리 통증에 시달릴 수밖에 없음을 처
음으로 깨닫게 해 준 인도 여인 단 마야였다. 우리는 잠시 서로 마
주 보고 웃는다. 그런 다음 내가 등 부위를 가리키며 어떠냐고 묻
는 손짓을 해 보이자, 마야는 내 뜻을 알아채고 고개를 가로젓는
다. 안타깝게도 여전히 허리가 아픈 모양이다.

마야가 머뭇머뭇 내게 오라고 손짓을 한다. 예의 바르게 팔을 쭉
뻗고, 손바닥을 아래로 향한 채 손을 흔들면서. 마치 그녀에게 달
려드는 보이지 않는 먼지들을 가지고 손가락 장난을 하는 듯하다.
나는 그녀의 집을 본다. 슬픈 가난이 덕지덕지 쌓인 오두막을.

문득 내가 그녀의 집에 너무 과분한 사람이 아니라 그저 친구일
뿐임을 알려 주고 싶은 충동이 인다. 나는 마야의 집에 가기로 한
다. 눈에 보이지 않게 몽가르 읍내에 퍼져 있는 사회 계층 간의 규
범과 계급의식을 과감하게 던져 버리고서. 얼룩 하나 없이 깨끗한
흰색 셔츠와 꽃무늬 롱스커트 차림으로 초라한 오두막 사이를 활
보하는 내가 어색해 보인다는 것쯤은 알고 있다. 누구 하나 뭐라고
하는 사람은 없지만 호기심 어린 시선들이 점점 더 많아진다. 여자
들이 나를 평가하는 듯한 눈길로 물끄러미 쳐다보다가 다시 하던
일로 돌아간다.

마야가 입이 귀에 걸리도록 활짝 웃으면서 어서 안으로 들어가
라고 재촉한다. 시커먼 컨테이너 박스 안은 어두컴컴하지만 말끔

하고 깨끗하게 정리되어 있다. 문 바로 옆에 난로가 있고, 그 왼쪽의 부엌에는 냄비 두어 개와 플라스틱 그릇, 찌그러진 알루미늄 그릇이 가지런히 놓여 있다. 창문은 하나도 없고, 문을 통해 들어오는 빛이 안쪽 깊숙이 있는 침대를 희미하게 비춘다. 침대가 무엇으로 만들어졌는지는 정확히 알 수 없지만, 여하튼 그 위에 깨끗한 담요가 덮여 있다. 그 담요가 이제 손님 접대용 방석이 된다. 좀 더 작은 키에 연로한 할머니가 들어오셔서 불을 휘젓기 시작한다. 병원에서 본 또 다른 얼굴이다. 그 뒤를 이어 남자아이가 물 양동이를 갖고 들어오자 마야가 냄비 가득 물을 채운다.

우리의 대화는 띄엄띄엄 이어진다. 밖에서 들으면 참으로 우스꽝스러울 것이다. 마야는 벵갈어로 말하고, 나는 서툰 샤르츕어로 대답한다. 그나마 유리한 카드 패를 쥔 쪽은 마야이다. 마야는 내가 하는 말을 조금이라도 알아듣지만, 나는 마야가 하는 말을 단 한 마디도 알아듣지 못하니까. 그럼에도 우리는 즐겁게 이야기를 나눈다.

마야가 내가 앉아 있는 쪽으로 온다. 하지만 내 옆에 앉지 않고 사리 속 어디선가 열쇠 하나를 꺼내더니 침대 옆에 있는 큰 철제 박스를 연다. 그녀의 '식기장'을 보니 내 맘이 더 편안해진다. 나도 그런 박스가 하나 있다. 내 방에 있는 철제 박스에는 카메라와 일기장이 들어 있는데, 비쿨은 그 박스를 '베트남 상자'라고 부른다. 하지만 마야의 철제 박스는 마치 요술 상자 같다. 상자 속에서 컵 하나, 스푼 하나, 찻잎, 설탕, 그리고 분유를 꺼내더니 조심스럽게 보물 상자를 다시 잠근다.

차를 준비하느라 불 앞에 웅크리고 앉아 있는 마야의 등을 보면서, 나는 하루도 빠짐없이 도로 건설 현장에 나가서 일하는 그녀의 일과에 대해 생각해 본다. 사리의 얇은 면 블라우스로 덮인 등은 낙타의 혹처럼 툭 튀어나와 있고, 가녀린 몸은 바짝 오그라든 채 옷감 다발 속에 감춰져 있다. 앙상한 두 팔은 연결되지 않은 부속물처럼 길게 뻗어 나와 있고⋯⋯. 꼿꼿하니 당차 보이는 건 그녀의 머리뿐이다.

차는 향긋하니 맛이 좋다. 나 혼자 어색하게 차를 홀짝거리는 중에도 인심 좋은 주인은 불을 살피느라 바쁘다. 마야가 냄비들을 가리키면서 나를 본다. 저녁식사를 하고 가라는 뜻이다. 나는 어렵사리 사양의 뜻을 전한다. 벌써 밖이 어두워지고 있어서 그만 집으로 돌아가야겠다고. 마야는 내 말을 알아듣지 못한 모양이다. 웃음 띤 얼굴로 감자들을 꺼내기 시작한다. 나는 미안해하며 고개를 가로젓는다. 그녀의 가족이 먹을 음식도 충분치 않음을 뻔히 알고 있는데, 어떻게 저녁까지 얻어먹을 수 있겠는가? 나는 벌떡 일어나서 마야의 어깨를 부드럽게 다독인다. 그리고 늘 통하는 핑계를 댄다.

"폴랑 남라."

마야는 무슨 뜻인지 알아듣지 못하지만, 그녀의 아들이 알아듣는다. 아들이 뜻을 말해 주자 마야는 걱정스런 눈길로 내 배를 본다. 배가 아프다는 것이 어떤 것인지 누구보다 잘 알고 있다는 표정으로.

마야는 고개를 끄덕이면서 감자들을 옆으로 치워 놓더니, 뭔가를 다시 생각하는 듯한 얼굴을 한다. 그러더니 노련하게 불을 되살려 놓은 다음, 보물 상자를 다시 열고 달걀을 두 개 꺼낸다. 막무가내로 달걀을 쥐어 주는 마야를 끝내 뿌리치지 못하고, 나는 고마우면서도 미안한 마음으로 삶은 달걀을 받아 든다. 마야는 내가 달걀을 먹는 모습을 흡족한 듯 지켜본다. 나는 어떻게 해야 예의에 어긋나지 않는 걸까 고민하며 달걀 껍질을 벗긴 다음 접시에 내온 거친 소금을 찍어 먹는다.

마침내 내가 일어서자, 마야도 내가 가야 할 때가 되었음을 받아들인다. 밖에 나와 보니 황량한 판자촌의 초라한 실루엣 사이로 어둠이 스며들고 있다. 문틈 사이로, 또 벽 틈 사이로 새어 나오는 촛불 빛이 유령 같은 그림자를 만들어 낸다. 마야의 오두막 밖에 여자들이 몇 명 모여 조용히 소곤거리고 있다. 이웃집 오두막에서 나온 마야의 아들이 소곤거리는 목소리들을 뚫고 다가온다. 그 아이는 인도에 가면 늘 볼 수 있는, 아무리 떨어뜨려도 끄떡없을 것 같은 손전등을 들고 있다. 나는 인도인 친구들의 감동적인 친절에 감사하며 아쉬운 작별 인사를 나눈다. 마야는 다정한 목소리로 초대에 응해 준 내게 고맙다는 인사를 한다. 고된 일로 거칠어진 그녀의 두 손 안에 든 두 개의 달걀이 달빛에 반사되어 하얗게 빛난다. 마야가 머뭇거리며 그 선물을 건네준다. 나는 그녀에게 아무것도 줄 게 없음이 마냥 속상하고 안타깝다. 마음속 깊이 내가 얼마나 고마워하는지 마야가 알아주기만을 바라고 또 바란다.

"카딘체 라, 아마. 카딘체 라."

마야의 어린 아들이 내가 갈 길을 비춰 준다. 그들의 가혹한 일터인 도로 건설 현장을 지나 병원으로 돌아가는 길을.

　십일월 말, 병원의 의료원장이 이전 원장이 머물던 큰 집으로 옮기면서 그가 머물던 사택이 비게 된다. 임시방편의 배치로 벌써 몇 차례 숙소를 옮긴 나는 다시 의료원장이 머물던 에이 클래스 사택을 제공받는다. 공동 주택의 눅눅한 일 층을 떠나게 된 것이 반가워서 나는 기꺼이 한 번 더 짐을 꾸려 옮기기로 한다.

　"잘되었어요!"

　누구보다 비쿨이 제일 좋아한다.

　"이제 나랑 이웃사촌이네요. 집은 괜찮은 편인데, 사택이 다 그렇듯이 시멘트 건물이에요. 벽은 다시 칠을 해야 할 거예요."

　그러더니 연노랑색 페인트 몇 통과 각종 크기의 솔을 가지고 나타난다. 페인트 통에 붙은 외국 상표를 보니, 얼마나 큰돈이 들었을까 하는 생각에 괜스레 미안한 마음이 든다.

　비쿨이 고맙다는 내 말에 손사래를 친다.

　"내가 꼭 칠을 다시 해 주고 싶어요. 예쁘게 꾸미고 살면 좋잖아요. 어서 들어가요!"

　이웃에서 지켜보는 눈이 있을지도 모르건만 비쿨은 전혀 개의치 않는 듯 내 손을 잡고 새집 안으로 이끈다. 이 엄청난 광경을 보고 있는 눈이 있다면, 삽시간에 몽가르의 소문 방앗간이 요동을 칠 것이라는 생각이 들면서 웃음이 난다. 나는 냉큼 그의 뺨에 키스를 한다.

　"그럼 페인트칠을 시작해 볼까요?"

　비쿨과 나는 얼룩덜룩한 분홍색 벽에 달려든다. 그리고 일 미터쯤 칠할 때마다 뒤로 물러서서 우리가 이뤄 낸 성과를 평가한다.

"페인트칠이 이렇게 재미있는 줄 몰랐어요."

비쿨이 행복한 연노랑색으로 바뀐 부엌을 보며 말한다. 그리고 사랑이 가득한 표정으로 페인트를 한 방울 찍어 내 얼굴에 쓱 문지른다.

"나머지는 내일 칠하고, 이제 그만 새집으로 이사한 걸 축하하러 갑시다. 내가 판촐링으로 안내할게요. 거기서 예술적 영감을 얻을 수 있을 거예요."

나는 행복하게 내 손가락을 비쿨의 손가락 사이로 끼워 넣는다. 하지만 오후의 밝은 햇살 속으로 나와서는 마지못해 그의 손을 놓는다. 이 순간 세상은 더없이 완벽해 보인다.

비쿨과 함께 산책할 때면 몽가르는 아름다운 그림책으로 바뀐다. 눈앞의 산 너머로 끝없이 이어진 산줄기들을 보고 있노라면 인간이 만들어 낸 문명은 모두 다 웅장한 히말라야의 밀림 속으로 사라진 듯하다. 시냇물과 강물이 흘러가는 소리뿐 태양 아래 산속에는 만물이 고요하다. 높은 산봉우리들이 병풍처럼 우리를 둘러싸고 있고, 초록의 산들은 좁은 강 계곡을 따라 끝없는 비탈길을 만들어 낸다. 비쿨이 환자들을 치료하기 위해 갔던 마을들을 가리킨다. 서쪽으로 제포싱과 링미탕이 있고, 좀 더 멀리 켕의 산들이 보인다. 남쪽으로는 데퐁과 중링이, 동남쪽으로는 포상이 있고, 그 너머는 차스카르이다. 동쪽으로는 몽가르가 있고, 그 맞은편에는 탁추가 있으며, 지평선이 닿는 곳에 코리 라가 있다.

산꼭대기에 이르자 판촐링 라캉(절, 사찰)이 우리를 맞는다. 오랜 세월을 견뎌 내느라 잿빛으로 변한 수수한 모습이지만, 이 작은 라캉은 인근 마을 사람들에게 아주 중요한 의미가 있다고 한다. 약 오백 년 전, 삽둥 나왕 남곌이라는 유명한 승려가 왔던 곳이기에. 이전에 와 봤을 때처럼 이 유서 깊은 고대의 사찰에는 여전히 묵직한 맹꽁이자물쇠가 채워져 있다.

"비쿨, 여기 오는 사람이 있기는 해요?"

이 오래된 사찰이 얼마나 대단한 걸 간직하고 있기에 늘 자물쇠를 채워 놓는지 호기심이 인다.

"물론이죠. 하지만 열쇠를 갖고 있는 사람은 곰첸 한 명뿐이에요. 그 곰첸은 노르부 씨 집으로 가는 길 중간쯤에 살죠. 가서 만나 볼래요?"

나는 잠시 생각한다. 그 라마승을 찾아가려면, 산을 내려가서 라마승을 만난 뒤 다시 올라와야 한다는 말이 된다. 나는 내 두 다리에게 의견을 묻는다. 다리들은 그런 어리석은 짓은 생각도 하지 말라고 아우성이다. 그럼에도 나는 호기심에 지고 만다.

"좋아요, 내려가서 한번 만나 보죠."

비쿨이 고개를 끄덕이고는 뭔가를 생각하는 듯하더니, 옆으로 다가와서 속삭인다.

"이 라캉 안에는 아주 중요한 불상들이 있어요. 주변에 초르텐들도 있고요. 한데 몇 년 전에 불상을 비롯해서 여러 가지 보물들을 도난당했어요. 그래서 곰첸 한 사람만 열쇠를 보관하게 됐죠."

"누가 그 불상들을 훔쳐 갔는데요?"

"그야 아무도 모르죠. 그 당시에는 저 너머에 관리인이 있었어요."

비쿨이 왼쪽으로 몇 킬로미터 떨어져 있는 산을 가리킨다.

"그 관리인이 이 라캉 말고도 몇 개의 다른 사찰들을 관리했죠. 한데 관리인이 판출링 옆의 작은 집에서 자고 있던 어느 날 밤에 누군가 초르텐을 부수고 귀중한 보물들을 훔쳐 갔어요. 금붙이랑 '지'를 포함해서요. 지 알죠? 고양이의 눈 말이에요.

관리인이 근처에서 자고 있었기 때문에 경찰은 그 관리인을 의심했어요. 그래서 관리인과 동생을 체포했죠. 관리인은 경찰에게 자신은 아무것도 모른다고 주장했어요. 라캉에서 푸자를 한 다음에는 늘 그 작은 집에서 밤을 보낸다면서요. 하지만 경찰은 관리인의 말을 믿지 않았고, 분쟁은 몇 년 동안 계속되었어요. 그러다 결국 그럭저럭 해결이 났는데 몇 년 후에 또다시 중요한 불상을 도난당했어요. 그러자 관리인은 겁에 질려서 더는 라캉을 책임지지 못하겠다고 물러났죠. 그리고 포상의 곰첸에게 열쇠들을 넘겨줬어요."

우리는 오두막 밖에서 아내와 손녀와 함께 일하고 있는 포상 곰첸을 만난다. 세 사람 모두 옥수수에서 옥수수 낟알을 떼어 내 큰 방수포 위에 펼쳐 놓느라 바쁘다. 나중에 그 노란 알갱이들을 갈아서 카랑을 만들 것이다.

"꾸스짱 뽀올 라, 메메! 꾸스짱 뽀올 라, 아마!"

비쿨과 곰첸이 이야기를 나누는 동안에도 아마와 어린 여자아이는 옥수수 낟알을 떼어 내느라 여념이 없다. 곰첸은 약간 못마땅한 기색이다. 하지만 내가 사진을 좀 찍어도 되겠느냐고 묻자 금방 얼굴에 화색이 돈다. 곰첸 가족은 카메라 앞에서 기꺼이 포즈를 취해준다. 그리고 우리에게 다른 꿍꿍이가 없음을 확신하게 된 포상 곰첸은 집 안으로 들어가 라캉의 열쇠를 가지고 나온다.

"비쿨, 아까 말한 '지'가 뭐예요?"

내가 라캉으로 다시 올라가는 중에 묻는다.

"고양이의 눈 몰라요?"

나는 모른다고 고개를 가로젓는다.

"고양이의 눈은 중국해에서 발견되는 묘안석이라는 보석이에요. 진주의 일종이죠. 그걸 종카어로는 '지'라고 해요. 부탄 여자들은 지가 행운을 가져다준다고 믿고 몸에 지니고 다니죠. 하나의 지가 대물림으로 이어지기도 해요. 엄마가 딸에게 물려주고, 그 딸이 또 자신의 딸에게 물려주는 식으로요. 부탄 사람들은 또 지를 많이 갖고 있을수록 자신의 가치가 높아지고, 행운이 더 많이 따를 거라고 믿어요. 지를 몸에 지니면 건강하게 오래 살 수 있다고 믿기도 하고요. 한데 타이완에서 그 보석이 꽤 인기가 높아요. 지의 가치는 눈의 수에 따라 달라지는데, 눈이 하나인 지의 값이 십만 루피를 호가해요. 그런데 지 하나에 눈이 아주 많을 수도 있죠. 그럴 경우 그 값을 생각해 봐요. 그래서 도둑들이 초르텐에서 그것들을 훔쳐간 거예요."

나무문이 삐걱거리며 열리자, 유서 깊은 사찰이 아름다운 모습을 드러낸다. 겉으로 보기엔 방치된 듯 보이건만, 싱싱한 꽃들이 불단을 장식하고 있고 고풍스러운 장식품들은 먼지 하나 없이 깨끗하게 손질되어 있다. 실내에는 세 개의 큰 불상이 있는데, 불상이 우아하게 걸쳐 입은 황금빛 가사가 샛노란 금잔화가 꽂혀 있는 꽃병에 반사되어 절묘한 조화를 이룬다. 연꽃 위에 앉은 부처의 황금빛 얼굴은 자비로운 미소를 머금고 있다. 비쿨이 세 불상의 손의 위치가 각각 다름을 지적하며 설명해 준다. 가운데에 있는 가장 큰 불상은 깨달음을 얻은 순간의 부처님을 상징하고, 오른쪽에 있는 좀 더 작은 불상은 부처님의 가르침 중 첫 번째 교리에 대해 말하는 것이며, 세 번째 불상은 악마 마라(석가모니를 여러 차례 유혹한 욕계의 지배자로 악마의 통칭으로 쓰인다)와 속세의 모든 유혹을 물리쳤음을 상징한다고.

비쿨과 나는 세 번 절을 하고 불단 위에 몇 눌트럼을 공양한다. 포상 곰첸이 우리 손바닥에 천숫물을 약간 따라 준다. 나는 천숫물을 한 모금 마시고 남은 물은 머리 위에 뿌리면서, 절의 오른쪽 벽이 좀이 슨 낡은 천으로 덮여 있음을 발견한다. 곰첸에게 그 뒤에 뭐가 있느냐고 묻자, 곰첸은 대답 대신 고개를 끄덕이며 그 천을 옆으로 밀친다. 반쯤 열린 창문으로 들어오는 희미한 빛에 황금색 점과 줄이 아무렇게나 그려진 검은 벽이 드러난다. 나는 희미하게 빛나는 줄무늬를 따라 시선을 옮긴다. 갑자기, 검은 석판 위에 그려진 진노한 모습의 보살상이 툭 튀어나오면서 검은 벽면 위에 생동감과 활력이 넘쳐흐른다. 무섭게 찡그린 얼굴의 보살상이 사나운 눈을 부릅뜨고 나를 노려본다. 나는 얼어붙은 듯 서서 보살상의 공격적인 자세와 그가 빼어 든 무기를 바라본다. 포상 곰첸이 다시 낡은 천을 드리우자, 보살상의 영상이 어둠 속으로 사라진다.

밖으로 나오자 눈부신 햇살 때문에 눈을 제대로 뜰 수가 없다.

포상 곰첸이 어서 돌아가야 한다며 서둘러 산길을 내려간다. 비쿨과 나는 고맙다는 인사를 하며 손을 흔든다. 다시 둘만 남은 우리는 손을 잡고 서서 각자 생각에 빠져든다.

"있잖아요."

내가 비쿨을 보며 조용히 묻는다.

"지금까지 수없이 많은 불상들과 부처님의 그림들을 봤는데, 전부 다 달랐어요. 아름답고 평온한 모습도 있고, 진노한 모습도 있고요. 정확히 부처님이 얼마나 있는 거예요?"

"어떤 종류의 대답을 원해요?"

비쿨이 싱긋 웃는다.

나는 눈썹을 추켜올린다.

"무슨 뜻이에요?"

"아주 쉽고 간단한 대답을 해 줄 수도 있고, 진지한 대답을 해 줄 수도 있어요."

"진지한 대답을 해 줘요. 하지만 가면서 듣기로 하죠. 진지한 답을 들으려면 시간이 걸릴 테니까요."

"어떻게 알았어요?"

비쿨이 웃으면서 한 손으로 내 어깨를 잡고 우리가 가야 할 길쪽으로 돌려세운다.

"서양에서 말하는 '신'과 인도에서 말하는 '신'은 그 의미가 서로 달라요. 서양에서 말하는 신은 전지전능하죠. 인간을 만들었고, 인간의 역사 창조에 직접적으로 관련되어 있어요. 인간은 신의 명령에 복종해야 하고, 신의 존재와 절대적인 권능을 믿어야 하죠.

신은 자비롭고, 인간을 측은히 여기고요. 또한 서양의 신은 저 하늘 꼭대기에서, 인간이 이 세상에서나 하늘나라에서나 평화롭게 살 수 있도록 도와주기 위해 만반의 태세를 갖추고 있죠."

비쿨이 구름을 가리키며 한쪽으로 쓸어 내는 동작을 하고는 말을 잇는다.

"인도에서 말하는 신은 지적인 힘, 무한한 지혜의 힘이에요. 우리는 그걸 브라흐마-샥티, 혹은 붓다-샥티라고 하죠. 그건 우주에 스며들어 있고, 인간의 역사에 중립적이에요. 인간은 우주 에너지의 일부분으로서, 붓다-샥티와 하나가 되고 싶어 하는 자연스러운 충동을 갖고 있죠. 붓다-샥티와 하나가 되어 동일시되는 게 바로 '깨달음', 다시 말해서 '열반(니르바나)'이에요."

나는 다소 회의적인 눈빛으로 비쿨을 본다.

"그렇다면 나도 깨달음을 찾고 있는 거예요?"

비쿨이 고개를 끄덕인다.

"당신 나름의 방법으로요. 우리는 그날그날 자비를 베풂으로써 붓다-샤크티와 연결되는 경험을 해요. 예를 들어, 당신이 환자들을 가엽게 여기고 도움을 주면, 기분이 좋아지는 게 바로 그런 경험이에요. 그런 건 우리에게 당연한 일이죠. 인간은 측은지심이 있는 존재니까요. 물론 모든 인간이 똑같이 느끼는 건 아니에요. 우리 모두 측은지심을 갖는 정도도 다르고, 지혜나 직관의 정도도 달라요. 그래서 제각각 열반에 이르는 길을 따르는 거죠."

"그럼, 아까 말했던 라캉의 도둑들도 깨달음을 얻기 위해 애쓴다는 거예요?"

내가 반박한다.

"그렇죠. 모든 인간에게는 결함이 있어요. 게다가 우리는 종종 삶의 진정한 목적을 잊는 경향이 있죠. 하지만 다행스럽게도 부처님이 다양한 모습으로 현시해서 각기 다른 인성의 개개인을 도와주세요."

"그럼 도둑들은 진노한 모습으로 현시한 부처님이 도와준 건가요?"

비쿨이 고개를 가로젓는다.

"아뇨. 진노한 부처님을 포함해서 어떤 모습이든 부처님은 모두 악을 무찌르기 위해 애써요. 진노한 모습이나 폭력적인 모습은 악의 사악함에 맞서 싸우느라 그런 거죠."

"그렇다면 어떤 모습으로 현시한 부처님이, 어떻게 도둑들을 도와주는 거죠?"

"예를 들어, 자비로운 부처님은 우리 마음 안에서 우리가 자비를 베풀도록 하는 힘이에요. 영적인 스승이라면 도둑들로 하여금 자비로운 삶을 찾도록 도울 수 있을 거예요. 그런 스승이 도둑들이 좀 더 나은 선택을 해서 좋은 업을 쌓도록 도울 수 있죠."

내가 이 복잡한 종교를 이해할 수 있도록 도와줄 부처님은 어떤 모습으로 현시한 부처님일까 생각하면서 나는 고개를 가로젓는다.

우리는 꾸불꾸불한 산길을 올라가 초르텐들이 군집해 있는 산꼭대기에 이른다. 하나의 초르텐이 다음 초르텐으로 이어진다. 이어진 초르텐들을 따라 걷다 보니 산 밑으로 내려가는 길이 나온다. 나는 이 완벽한 순간을 마음속에 새겨 넣으려고, 마지막 초르텐 주위를 돌며 괜스레 꾸물거린다. 마지막 초르텐은 폭이 좁은 불탑이다. 그 초르텐의 불룩한 돔 아래에는, 진흙과 죽은 사람의 재로 만든 축소 모형물들이 목걸이처럼 죽 걸려 있다. 하지만 초르텐의 뒷면은 수풀이 우거진 숲에 접해 있다. 바로 그 뒷면 중 일부가 부수어져 있고, 돌탑에서 떨어져 나온 돌멩이들이 이끼에 뒤덮인 채 널려 있다. 상처에서 고름이 흘러나온 듯 난도질당한 곳에서 이끼류와 담쟁이덩굴이 길게 늘어져 나와 있고, 그 뿌리들이 부서진 돌조각들을 휘감고 있다.

초르텐을 부수고 유물을 훔쳐 가다니……. 새로운 내 집을 예쁘게 칠하기 위한 예술적 영감을 얻기에는 너무나 엄청난 일이다.

나는 멍하니 믿음과 신앙이 공격을 받은 상처를 본다. 돈을 좇는 갈망 뒤에 남은 공허함을. 감히 누가 겨우 지갑에 채워 넣을 돈을 얻기 위해 업보의 굴레 속으로 뛰어들었을까?

"아까 보물들을 도난당했다고 했던 데가 여기예요?"

"그래요, 이것도 도난당한 초르텐들 중 하나예요."

"하지만 어떻게 벌써 이끼에 완전히 뒤덮였죠?"

"우기가 두어 번만 지나면 이렇게 돼요."

비쿨이 대답하면서 아래쪽 산비탈을 뒤덮고 있는 우거진 수풀을 가리킨다.

불현듯 피곤하다는 느낌이 들면서 몽매한 도둑들이 침범했던 이 산을 당장 떠나고 싶다는 충동이 밀려든다. 귀여운 스퍼드가 지키고 있는, 연노랑빛 벽이 기분 좋게 빛나는 평온한 내 보금자리로 돌아가고 싶다.

“가요, 네?”

나는 비쿨을 산길 아래로 끌어당긴다.

비쿨이 내 뜻에 따르며 나를 감싸 안는다.

“알았어요. 그만 가서 우리 집을 칠합시다. 멋지게 바꿔 보자고
요.”

15
카담 고엠바

며칠 후, 우기가 다시 돌아온 듯하더니 겨울이 코앞으로 다가온
다. 비가 내리는 음산한 날씨에 나는 병이 난다. 창문이 모두 닫힌
내 작은 물리치료실에는 빛이라고는 한줄기도 들어오지 않는다.
수술실에서 들려오는 요란한 발전기 소리가 내 온몸을 뒤흔든다.
귀는 아프고 목은 쑤시고 온몸은 한기에 오들오들 떨린다. 옆방에
서 누군가 벽을 쾅쾅 치는 소리에 머릿속에서 드릴 돌아가는 소리
가 들린다.

　나는 당직실로 가서 간호사들이 아껴 마지않는 장작난로 옆에

자리 잡고 앉는다. 쿠마르가 시무룩한 얼굴로 들어온다. 무슨 일이 있느냐고 묻자 뚱한 대답이 돌아온다.

"물이 안 나와요. 하수관이 고장 났어요."

그 말을 증명이라도 하듯, 기타 간호사가 손을 씻던 수도에서 물이 똑똑 방울져 떨어지더니 이내 멈춰 버린다. 이번에는 또 얼마나 오랫동안 물이 안 나올까? 그때 칼리타 선생이 들어와서 큰 소리로 불만을 늘어놓는다. 오늘은 그럴 만도 하다. 물이 안 나오면 수술은 물론 깁스 붕대도 감을 수 없으니.

그날은 전기가 잠깐 들어왔다 나가는 일도 없이 하루 종일 정전이 계속된다. 또 하룻밤을 전깃불 없이 지내야 한다는 생각에 기분이 더 우울해진다. 퇴근 후, 방 한가운데 달려 있는 형광등을 멍하니 바라보고 있는데, 나와 함께 집으로 돌아온 비쿨이 내 침대 위에 털썩 앉는다.

"그 더러운 병원 옷을 입고 침대에 앉으면 어떡해요! 일어나요!"

내가 짜증을 내자, 비쿨이 어리둥절한 표정으로 나를 올려다본다. 여전히 병원 생각에 빠져 있던 그는 갑작스런 나의 짜증에 놀라서 이러지도 저러지도 못한 채 내 베개 위에 그대로 앉아 있다.

"일어나요!"

극도의 분노가 솟구쳐 오른다. 병원에서 본 모습들이 주마등처럼 뇌리를 스치고 지나간다. 육 번 침대에 누워 있던 가여운 소녀 소남의 얼굴이 자꾸 떠오른다. 소남은 결핵약에 대한 알레르기 반응으로 생살이 군데군데 벗겨져 있었다. 수십 마리의 파리들이 윙윙거리며 소남의 주변을 맴돌다가 상처에서 나오는 진득진득한 진물 위에서 잔치를 벌였다. 아마도 소변기에 새까맣게 내려앉아 배를 채웠던 그 파리들이었으리라. 나는 소남의 몸에서 나는 악취를 참으면서 몇 번이나 팔을 휘둘러 파리들을 쫓았다. 소남의 엄마는 급기야 그 성가신 곤충들로부터 가여운 딸을 지키고자 시체를 덮듯 소남을 시트로 푹 덮었다.

"최소한 내 침대만이라도 깨끗하게 하고 싶어요. 이해 못 하겠어요?"

나는 소리를 지르며 한달음에 방을 가로질러 가 비쿨을 침대에서 끌어내린다. 눈물이 주르륵 흘러내린다. 비쿨의 더러운 의사 가운이 눈에 들어오자, 청소할 때 본 너무나도 끔찍했던 병실의 광경이 떠오른다. 시커먼 구정물에 둥둥 떠 있던 온갖 오물과 쓰레기들이 하수구로 휩쓸려 내려가던 모습이.

"정말 미안해요."

비쿨이 나를 와락 껴안으며 눈물 젖은 내 뺨에 부드럽게 입을 맞춘다.

"집에 가서 옷 갈아입고 올게요. 그럼 되죠?"

나는 소리 내어 흐느끼며 고개를 끄덕인다.

"고향으로 돌아가고 싶어요."

생각지도 않은 말이 새어 나온다.

비쿨은 여전히 나를 안고 있다. 알 수 없는 분노가 또다시 그에게 향한다.

"우리 부모님이 당신을 보면 어떻게 생각하시겠어요? 당신 꼴을 좀 봐요!"

너무 심한 말을 퍼붓고 있다는 걸 알면서도, 나는 감정을 추스르지 못한다. 비쿨이 죄를 지은 듯한 표정으로 거울을 본다. 가운 앞자락은 벌어져 있고, 청진기가 한쪽 주머니 밖으로 삐져나와 있으며, 셔츠에는 작은 구멍이 나 있고, 머리는 헝클어져 있다. 턱에는 하루 동안 자란 수염이 거뭇거뭇하다. 나는 그의 모습에 절망감을 느끼며 아빠의 반응을 상상해 본다.

"이 사람은 누구니? 설마 네가 이런 사람을 사랑한다는 건 아니겠지!"

비쿨이 애처롭게 웃으며 나를 본다.

"정말 미안해요. 화내지 말아요."

그가 두 팔로 나를 좀 더 세게 껴안는다. 나는 한숨을 쉬며 그에게 기댄다.

결국 나는 비쿨이 집에 가지 못하도록 잡는다. 우리는 큰 냄비에 물을 담아 난로에 데운다. 그리고 장작이 탁탁 소리를 내며 타는 동안 교대로 물을 퍼내 간단하게 샤워를 한다.

나는 매섭게 커튼을 치고 바깥세상을 차단시킨다. 그런 다음 비쿨과 함께 침낭을 덮어 쓰고 철제 장작난로 부카리 옆에 웅크리고 앉는다.

"여기 부탄에서 계약이 끝나면 어떻게 할 거예요?"

나는 옆에 앉은 비쿨에게 찰싹 달라붙으며 묻는다. 이 사람 없이는 단 한 시간도 견딜 수 없을 것 같다.

“나도 요즘 그 문제에 대해 생각하고 있어요.”

비쿨이 천천히 대답한다.

“계약 기간은 연장 신청을 하면 될 거예요.”

그가 잠깐 뜸을 들인 뒤 덧붙인다.

“사실 인도에 있는 대학원에 들어갈 준비는 다 끝냈어요. 일월에 찬디가르 대학원에 지원할 생각이었죠. 하지만 당신이 일 년을 채울 때까지 나도 여기서 일하고 싶어요. 그 후에 우리 둘이 같이 인도로 갈 수 있을 거예요.”

“그래요. 당신 없이 나 혼자 여기서 지내는 건 생각할 수도 없어요.”

나는 조용히 대답한다.

하루 동안 긴장했던 몸이 서서히 풀린다. 나는 두 눈을 감고, 비쿨의 짧게 깎은 수염의 까끌까끌한 촉감과 장작난로에서 나오는 연기 냄새를 즐긴다.

“야근하는 간호사한테 전화해서 급한 일이 생기면 여기로 연락하라고 하면 안 돼요?”

나는 숨을 죽이고 답을 기다린다.

“그럼 내일부터 사람들이 당신을 ‘다스 부인’이라고 할 텐데요.”

비쿨이 자신의 성을 들먹이며 놀린다.

나는 픽 웃는다. 그래, 나도 그러리라는 것을 알고 있다.

“그 호칭도 나쁘지 않은데요.”

나는 중얼거리면서 침낭 속으로 더 깊이 파고든다. 다른 사람들이 어떻게 생각하든, 내가 이러는 건 잘못이 아니다. 나는 마땅히 내가 있어야 할 곳에 있다. 바로 여기 비쿨 옆에.

"제발 가지 말아요."

나는 비쿨에게 살며시 키스를 한다. 오늘 밤은 정말 혼자 자고 싶지 않다.

방 안 온도가 계속 떨어진다. 난로에 장작을 한 아름 넣는 간격으로 시간의 흐름이 가늠된다. 장작불만이 까만 밤을 사르며 타오른다.

다음 날 아침, 잠에서 깨고 보니 입김이 하얗게 피어오른다. 침대에서 빠져나오기까지 의지력과 한판 싸움을 벌인다. 하지만 잠시 후 일어나서 김이 모락모락 나는 커피를 홀짝인다. 마치 내 인생이 달려 있기라도 한 양, 커피 잔을 부여잡고서. 커피 잔의 온기에 곱았던 손가락들이 서서히 풀린다.

물리치료실에 찾아온 환자는 류머티즘성 관절염을 앓는 노령의 아비 한 분뿐이다. 나는 서투른 샤르촙어로 버벅거리고, 사이돈 아비는 이가 없어 새는 소리로 답을 한다. 내가 연세를 묻자 아비는 부탄식으로 햇수와 달수를 따지며 어물거린다. 필시 정확한 나이를 모르는 게 분명하다. 마을 사람들은 대부분 본인이 태어난 날짜를 잘 모른다. 나이도 짐작으로 알 뿐이다. 이곳 사람들에게는 시간이 그다지 중요하지 않다.

사이돈 아비는 몽가르 위쪽에 있는 산 위의 오래된 승원 카담에서 왔다고 얘기한다. 나는 그곳을 안다고 고개를 끄덕인다. 학교 선생인 케샹 최키 씨가 그곳에 살고 있음을 알고 있기에.

"케샹 최키, 카담?"

내가 묻자 사이돈 아비가 흥이 나서 고개를 끄덕인다.

아비는 내게 두 손을 보여 준다. 관절염이 심해져서 손가락들이 굽고 기형이 되어 있다.

"남라."

아비가 몇 번이나 아프다고 반복한다. 나는 고개를 끄덕인다. 아비는 다시 팔꿈치와 어깨, 무릎, 그리고 발을 가리킨다. 그 부분들이 모두 아프다는 것을 내게 알리려 애쓰면서. 나는 다시 고개를 끄덕인다. 하지만 차가운 파라핀욕 치료기와 불이 안 들어오는 적외선 램프가 어둠 속에 음울하게 서 있을 뿐이다. 오늘 병원의 일부 지역에는 전기가 공급되지만 물리치료실에는 들어오지 않는다.

갑자기 어떤 생각이 뇌리를 스친다. 외래 진료실은 전기가 들어온다. 비쿨의 진료실에는 전기가 들어온다는 말이다! 물리치료실에서 환자를 치료할 수 없다면 다른 데로 가서 하면 되는 것이다.

나는 사이돈 아비를 모시고 비쿨의 외래 진료실로 가서, 그의 책상 위에 적외선 램프를 올려놓는다. 비쿨이 무슨 일이냐는 듯 쳐다본다.

"뭐하는 거예요?"

"여기는 전기가 들어오는데, 물리치료실에는 안 들어와요. 여기서라도 사이돈 아비께 적외선 램프를 켜 드리면 좋을 것 같아서요."

비쿨이 그러라고 한다. 우리는 남는 의자를 비쿨의 책상 옆에 놓고, 그 앞쪽에 발을 올릴 걸상을 놓는다. 처음에 사이돈 아비는 내게 걸상을 양보하려 한다. 하지만 결국 걸상에 발을 올려놓고는 만족스럽게 가르랑거리는 소리를 낸다. 진찰대에서 지켜보던 비쿨의 환자조차 그 모습을 보고 웃음을 짓는다.

우리는 적외선 램프가 내뿜는 적열광 옆에서 몇 시간을 보낸다. 처음에는 아비의 발에, 그다음에는 무릎에 적열광을 쬔다. 그동안 사이돈 아비는 내가 설명한 대로 발목을 살살 돌린다. 그리고 양쪽 어깨를 차례로 쬔 다음 팔꿈치에 이어 마지막으로 손에 적열광을 쬔다. 그동안 비쿨의 환자들이 계속 들어오고 나가지만, 자그마한 아비가 외래 진료실에서 적외선 램프를 쬐고 있다고 불평하는 사람은 아무도 없다.

사이돈 아비는 두 다리를 쭉 펴고 적외선 램프를 쬐면서 샤르춥어로 비쿨과 농담을 주고받는다. 내가 알아들을 수 없을 만큼 복잡한 말을 빠르게 하면서. 나는 무슨 얘기를 하는 건지 말해 달라고 비쿨을 쿡쿡 찌른다.

"당신 얘기예요."

비쿨이 싱긋 웃는다.

"그건 나도 알아요. 나에 대한 어떤 얘기를 하는 건데요?"

다른 말은 하나도 못 알아듣겠는데, 중간 중간 내 이름이 들리니 기분이 썩 좋지 않다.

"아비께 당신이 예쁘냐고 여쭤 봤어요."

"뭐라고요?"

비쿨이 사이돈 아비에게 고개를 돌린다. 둘이 같이 웃는다.

"또 무슨 얘기예요?"

"아비께서 당신이 내 아내냐고 물으시네요."

나는 짐짓 인상을 쓰는 척한다. 부탄의 관습상 사이돈 아비의 질문은 지극히 당연하다. 부탄 사람들은 젊은 남자가 한밤중이 지나도록 여자의 집을 떠나지 않고 아침까지 같이 있으면 두 남녀가 결혼한 것으로 생각한다. 그러니 마을 사람들의 눈에 우리는 부부이리라. 나는 웃으며 상상의 내 이름을 다시 불러 본다.

'다스 부인.'

그날 근무 시간이 거의 끝나갈 무렵, 병원 앞을 왔다 갔다 하던 원무과장이 못마땅한 듯 걸음을 멈추고 사 호 진료실을 들여다본다. 나는 공손하게 웃음을 지으려다 거만한 감시의 시선에 움츠러든다. 외래 진료실에 와 있는 나에 대한 비난의 눈초리가 그의 무표정한 얼굴 뒤에 숨겨져 있다. 나는 환자와 함께 있음을 보여 주기 위해 사이돈 아비를 향해 묻는다.

"아비, 닥파모?(할머니, 좀 괜찮으세요?)"

사이돈 아비는 환하게 웃는다. 고통을 달래 주는 뜨거운 온기가 마냥 좋은 모양이다. 원무과장은 아무 말 없이 돌아서서 뒷짐을 지고 다시 병원 앞을 왔다 갔다 한다.

사이돈 아비가 마지막으로 적외선 열을 쬔 관절을 문지르더니 발을 가리키며 웃는다.

"또?"

아비가 묻는다. 시계를 보니 세 시가 거의 다 되었다. 나는 그만 집으로 돌아가고 싶어진다. 비쿨의 진료실에 전기 히터를 켜 놓아서 온기가 있음에도 기침이 더 심해졌다. 나는 힘없이 고개를 가로젓는다. 사이돈 아비는 웃으며 고개 숙여 인사를 한다. 그런 다음 키라를 여민 부분에서 염주를 꺼내 진언을 외면서 병실 침대로 돌아간다.

다음 날 물리치료실에 산발적으로 전기가 공급될 때, 나는 실내 난방기를 요구한다.

“알겠습니다. 내일쯤 갖다 드리죠.”

전기 담당자가 약속한다. 그의 솔직한 태도에도 불구하고 내 마음은 가라앉는다. ‘내일’이란 그의 약속이 모레가 될 수도 있고 그다음 주가 될 수도 있음을 알기 때문이다. 그나마 약속을 지키기나 한다면. 한편으론 포기하는 심정으로 또 한편으로는 저항하는 심정으로, 나는 대부분의 환자들을 비쿨의 외래 진료실로 데려가서 변변찮은 그의 히터 옆에서 치료한다.. 원무과장은 계속 못마땅한 시선을 보내지만, 달리 뭐라고 하는 사람은 없다.

어느 날, 간호사 루팔리가 흥분을 감추지 못하고 뚱뚱한 몸을 흔들면서 달려온다.

“브리타 언니! 페마 언니한테 전화가 왔어요.”

몽가르 병원에 장거리 전화가 오는 일은 흔하지 않다. 그래서 장거리 전화가 오면 몇 분도 안 돼서 병원 전체에 다 알려진다.

“어머나, 벨로르에서 전화가 왔어요? 다들 어떻대요?”

“네, 아직 거기 있다는데, 다들 괜찮은가 봐요. 먹고 자는 데 들어가는 비용 말고 다른 걱정은 없대요.“

“니마에 대해서는 아무 말 없었어요?”

"네, 니마 얘기는 안 했어요. 그런데 올해 안에는 돌아오지 못할 것 같아요."

나는 너무 놀라서 루팔리를 빤히 본다. 지금이 십일월 말이니까 페마가 떠난 지 거의 두 달이 다 되었다. 그런데 일월에나 돌아온다면, 페마는 석 달 이상 물리치료 교육을 못 받는 셈이 된다. 나는 이 썰렁한 물리치료실을 계속 혼자 쓸쓸히 지켜야 하고. 속이 상하기도 하고 화가 나기도 해서, 나는 루팔리를 복도에 세워 둔 채 그냥 돌아선다.

유난히 음산한 어느 날 오후, 비쿨은 입원 환자들을 돌보느라 바쁘고 내 기분은 계속 가라앉는다. 나는 병원을 벗어나 카담에 사는 사이돈 아비를 '가정 방문' 하기로 한다. 산꼭대기에 있는 카담 고엠바는 수십여 채의 오두막과 건축물들로 둘러싸여 있다. 그중 대부분이 수도승들의 보금자리이지만, 명상과 예불 속에서 여생을 조용히 보내고자 하는 할머니 할아버지들이 거처하는 곳도 있다.

올라가는 길은 꽤 멀고 미끄럽다. 나는 발작적으로 계속되는 기침 때문에 몇 발짝 못 가고 멈춰 서서 숨을 고르곤 한다. 게다가 가파른 진흙길에 들어서자 그냥 돌아갈까 싶은 마음까지 든다. 하지만 무슨 이유에선지 돌아서지 못하고 계속 올라간다.

나는 도중에 만난 적색 승복 차림의 중년의 여인에게 사이돈 아비가 어디에 사는지를 묻는다. 하지만 돌아온 대답은 "에?"뿐. 어설픈 내 샤르춉어를 알아듣지 못한 모양이다. 팔이 아픈 할머니를 찾고 있다고 몸짓 발짓 써 가며 이야기하자, 마침내 스님이 알아들었는지 고개를 끄덕인다. 그리고 한순간도 쉬지 않고 염주를 돌리면서 겨우 내 방 정도 크기의 작은 오두막으로 나를 이끈다.

방 안 불빛이 너무 희미해서 몇 번이나 눈을 깜빡거린 후에야 주위가 눈에 들어온다. 노파 한 분이 무릎에 오른쪽 손목을 올려놓은 채 동물 가죽 매트 위에 앉아 있다. 그녀의 남편이 일어나서 나를 맞는다.

"꾸스짱 뽀올 라, 의사 선생님!"

노파가 인사를 하고, 야윈 손을 내게 내밀며 고마움을 표현한다.

"꾸스짱 뽀올 라, 아비! 항 에?"

전혀 모르는 얼굴이지만, 나는 노파를 실망시키고 싶지 않아서 부러진 듯한 손목을 찬찬히 살펴본다. 골절상이 심해서 통증이 상당할 듯 보인다. 손이 팔에서 구십 도 각도로 꺾인 채 축 늘어져 있다. 나는 손을 다친 지가 얼마나 오래되었는지 묻는다.

"합타 니찡."

노파의 남편이 대답한다.

이 주? 그럴 리 없다는 생각이 들지만, 다시 생각해 보니 그럴 수도 있겠거니 싶다. 그래, 노파는 정말 이 주 동안 그냥 이렇게 있었을지도 모른다. 뼈만 앙상하게 남은 종아리를 보니, 노파가 산길을 오르내리며 몽가르에 가기는 힘들어 보인다. 게다가 노파는 어떻게든 병원에 가지 않으려 한다. 그럼에도 나는 의사에게 가서 진찰을 받아야 한다고 설득하려 애쓴다. 내가 엑스레이 촬영을 하는 흉내를 내자, 노인이 놀랍게도 이해하고 고개를 끄덕인다. 그리고 "엑스레이?" 하고 묻는다.

"네! 엑스레이요!"

나는 흥분해서 소리치다가 입을 다문다. 엑스레이 촬영을 한다 해도 지금 상태의 노파에게 딱히 도움이 될 만한 치료법이 없을 것 같다.

노부부가 차를 대접하려 하지만, 나는 사이돈 아비를 찾아 뵈러 가야 한다며 사양한다. 또 다른 노파가 사이돈 아비를 알고 있는지 내 손을 잡아끈다.

노파와 나는 새로 지은 승원 건물을 오른쪽으로 끼고 돌아서, 길게 줄지어 선 기도 바퀴들이 돌아가고 있는 절 주변을 한 바퀴 돈다. 그런 다음 케상 최키 선생님의 집을 지나서 거대한 상록수의 휘어진 가지 아래에 아늑하게 자리 잡고 있는 작은 오두막에 도착한다.

그 오두막은 연기로 가득 차 있다. 그리고 희미한 백열등 하나가 검게 그을린 오두막 안을 비추고 있다. 선반에는 집에서 빚은 술 아라가 가득 든 술병 몇 개와 말린 고추가 담긴 대나무 바구니가 나란히 있다. 또 옛날 할아버지 때나 있었을 법한 탁상시계가 잘못된 시간을 가리키며 째깍째깍 돌아가고 있다. 역시 오래된 것으로 보이는 냄비와 솥이 까맣게 탄 바닥을 드러낸 채 벽에 걸려 있고, 다양한 크기의 숟가락과 국자들도 한 줄로 나란히 걸려 있다. 뭔가로 채워지기를 기다리는 빈 병들도 여러 개 있고. 화덕 위쪽으로는 대나무로 엮은 납작한 소쿠리가 있는데, 고기를 말리기에 딱 좋아 보인다. 하지만 소쿠리에는 고기가 아닌 골동품적 가치가 있어 보이는 뭔지 모를 물건들이 보관되어 있다. 모든 것이 가지런히 제

위치에 있다. 마치 오래전부터 모든 물건에 정해진 자리가 있어서, 쓰고 나면 자동적으로 그 자리에 돌려놓게 되는 것처럼 가지런히. 그리고 싱글 침대가 하나 있는데, 그 위에는 사이돈 아비만큼이나 오래되어 낡아 보이는 담요와 키라들이 있다.

문가에서 익숙한 냄새가 풍겨 온다. 웃음 띤 얼굴이 눈앞에 나타나기 훨씬 전부터 코에 먼저 기척을 알리는 냄새, 옷이며 시트며 깔개에 오래오래 그 흔적을 남기는 냄새, 바로 씻지 않은 몸에서 나는 냄새이다. 그 냄새는 땀과 치즈, 고추와 아라, 장작불에서 나는 연기와 고약한 버터 냄새가 모두 뒤섞인 듯하다. 굴뚝이라고는 하나도 없고 창문은 모두 꼭꼭 닫아 놓고 지내는 오두막 안에서 수십 년 동안 찌들고 찌든 냄새 같기도 하고.

사이돈 아비는 나를 보고 크게 반가워하며, 아궁이 옆에 앉아 있다가 신음소리를 내뱉으며 일어난다. 오랜 전통의 카담 고엠바의 관리인이자 수행자인 아비의 남편이, 아비가 어르고 있던 어린 손자를 얼른 받아 안아 무릎 위에 앉히고는 기도 바퀴를 돌리며 계속 진언을 왼다. 어린아이가 까르르 웃으며, 기도 바퀴가 재미있는 장난감으로 보이는지 자꾸 손을 뻗어 잡으려고 한다. 하지만 손에 닿지 않자 소리를 지르며 칭얼거린다. 메메가 웃으며 손자의 손을 잡아서 기도 바퀴의 손잡이를 쥐여 준다. 아이는 금방 기분이 좋아져서 할아버지의 품 안으로 파고들며 할아버지와 함께 기도 바퀴를 돌린다.

사이돈 아비는 대나무 조각을 끄집어내서 장작 불씨에 대고 입김을 불어넣는다. 잠시 후에 불길이 너울거리며 살아나서 작은 검은 솥의 물을 끓인다. 바람 때문에 연기가 계속 방 안으로 들어간다. 그런데도 아비는 계속 불을 뒤적거려 더 많은 연기를 낸다.

나는 사이돈 아비에게 가져온 선물을 준다. 다가오는 겨울을 따뜻하게 해 줄 모직 목도리이다. 기쁘게도 초록색과 빨간색의 체크 무늬 목도리가 사이돈 아비의 적색 옷에 더없이 잘 어울린다. 사이돈 아비는 비구니는 아니지만 승복과 거의 비슷한 적색 옷을 입고 있다. 그것은 수년 동안 명상을 위해 은둔하면서 얻은 옷이다.

사이돈 아비가 주름진 얼굴에 웃음을 지으며, 이 빠진 사기 컵에 버터차를 따라 준다. 비스킷 한 접시도 내 앞에 놓아 주고. 나는 어렵사리 텡마를 같이 먹었으면 좋겠다는 뜻을 전한다. 아비는 어이없는 내 요청에 웃음을 지으며 텡마 대신 고소한 자오가 든 대나무 바구니를 건네준다. 어쨌거나 사이돈 아비는 나를 귀한 손님으로 여기고, 아비가 제공할 수 있는 최고의 것들로 대접해 준다. 그럼에도 계속 변변히 대접할 게 없다고 미안해한다. 하지만 나는 고소한 자오를 오도독 오도독 깨물어 먹으며, 그렇게 맛있는 버터차는 처음 마셔 본다고 생각한다.

차를 마신 후, 메메는 내게 유서 깊은 카담 사찰을 안내해 준다. 사찰에 들어가자 한쪽 구석에 앉아 불교 서적을 보는 젊은 수도승이 눈에 띈다. 그가 올려다본다. 놀랍게도 며칠 전 비쿨의 외래 진료실에서 만났던 수도승 타쉬이다. 내 기억에 그는 외국에서 공부를 하고 몽가르로 돌아왔다고 했다. 메메는 집안일을 하러 돌아가고 타쉬 스님이 사찰 이곳저곳을 안내해 준다.

작기는 하지만, 사찰에 있는 것들 중에 볼품없거나 값싸 보이는 것은 하나도 없다. 벽면에는 복잡한 주제의 불화들이 그려져 있고, 천장과 기둥들은 장식물들과 탕카(탱화)들로 화려하게 장식되어 있다. 탕카는 다채로운 색으로 불교 그림을 짠 직물로 벽에 걸어 놓는데, 맨 위쪽과 밑에 대나무 막대를 붙여 말리지 않고 쫙 펼쳐지게 한다. 그리고 보관할 때는 훼손을 막기 위해 두루마리 형태로 돌돌 말아 놓는다. 대부분의 탕카는 부처나 보살들, 만다라(힌두교와 탄트라 불교에서 종교 의례를 거행할 때나 명상할 때 사용하는 상징적인 그림으로 우주를 상징한다), 혹은 윤회도 등 불교적인 여러 이미지들을 보여 준다.

오랜 세월을 지나오면서 탕카의 화려했던 색깔은 희미해지고, 아지랑이 같은 뿌연 안개가 신비롭게 끼어 있다. 제대로 보이는 부분도 많지만, 상상의 나래를 펴고 봐야 할 부분이 훨씬 더 많아 보인다. 사찰에 들어서는 순간 벽면에 드러난 불교의 세계가 내 마음을 사로잡는다.

대웅전에서는 황금빛의 구루 린포체가 나를 내려다본다. 그런데 기대했던 온화한 모습이 아니라 이상하게도 다소 무서운 모습이다. 사찰 안이 어둑어둑해서 그런지 구루 린포체의 흰자위가 더욱 강력한 빛을 발한다. 나는 황금빛 불상들로 시선을 돌린다. 본존불의 오른쪽에 또 다른 불상이 있는데 처음 보는 생소한 이미지이다. 타쉬 스님이 머리가 열한 개나 되고 팔이 수없이 많은 불상을 가리키면서 설명한다.

"관세음보살이에요."

그런 다음 진노한 모습의 빨간 보살을 가리키며 말한다.

"그리고 이건 불교의 가르침들을 수호하는 보살이에요."

나는 조용히 타쉬 스님 옆에 앉는다. 타쉬 스님은 무릎 위에 책을 펼쳐 놓고 뭔가를 부지런히 쓴다. 내가 불교 서적으로 봤던 책은 부처님의 얼굴을 그리는 화첩이었다.

"우리는 예로부터 전해지는 가르침을 그대로 따라야 해요. 불상의 어느 한 부분도 다르게 그리면 안 되죠. 색깔조차 똑같이 써야 해요. 모든 걸 똑같이 그대로요. 그런데 저는 아직 잘 못 그려요."

타쉬 스님이 화첩을 덮으며 말한다. 나는 그림을 한 번만 보여 달라고 조른다. 타쉬 스님은 빈 페이지에 기하학적인 선과 도형을 그리더니, 그 안에 부처님의 머리 모양을 스케치한다. 앞에 있는 작은 나무 탁자 위에 펼쳐 놓은 책을 길잡이 삼아서.

"이런 그림을 그리는 법을 가르쳐 주는 선생님이 있어요?"

내가 묻는다.

"네, 제가 다니는 대학에 계세요. 제가 이런 걸 제대로 그리려면 앞으로 몇 년은 더 연습해야 해요. 사실 우리는 불상을 그릴 때 사찰 안에서 그리면 안 되고, 밖에 있는 나무 아래서 그리게 되어 있어요. 햇빛 속에서 그리면, 적합한 색을 표현해 내기가 좀 더 쉽거든요. 그래서 제가 교육을 받고 있는 인도에서는 늘 밖에서 그려요. 그런데 여기 부탄은 날씨도 춥고 구름도 많이 끼고 해서……."

타쉬 스님이 사찰 안에 앉아서 불상을 그리고 있는 자신을 지켜보는 선생님이 없어서 다행이라는 듯한 몸짓을 한다.

나는 전도양양한 젊은 화가가 스케치를 완성해 가는 모습을 넋을 잃고 지켜본다. 나는 예술적 재능이 별로 없지만, 타쉬 스님은 언젠가 부처님이나 보살들의 이미지를 정확하게 재현해 내서 부탄의 사찰이나 장식물을 환하게 빛내 줄 것이라는 믿음이 생긴다.

나는 타쉬 스님과 함께 사이돈 아비의 집으로 돌아간다. 사찰에서 돌아가 보니, 아까는 보지 못했던 장식물들이 아비의 집 앞에 있는 것이 눈에 띈다. 두 개의 녹슨 자전거 틀이 벽에 기대 세워져 있고, 집 뒤쪽으로는 빈 병들, 오래된 기름통들, 골 함석판들, 닳아 해진 신발 한 짝 등이 쌓여 있다. 거기서 조금 떨어진 곳에 큰 나무 그릇이 있는데, 아이들이 그 그릇 옆에서 나무 장대로 밀처럼 생긴 곡물의 낟알들을 패고 있다. 아이들은 놀라운 속도로 리듬에 맞춰 번갈아 가며 곡물을 두드린다.

"아라를 빚나 봐요."

타쉬 스님이 웃으며 말한다. 나는 그의 말이 농담이 아닌 듯싶어 아찔한 기분이 든다.

아비의 집 안에서는 사람들이 모여 뭔가를 하느라 부산스럽다. 손이 앙상하니 가죽만 남은 한 노파가 큰 나무 방아에 곡물을 넣고 간다. 그 곡물은 튀기기 전의 팝콘 낟알과 비슷해 보인다. 나는 낟알들이 맷돌 같은 판 아래로 사라지는 것을 신기한 듯 지켜본다. 노파가 나무 손잡이를 천천히 돌리면, 곡물이 고운 가루가 돼서 나무통 아래 있는 그릇으로 나온다.

오두막 안쪽에서는 사이돈 아비의 손자가 누나들과 잡기놀이를 하고 있다. 이제 겨우 아장아장 걸음마를 하는 아이가 할머니의 슬리퍼를 신고 뒤뚱거리며 다니는 모습에 모두들 웃음을 터뜨린다. 모든 것이 손에 닿을 듯 비좁은 오두막 안에서 넘어질 듯 걸음을 옮기던 아이가 순간 비틀거리더니 뜨거운 불씨가 남아 있는 재 바로 옆에 넘어진다. 나는 병원에서 본 끔찍한 화상을 떠올린다. 사이돈 아비도 비슷한 걱정을 했는지 아이를 번쩍 들어 올려 무릎 위에 앉힌다.

어둑어둑해져 집으로 돌아갈 때가 되자, 사이돈 아비가 내 손에 텡마가 든 큰 비닐봉지와 호두 몇 알을 쥐여 준다. 변변히 줄 게 없다고 계속 미안해하면서. 아비는 작은 두 손으로 내 손을 감싸 쥐며 꼭 다시 오라고 신신당부를 한다. 나는 조만간 다시 찾아 뵙기로 약속한다.

나는 쉬이 발걸음을 떼지 못하고 사이돈 아비의 오두막 앞에 있는 초르텐 주변을 서성인다. 발아래 펼쳐져 있는 몽가르가 손에 잡힐 듯 가까워 보이지만, 그곳과 여기는 전혀 다른 세상이다. 마을 사람 두 명이 들에 매 놓았던 소를 몰고 돌아온다. 공동 우물가에서는 아낙네들이 모여 빨래를 하고, 주변 오두막에서는 저녁을 짓기 위한 불을 피운다. 푸자를 올리는 소리에 맞춰 새들이 작별 인사를 지저귄다. 내 뒤의 산에서 예불 소리가 잔잔히 들려온다.

16
빛의 춤

몽가르 종 안마당의 컴컴한 구석에 눈이 안 보이는 남자가 앉아 있다. 그는 날마다 아침부터 밤까지 큰 기도 바퀴를 돌리고 번갈아 큰 북을 쳐서 기원의 뜻을 세상 밖으로 내보낸다. 그 남자는 너무 조용해서 눈에 잘 띄지도 않는다. 기도 바퀴를 돌릴 때마다 울리는 종소리가 아니라면, 그의 존재를 알아차리기도 힘들 정도이다.

그의 세계는 기도로 이루어진다. 기도 바퀴와 염주가 그의 동반자들이다. 매일 빳빳하게 풀을 먹인 고를 입고 어깨 위에 흰색 스카프를 길게 늘어뜨린 채 종을 드나드는 사람들에게는 아무런 신경도 쓰지 않는다. 그의 일과에서 행정 공무원들이 북적이는 모습은 그들이 종으로 출근하는 아홉 시와, 집으로 퇴근해 돌아가는 다섯 시를 나타낼 뿐이다. 그 이후에도 장님의 일과는 늦은 밤까지 계속되고, 아침 해가 그에게는 온통 암흑뿐인 이 세상을 비추면 또다시 하루 일과가 시작된다.

톱게이 덴둡 씨는 아무것도 안 보이는 눈을 위로 뜬 채, 입가에 웃음을 띠고 중얼중얼 불경을 읊는다. 더듬거리는 법 없이 줄줄. 그 기도문이 어찌나 순수한지 그의 마음이 날아갈 듯 춤을 춘다. 그의 얼굴에 실의나 비통함의 기색은 조금도 없다. 마흔두 살의 나이에 그는, 모든 감각을 온전히 가진 수많은 사람들이 얻지 못한 지혜를 얻었다.

톱게이 씨는 팔 년 전 시신경이 바이러스에 감염되면서 시력을 잃었다. 시력이 남아 있던 마지막 한 달 동안 그는 사랑하는 아내와 세 아이의 모습을 마음속에 새겨 넣으면서 하루하루를 지워 갔다. 그때 이후로 가족의 모습은 그의 상상 속에만 살아 있다. 논밭의 경계를 알아볼 수 없게 되면서 농부로서 그의 삶은 끝이 났다. 그는 서서히 내면으로 고개를 돌려 부처님 말씀의 세계로 빠져들었다. 그리고 암흑이 된 세상에서 할 수 있는 일을 찾기 시작했고, 종의 기도 바퀴를 돌리는 성스러운 일에서 삶의 의미를 찾았다.

톱게이 씨는 질병이 자신의 눈만 공격한 것에 깊이 감사한다. 종안에서 몇 년의 시간을 보내는 동안, 그는 두 귀가 얼마나 믿음직한 지원군인지 깨닫게 되었다. 두 귀는 그가 예불 소리에 마음의 눈을 뜰 수 있게 해 준 창이었다. 그는 종의 안마당에서 수도승들이 불경을 암송하는 소리를 듣고, 그 소리를 따라 하며 한 마디 한 마디를 기억 속에 새겨 넣는다.

톱게이 씨가 안마당에 울려 퍼지는 북소리 장단에 맞춰 조용히 고개를 끄덕인다. 비록 전통 춤의 복잡한 발 동작을 연습하는 수도승들의 모습을 볼 수는 없지만, 그는 모든 춤 동작을 마음속에 그릴 수 있다. 그는 마음속에서 수도승들의 맨발이 허공을 차며 뛰어오르는 모습을 본다. 기도 바퀴를 돌리는 그의 손놀림이 춤의 속도에 맞춰 빨라진다.

캐나다에서 크리스마스가 가까워질 무렵, 몽가르 인근 지역의 사람들은 구루 린포체를 기리기 위해 해마다 나흘 동안 여는 축제 체추를 준비하느라 바쁘다. 체추는 종에서 전통 춤 공연과 예불을 드리는 종교 행사이면서 동시에 지역 사람들이 제일 좋은 옷을 깨끗하게 차려입고 모두 함께 모여서 웃고 떠들며 이야기를 나누는 잔치의 장이기도 하다.

이제 큰 행사를 이틀 앞두고 준비가 한창이다. 마을의 집집마다 부엌에서는 여러 가지 음식을 준비하는 소리와 고소한 냄새가 풍겨 나온다. 고슬고슬하게 지은 밥도 준비되고, 삶은 감자도 준비되며, 자오와 텡마가 가득 든 비닐봉지가 준비되기도 한다. 또 길을 지나다 보면, 축제 때 입을 새 옷을 완성하기 위해 여자들이 쉼 없이 직조기를 움직이며 옷감을 짜는 소리도 들린다. 병원조차 다가오는 축제를 맞을 준비로 들썩인다. 입원 환자들은 퇴원을 요구하고, 외래 진료실은 찾아오는 환자가 없어 텅텅 빈다. 아무도 위대한 고승 구루 린포체를 기리는 축제를 놓치고 싶어 하지 않는다.

종의 돌담 안에서는 춤의 장단을 맞추는 북소리가 들려온다. 오늘이 체추에 공연할 종교적인 춤을 연습하는 마지막 날이다. 축제가 시작되기 하루 전인 내일, 춤추는 사람들은 하루간의 휴식을 갖게 될 것이다. 라캉 안에서는 할 일이 많다. 이것저것 공양물도 준비해야 하고, 한밤중에 몇 시간씩 드리게 될 예불에 대비해 버터램프에 쓸 기름도 넉넉히 준비해야 한다. 불단 위에 올릴 과일과 음식들도 준비해야 하고. 마을 사람들은 춤과 예불로 이루어지는 이 신성한 축제 동안 공덕을 쌓기 위해 귀중한 물건들을 아낌없이 공양한다.

체추 의식의 기원은 밀교(탄트라 불교라고도 함)가 시작된 먼 옛날로 거슬러 올라가지만, 종의 흰 돌담 밖에서는 새로운 형태의 축제의 장이 준비된다. 나무 기둥 위에 파란색 방수포를 펼쳐 씌운 임시 천막이 세워지고, 테이블과 의자들을 잔뜩 실은 픽업트럭들이 요란한 소리를 내며 길을 오간다. 임시로 만든 술집 뒤에는 맥주 박스와 술 상자가 높이 쌓이고, 테이블 위에는 주사위와 카드들이 준비된다. 그렇게 종 밖에는 며칠 동안의 임시 카지노가 세워진다.

톱게이 씨의 아들 왕디가 비쿨과 나를 도치, 즉 종의 안마당으로 이끈다.

"아버지, 저 왔어요."

왕디가 톱게이 씨의 어깨에 살며시 손을 올려놓는다.

톱게이 씨가 웃으며 어린 아들 쪽으로 손을 내민다.

“이리 와서 앉아라.”

톱게이 씨는 들썩들썩 몸을 움직여 아들에게 자리를 내준다.

“비쿨 의사 선생님이 오셨어요. 여자 선생님도 오셨고요.”

왕디가 아버지에게 말한다.

톱게이 씨가 활짝 웃으면서 우리에게 머뭇머뭇 손을 내민다. 비쿨이 그의 손을 잡고 두 손으로 감싼다.

“톱게이 씨, 안녕하세요?”

톱게이 씨가 고개를 끄덕이며 웃는다. 비쿨이 그에게 나를 소개한다. 그의 얼굴은 또다시 순수한 반가움으로 환하게 밝아진다.

“의사 선생님, 체추에 오실 거죠?”

톱게이 씨가 안마당을 가리키며 묻는다. 그곳에선 아직도 몇몇 사람들이 성큼성큼 힘찬 스텝으로 뛰다가 허리를 깊숙이 숙이는가 하면, 천천히 돌면서 몸을 뒤트는 동작 등을 하며 춤 연습을 하고 있다.

“그럼요, 물론 와야죠.”

내가 대답한다.

톱게이 씨는 고개를 끄덕이고 아들에게 향한다.

“왕디, 사람들이 지금 어떤 춤을 연습하고 있니?”

“지금 연습하는 사람들은 모두 마을 사람들인데요. 다메치 나참 (다메치에서 온 북 치는 사람의 춤)을 막 끝내고 있어요.”

톱게이 씨가 아들의 막힘없는 대답에 만족스러워한다. 그는 자식들에게 체추의 진정한 의의를 가르치는 데 자부심을 갖고 있다.

“아버지, 사람들이 아라를 너무 많이 마신 것 같아요. 스텝들이 조금씩 이상해요."

왕디가 조용히 덧붙인다.

"나도 안다. 술의 힘을 빌리지 않고는 춤을 출 수 없는 사람들이 있지. 이제 거의 끝나 가고 있다고?"

톱게이 씨가 어깨를 으쓱하며 대답한다.

"네, 아버지."

왕디가 자신 있게 대답한다.

톱게이 씨가 슬픔에 잠긴 목소리로 묻는다.

"의사 선생님, 밖에 쳐 놓은 천막 보셨어요? 요즘 젊은 세대들은 무슨 생각을 하는 걸까요?"

그는 대답을 기다리지도 않고 말을 잇는다.

"요즘 젊은이들은 전통 춤의 종교적인 의미에는 관심이 없어요. 그저 술이나 마시고 도박이나 할 생각밖에 없죠."

북소리가 멎고, 춤을 추던 마을 사람들이 종의 한쪽으로 모인다. 비쿨의 친구이자 수도승들의 부책임자인 직메 스님이 그들을 종 밖으로 이끌고 나간다. 수도승들은 체추 준비를 무사히 마치기 위해 무진 애를 쓴다. 춤 연습은 이제 끝났다.

병원에서도 직원들이며 환자들 할 것 없이 모두 기대와 설렘으로 들썩인다. 체추는 가피(부처나 보살이 자비를 베풀어 중생에게 힘을 줌)를 구할 수 있는 때이다. 비좁은 침대에 움츠리고 있던 환자 가족들도 깨끗하게 빨아 입은 키라와 고의 여민 부분 안쪽에 감춰 두었던 꼬깃꼬깃한 눌트럼 지폐들을 꺼낸다. 장사 수완이 좋은 행상인들은 밤새 바나나와 버터, 향 막대 같은 공양물을 상품으로 포장해 팔러 다닌다. 저녁이면 병실은 간병을 하는 가족과 문병 온 친구들이 북적이는 임시 호스텔로 변한다.

새로 입원하는 환자들은 많지 않다. 하지만 몇몇 익숙한 얼굴들이 체추에 맞춰 병원으로 돌아온다. 트롱사에서 일주일마다 한 번씩 오는 버스에 뒤이어 팀푸에서 오는 병원 차량이 도착하면서, 예전 입원 환자들 몇이 축제 분위기에 들뜬 읍내에 나타난다. 그 사람들 중에 보행보조기를 짚고 똑바로 서 있는 어린 숙녀가 한 명 있다.

"라모, 너구나!"

나는 기쁨과 놀라움을 한껏 드러내며 양쪽 무릎을 모두 다쳤던 내 어린 환자 라모를 맞는다.

"꾸스짱 뽀올 라, 선생님."

울퉁불퉁한 땅에 보행보조기를 조심스레 내려놓고 라모가 내게로 다가온다.

라모가 거의 나만큼이나 키가 쑥 자라서 호리호리해진 모습으로 내 앞에 선다. 나는 흥분된 마음을 감추지 못하고 라모를 와락 껴안는다. 징징거리는 여자아이와 운동하느라 힘들었던 몇 주는 이미 머릿속에서 지워졌다. 이제는 '우리가 해냈다! 라모가 다시 걸을 수 있다!'는 생각뿐이다.

라모가 무슨 말인가를 우물우물하더니 얼굴이 새빨개진다. 그러더니 다시 진지한 표정을 짓고 자신의 수술 성공 여부에 대해 최종 평가를 내려 주길 기대하는 눈빛으로 나를 본다.

"수술이 정말 잘되었구나, 라모. 정말 잘되었어!"

라모가 팀푸에서 성공적으로 수술을 받았다는 사실에는 의문의 여지가 없다. 라모가 도착하기에 앞서 수술 경과에 대한 연락을 받았던 터라, 나는 이미 라모의 무릎 수술이 대성공이란 사실을 알고 있었다. 수술로 인해 초래된 유일한 합병증은 총비골신경의 손상이었다. 그 때문에 라모는 하수족(발목이 아래쪽으로 쳐져서 위쪽으로 잘 젖혀지지 않는 현상)이 생겼다. 그렇지만 그건 발 교정보조기로 바로잡을 수 있고, 앞으로 시간이 지나면 훨씬 더 좋아질 것이다. 중요한 사실은 라모가 두 다리에 체중을 싣고 똑바로 설 수 있다는 점이다. 오른쪽 무릎은 화상 흉터로 인해 다소 수축된 상태 그대로이긴 하지만.

라모의 엄마도 나만큼이나 기뻐서 못 견디겠다는 표정이다. 계속 라모의 무릎을 가리키며 흥분한 말투로 무슨 말인가를 마구 쏟아 낸다. 나는 고개를 끄덕인다. 그러고 나서 우리 둘은 같이 웃는다. 아직 라모를 위해 할 일이 많이 남아 있지만 최악의 상황은 분명히 지나갔다. 휠체어도 필요 없고 욕창도 더 이상 걱정하지 않아도 된다! 몇 주에 걸쳐 라모는 아름다운 숙녀로 자랐다.

사흘 후인 12월 7일, 체추의 두 번째 날, 나는 라모에게 종에 같이 가자고 제안한다. 그렇지만 라모가 도저히 알아들을 수 없는 속도로 재잘거리며 이해하기 힘든 반응을 보인다. 마침내 라모가 다소 진정이 된 다음, 그렇게 호들갑스런 반응을 보인 이유가 걱정 때문이었음이 밝혀진다. 라모는 보행보조기 때문에 종에 들어갈 수 없을 거라고 생각한다. 그리고 무엇보다 번듯한 키라가 없음을 걱정하며 옷 문제를 끝까지 걸고넘어진다.

옷 같은 사소한 문제 때문에 그렇게 좋은 기회를 포기하려는 태도에 짜증이 나서, 나는 다소 거칠게 몰아붙인다. 라모가 지금 입고 있는 노란색과 오렌지색의 줄무늬 키라를 입고 체추에 간다 해도 구루 린포체는 결코 문제 삼지 않을 거라고. 그리고 어쨌거나 보행보조기를 하고 사람들 앞에 나서는 데 익숙해져야 한다고.

라모의 엄마는 내 말에 동의하지만 라모는 여전히 망설인다.

"전 라추도 없어요."

라모가 시무룩한 목소리로 툴툴거린다.

나는 당황해서 근처에 있는 간호사에게 시선을 돌린다.

"라추가 꼭 있어야 해요?"

내 물음에 기타 간호사가 그렇다고 한다. 라추는 부탄 여자들이 종에 들어갈 때 왼쪽 어깨에 걸치는 빨간색의 긴 스카프이다. 라추 또한 키라와 고처럼 꼭 입어야 하는 공식 복장 중 하나로, 라추를 걸치지 않고 종에 들어가려고 하면 경찰이 막는다.

라모의 엄마는 라추 없이는 체추에 갈 수 없음을 인정하면서도, 라모는 이제 겨우 열세 살이고 아이들에게는 예외가 통용되는 법이라고 주장한다. 어떻게든 라모를 체추에 보내서 구루 린포체의 가피를 받게 하기로 작심한 라모의 엄마는 이루 말할 수 없이 사나운 표정으로 딸을 다그친다. 라모는 마지못해 고집을 꺾고 체추에 가기로 한다.

한 시간 후에 우리는 종에 도착한다. 다행히도 라모가 했던 걱정은 모두 기우였음이 밝혀진다. 라모에게 향하는 호기심 어린 시선이 꽤 있기는 하지만 대부분 마을 사람들의 얼굴에는 보행보조기를 못마땅하게 여기는 표정은커녕 경탄과 경의의 빛이 나타난다. 순찰을 도는 경찰관들마저 친절하게 몇 마디 말을 건네줌으로써 걱정했던 마지막 문제가 말끔히 해결되자 비로소 라모의 얼굴이 편안해진다. 그럼에도 보조기가 신경이 쓰이는지 라모는 몇 번이나 돌아가자고 툴툴거린다. 하지만 첫 번째로 춤 공연을 펼칠 사람들이 종으로 들어서자 라모의 얼굴이 금세 밝아지며 아이답게 들뜬 표정을 감추지 못한다.

종은 사람들로 발 디딜 틈이 없다. 춤 공연을 위해 비워 놓은 안마당 가운데를 중심으로 겹겹이 빙 둘러앉은 사람들이 밖으로까지 이어지고, 문간이며 발코니며 창문가에까지 사람들이 꽉꽉 차 있다. 모두들 제일 좋은 옷을 깨끗하게 차려입고서. 구경꾼들의 토고와 키라, 정성 들여 풀을 먹인 고가 화려한 색채의 물결을 이룬다.

우리는 직메 스님의 안내를 받아 체추 기간 동안 스님들이 분장실로 쓰고 있는 대법당의 정문으로 간다. 거기 있으면 시야를 가로막는 장애물 없이 안마당 공연장을 훤히 내다볼 수 있다. 하지만 당장은 샤나참, 즉 '검은 모자의 춤' 공연을 준비하며 쉴 새 없이 얘기를 주고받는 생기 넘치는 스님들로 북적거린다.

라모와 나는 입을 다물지 못한 채, 스님들이 장식 띠를 묶고, 삭발한 머리에 쓴 모자를 천으로 돌려 묶어 고정시키고, 목이 긴 신발을 잡아당겨 신는 등 공연에 앞서 차림새를 재차 확인하는 모습을 지켜본다. 어린 스님들 중 한 명이 싱긋 웃는다. 그리고 긴장이 되는지 체중을 이쪽 발에 실었다 저쪽 발에 실었다 하며 몸을 가만 두지 못하고 계속 움직인다. 그가 춤의 발 동작과 빙 도는 동작을 연습하자 붉은색의 비단 옷자락이 우아하게 나풀거린다. 머리에 단단하게 묶어 쓴 챙이 넓은 모자는 부드러운 털 술로 장식되어 있고, 조소하는 듯한 얼굴도 그려져 있다. 또 종교적 의미가 있는 장식들을 덧붙여서 끝이 뾰족하게 솟아 있는데, 그 부분에는 불꽃 사이에서 웃는 해골의 머리, 두 개의 뿔, 해를 떠받들고 있는 달이 달려 있고, 맨 위에 공작 깃털 몇 개가 꽂혀 있다. 그리고 어린 스님은 왼손에는 긴 북채를, 오른손에는 큰 가죽 북을 들고 있다.

직메 스님이 묵직한 커튼을 옆으로 밀치고 안마당을 내다보자 스님들이 몇 명 더 앞으로 나가서 커튼 양쪽에 줄지어 선다. 그리고 잠시 후 비밀 신호에 따라 커튼이 활짝 열어젖혀진다. 의상을 갖춰 입은 스님들이 우아하게 빙빙 돌면서 춤 공연을 펼치기 위해 달려 나간다.

옆에 앉은 라모를 보니 픽 웃음이 터져 나온다. 라모는 안마당에서 빙빙 돌며 검은 모자의 춤을 추는 스님들을 넋을 잃은 표정으로 보고 있다. 둥…… 덩더꿍…… 둥…… 덩더꿍…… 둥 둥 둥. 춤을 추는 스님들이 일정한 간격의 북소리에 따라 스텝을 맞춘다. 둥. 성큼성큼 세 발짝. 둥. 옆으로 왔다 갔다. 둥. 한 발로 펄쩍 뛰어오르며 몸을 약간 움직인다. 둥. 땅 쪽으로 몸을 굽혔다가 다시 몸을 비틀며 뛰어오르고, 그런 다음 한쪽 발로 딛고 선다.

'참'이라고 하는 부탄의 전통춤은 대부분 불교에 관련된 춤으로, 불교의 영적인 가르침을 추구하는 사람들이나 문맹자들에게 춤사위와 음악을 통해서 부처님의 가르침, 즉 다르마를 전달하는 춤이다. 이런 춤들은 강력한 힘을 발휘하는 한편 진지하게 받아들여진다. 참에는 역경으로부터 중생을 보호하고 악령들을 쫓아내기 위해 불교의 여러 보살들이 등장한다. 사람들은 참을 지켜보는 단순한 행동만으로도 공덕을 쌓고 특별한 축복을 받을 수 있다고 생각한다.

화려한 수가 놓인 의상을 입은 열두 명의 스님들이 일정한 간격으로 돌며 완벽한 원을 만든다. 심벌즈의 우렁찬 소리와 긴 뿔 나팔 소리에 맞춰 검은 모자의 춤을 추는 스님들이 종의 땅을 정화한다. 그들은 오랜 세월 변함없이 이어 온 방식 그대로의 발놀림과 몸짓으로 악을 진압한다. 많은 춤 동작들이 한쪽 다리를 굽힌 채 발바닥을 앞으로 들고 버틴 자세에서 다른 한쪽 발로만 이루어진다. 이제 열두 명의 스님들이 하나의 큰 원을 만들고, 제자리에서 빙글빙글 돌며 모든 악을 진압하는 발 동작을 한다. 그다음의 큰 법고 소리는 불교의 힘이 악마와 악령을 물리치고 승리했음을 나타낸다.

나는 맞은편에 빽빽하게 앉아 있는 사람들 중에서 톱게이 씨와 그의 아들 왕디를 발견한다. 왕디가 넋을 잃고 춤 동작을 주시하면서 아버지에게 뭔가를 계속 속삭이고 있다. 춤추는 스님들의 동작과 의상, 그리고 가면에 대해 하나하나 묘사하는 모양이다. 톱게이 씨는 북소리에 맞춰 몸을 흔든다. 마음속으로 그는 나보다 훨씬 더 선명하게 춤을 볼 수 있으리라. 나는 알아채지 못하는 발놀림이나 손동작의 미묘한 차이 하나하나까지 마음속에 그리면서. 그의 얼굴에 나타난 만족스런 미소는 춤이 그의 어두운 세계를 밝게 비추고 있음을, 그리고 축제의 의미가 밝게 빛나고 있음을 보여 준다.

검은 모자의 춤 공연이 끝난 뒤, 분장실 안은 다시 땀에 흠뻑 젖은 어린 스님들로 북적인다. 그들은 땀이 홍건한 헝겊 끈을 부지런히 풀어내고 무거운 의상을 벗는다. 그 와중에 실수 없이 춤을 잘 춰 냄으로써 몇 달 동안의 연습이 좋은 성과를 거둔 것에 대해 안도하는 숨소리가 여기저기서 흘러나온다. 모자가 벗겨진 스님이 한 명 있었지만, 근처에 있던 아차라, 즉 광대가 달려가서 의상을 바로잡아 주었다.

당황스럽게도, 아차라 한 명이 우리 앉은 데로 껑충껑충 뛰어온다. 그의 얼굴은 우스꽝스러운 하얀 가면 뒤에 감춰져 있어서 누군지 알아볼 수가 없다. 하지만 그는 나를 아는 듯 우리 옆에 붙어 서서 직메 스님에게 사진을 찍어 달라고 부탁한다. 옆에 있는 라모가 킥킥거리자 그는 더 큰 소리로 웃어 대며 같이 사진을 찍자고 졸라 댄다. 나는 설마 하는 눈길로 아차라들이 허리춤에 달고 있는 물건을 본다. 나무 남근상이다. 아차라들은 여러 가지 춤들을 흉내 내면서 무거워진 체추 분위기를 띄우고, 사람들을 즐겁게 한다. 하지만 나는 나무 남근상을 허공에 찔러 대는 그들의 모습이 거북하기만 하다. 그런데 내 어린 친구 라모는 그렇지 않은 모양이다. 아차라들의 우스꽝스러운 몸짓을 보고 손뼉까지 치며 재미있어 한다. 다른 마을 사람들 또한 떠들썩하게 웃으며 아차라들을 부추기고.

안마당에는 이제 처음 춤 공연을 펼쳤던 사람들이 락샤 망참, '죽은 이들을 심판하는 춤'을 추려고 나와 있다. 이 춤은 아주 특별하다. 화려한 의상을 입은 구루 린포체가 등장하기 때문이다. 이 춤은 락샤들의 등장과 함께 시작되는데, 락샤는 동물 형태를 하고 부처를 보좌하는 존재들로 인간의 선한 행동과 악한 행동을 구별해 낸다. 락샤들은 같은 모양으로 껑충껑충 뛰기도 하고, 당당하고 힘차게 걷기도 하며, 흥에 겨워 펄쩍펄쩍 뛰어다니기도 한다. 이윽고 사원 안에서 진한 향냄새가 풍겨 나오면서 엄숙한 표정의 승려들이 '무한한 빛의 부처'를 뜻하는 아비타불의 좌상을 들고 나온다. 아미타불 좌상은 대법당 왼쪽으로 기도 바퀴들이 줄지어 서 있는 곳 앞에 있는 대좌 위에 놓인다. 그러면 나팔을 불고 심벌즈를 치는 승려들의 긴 행렬을 따라 죽음의 신 신제가 들어오고, 뒤이어 현세에서 인간과 함께 존재하며 인간의 모든 행동을 지켜보는 하얀 신과 검은 악마가 등장한다. 성대한 예식에 따라 그들은 심판대의 화려한 왕좌 위에 앉는다.

　락샤들이 다시 춤을 추기 시작하자, 마을 노인들이 좀 더 잘 보려고 몸을 앞으로 내민다. 이 춤의 교훈이 노인들이 죽음을 준비하는 데 도움이 되기 때문이다. 이제 막 고인이 돼서 바르도를 떠도는 죄인을 상징하는 무용수가 온통 검은 옷을 입고 등장한다. 바르도란 인간이 죽은 직후 도달하는 중음(불교에서 사람이 죽은 뒤 다음 생을 받을 때까지의 사십구 일 동안을 이르며 이 동안에 다음 삶에서의 과보가 결정된다고 함)의 단계로, 이 단계에서 죽음의 심판관을 만나게 된다. 락샤들이 그가 생전에 쌓은 선한 업과 악한 업을 저울질하는 동안, 구경꾼들은 숨을 죽인다. 엄중한 경고에 뒤이어 검은 옷을 입은 죄인이 무시무시한 모습의 악마와 함께 지옥으로 보내지면

사방이 조용해진다. 다음에 등장하는 무용수는 다행히 운이 좋은 사람이다. 그는 생전에 부처님의 가르침을 따랐던 덕이 높은 사람으로, 선한 업을 쌓은 보상으로 아름다운 요정들과 함께 극락으로 보내진다. 그가 기쁨을 표현하는 춤을 추며 퇴장하자, 숨죽이고 있던 구경꾼들이 마침내 안도의 숨을 내쉰다. 내 맞은편에 앉은 한 할머니는 손수건을 꺼내 이마를 닦는다. 락샤들이 힘차게 뛰어오르고 빙빙 돌다가 죽음의 신인 신제 앞에 줄지어 서는 것으로 춤이 마무리된다.

이제 구경꾼들이 가피를 구할 차례이다. 수많은 구경꾼들이 서서히 움직이기 시작한다. 때마침 간호사한테 라추를 빌리러 갔던 라모의 엄마가 돌아온다. 라모는 엄마와 함께 왕, 즉 가피를 받기 위해 늘어선 긴 행렬에 합류한다. 남자들은 어린아이들을 목말을 태워 움직이고, 여자들은 지팡이를 든 할머니들을 도우며 행렬에 끼어든다. 줄지어 선 사람들은 한 사람씩 부처님 앞에 머리 숙여 절을 한다. 몇몇 스님들이 타쉬 고왕, '작은 문이 여러 개 달린 사원의 축소 모형'을 내다 놓는다. 사람들은 부처님의 공덕과 가피를 빌며 모형의 작은 문 속으로 성의껏 돈을 공양한다.

사람들이 끝없이 밀려든다. 인근 지역 각처에서 온 수많은 부탄 사람들이 가피를 받기 위해 줄지어 선다. 나는 라모와 헤어져서 톱게이 씨와 왕디를 찾는다. 하지만 두 사람은 이미 불단을 향하는 끝없는 줄 속으로 사라진 지 오래이다. 차례를 기다리는 사람들을 헤아려 보니, 모두 다 가피를 받으려면 몇 시간은 족히 걸릴 것 같다. 나는 그냥 집으로 돌아가 허기를 채우기로 한다.

우겐의 여동생인 카르마 데마가 종의 입구에서, 가피를 받기 위해 모여드는 사람들에게 밀리지 않으려고 돌기둥에 기대어 선 채 친구들과 장난을 치고 있다. 나는 까치발을 하고 서서 목발을 짚고 서 있을 우겐의 모습을 찾는다. 하지만 어디에도 목발을 짚고 서 있는 아이는 없다.

"카르마 데마! 우겐은 어디 있니?"

내가 소리쳐 묻는다.

"집에요."

카르마 데마가 수줍게 웃으며 대답한다.

"우겐은 여기 오고 싶지 않대?"

"우겐 언니는 음식 만드느라 바빠요."

"카르마 데마! 너는 어때? 재미있니?"

나는 소심한 소녀의 기운을 북돋아 주려고 묻는다.

"네, 선생님."

카르마 데마는 여기서 즐거운 시간을 보내고 있는데 우겐은 집에 있다. 우겐은 왜 오지 않은 걸까? 라모처럼 자신의 모습이 너무 부끄러워서 오기가 싫었던 걸까? 아니면 목발을 짚고 서 있다가 밀려 넘어질까 봐 겁이 났던 걸까? 순간 우겐의 집에 가서 우겐을 종으로 데려오고 싶다는 충동을 느낀다. 하지만 그러지 않기로 한다. 우겐은 영리한 아이이고, 라모와 달리 병원이 아닌 몽가르 읍내의 집에 있다. 우겐 스스로 알아서 할 것이다. 나는 너무 깊이 간섭하지는 말자고 다짐하며 카르마 데마에게 작별 인사를 하려고 뒤돌아본다. 하지만 벌써 사람들 속으로 사라지고 없다.

"선생님, 여기요! 선생님!"

집으로 돌아오는 길에 먹을거리를 파는 노점과 도박판을 벌인 천막이 줄지어 있어서 시끌벅적한 곳에 이르자 누군가 나를 부른다. 하지만 그 목소리의 주인을 찾을 수가 없어서, 소란스레 술을 마시며 웃고 떠드는 사람들이 가득 찬 천막 앞을 그냥 지나친다.

주황색 키라를 입은 여자아이가 탁자 주위에 빙 둘러앉은 남자들에게 술을 따르고 있다. 라모만 한 키에 고집이 세 보이는 눈을 보니, 가피를 받기 위해 종 안의 긴 행렬 속으로 사라진 꼬마 숙녀 환자가 떠오른다. 그 순간 라모가 정말이지 대견하게 느껴져 마음이 벅차오른다. 마침내 라모는 두 다리를 펴고 수많은 사람들의 시선 앞에 당당히 나설 용기를 찾았다. 아직은 걸음걸이도 불안정하고 성가신 보조기를 하고 다녀야 하지만, 라모는 가피를 받고 좋은 업을 쌓기 위해 활기찬 춤 공연이 펼쳐졌던 종의 안마당으로 걸어나갔다.

어쨌든 쉽지 않았을 일을 라모는 해냈다. 톱게이 씨는 요즘 부탄의 젊은 세대들이 도덕적인 면이나 종교적인 면에서 안 좋은 방향으로 변하고 있다고 걱정한다. 일부 젊은이들은 서양의 영화나 사상에 현혹된 것도 사실이다. 하지만 나는 라모의 노력 속에서 부탄의 희망을 찾을 수 있다고 본다. 부탄의 젊은이들은 앞으로도 계속 전통 춤의 진정한 가치를 추구할 것이다.

"의사 선생님, 제 사촌을 위해 종에서 체추 푸자에 올린 공양물 좀 가져다주실 수 있어요?"

간성 혼수(급성 간염이나 간경변증 등 간장 장애로 인해 혼수상태에 빠진 상태)로 중환자실에 누워 있는 남자의 맥박을 재는 비쿨에게 노르부 아마가 묻는다.

"제가 어떻게요?"

탈수 증세로 파리하니 힘이 하나도 없는 환자의 손을 담요 위에 내려놓고 차트에 맥박 수를 기록하며 비쿨이 되묻는다.

"선생님이 늘 아침 일찍 예불을 드리러 간다고 들었어요. 부디 제 사촌을 위해 주지 스님께 공양물 좀 얻어다 주세요."

비쿨이 고개를 끄덕이고 다시 환자에게 향한다. 툭 튀어나온 광대뼈 위의 두 눈은 감겨 있고, 눈자위는 마치 해골처럼 움푹 들어가 있다. 몇 주에 걸쳐 생명을 위협하는 지독한 병마와 싸우고 있는 그의 얼굴에는 유령 같은 표정만 남겨졌고, 피부는 핏기가 하나도 없이 노랗다.

비쿨이 멍한 표정으로 핏기 없는 환자의 얼굴에 흘러내린 머리카락 몇 가닥을 쓰다듬어 내린다. 체링 씨가 회복될 가능성은 많지 않다. 타시강 출신의 목수인 그는 몇 주 전에 비형간염에 걸렸고, 이제는 약해질 대로 약해진 그의 몸이 간염 바이러스와의 싸움에서 점점 힘을 잃어 가고 있다. 몽가르에는 이런 질병 상태의 생화학 매개변수를 분석하는 데 필요한 장비도 없고, 체액의 균형을 맞출 수 있는 적절한 방법도 없다. 비쿨은 그가 살아날 가능성이 희박함을 알고 있다.

"체링 씨, 이따가 체추에 갈 건데 당신을 위해 체추 푸자에 올린 공양물을 얻어다 줄게요. 걱정 말아요."

마치 비쿨의 말을 알아들은 듯, 혼수상태에 빠진 환자의 거칠게 튼 입술이 살짝 웃는 듯 움직인다.

"아마, 하지만 체링 씨는 이 주사를 계속 맞아야 해요. 아셨어요?"

비쿨이 침대 옆으로 링거 병을 맘대로 치워 놓은 노르부 아마에게 한마디 한다.

노르부 아마는 웃으며 고개를 가로젓는다.

"구루 린포체 님께 가피를 받는다면, 아무 약도 필요 없어요. 우리는 오늘밤에 푸자를 올릴 거예요."

"아마, 제발요!"

비쿨이 간절하게 호소하는 눈빛으로 노르부 아마를 본다. 체링 씨의 아내와 아이들이 공양 음식과 푸자에 쓸 물품을 준비하러 집에 돌아간 사이, 노르부 아마가 그의 침대맡을 지키고 있다. 하지만 비쿨은 링거를 노르부 아마가 마음대로 할까 봐 노심초사한다. 잠시만 링거 주사를 중단해도 체링 씨는 회복될 가능성을 완전히 잃을 수 있다. 심각한 박테리아 패혈증 탓에 체링 씨는 최소한 체액이라도 지속적으로 공급받아야 한다. 비쿨은 절박한 표정으로 마지막 남은 암피실린(세균 감염증 따위에 쓰이는 항생제 중 하나인 반합성 페니실린)이 들어 있는 주사기에 손을 뻗는다. 이 소량을 투여하고 나면 암피실린을 더 투여하고 싶어도 할 수가 없다. 병원에 필요한 항생제가 바닥이 났기 때문이다. 게다가 체링 씨의 몸에 침입한 박테리아는 다른 모든 치료제에 저항하고 있다. 비쿨은 한숨을 지으면서 남은 암피실린을 링거 튜브에 주사한다. 그리고 그 투명한 약물이 주사기를 통해 천천히 흘러 들어가는 것을 지켜본다. 그런 다음 환자의 차가운 손을 잡는다. 환자가 힘겹게 숨을 쉬는 소리뿐 병실 안은 고요하다.

노르부 아마가 주저하며 목을 가다듬고는 약간 떨리는 목소리로 묻는다.

"의사 선생님, 종에서 공양물을 얻어다 주실 거죠?"

물론 비쿨은 체추 공양물을 얻어올 것이다. 하지만 그것은 체링 씨의 회복을 위해서라기보다 가족의 마음을 편안하게 해 주기 위해서이다. 사실 체링 씨를 위해 할 수 있는 일은 별로 없다. 하지만 그의 아내와 아이들에게는 남편이나 아버지 없는 삶에 맞설 힘이 필요하다. 그들이 구루 린포체에게 가피를 받는다면, 미래의 삶에 힘이 될지도 모른다.

"오늘 밤 체추에 가 볼게요."

비쿨이 노르부 아마를 안심시키면서 링거 병을 끈으로 침대에 묶는다. 그런 다음 약물이 떨어지는 걸 확인하고 그 간격을 잰다. 똑…… 똑…… 똑……. 약물이 이 초에 한 방울씩, 모든 역경을 딛고 살아나기 위해 싸우고 있는 체링 씨의 몸 안으로 들어간다.

체추의 마지막 날, 시계가 새벽 두 시를 가리킬 때 비쿨과 나는 이가 덜덜 떨리고 손이 곱는 추위를 물리치고 침대에서 일어나 키라와 고를 서둘러 입는다. 사십오 분쯤 후, 우리는 천천히 종으로 향하는 오르막길을 오른다. 청명한 밤하늘의 별빛만이 평화로운 정적 속을 희미하게 비춘다. 우리는 밤의 장막에 감사하며 손을 잡고 나란히 길을 걷는다.

우리 앞에 당당하게 버티고 서 있는 종이 나타난다. 하얀 회벽 건물이 달빛 아래 장엄한 자태로 서 있다. 입구에 도착할 때까지는 아무 소리도 나지 않는다. 하지만 이윽고 다다른 입구에서는 술에 취한 몇몇 사람들이 희미한 달빛에 의지해 아직도 카드 게임을 하고 있다. 종의 안마당에서 북소리와 뿔 나팔 소리가 들려온다. 대법당의 가운데 층에 있는 창문들에서 희미한 빛이 새어 나온다.

구루 린포체 라캉은 예불 소리와 향을 사르는 냄새, 그리고 축제를 기념하는 화려한 색의 장식물들이 가득하다. 오색찬란한 깃발들과 장식물들이 천장에 매달려 있고, 사원 뒷면은 여러 가지 색의 반죽과 버터로 만든 환상적인 축소 모형 건축물들, 화려한 색의 그림들, 빨갛게 타오르는 버터램프들에 가려 아예 보이지도 않는다. 파인애플을 담은 큰 공양 그릇에서부터 바나나, 구아바, 오렌지, 사탕수수, 약과 등을 담은 수많은 공양 그릇들이 불단을 가득 채우고 있다. 염불을 외는 소리가 들려오고 장엄한 음악 소리가 대기를 뒤흔든다.

우리는 법당 안쪽으로 안내되어 비어 있는 내빈석에 앉는다. 람네텐, 주지 스님은 어깨에 흰 스카프를 걸쳐 길게 늘어뜨리고 상좌에 앉아 있다. 주지 스님 왼쪽으로 약간 아래쪽에는 움제, 예불 지휘자라고 할 수 있는 체링 스님이 묵직한 심벌즈를 손에 들고 앉아 있고, 다른 스님들은 바닥의 방석 위에 반듯하게 줄을 맞춰 앉아서로 마주 보고 있다. 법당의 맞은편 안쪽에는 춤 공연에 참가했던 낯익은 얼굴들과 몇몇 마을 노인들이 앉아 있다.

오늘은 체추의 나흘째 날로, 오랜 준비 끝에 치른 예불과 의식이 끝나 가고 있다. 어린 스님들, 적색 승복을 입은 어린 동자승들은 잠을 떨쳐 내기가 힘든지 졸린 눈으로 어른 스님들을 좇아 예불 의식을 따른다. 내 건너편에 있는 한 동자승의 눈이 스르르 감기더니 머리를 옆으로 쿵 떨어뜨리고는 곤히 잠에 빠져든다. 옆에 있는 동자승이 꿈속을 헤매는 동자승의 귀에 무슨 말인가를 속삭이며 잠을 깨우려 한다. 그러자 쿠둥, 율사 스님이 염주를 휙 움직임으로써 질책을 한다.

주지 스님의 얼굴조차 가끔 접힌 승복 뒤로 감추어져서 졸고 있는 듯도 보인다. 하지만 내 눈에는 보이지 않는 어떤 신호에 따라 주지 스님은 다시 고개를 들고, 힘찬 목소리로 경건하고 신성한 진언의 의식 속으로 스님들을 이끈다.

예불을 드리는 낮은 소리는 사람을 홀리는 힘이 있는 듯하다. 때로는 낮은 중얼거림으로 소리가 잦아들다가 다시 점점 커지면서 분위기를 압도한다. 심벌즈의 나지막한 울림이 염불의 운율과 함께한다. 갑자기 모든 악기 소리가 힘을 모아 우렁찬 소리를 낸다. 긴 뿔 나팔 소리가 힘차게 울려 퍼지고, 트럼펫은 아름다운 선율을 만들어 내며, 작은 양면 북, 다마루는 통통 빠르게 울려 댄다. 이윽고 긴박하게 울리는 종소리에 맞춰 장엄한 팡파르가 울려 퍼진다. 구루 린포체를 푸자에 초대하는 것이다. 순간, 그래, 이 정도 소리라면 아무리 멀리 있는 신일지라도 초대하는 소리를 들을 수 있겠다는 생각이 든다.

하얀 스카프로 입과 코를 가린 직메 스님이 불단 위에 있는 공양 그릇에 물을 채운다. 그런 다음 오른손에 작은 쇳물 바가지를 들고, 왼손은 앞으로 뻗어 위로 들어 올린다. 마치 구루 린포체에게 인사라도 하듯이. 염불 소리가 작아지면서 느릿느릿 늘어진다. 마냥 늘어지는 염불 소리를 듣고 있자니, 멈추기 직전 천천히 돌아가는 축음기 소리가 떠오른다. 율사 스님이 다시 한 번 염주로 쉭 소리를 내자, 어린 스님들이 앞으로 달려 나가 차와 고소한 쌀을 받는다. 예불이 다시 시작되기 전에 모두의 찻잔이 세 번씩 가득 채워진다.

불단에 겹겹이 줄지어 세워 놓은 버터램프 불빛이 반짝이는 장식물들에 반사되고, 윤이 반들반들한 마룻바닥에 펄럭이는 그림자를 드리운다. 불빛은 열린 창문들로 들어오는 산들바람에도 흔들리고, 굵고도 낮게 계속되는 염불 소리에도 깜박거린다. 그때 선잠에 빠진 사람의 꿈속에 나오는 환영처럼, 사원 뒤쪽에서 천사가 튀어나온다. 파란색과 금색이 아른아른 빛나는 의상을 입은 천사는 머리에는 은색 왕관을 쓰고, 손에는 다마루 북과 종을 들고 있다. 그 뒤를 이어 또 다른 천사가 등장하고, 두 천사는 함께 이리저리 뛰고 빙빙 돌고 펄쩍펄쩍 뛰어오른다. 마치 주술을 행하는 춤을 추듯이. 그들은 숨 돌릴 겨를도 없이 서로의 주위를 빙빙 돌고 아름다운 춤사위를 만들어 내면서 공간을 가득 채운다.

나는 첫새벽의 놀라운 광경에 마음을 빼앗긴 채, 뭐라고 설명할 수 없는 기쁨과 함께 마음이 한껏 부풀어 오름을 느낀다. 한순간, 그 누구도 본질을 이해할 수 없는 곳으로 내 영혼이 달아나는 듯한 신비감을 느낀다. 천사들이 점점 더 빨리 돌고, 더 대담하게 뛰어오른다. 그러더니 북소리가 순간 멎는다. 그리고 춤이 계속된다. 그들은 다시 뛰어오르고, 북소리를 내더니, 마지막으로 양쪽 무릎이 거의 귀에 닿을 정도로 높이 뛰어오르면서 주지 스님 쪽으로 향한다. 그런 다음 사라진다. 하지만 그들이 뿌린 마법의 힘은 한동안 계속된다.

새벽빛이 사원 창문에 닿을 무렵 푸자는 끝난다. 등잔 모양의 작은 단지에서 뿜어 나오는 향냄새가 어스레한 안마당을 가득 메운다. 스님들이 둘둘 말린 긴 직물 두루마리를 대법당 주위로 옮긴다. 비쿨과 나는 스님들을 뒤따른다. 스님들은 법당 주변을 세 번 돌고, 작은 기도 바퀴들을 돌린다. 그런 다음 거대한 직물 두루마리를 법당의 맨 위층으로 끌어올린다. 그다음 순간, 경외하는 마음으로 지켜보던 마을 사람들 앞에 구루 린포체의 모습이 펼쳐진다.

그 뒤로 완전한 정적이 뒤따른다. 어슴푸레한 아침 하늘 아래서 구루 린포체의 얼굴이 평온하게 우리를 내려다본다. 모두가 그의 시선을 받고 그의 모습을 우러러보며 깨달음을 얻는다. 부탄 사람들에게는 이 장려한 탕카를 보는 자체만도 성스러운 일이다. 이것의 이름은 통돌, '보는 즉시 해탈함'을 뜻한다. 부탄 사람들은 깊고도 열렬한 믿음을 갖고 구루 린포체의 자애로운 모습을 보면 그들의 죄가 씻겨 나간다고 믿는다.

스님들이 안마당에서 구루 린포체의 탕카를 마주하고 앉아 푸자를 시작한다. 향이 타오르면서 짙은 향냄새가 구루 린포체의 탕카 앞으로 피어오르고, 수백 개의 버터램프가 새벽빛에 춤추듯 흔들린다. 마을 사람들이 존귀한 통돌을 보기 위해 조용히 모여든다.

그들의 얼굴에는 종교에 대한 흔들림 없는 믿음이 드러나 있다. 오늘은 용서의 날이고, 미래에 대한 희망을 품고 새로이 시작하는 날이다. 분홍빛 동쪽 하늘이 새로운 아침을 열고 이른 아침 햇빛이 코리 라에 비추면, 구루 린포체의 탕카는 다음 해를 위해 거둬들여진다.

"주지 스님을 찾아 뵈어야겠어요. 여기서 좀 기다려 줄래요?"

나는 고개를 끄덕이며, 어두컴컴한 사원 안으로 들어가는 비쿨을 지켜본다. 밤새 그의 마음이 환자에 대한 걱정으로 무거웠음을 안다. 그런 그가 이제 병원으로 돌아가려고 한다.

북소리에 맞춰 체추 마지막 날의 춤 공연이 시작될 때쯤, 비쿨이 편안한 웃음을 지으며 돌아온다.

"갑시다."

비쿨이 나를 종 밖으로 이끈다. 그는 공양물로 올렸던 음식과 꽃, 버터, 그리고 흰색 실크 스카프가 든 가방을 들고 있다. 가방 속 물건들은 모두 구루 린포체의 가피를 받은 공양물들로, 죽음과 싸우고 있는 사람을 위해 주지 스님이 직접 신중하게 골라 준 품목들이다. 이제 비쿨은 체링 씨의 가족에게 한시바삐 달려가 작은 희망을 전해 주고자 한다.

우리가 병원에 도착했을 때, 중환자실에서 푸자가 진행되고 있다. 침대 옆에 임시로 만들어 놓은 불단 위에서 버터램프 불빛이 아른거린다. 향냄새가 문밖으로 스며 나오고, 종소리에 맞춰 염불을 외는 나지막한 소리가 들려온다. 비쿨이 체링 씨의 아내에게 절에서 가져온 가방을 조용히 전해 주고, 불단을 향해 고개 숙여 인사한 뒤 병실을 나온다. 지금 체링 씨가 누워 있는 중환자실에서 필요로 하는 존재는 의사가 아니다. 우리는 서둘러 병실을 떠난다.

며칠 후, 병실을 도는 회진이 시작되기 전에, 나는 우연히 소리 높여 논쟁하는 의사들과 맞부딪힌다.

"이곳 마을 사람들은 정말 강해요. 어떤 병이든 맞서 싸워 이겨 내잖아요!"

프라단 선생이 주장한다.

"그 사람은 운이 좋았을 뿐이라니까요!"

셰트리 선생이 반박한다.

"물론 운이 좋기도 했죠. 하지만 내가 그렇게 약해져 있었다면 세상의 모든 행운을 다 끌어모아도 살아날 수 없었을 거예요."

나는 믿기지 않아서, 중환자실 문을 열고 안을 들여다본다. 탁자 위의 버터램프 불빛이 조용히 흔들리고, 천숫물이 담긴 단지가 황금빛 꽃들이 꽂혀 있는 유리컵 위에 긴 그림자를 드리운다. 얼룩덜룩 때가 묻은 파란 시트 위로 나온 환자의 얼굴에 발그레 핏기가 돈다. 체링 씨가 가냘픈 생명의 빛을 보이며 깨어난 것이다. 굳건한 믿음과 그리고 또 아마도 부처님의 은혜에 힘입어, 그는 이제 회복을 향한 힘든 여정을 시작했다.

17

타시양체에서의 고난

"자, 됐어요!"

나는 한쪽 얼굴을 찡그리며, 우체국 직원에게 봉투를 건넨다. 1997년에 보내는 마지막 편지이자 어쩌면 내 인생에서 제일 중요한 편지일 것이다.

"우리 부모님이 심장마비나 일으키지 않았으면 좋겠어요. 두 분이 뭐라고 하실까요?"

나는 조금이라도 위안이 되는 말을 듣고 싶어서 비쿨을 본다. 비쿨은 변함없이 침착한 태도로 웃음을 짓는다.

"글쎄요. 이해해 주실 거예요."

그의 대답은 별 위안이 되지 않는다.

"언제쯤 편지를 받아 보실까요?"

나는 이 편지가 캐나다에 도착하는 데 이 주에서 길게는 팔 주까지 걸린다는 사실을 알면서도 묻는다.

"새해가 지난 직후에 받아 보시지 않을까요?"

비쿨은 우리의 폭탄선언이 밝혀지는 시기에 대해 나만큼 관심이 없는 모양이다. 나는 약이 올라서 팔꿈치로 그를 슬쩍 찌른다. 이렇게 중요한 일에 무심하게 굴다니! 비쿨은 부탄에서의 계약을 연장하는 신청을 했고, 나는 마침내 부모님께 비쿨과 사랑하는 사이임을 알리는 편지를 썼다. 내 걱정은 괜한 걱정이 아니다. 막내딸이 겨우 몇 달 전에 만난 남자와 평생을 같이하려 한다는 사실을 알면 부모님은 어떻게 반응하실까? 게다가 그 남자는 캐나다 사람이 아니라 인도 사람이다. 두 분이 찬성하실까? 부모님이 딱히 기뻐하실 거라고는 생각할 수 없다.

"어쩌면 우리가 타시양체에 가 있는 동안 편지를 받아 보실지 몰라요."

우리가 집을 비우고 전화를 받지 못하면, 부모님이 충격을 누그러뜨릴 시간을 갖게 될 것이다. 나는 그런 다음에 부모님과 통화하게 되기를 바라며 말한다.

"흐음."

어쨌거나 이제 편지는 부쳐졌고, 비쿨은 더 이상 걱정을 하지 않는다. 걱정은커녕 우체국장에게 타시강에 가는 버스 시간을 묻고 있다.

비쿨과 나는 부탄의 극동 지방인 타시양체에서 새해를 맞기로 했다. 비쿨은 부탄의 몇몇 외진 지역에서 겨울을 보내는 철새 '검은목두루미'를 기필코 보고야 말겠다며 단단히 벼른다. 우리의 계획은 완벽해 보인다. 날씨가 눈부시도록 화창하다.

새해를 사흘 앞둔 날, 동이 틀 무렵 우리는 타시강으로 향하는 타타 트럭의 조수석에 앉아 몽가르를 떠난다. 타시강에 도착해서 다시 초르텐 코라로 가는 차를 탄다. 부탄의 가장 먼 동쪽으로 향하는 도로는 험준한 계곡과 가파른 비탈길을 지나고, 자갈과 돌멩이들이 울퉁불퉁한 길을 따라 이어진다.

타시양체는 개발이 거의 되지 않은 곳이다. 읍내는 작고 소박하다. 기본적인 필수품을 파는 상점이 두어 곳 있고, 전기도 물도 제공되지 않는 그저 방만 다섯 개 있는 '호텔'이 하나 있을 뿐이다. 우리는 타시양체 의료원장인 비쿨의 친구를 만나러 병원을 찾아간다. 하지만 병원은 건축 중에 있고, 의료원장은 가장 기본적인 것들만 갖춘, 방이 세 개 딸린 작은 주택에서 진료 업무를 보고 있다. 우리가 도착했을 때, 그 의사는 수의사 조수의 보조하에 마을 사람의 정관 절제 수술을 막 끝낸 참이었다.

비쿨의 친구는 우리를 반갑게 맞으면서 저녁식사에 초대한다.

"그러니까 당신하고 이 의사 친구가 검은목두루미를 보러 붐델링까지 트레킹을 할 거란 말이죠? 이 친구가 산속으로 끌고 갈지 모르니까 조심하세요. 이 친구는 우리나라 산이라면 사족을 못 쓰고 좋아하니까요."

비쿨의 친구가 나를 보고 웃는다.

비쿨 친구의 어머니는 우리를 위해 그다음 날 먹을 점심을 싸 주고, 비쿨의 친구는 가장 좋은 트레킹 코스와 하룻밤 묵을 숙소를 찾는 일에 대해 이런저런 조언을 아끼지 않는다. 인도의 아루나찰 프라데시 주와 국경을 이루고 있는 이 아늑하고 작은 마을이 왠지 정겹고 편하게 느껴진다.

저녁노을 빛 속에서 우리는 쿨롱 강을 따라 초르텐 코라까지 걸어간다. 흰색의 아름다운 기념물 초르텐 코라에 이르는 길에는 좀 더 작은 초르텐들과 마니 벽들이 죽 늘어서 있다. 초르텐 코라는 네팔의 보드나트 스투파 이후에 세워진 네팔 스타일의 큰 초르텐이다. 사 층 탑의 기반 부분 위에 하얀색의 둥근 지붕과 첨탑이 솟아 있는 초르텐 코라는 이백오십 년이 넘은 건축물로 낮은 돌담 벽에 둘러싸여 있다. 부탄 동부 지방 사람들에게 이 불탑은 종교적 의미가 큰 장소이다. 강가를 따라 펄럭이는 수많은 기도 깃발들이 그 점을 여실히 보여 준다.

벽에 난 문을 통해 비쿨과 나는 초르텐을 둘러싸고 있는 안뜰로 들어간다. 안뜰은 군데군데 거친 돌판으로 덮여 있고, 돌판 사이사이에서는 이끼와 잡초들이 영역 다툼을 하고 있다. 우리는 느긋하게 초르텐 주변을 거닌다. 뭔가를 해야 한다거나 적절한 무슨 말인가를 해야 한다는 부담감도 걱정도 없이 편안한 저녁 분위기에 젖어들면서. 강 건너편에 우뚝 솟은 가파른 벼랑들을 보니 내 자신이 한없이 작고 보잘것없는 존재처럼 느껴진다. 하지만 평화롭기만

한 분위기에서 내 마음은 이리저리 자유롭게 날아다닌다. 나는 느긋하니 편안한 마음으로 완전한 평화를 즐긴다.

해가 서쪽 봉우리들 뒤로 넘어갈 무렵, 비쿨과 나는 초르텐 코라를 떠나 잠시 강가의 돌 위에 앉아서 휴식을 취한다. 둥근 뭉우리 돌 위를 세차게 흘러가는 강물이 차가운 물보라를 튀긴다. 땅거미가 지자 기온이 급속히 떨어진다. 우리는 몸을 떨면서 숙소로 향한다. 그날 밤, 화장실도 수돗물도 없는 원룸 호텔에서 나의 악몽이 시작된다.

속이 울렁거리고 견디기 힘들 만큼 계속 구역질이 치밀어 오르더니 결국은 토하고 만다. 나는 가파른 계단을 엉금엉금 기어 내려가 차가운 밤공기 속으로 나간다. 그리고 지독한 냄새를 풍기며 설사를 한다.

기운이 하나도 없다. 자고 싶지만 구토와 설사가 번갈아 가며 밤새 나를 괴롭힌다.

비쿨이 걱정스런 표정으로 열이 나는 내 이마를 짚어 본다. 그러더니 입가에 물을 한 컵 대 주며 마시게 한 다음 침낭 속에서 나를 꼭 감싸 안는다.

다음 날, 역시 몸이 안 좋지만 나는 한사코 계획대로 검은목두루미를 보러 가자고 고집을 부린다. 비록 기운이 하나도 없고 힘들지만 끝내 비쿨을 설득해서 검은목두루미를 보러 간다. 우리는 꽃이 만발한 관목 숲을 지나고 벼가 자라는 논을 지난다. 나는 결연한 마음으로 무거운 몸을 이끌고 길을 따라 걷는다. 비쿨이 내 가방을 들어 준다. 우리는 가까스로 검은목두루미들을 본다. 나는 심지어 사진까지 몇 장 찍는다. 하지만 사진을 찍고는 그대로 쓰러진다. 비쿨이 서둘러 쉴 만한 곳을 찾기 시작한다.

몇 시간 후, 새해 이브가 된다. 우리는 그 시간을 축하하기는커녕 겨우 숙소로 구한 산림청 사무실에 누워 있다. 나는 여전히 지독하게 아프다. 비쿨은 내 머리를 그의 무릎 위에 올려놓는다. 아래층에서 한 가족이 소란스레 주사위 놀이를 한다. 두툼한 가죽 깔개 위로 주사위가 툭 던져지는 소리가 들릴 때마다 머리가 깨질 듯 아프고 쑤신다. 나는 제발 그들이 얼른 게임을 끝내게 해 달라고 기도한다. 비쿨이 내 기분을 달래 주려 어린 코끼리에 대한 동화를 들려준다.

나는 한밤중에 잠에서 깬다. 배가 뒤틀리듯 아프고 온몸이 땀에 흠뻑 젖는다. 비쿨이 나를 세심하게 살핀다. 이제 그도 걱정을 감추지 못한다. 고통이 점점 더 심해지자 충수염이 아닌가 하는 생각이 든다. 타시양체의 임시 수술대 위에 누워 있는 내 모습을 상상하니 눈물이 쏟아진다. 비쿨이 내 마음을 진정시켜 주려 애쓰지만, 그 역시 딱히 할 말이 없는 듯 힘들어한다. 진짜 충수염이면 어쩌나…….

나는 비쿨에게 매달려 공포와 고통 속에서 밤을 지새운다. 그다음 날도 통증이 가라앉지 않는다. 더 이상 지체하지 말고 적당한 약물 치료를 받아야 할 것 같다. 우리는 간신히 읍내로 다시 나가서 몽가르로 가는 차를 탄다. 배는 계속 쥐어짜듯 아프다. 울퉁불퉁한 길을 지날 때면 칼로 쿡쿡 찌르는 것처럼 통증이 심하다. 나는 다시 토하기 시작한다.

　마침내 집에 도착하자마자, 비쿨이 나를 눕히고 링거를 주사할 준비를 한다. 물론 전기는 들어오지 않는다. 비쿨이 손전등 불빛 아래서 혈관을 찾으려 내 팔을 꾹꾹 누른다. 그가 떨리는 손으로 혈관을 찾으려고 애쓰지만 탈수 증세 때문에 혈관이 오그라들어 애를 먹는다. 결국 비쿨은 간호사를 불러 겨우 혈관을 찾아낸다.

　그날 밤 늦게, 비쿨이 불덩이 같은 내 이마를 손으로 짚어 본 다음 차가운 물로 얼굴을 씻어 주고 죽을 끓이러 간다.

　몽가르 병원에는 내 통증을 없애 줄 약이 없다. 그래서 다른 의사들과 의논 끝에 비쿨은 나를 팀푸로 보내기로 결정한다. 나도 팀푸로 가는 것에 동의하지만 감당하기 힘들 정도의 두려움이 밀려온다. 해외자원봉사단 측에서 나를 태우러 오기를 기다리는 동안 이삼일이 흘러간다. 그동안 비쿨은 휴가 신청서를 내고, 차로 이틀이 걸리는 팀푸까지 나와 동행한다.

　팀푸에서 의사들의 진단을 기다리는 데만 삼 주가 걸린다. 구토는 멈췄지만, 내 속은 여전히 아무 음식도 받아들이지를 않는다. 모두 내 걱정에 한숨을 짓고, 야위어 가는 내 모습에 안타까워한다. 복부 결핵이나 난소에 이상이 생겼을 가능성을 제기하며 걱정하는 사람들도 있다. 내가 걸렸을 가능성이 가장 높은 병은 이질이다. 삼 주가 지나도록 의사들이 여전히 진단을 내리지 못하자, 해외봉사단 측이 방콕에 가서 내시경 검사를 받도록 항공편을 마련해 준다. 비쿨은 휴가가 끝났기 때문에 다시 몽가르로 돌아간다.

　최첨단 의료 장비와 무수히 많은 검사에도 불구하고, 방콕의 의사들 또한 정확한 진단을 내리지 못한다.

"병인이 뭔지 확실치가 않습니다. 여하튼 고향으로 돌아가서 가족과 함께 지내는 게 좋을 듯합니다."

태국 병원의 의사가 조언한다.

"규칙적으로 식사를 하세요. 그게 가장 중요합니다. 그리고 내장에 염증이 극도로 심하니까, 염증이 진정될 수 있도록 안정을 취하셔야 합니다. 이런 상황에서 부탄으로 돌아가는 건 현명한 처사가 아닌 것 같습니다."

의사는 고개를 가로저으며 작별 인사를 한다.

급격한 체중 감소로 탈진한 나는 합리적인 결정을 내리려고 애쓴다. 나도 의사 말이 옳음을 안다. 당연히 비행기를 타고 캐나다로 돌아가는 게 맞을 것이다. 하지만 그러면 부탄에서의 내 생활은 끝이 난다. 해외자원봉사단과 관계를 끊고, 비쿨을 떠나야 하는 것이다. 알 수 없는 병에 걸려 병마에 시달리면서도 그와 함께할 수 없다는 생각을 하니 견딜 수가 없다. 나는 오랫동안 캐나다로 돌아가는 문제를 고민한다. 그리고 결국 의사의 충고에 따르지 않고 몽가르로 돌아가기로 한다.

몽가르에서 나는 두 달 동안 병가를 내고, 몽롱한 의식 상태에서 시간을 보낸다. 어떻게든 체중을 불리고 기력을 다시 찾아야 하건만 여전히 아무것도 먹을 수가 없다. 내가 할 수 있는 건 내가 얼마나 약해졌는지를 체감하는 것뿐이다. 나는 늘 피곤하다.

"차를 좀 끓여 줄까요?"

비쿨이 부드럽게 내 이마를 짚어 본다. 그의 얼굴에는 근심이 가득하고 눈 밑에는 다크서클이 짙다.

"몇 시예요?"

내가 묻는다.

"아홉 시가 거의 다 되었어요. 이제 병원에 가 봐야 해요."

비쿨이 내 머리맡에서 안절부절못한다. 나는 머리를 조금이라도 들고 싶지만 잠이 여전히 나를 무겁게 짓누른다. 나른하기도 하고 약간 메스껍기도 한 기분을 느끼며 다시 꾸벅꾸벅 존 모양이다.

"선생님?"

익숙하고 친근한 목소리이다. 하지만 순간적으로 나는 그 목소리의 주인공을 알아채지 못하고 힘겹게 눈을 뜬다.

"아니, 어떻게 된 거예요? 어쩌다 이렇게 야위었어요!"

자그마한 젊은 여자가 걱정스러운 표정으로 들어온다. 페마이다.

"돌아왔군요!"

페마를 보니 마음이 놓인다. 급히 일어나 앉으려고 하지만 현기증으로 앞이 캄캄해진다. 나는 다시 베개 위로 풀썩 쓰러진다.

"네, 선생님이 팀푸 병원에 다녀왔다고 들었어요. 어떻게 된 거예요?"

페마는 침착하고 조심스러운 태도로 내 옆에 앉는다. 나는 여전히 기운을 못 차리고 페마의 질문에 고개를 가로젓는다.

"곧 괜찮아질 거예요. 한데 니마는 어때요? 의사들이 뭐라고 해요?"

처음에 페마는 벨로르에 다녀온 이야기를 하고 싶어 하지 않는다. 하지만 계속되는 내 물음에 폭포수처럼 말이 쏟아져 나온다.

벨로르에서 처음 이 주 동안 니마는 수많은 검사를 받고 이 의사 저 의사에게 넘겨졌지만 아무도 어떤 병인지 진단을 내리지 못했다. 결국 시티(CT, 컴퓨터단층촬영)와 뇌파 검사, 그리고 신경계 검사를 받은 뒤에 마침내 '불수의 운동형 뇌성마비'라는 임시 진단을 받았다.

페마가 그 끔찍한 말을 입에 담을 때, 침을 꿀꺽 삼키는 모습이 눈에 들어온다. 뇌성마비는 출생 무렵 뇌의 손상에 의해 유발되는 신경성 질환이다. 뇌성마비를 치료할 방법은 없다. 단지 계속적인 치료요법과 재활치료를 통해 조금이라도 나아지기를 기대할 수 있을 뿐이다.

페마의 일관성 없는 이야기를 이해하려 애쓰느라 신경이 곤두선다. 나는 페마를 격려하는 한편 나 역시 용기를 내기 위해서 페마의 팔꿈치를 부드럽게 어루만진다. 페마의 이야기가 계속된다. 진단이 내려진 후, 석 달 동안 페마와 카르마는 벨로르의 재활센터에서 니마를 돌보며 물리치료사들과 의사들을 도왔다. 병원에서는 니마에게 항경련 약물을 포함해서 몇 가지 약물을 장기간 복용하도록 처방했다. 그리고 페마에게 육 개월 후에 니마를 다시 데려오라고 했다. 페마가 앞으로 일 년 내에는 부탄에서 다시 진료의뢰서를 써 줄 가능성이 없다고 하자, 의사들은 그저 어깨를 으쓱하기만 했다. 불행하게도 그들이 달리 할 수 있는 일이 없었으므로.

"정말 뇌성마비라고 생각해요?"

페마가 애절한 눈빛으로 나를 본다. 페마는 아직도 그들이 내린

진단을 부인하고 있음을, 그런 최후의 통첩을 받아들이지 못하고 있음을 알 수 있다. 하지만 진실을 감추는 것이 내가 해야 할 일은 아니다.

"의사들이 맞을 거예요, 페마."

나는 최대한 부드럽게 대답한다.

"하지만 증상이 경미해 보이니까 매일 니마를 데려와서 재활치료를 하면 좋아질 거예요. 분명히."

"벨로르에는 좋은 치료 장비들이 많던데."

페마가 한숨을 지으며 말을 잇는다.

"하지만 여기엔 아무것도 없어요. 거기서 물리치료사들이 니마에게 여러 가지 재활운동을 시켜 줬어요. 그래도 나아지는 기미는 안 보였지만."

페마의 눈에 눈물이 가득 고인다. 나는 목에 뜨거운 덩어리가 걸린 듯한 느낌이다. 페마의 고통을 덜어 주기 위해 할 수 있는 말이 아무것도 떠오르지 않는다. 페마는 한시라도 빨리 니마의 상태에 대한 진단을 받고 싶어 했다. 그러나 정작 진단을 받은 지금, 그녀가 진단 결과를 어떻게 감당할지 걱정이 앞선다.

하지만 페마는 늘 내가 생각하는 것보다 강한 모습을 보여 준다. 전에도 여러 번 그랬듯이 금세 긍정적인 태도로 나를 놀라게 한다. 몇 분이 채 지나지 않아서 마음을 가라앉힌 페마는 흩어져 있는 옷가지들과 빈 유리컵들을 치우기 시작한다. 그런 다음 기운차게 일어나서 웃음을 지어 보인다.

"이제 얼른 훌훌 털고 일어나야죠. 그러려면 뭐든 먹어야 해요.

내가 밥을 좀 지어 올게요."

괜찮다고 아무리 사양해도 페마는 아랑곳하지 않고 부엌으로 들어간다. 잠시 후 부엌에서 냄비들이 부딪혀 달그락거리는 소리와 물 흐르는 소리가 들려온다. 삼십 분 후에 페마는 고슬고슬한 밥 한 공기와 우윳빛 수프를 내온다. 그런 다음 병원으로 근무를 하러 돌아간다.

나는 이렇게 누워 남에게 폐만 끼칠 수는 없다는 생각에 침대에서 일어나 비틀거리며 창가로 걸어간다. 문밖에 복숭아나무와 자두나무가 꽃을 활짝 피우고 있다. 이월 말, 새봄이 삭막하던 대지를 연분홍과 연초록으로 아름답게 채색하고 있다.

다음 주에 업무에 복귀하리라. 지금이야말로 페마에게 내가 아는 기술을 전해 줘야 할 때이다. 몸이 이렇게 약해지지만 않았다면……. 거울에 비친 내 모습을 보다가 얼른 고개를 돌린다. 얼굴이 너무 창백하고 야위었으며 온몸에 기운이 하나도 없는 듯 지쳐 보인다. 거의 두 달간 제대로 먹지 못한 흔적이 참으로 뚜렷하게도 남았다.

점심 때, 비쿨이 달려와서 음식에 손도 대지 못하고 속상해하는 내 마음을 풀어 준다.

"연기 신청이 받아들여졌어요. 여기서 일 년 더 근무할 수 있게 되었어요."

비쿨은 호들갑스럽게 떠들면서 보건부에서 온 공문을 보여 준다. 우리는 좋아서 얼싸안고 어쩔 줄 모른다. 드디어, 마침내 우리가 함께할 수 있게 되었다.

하지만 과연 그럴 수 있을까? 내 건강이 좋아지지 않는다면, 나는 적어도 몇 달 동안은 캐나다에 돌아가서 지내야 할 것이다. 방콕에 있는 의사는 몽가르로 돌아가면 안 된다고 경고를 했었다.

또다시 속이 메스꺼워져 나는 화장실로 엉금엉금 기어간다. 똑바로 서 있기조차 힘이 든다. 그럼에도 짐을 꾸려 캐나다로 돌아가고 싶지는 않다. 하지만 뭔가 하나는 포기해야 함을 알고 있다.

월요일에 나는 물리치료실에 복귀한다. 그날 1998년 들어 처음으로 비가 내린다. 다시 병원에 출근하는 나를 구름과 안개가 축하한다. 눅눅한 느낌이 속옷 속으로 스멀스멀 기어들어 와 없어지지를 않는다. 전기도 들어오지 않고 난방기도 없고 그야말로 을씨년스러운 날이다. 음산한 날씨에 위로가 되는 이는 페마뿐이다. 원무과에 찾아가니 원무과장이 쌀쌀한 미소를 보낸다. 내가 자리에 앉자 의료원장이 말 한마디 없이 일어나서 나가 버린다.

물리치료실에 도움이 되는 존재가 되고 싶지만, 그다음 며칠 동안 나는 페마에게 아무것도 가르쳐 주지 못한다. 페마가 환자들의 상태를 평가하고 치료하는 모습을 지켜볼 기운조차 없다. 한없이 약해진 체력이 회복될 기미를 보이지 않는다. 삼월로 접어들면서 나는 다시 일을 그만두기로 한다. 새로 시작한 지 겨우 삼 주 만에.

페마에게 내 결정에 대해 말하면서, 마치 나 자신이 쫓겨나는 느낌이 든다. 이제 부탄에서 지낼 날이 얼마 남지 않았는데, 내 임무를 완수하기는커녕 차트 기록조차 제대로 정리하지 못할 듯싶다. 몽가르에도 아직 가 봐야 할 곳이 많은데…… 꼭 가 보겠다고 약속했던 곳은 이제 상상 속에서나 가 볼 수 있으리라. 비쿨과 함께 종에 가서 보내기로 했던 이른 아침 시간들을 이제 나 홀로 보내야 할 것이다. 새날을 여는 예불 소리도 북소리도 없는 곳에서.

캐나다로 돌아갈 날이 코앞으로 다가오지만, 달리 할 수 있는 일이 없다. 너무나 약해진 체력에 이제 겁이 나기까지 한다. 하지만 파로 공항과 히말라야 산맥 너머에서 보내야 할 불확실한 미래도 두렵기는 마찬가지이다. 어쨌거나 지금은 고향으로 돌아가야 한다. 비쿨과 내가 다시 만날 수 있을지 확신할 수 없지만. 그럼에도 나는 비통한 마음으로 고국행을 선택한다.

점점 다가오는 이별의 순간을 받아들이기가 힘들어서 몇 날 며칠을 울음으로 보낸다. 그러던 어느 날 집 밖에 서 있는 철쭉이 꽃봉오리를 터뜨리기 시작할 때, 문득 내가 너무나 귀중한 시간을 허비하고 있음을 깨닫는다. 나는 모든 힘을 다해 몽가르에서 남은 삼 주를 최대한 의미 있게 잘 보내리라 다짐한다.

2월 27일, 따뜻한 날씨다. 나는 다소 기운이 돌아서 산책을 나가는 모험까지 감행한다. 따사로운 햇살이 삐죽 고개를 내민 꽃봉오리들을 희롱하고, 들판에는 초록의 기운이 감돈다. 진홍빛 철쭉 덕에 칙칙한 풍경이 아름답게 탈바꿈했다. 활쏘기 게임을 즐기는 마을 사람들의 환호성이 계곡 너머로 메아리친다. 노인, 젊은이, 어린아이 할 것 없이 모두 나와서 로사르를 기념하는 친선 대회에 참가한다.

하지만 이 즐거운 날에 산책을 하는 건 다소 위험할 수도 있음이 드러난다. 바로 옆 산에서 마을 사람들이 비쿨과 내가 걷고 있는 길 너머로 화살들을 쏘아 올리는 게 아닌가. 우리를 발견한 활쏘기 대회 참가자들이 말꼬리를 길게 뽑아 올리며 소리친다.

"오이이에에, 오 델레? 의사 선생님! 꾸스짱 뽀올 라!(의사 선생님, 어디 가세요? 안녕하세요!)"

혀가 꼬여 발음이 제대로 되지 않는 품새가 아라를 꽤나 많이 마신 듯싶다.

"꾸스짱 뽀올 라! 꾸스짱 뽀올 라!"

우리는 인사에 답례를 하고는 흥에 달뜬 활쏘기 대회 참가자들의 무리에 섞인다. 그리고 그들이 쏜 화살이 들판을 지나 좁은 개울 너머로 날아가는 것을 지켜본다. 개울 건너편에 있는 과녁은 거의 보이지도 않는다. 백 미터는 족히 떨어져 있음에 틀림없다. 한 팀의 선수들은 벌써 개울 너머 건너편으로 이동하고 있다.

내 옆에 서서 웃고 있던, 키가 크고 턱수염이 텁수룩하게 난 남자가 상대팀 궁수의 집중력을 분산시키려 광대 짓을 하며 익살을 부린다. 하지만 작은 키에 다부져 보이는 상대팀 궁수는 거의 자신만큼이나 긴 대나무 활을 움켜잡은 채 조금도 흐트러지지 않는다. 그가 활을 팽팽하게 잡아당긴다. 그리고 내가 과녁으로 시선을 돌리기도 전에 그가 쏜 화살이 수풀과 관목을 가르고 날아간다. 같은 팀 참가자들이 승리를 기뻐하며 소리치는 가운데, 키 작은 궁수도 몇 발짝 앞으로 달려가더니 기쁨에 겨워 춤을 추기 시작한다. 과녁을 맞힌 모양이다. 다른 팀 사람들 역시 덩실덩실 춤을 추며 마음 속 깊은 곳에서 우러나오는 기쁨의 노래를 시작한다. 상대팀의 뛰어난 솜씨에 찬사를 보내며 모두 하나가 되어 즐거워하더니, 잠시 후 또 모두 다 같이 나서 무성한 잎사귀들 사이로 숨어 버린 화살들을 찾기 시작한다.

좀 더 멀리 있는 산에서도 몇몇 팀이 활쏘기를 하고 있다. 모두들 실력이 정말 대단하다. 조금도 흠잡을 데 없이 정확하게 과녁을 맞힌다. 술을 마시면 활 쏘는 실력이 더 좋아지는 모양이다. 비쿨도 실력을 한번 발휘해 본다. 하지만 어른들을 따라다니며 흉내를 내는 어린아이들보다도 못한 실력을 보인다. 비쿨과 나는 계속 활쏘기를 하는 사람들을 따라다닌다. 그러다 요란스레 산길을 내려오는 자동차 두 대와 충돌할 위기를 가까스로 모면한다. 자동차 운전자들은 키가 내 무릎 정도밖에 되지 않는 작은 소년들이다. 나무 판때기에 바퀴가 세 개뿐인 자동차가 요란스레 비탈길을 내려간다. 로사르 축제가 절정으로 치닫고 있다.

부탄의 설날인 로사르는 음력으로 따져서 치르는 명절로, 대개 이월경에 그 날짜가 해당된다. 부탄 사람들은 십이 간지의 열두 동물들과 우주 만물을 이루는 다섯 가지 요소인 화, 토, 금, 수, 목을 조합해서 한 해의 이름을 짓는다. 오늘은 화축년의 삼백육십 일 중 마지막 날을 보내고 토인년의 시작을 축하하는 날이다.

우리가 페마의 어머니 댁에 도착했을 때 노르부 아마는 밖에서 큰 나무 물통에 앉아 목욕을 하고 있다. 아마가 물에 젖은 짧은 머리칼이 삐죽삐죽 솟아 있는 모습으로 웃으며 인사를 한다.

페마의 할아버지는 집 밖에 있는 긴 의자에 앉아 벽에 큰 몸집을 기대고 있다. 두 눈을 감고 있는 듯했는데, 우리가 다가가자 알아

보고 환한 웃음으로 맞이한다. 그리고 느긋하게 천천히 일어나서 우리에게 집 안으로 들어가라고 손짓을 한다.

마당의 출입문 역할을 하는 세 개의 장대를 넘어가자, 깡마른 할머니가 손을 흔들며 우리를 반긴다. 할머니는 허리를 바짝 구부리고 거의 앉은 듯한 자세로 걸어 다녀서 고개를 드는 일조차 힘들어 보인다. 그럼에도 주름투성이 얼굴에 환한 웃음을 짓는다.

페마가 이제는 익숙해진 인사치레를 늘어놓으며 우리를 반긴다.

"사는 게 궁색해서 집이 지저분해요. 로사르인데 변변히 대접할 게 없네요. 어서 앉으세요."

나는 불단이 있는 방에 들어가는 것이 꺼려져 머뭇거린다. 하지만 비쿨이 손님은 전통을 따라야 하는 법이라며 나를 잡아끈다. 우리는 기도실의 창문 옆에 놓인 낡은 매트 위에 앉아, 누군가 들어와 우리와 함께하기를 기다린다.

늘 그렇듯 내 눈은 어느새 불단으로 향한다. 큰 떡갈나무 탁자 위에는 버터램프와 공양 음식들이 한 상 가득 차려져 있다. 그 뒤에 깊은 명상에 잠긴 부처님이 앉아 있다. 노르부 아마가 뒤꿈치를 들고 다가가서 버터램프에 불을 붙이고, 향에도 불을 붙여 향냄새가 피어오르게 한다. 이윽고 할아버지가 들어와서 절을 한 다음 작은 탁자 뒤에 앉아서 예불을 올리기 시작한다.

그러자 온 가족이 불단 앞으로 모인다. 페마가 툭빠(국수 요리)가 담긴 큰 냄비를 가지고 들어오고, 그 뒤를 이어 아마가 니마를 등에 업고 들어온다. 침미, 할머니, 페마의 남편인 카르마, 페마의 외삼촌 라르잡 로폰과 그의 아내, 수도승인 페마의 남동생 킨레이와 여동생인 린진 체링까지.

페마가 툭빠를 한 그릇 떠서 맨 먼저 할아버지에게 드리고, 다른 식구들에게도 돌린다. 그다음으로 아라를 돌린 다음 다시 예불과 공양을 올리고 식사를 한다.

비쿨과 나는 큰 접시에 밥과 튀긴 돼지고기, 그리고 또 다른 튀긴 음식을 대접받는다.

"제, 의사 선생님, 제!"

페마가 웃으며 눈을 찡긋한다. 나는 곧 그 이유를 깨닫는다. 맛은 있지만 고기 요리에 들어간 고추 때문에 음식을 입에 넣는 순간 눈물에 콧물까지 흘러나온다. 톡 쏘는 매운맛 때문에 코가 뻥 뚫린 느낌이다.

"아직도 고추 맛에 익숙해지지 못했어요?"

페마가 싱긋 웃는다.

"보세요, 니마랑 침미도 끄떡없이 잘 먹잖아요."

정말 그렇다. 침미는 초록색 생고추를 곁들인 고기 요리를 맛있게 먹고 있고, 니마 역시 매콤한 적갈색 소스가 묻은 노르부 아마의 손가락을 맛있게 쪽쪽 빨고 있다. 어느 누구 하나 음식에 눈곱만큼도 불만스런 기색이 없다.

"캐나다에 가서도 고추를 먹을 거예요?"

페마가 장난기 가득한 눈으로 묻는다. 나는 단호하게 고개를 가로젓는다. 고추라니! 고추는 말할 것도 없고 한동안은 밥도 쳐다보지 않을 것 같다.

페마가 찡그리며 웃는 내 표정을 잘못 받아들이고 말한다.

"걱정 말아요. 우리가 보내 줄게요."

페마는 터무니없는 말로 나를 위로하면서 내 접시 위에 소스 한 숟가락과 고기를 더 올려놓는다.

식사를 한 뒤, 우리는 자오와 텡마를 곁들여 버터차를 몇 잔 마신다. 할머니가 니마를 무릎 위에 앉히고, 사발에 아라를 조금 따른다. 그리고 왼쪽 바닥에 몇 방울 떨어뜨림으로써 땅의 신에게 공양을 한다. 그런 다음 페마의 외숙모가 큰 국자로 독한 아라를 퍼 올린다. 비쿨이 처음으로 김이 모락모락 나는 따끈한 아라에 계란을 섞어 푼 술잔을 받는다. 국자에 퍼 올린 술을 다 마실 때까지 비쿨의 잔이 계속 채워진다. 이윽고 모두 다 함께 아라를 마신다. 할머니는 거리낌 없이 니마에게까지 집에서 빚은 독한 술을 먹이고, 니마는 따끈한 술이 입에 맞는 듯 짭짭거리며 빨아 마신다. 나는 끝까지 아라를 거부하고 버터차를 마신다. 내 찻잔이 쉴 새 없이 가득 채워진다.

얼마 후 아라의 효과가 나타나기 시작한다. 모두들 혀가 풀리고 수줍음 따위는 저 멀리 던져 버린다. 비쿨이 그가 제일 좋아한다는 노래 '에또 메또'를 흥얼거리기 시작한다. 이 노래는 사랑에 빠진 청춘 남녀에 대한 이야기이다. 수줍은 미소를 지으며 페마도 따라 부른다.

라일라 구흐-초 아우-산 보-랑 가

에또 메또 렉-뿌 포-그 빠 라

메또 포트니 난 가아 참 통 가아

모두 귀 기울여 듣는다. 표정들을 보니 다들 아는 노래인 듯싶다. 처음에 한 젊은이가 그의 연인에게 꽃 한 송이를 보라고 한다. "이 철쭉꽃을 당신의 머리에 꽂아 주고 싶어. 그럼 당신은 정말 아름다워 보일 거야." 여자가 대답한다. "아뇨, 난 이 꽃이 필요 없어요. 그러니 꺾지 말고 그냥 두세요. 꽃은 숲에 있을 때 훨씬 더 아름다우니까요." 젊은이가 다시 연인을 칭송한다. "이 세상 모든 여자들 중에 당신만큼 아름다운 여자는 없어. 우리 집에 같이 가지 않겠어? 당신에게 좋은 키라를 주고 싶어." 여자가 다시 남자의 말에 화답한다. "키라는 많이 있으니 필요 없어요. 내게 뭔가 주고 싶다면, 당신의 사랑을 줘요."

비쿨이 노래를 끝내고 환하게 웃으며 나를 본다. 나는 부끄러워 얼굴이 화끈거린다. 다행히 그 순간, 노르부 아마와 그녀의 두 딸이 또 다른 사랑 노래를 부르기 시작한다. 술기운에 아마의 뺨이 빨갛게 달아올라 자글자글한 주름이 더욱더 두드러져 보인다. 노래를 끝낸 뒤 세 모녀는 즐겁게 깔깔거리며 웃는다.

할아버지가 작은 대나무 피리를 꺼내서 몇 곡을 분다. 그러고 나니까 피리가 반항을 하듯 삑삑 날카로운 소리를 낸다. 할아버지는 알았다는 표정으로 고개를 끄덕이며 술잔을 집어 들더니 피리 속에 따끈한 술을 붓는다. 그러고는 두 눈을 반짝이며 악기 소리를 좋게 내는 비법을 들려준다.

"친구를 소홀히 하지 말고 잘 돌봐야 해. 친구도 배가 고플지 모르거든."

할아버지가 당신은 물론 피리의 갈증까지 풀어 주었을 때, 비쿨이 벽에 걸려 있던 심벌즈를 내린다. 그리고 할아버지와 함께 제법 그럴듯한 소리를 만들어 낸다.

아이들이 진짜 나팔과 뿔 나팔을 가져온다. 악기들이 다 모이자 그럴듯한 오케스트라가 구성된다. 할아버지는 피리를 불고, 비쿨은 심벌즈와 긴 대나무 피리를 번갈아 가며 연주한다. 한편 라르잡로폰과 킨레이는 나팔을 연주하고, 카르마는 긴 뿔 나팔을 분다. 각자 악기 소리를 내는 데 여념이 없는 오케스트라 단원들 모두에게 목표는 하나뿐인 듯싶다. 화음이야 맞든 안 맞든 소리가 되도록 멀리까지 울려 퍼지게 하는 것. 다들 정말 대단한 소리를 만들어 낸다. 아마는 웃으며 손뼉을 치고, 침미는 신이 나서 폴짝폴짝 뛴다. 할머니의 손에 잡혀 있는 니마 역시 이리저리 몸을 흔들며 춤을 추고. 한편으로는 음악 소리가 아닌 술에 취해 몸을 흔드는 것 같기도 하지만. 할아버지는 몇 번이나 연주를 멈추고 따끈한 술로 당신과 피리의 목을 푼다.

열정적인 오케스트라 연주가 펼쳐지는 중에 페마가 내 쪽으로 몸을 기울이고 묻는다.

"캐나다에 갔다가 다시 돌아올 거죠?"

나는 놀라서 친구를 본다. 그녀의 몸은 음악 소리에 맞춰 흔들리고 있지만, 두 눈은 우울해 보이고 슬픔까지 깃들어 있는 것 같다.

"나도 그러고 싶어요, 페마."

나는 솔직하게 대답한다. 하지만 동시에 그렇게 되기까지 얼마나 오래 걸릴까 하는 생각도 떠나지 않는다.

"꼭 편지하세요."

페마가 간절한 목소리로 말한다.

"약속할게요."

돌연 페마가 걱정 어린 눈길로 말한다.

"그리고 니마에게 도움이 될 만한 정보들도 보내 줄 거죠?"

다시 나는 고개를 끄덕인다. 페마도 나도 니마에게 시선을 돌린다. 니마는 여전히 몸을 천천히 앞뒤로 흔들면서 손가락으로 아랫입술을 굴리고 있다.

그때 비쿨이 심벌즈를 내려놓고 말한다.

"거기 두 사람은 왜 그렇게 슬픈 표정을 짓고 있어요? 같이 노래 안 할 거예요?"

비쿨이 제일 좋아한다는 몽가르 민요를 또다시 부르기 시작한다. 오케스트라 연주와 박자가 하나도 맞지 않게. 페마가 웃는다.

"노래를 참 잘 부르시네요, 비쿨 선생님. 사랑에 빠진 것 아니에요?"

비쿨의 얼굴이 새빨갛게 달아오르는 것을 재미있는 듯 지켜보던 페마가 내게 고개를 돌리고 말한다.

"브리타도 저 노래를 꼭 배워야겠어요. 떠나기 전에 내가 가르쳐 줄게요."

몇 시간 후 우리는 아쉬움을 뒤로하고 소중한 친구들과 작별 인사를 나눈다. 고풍스런 농가 앞에 모두 모여 사진도 찍고, 진심으로 아쉬워하며 길고 긴 작별 인사를 나눈다. 라르잡 로폰은 그가 묵고 있는 사원에도 꼭 한번 오라고 우리를 초대한다. 할머니는 아주 오랫동안 내 손을 잡아 주고, 할아버지는 같이 사진을 찍자고 나를 부른다. 페마는 니마의 손을 잡고 같이 흔들며 작별 인사를 하고, 침미는 크게 소리친다. "아줌마, 안녕!"이라고.

두 젊은 수도승들, 킨레이와 라르잡 로폰이 마을 입구에 있는 초르텐까지 우리를 배웅한다. 노르부 아마도 올케와 함께 버터차와 아라를 가지고 우리 행렬을 뒤따른다. 우리 일행은 초르텐의 토대 부분에 앉아서 마지막으로 버터차와 아라를 마신 다음 음악을 연주한다. 마침내 하늘이 컴컴해지고 비가 내리기 시작할 때쯤 우리는 나팔 소리의 배웅을 받으며 산길을 내려간다. 소리쳐 외치는 작별 인사가 바람결에 아련히 들려온다. 로사르여, 안녕.

18

소라 나팔 소리

나는 출발할 날짜가 가까워지면서 울적한 마음으로 날짜를 헤아
리기 시작한다. 모든 만남에는 작별 인사가 뒤따르기 마련이다. 푼
촉이 우리 집에 찾아와서, 내가 떠날 때까지 같이 있어 주기로 한
다. 그 또한 내가 내린 결정 뒤의 아픔을 이해하는 듯싶다. 우리는
푼촉을 통해서 종의 주지 스님께 비쿨과 내가 종에서 푸자를 올릴
수 있는지 묻는다. 푸자를 통해 몽가르에 작별 인사를 하고 싶어
서. 주지 스님은 쾌히 허락하면서 시기도 아주 좋다고 반가워한다.
주지 스님 또한 몇 주 후면 명상 수행을 위해 몽가르를 떠나 상푸

곰파로 가서 그곳 외진 사원에서 몇 년 동안 은둔할 것이라고 한
다. 주지 스님은 우리에게 다음 날이 부탄 달력으로 연중 최고의
길일 중 하루이므로, 그때 푸자를 올리는 것이 좋겠다고 한다. 다
음 날은 3월 13일 금요일로 모든 스님들이 모여 부처님께 상게이
푸자를 올리는 날이다.

주지 스님은 우리가 작별을 준비하는 내내 웃음을 지으며, 우리
가 다시 만나게 될 것임을 장담한다. 이번 생에서 못 만나면, 다시
환생해서 언젠가는 반드시 만나게 될 것이라고. 나는 주지 스님의
말씀대로 되기를 간절히 바란다.

늦은 오후, 우리는 비쿨의 친구인 상게이 스님과 함께 푸자에 올
릴 음식물을 사러 읍내로 나간다. 그리고 쌀, 버터, 비스킷, 채소
몇 가지, 분유, 설탕, 차를 산다. 상게이 스님은 그것들을 가지고
종으로 돌아가고, 비쿨과 나는 읍내에 남아서 몇 가지 품목을 더
구입한다. 우리가 따로 산 품목은 향과 버터램프에 넣을 고체형 식
물성 기름, 흰색의 의식용 스카프 두 장, 그리고 주지 스님께 선물
로 드릴 노란색 양털 스웨터이다.

"스님들께 초콜릿 케이크를 구워 드립시다!"

한껏 기분이 들떠 있던 우리는 터무니없는 생각을 하기에 이른
다. 먼저 제안한 비쿨이 도와주겠다는 약속까지 한다.

"스님들이 몇 분이나 되는데요?"

내가 묻는다.

"한 일흔다섯 명쯤 될 거예요."

말인 즉, 케이크를 여덟 개는 구워야 한다는 말이다! 비쿨이 그
정도는 문제없다고 큰소리친다.

우리는 저녁 일곱 시가 넘어서 집에 도착한다. 전기가 나가서 촛
불뿐이고, 오븐은 당연히 없고 흔들거리는 장작난로 부카리뿐이
다. 나는 큰 알루미늄 냄비를 꺼내 바닥에 돌멩이들을 깐 다음 냄
비의 지름을 잰다. 그 냄비 안에 들어갈 적당한 크기의 작은 냄비
를 찾기 위해서. 적당한 크기의 작은 냄비에 케이크 반죽을 한 다
음, 돌을 깐 큰 냄비 안에 넣고, 통째로 부카리 위에 올려놓는다.
그리고 안에 든 반죽이 익을 때까지 기다리면 케이크가 완성되는
것이다. 케이크가 익는 데는 한 시간 이상 걸릴 수 있으므로, 그런
즉석 오븐을 두 개 만들어서 한 번에 케이크를 두 개씩 구워 내면
시간에 맞게 모두 구울 수 있다.

내 부엌이 케이크 반죽과 알루미늄 냄비들이 죽 늘어선 일괄 작
업대로 바뀐다. 비쿨은 부카리와 싱크대 사이를 바쁘게 왔다 갔다
한다. 처음 구운 케이크 두 개는 너무 타서 냄비 바닥에서 떨어지
지 않는다. 케이크 굽기를 맡은 비쿨과 푼촉, 그리고 푼촉의 친구
는 일하려는 의지와 의욕은 대단하지만 사실 별 도움이 되지 않는
다. 부카리에서 연기가 나기 시작하는데도 타는 냄새를 맡지 못하
니 말해 무엇하랴!

온 집 안이 완전히 난장판이다. 비쿨이 냄비들을 닦으러 부엌에
간 사이, 나는 식탁 앞에 서서 두 번째로 구운 두 개의 케이크 바닥
에 눌어 붙은 종이를 떼어 내느라 애를 먹는다. 그 이후 몇 개의 케
이크들이 맨 처음 케이크들의 운명을 따라서, 바닥이 딱딱하게 탄

숯 검댕이 케이크가 된다. 자정 무렵, 마지막 두 개의 케이크를 부카리 위에 올려놓았을 때 푼촉과 그의 친구는 곯아떨어지고 나 역시 침대 위에 쓰러진다. 비쿨이 남은 케이크를 구운 다음 정리를 하겠다며 나를 안심시킨다.

나는 이제는 더 이상 잘못될 일이 없다고 생각하면서 잠 속으로 빠져든다.

하지만 내가 틀렸다. 시계가 새벽 세 시 사십오 분을 가리킬 때서야 비쿨이 잠자리에 든다.

"왜 이렇게 오래 걸렸어요?"

내가 잠결에 묻는다. 비쿨은 대답이 없다. 대답도 못하고 내 옆에서 깊은 잠에 빠져 버린다. 새벽 다섯 시까지 종으로 가야 하는데 비쿨이 세상모른 채 자고 있다.

새벽 다섯 시 삼십 분, 우리는 여전히 잠을 완전히 떨쳐 내지 못하고 비틀거리며 종으로 올라간다. 초콜릿 케이크가 든 큰 냄비들을 가지고. 나는 상게이 라캉 입구에서 헤드토치의 불빛에 의지해 내 걸작품들을 조각조각 자른 뒤 개별적으로 포장하는 일을 시작한다. 처음엔 시간 여유가 있을 줄 알았는데 순식간에 시간이 휙 지나가 버린다. 여하튼 주지 스님 몫의 제일 큰 케이크를 포장하는 것으로 일을 마무리한다. 유일하게 바닥 종이가 온전히 붙어 있는 케이크였다.

나는 푸자에 참석해서 비쿨과 푼촉 옆의 내빈석에 앉는다. 하지만 얼마 후, 꼼짝 않고 앉아 있는 일이 생각보다 훨씬 큰 고통을 수반함을 뼈저리게 깨닫는다. 시간이 지날수록 엉덩이가 관절에서 떨어져 나온 것처럼 쑤시고, 복사뼈는 딱딱한 마룻바닥에 밀려 연한 살 속으로 파고든다. 벽에 기댄 등도 아프기는 매한가지이다. 등뼈 하나하나가 나무 기둥에 배겨서 견딜 수가 없다.

예불을 드리는 소리마저 다소 지리멸렬하게 들리기 시작한다. 스님들이 모두 같은 불경을 외고 있음을 알면서도 각자 딴소리를 내고 있다는 느낌을 떨쳐 낼 수가 없다. 어떤 스님은 높은 목소리를 내고, 어떤 스님은 낮은 목소리를 내며, 어떤 스님은 가는 목소리를 내고, 또 어떤 스님은 굵은 목소리를 낸다. 게다가 어린 스님 한 명은 몇 번이나 다른 소리를 내다가 다른 스님들이 외는 부분을 따라가려 더듬더듬 얼버무리곤 한다.

어쨌거나 어린 스님들의 생기 넘치는 목소리를 듣다 보니 내 어린 시절이 떠오른다. 내가 자라 온 환경과 그들의 환경은 비교하는 일조차 어려울 만큼 크게 다르다. 좋든 나쁘든 이 어린 스님들은 벌써 예불과 의식의 삶을 시작했다. 오늘 하루 이 밤뿐만 아니라 앞으로 몇 년 동안, 아니 평생 동안 불경을 암송하고 부처님의 가르침을 깨닫기 위해 일생을 바칠 것이다. 또한 은둔 생활을 하며 명상을 할 것이고, 그들 중 몇몇은 깨달음의 경지에 이르러 명예로운 스승이 되기도 할 것이다. 그들의 마음이 아무리 바깥세상을 동경한다 해도 그들의 세계는 사원 안에 있다. 그들은 진실과 고통, 금욕과 욕망에 대해 배울 것이고, 언젠가 도움을 청하러 온 일반 사람들에게 자비를 베풀 것이다.

그렇지만 오늘 이 순간은 장난꾸러기 어린 소년다운 모습들을 여실히 드러낸다. 케이크에서 떼어 낸 종이를 공처럼 똘똘 뭉쳐서

서로에게 던지는가 하면, 틈만 나면 장난을 치고 속닥거린다. 율사 스님께 발각되어 야단을 맞을 수 있음에도 장난의 유혹을 뿌리칠 수 없는 모양이다.

새벽 여섯 시 삼십 분쯤, 모두들 잠깐 쉬는 시간을 갖기 위해 자리에서 일어난다. 온통 적색 승복을 입은 스님들 사이에서 유일하게 여자인 나는 개인적인 볼일을 위해 몽가르의 게스트하우스로 급히 발걸음을 옮긴다. 뛰어서 갔다 왔음에도 시간이 꽤 한참 걸린다. 다시 절에 돌아오자, 직메 스님이 법당 안으로 나를 이끈다. 법당 안에서 주지 스님이 조용히 지켜보는 가운데, 직메 스님이 나와 비쿨에게 버터램프에 불을 붙이라고 한다.

"이건 정말 영광스러운 일이에요."

비쿨이 들뜬 목소리로 속삭인다. 다른 스님들이 문틈 사이로 우리를 지켜보며 웃고 있다. 주지 스님과 직메 스님, 그리고 비쿨과 나 외에 법당 안은 아직 텅 비어 있다. 마지막 버터램프의 심지에 불을 붙이고 돌아보니, 버터램프 바다가 아름답게 펼쳐져 있다. 버터램프가 좀 더 많았으면, 그래서 좀 더 오랫동안 비쿨과 나란히 서서 이 오랜 전통 의식을 함께했으면 하는 생각이 든다.

잠시 후, 푼촉이 들어온 뒤 우리는 다시 자리로 돌아간다. 다른 스님들도 줄지어 들어오고, 곧이어 푸자가 다시 시작된다. 긴 뿔나팔의 단조로운 저음과 둥둥 울리는 북소리를 따라 내 마음이 수백 년 전의 어딘가로 흘러간다. 순수한 믿음의 세계, 깨달음을 얻는 이들과 진노한 보살들의 세계, 인간의 이해력으로는 다다를 수 없는 고차원의 세계로. 변함없이 계속되는 북소리 사이에서 시간이 길을 잃고 방황하다 스러진다.

마침내 나팔 소리조차 잠잠해지고, 스님들의 불경 외는 소리가 서서히 느려지더니 이내 조용해진다.

정적이 내려앉자, 푼촉이 내 옆구리를 살짝 찌르며 속삭인다.

"주지 스님 앞으로 가세요."

우리는 머리를 숙인 채 불단을 지나 법당 한가운데로 간다.

"무슨 일이에요?"

내 물음에 비쿨은 그저 어깨만 으쓱한다. 스님들 모두 이까지 드러내고 싱긋 웃고 있다. 우리는 불단을 등지고 서서 주지 스님 앞에 엎드린다. 직메 스님이 우리의 오른쪽 손바닥에 천숫물을 약간 부어 준다. 우리는 그것을 한 모금 마신 뒤, 나머지는 머리 위에 뿌린다. 그런 다음 전날 준비한 흰색 의식용 스카프를 주지 스님께 바친다. 직메 스님이 앉으라고 신호를 보낸다. 우리는 주지 스님 앞에 무릎을 꿇고 앉는다. 법당 안은 핀이 떨어지는 소리도 들릴 정도로 조용해진다.

주지 스님이 시선을 우리에게 고정시키고 말씀을 시작한다. 나는 주지 스님 혼자 그토록 강렬한 설교 말씀을 하는 것을 처음으로 듣게 된다. 그럼에도 내 생각은 자꾸 다른 곳을 떠돈다. 어떻게 무릎을 꿇어야 할까? 비쿨을 따라 하면, 내가 비쿨보다 커 보이게 된다. 그렇게 되는 일은 피하고 싶다. 하지만 발을 쭉 뻗고 앉는 자세도 예의에 맞을 리 없다. 고맙게도 다리 모양을 숨길 수 있는 긴 치마 덕에, 나는 한쪽 다리는 무릎을 꿇고, 한쪽 다리는 앞으로 구부린 채 앉는다. 잠시 후 내 허벅다리가 비명을 지르기 시작한다. 게

다가 주지 스님의 말씀에 집중을 하려고 해도 우리를 주시하는 오십 쌍의 눈이 신경 쓰여서 집중이 되지 않는다. 주지 스님의 말씀은 계속된다. 이제는 다른 모든 스님들이 한목소리가 되어 간간이 한마디씩 끼어든다. 마치 주지 스님의 말씀이 옳다고 맞장구를 치는 것 같다.

직메 스님이 비쿨에게 일어나서 주지 스님 앞으로 가라고 한다. 나는 조용히 그 뒤를 따른다. 주지 스님은 여전히 나지막하게 무슨 말인가를 하면서 메달을 걸듯 우리 목과 어깨에 의식용 스카프를 둘러 준다. 나는 너무 긴장돼서 손이 떨린다. 하지만 주지 스님의 따뜻한 미소에 어느덧 마음이 편해진다. 대체 무슨 일이 진행되고 있는 걸까? 수십 명의 스님들 얼굴에 어린 미소가 당황스럽기만 하다.

너무나 당황스러워 정신이 하나도 없는 상태에서 우리는 다시 자리로 돌아와 앉는다. 푼촉의 얼굴에도 웃음이 어려 있다. 이제 스님들이 불경을 외는 소리가 커지고 속도도 점점 빨라진다. 음악 소리는 없다. 그러다 일시에 조용해지더니 주지 스님 혼자 낮은 목소리로 불경을 왼다. 잠시 후 다른 스님들이 또다시 주지 스님과 함께한다. 이번에는 종소리, 뿔 나팔 소리, 소라 나팔의 옴 소리, 그리고 마지막으로 심벌즈 소리가 합세한다. 그러더니 다른 악기들은 모두 조용해지고, 뿔 나팔 소리를 신호로 큰북이 둥둥 울리는 소리를 낸다.

모든 상황이 실제 일어나는 일이 아닌 듯 느껴진다. 수면 부족에 짙은 향냄새 때문에 정신이 잠시 혼미해졌는지도 모른다. 푼촉이 뭔가 속삭이자 비쿨이 잠시 뜸을 들인 후 내게 향한다.

"주지 스님께서 우리가 아들딸 많이 낳고 오래오래 잘 살기를 빌어 주셨어요."

순간 내 심장이 멎는 것 같다.

"그 말은……?"

비쿨이 고개를 끄덕이며 웃는다. 그런 다음 내 손을 잡고 부드럽게 힘을 준다. 우리의 손가락들이 서로 얽힌다.

아무리 정신을 집중하려고 해도 온갖 생각이 뒤죽박죽 혼란스럽게 떠오른다. 나는 다시 좀 전의 순간을 되새겨 본다. 엎드린 상태에서 예불이 진행되었고, 주지 스님이 우리에게 스카프를 둘러 주었다. 그리고 스님들이 모두 웃음을 띠고 있었다. 문득 나는 승리감에 도취되어 기쁨에 젖는다. 마침내 몽가르가 우리 사랑을 받아들인 것이다! 부처님과 그의 충실한 제자들 앞에서 우리는 막 결혼을 했다.

푸자가 끝난 뒤에도 비쿨과 나는 조용한 법당을 떠나지 못하고 잠시 남아 있는다. 창밖에서 깊게 울리는 소라 나팔 소리가 골짜기 사이로 메아리친다. 정적이 감도는 평온한 산의 모습에 내 마음까지 평화롭고 푸근해진다. 오랜 역사의 숨결이 내 주위에 살아 있다. 하지만 지금 이 순간 또한 살아 있는 현실이다. 어디선가 예불을 알리는 종소리가 들려온다. 그 소리에 떠나야 한다는 사실이 다시 떠오른다. 이제 부탄 왕국에 작별을 고해야 한다. 마침내 떠날 시간이 되었다.

비쿨을 보니, 그의 눈 속에 작은 촛불이 반사되어 있다. 나는 그저 웃는다. 이 작별 의식은 비쿨과의 작별을 위한 것이 아니다. 세상은 넓다. 어떻게든, 어디서든, 우리는 우리 둘이 함께할 수 있는 곳을 찾을 것이다.

하지만 오늘은 조용히 부탄에 감사 인사를 하고 싶다. 지난 한 해 동안 히말라야의 이 작은 왕국이 나의 고향이었다. 일 년 동안 나는 여기서 일했고, 울었고, 행복했다. 그리고 꿈을 꾸었고, 웃었으며, 사랑을 했다. 나는 생존을 위한 왕국의 노력에 감사하고, 오랜 전통의 독특한 문화를 지키려는 왕의 노력에 감사한다. 부탄에는 내가 아직 모르는 것들이 많이 있다. 부탄은 샹그릴라가 아니다. 그럼에도 한번 발을 디딘 사람들은 거의 모두 깊이 빠져드는 특별한 나라이다.

골짜기에 울려 퍼지는 소라 나팔의 메아리를 듣고 있자니 언제까지나 부탄 왕국이 내 마음속에 그리움으로 남아 있으리라는 생각이 든다. 부탄의 높고 낮은 산들과 나무들과 기도 깃발들이 늘 내 마음속에 살아 있을 것이다. 비록 멀리 떨어져 있을지라도, 달이 차고 기움으로 시간을 헤아리고 열두 가지 동물과 우주의 기본 요소들로 한 해 한 해 이름을 짓는 이들의 소박한 삶을 나 또한 추구하리라.

미처 예상하지 못했지만, 이곳의 수많은 사람들이 내게 감동을 주고 내 영혼을 울렸다. 인정 많고 따뜻한 마을 사람들과 친구들, 스님들, 그리고 병원에서 만난 몇몇 친절한 사람들이 그런 사람들이다. 그들은 물론, 그들의 온화함과 넉넉한 인심과 따뜻한 미소를 결코 잊지 못하리라. 그들 삶의 근간을 이루는 평화로운 종교 또한 잊을 수 없을 터이고. 나는 진심으로 언젠가 그들을 다시 만나게 되기를 간절히 빈다.

그럼에도 다시 돌아온다면 부탄이 어떤 모습으로 변해 있을지 걱정이 된다. 지난 한 해 동안 보아온, 히말라야의 호젓한 왕국의 신비로운 풍경과 수백 년 동안 이곳 사람들을 지탱해 온 불교의 참 모습을 다시 볼 수 있을까? 아니면 그저 먼 옛날의 모습으로 회상하게 될까? 파괴적인 기술이 부탄에 접근하고 있는 상황이 걱정스럽다. 소박한 시골 마을의 아름다움과 순수함이 조만간 사라지게 될까 봐 겁이 난다. 어느 정도까지 개발이 될까? 이 작은 고대 왕국이 현대화의 밀물을 과연 버티어 낼 수 있을까? 너무나 많은 의문들이 꼬리를 물고 이어지지만 그런 의문들에 대한 답을 이끌어 낼 만한 확실한 근거가 너무도 적다.

아마도 언젠가는 시간의 섭리에 따라 내 기억도 아지랑이가 낀 듯 희미해지리라. 세부적인 기억은 그 모습을 잃고, 기억 속에 남아 있는 영상들은 상상의 덧옷을 입게 될 것이다. 어쩌면 조금씩 머리 숙여 변화를 받아들이고 있는 이 나라의 승원에서 보낸 특별한 밤들이 실재했던 시간인가 하는 의문을 갖게 될지도 모른다. 그럼에도 나는 꿈이 살아남으리라 믿는다. 고대로부터 내려오는 조화와 전통의 꿈이. 또한 만년설이 뒤덮인 이곳 산속 나라에 불교의 소리가 살아남으리라는 꿈, 그래서 진언을 외는 소리와 기도 깃발들의 노랫소리가 바람을 타고 하늘에까지 닿으리란 꿈이 영원히 살아남기를 간절히 빈다.

에필로그

부탄은 인도 아삼 주에서 자동차로 하루도 안 걸리는 거리에 있다. 브라마푸트라 강둑 위의 높은 언덕에 올라서서 보면, 떠오르는 아침 햇살에 푸르스름하게 빛나는 히말라야의 산기슭이 보인다.

"봐요! 저 산 너머에 몽가르가 있어요! 우리 집이 부탄에 이렇게 가까이 있다는 사실이 믿어져요?"

비쿨이 흥분해서 북쪽을 가리킨다.

"네, 하지만 우리에겐 너무나 먼 길이었어요."

나는 이 년에 걸친 여정을 떠올리며 대답한다. 몽가르의 외진 골짜기에서 캐나다의 안락한 집으로, 그리고 다시 태평양을 건너 아삼의 드넓은 평원으로 돌아오기까지 이 년이란 시간이 걸렸다.

흰색 도티를 두른 모습이 그 어느 때보다 멋져 보이는 비쿨이, 용감한 내 친구이자 남편이자 진실한 사랑인 비쿨이 내 옆에 서서 진지하게 고개를 끄덕인다.

"아주 오래전 일 같아요, 그렇죠?"

나는 비쿨과 마주 잡은 손에 살그머니 힘을 준다.

비쿨이 몽가르에서 일을 그만두고, 인도에서 대학원 공부를 하려 했던 계획마저 포기하고 나를 따라 캐나다로 들어온 이후의 시간이 영원처럼 길게 느껴진다. 캐나다에 도착해서 원인 모를 복통이 회복되기를 기다리는 사이, 우리는 열여덟 달 동안 관료체제와 맞서 싸워야 했다. 우리 둘은 새로운 삶을 시작할 준비가 되었지만, 캐나다에 정착하는 일은 생각만큼 쉽지 않았다. 우리가 처음 부딪힌 장애는 캐나다 이민국이었다. 그들은 나와 함께 체류하려는 비쿨의 의도를 의심했고, 우리의 진실한 사랑을 의심했다. 하지만 쇠약해진 건강 때문에 나는 다시 인도로 돌아갈 수도 없었다. 우리는 기약 없는 이별을 피하기 위해 내 고향 근처의 법원에서 서둘러 결혼을 했다. 비쿨과 내가 원했던 인도식 결혼식은 요원해 보였다. 결혼을 했음에도 이민국 공무원들은 우리를 믿지 못했다. 그래서 일 년 뒤에 캐나다 입출국 허가증 없이 우리는 토론토에 정착했다.

불행하게도 캐나다는 비쿨의 직업마저 바꾸도록 강요했다. 대학원에서 종양학 공부를 계속할 수 없게 되었을 뿐 아니라, 인도에서 받은 의대 교육과 의사 면허 또한 인정해 주지 않아서 비쿨은 사실상 의사로서 일을 할 수 없게 되었다. 그럼에도 내 건강 상태 때문에 우리에겐 다른 선택의 여지가 없었다. 캐나다 영주권을 기다리는 동안, 비쿨은 집에서 공부를 계속하며 암에 대한 연구를 할 수 있는 다른 대안을 찾으려고 노력했다. 마침내 영주권을 받게 된 다음, 비쿨은 토론토 대학교의 박사 과정에서 공부하기 시작했다. 그리고 아동 병원의 병리학 실험실에서 일을 병행했다.

나는 다시 자그마한 물리치료 클리닉에서 일을 시작했고, 복통이 서서히 진정되면서 기력을 찾은 후에 부탄에 대한 느낌을 글로 쓰기 시작했다.

일이 우리가 기대했던 대로 되지는 않았지만, 모든 역경에도 불구하고 우리는 함께했다. 캐나다에서 새로운 삶을 시작하면서 다시 적응을 하고 건강을 되찾는 시간 동안, 부탄은 달콤 쌉싸름한 향수가 되었다. 사랑이 가득 담긴 편지들이 태평양을 오가는 동안 종종 길을 잃기도 하지만 믿음직한 나의 친구, 페마와는 계속 연락이 유지되고 있다. 하지만 페마가 전하는 소식들은 종종 내게 슬픔을 주고 걱정을 낳기도 한다. 내 마음속 깊이 아로새겨진 페마의 편지 한 통을 소개한다.

그리운 브리타와 비쿨 선생님께,

두 분이 보내 준 편지와 사진을 받고 얼마나 기뻤는지 몰라요. 그동안 답장이 없어서 두 분이 나를 잊은 줄 알았거든요. 하지만 내 사랑과 추억이 아직도 두 분 마음속에 남아 있음을 알게 돼서 정말 기뻐요. 침미는 아직도 늘 두 분 애기를 하곤 해요. 두 분이 보내 준 사진들 중 한 장을 가져가기도 했죠. 니마는 별로 달라진 게 없어요. 우리가 하는 말을 극히 조금 알아들을 뿐이죠. 나는 늘 니마 걱정뿐이에요. 밤이든 낮이든 니마만 생각하면 눈물이 나요……. 이곳은 산사태로 도로들이 막혀서 꼼짝 없이 몽가르에 갇힌 신세가 되었어요. 요즘 난 아무 데도 안 가고 물리치료실에만 있어요. 두

분과 함께했던 지난날들을 생각하면 엉엉 울고 싶어져요……. 우겐
은 이 학년으로 올라가긴 했는데, 선생님 말씀에 따르면 아직도 공
부가 많이 뒤처진대요. 우겐을 만날 때마다 치료를 받으러 오라고
얘기하지만, 한 번도 오는 법이 없어요……. 배가 아픈 건 좀 어때
요? 좋아지고 있는 거죠? 얼른 낫도록 몸 관리 잘 하세요. 브리타도
이제 엄마가 돼야 하잖아요. 만일 그렇게 된다면 나한테도 꼭 알려
줘요. 두 분의 소식을 다시 듣기를 기다리고 있을게요. 혹시 인도에
오면 전화 주세요. 만나 보고 싶어요.

두 분의 영원한 친구,
페마

　　우리가 드디어 아삼 주에서 인도식 결혼식을 하게 되었을 때, 우
리는 페마를 초대했다. 와서 축하해 달라고. 하지만 안타깝게도 페
마는 오지 못했다. 프라단 선생님에게 전해 들은 바로는, 니마가
조금도 나아지는 기미가 없고, 벨로르를 오가는 비용에, 약값에,
너무 많은 돈이 들어서 경제 사정이 극도로 나빠졌다고 한다. 어떤
면에서는 나도 페마의 무력감을 같이 나누고 있다. 페마와 니마가
북아메리카로 와서 머문다면 니마는 더 좋은 기구로 더 나은 재활
치료를 받을 수 있고, 페마는 좀 더 많은 지원을 받을 수도 있다.
하지만 그들이 익숙한 환경을 뒤로하고 가족들과 헤어지는 아픔을
감당하면서 그렇게까지 해야 할 것인지 나는 정녕코 모르겠다. 그
래서 내가 할 수 있는 일은 페마에게 도움이 될 만한 책과 비디오

테이프들을 보내 주는 것이 전부였다. 하지만 그럴 때조차 페마가 최첨단 재활운동 기구들에 대한 사진과 설명을 보고, 자신의 아들은 그런 치료 혜택을 받을 수 없다는 사실에 좌절감만 더 느끼는 것은 아닌지 걱정하지 않을 수 없다.

두 꼬마 숙녀 환자들과는 아쉽게도 연락이 끊겼다. 시간과 거리의 한계를 극복하지 못하고 가냘픈 인연의 고리가 끊긴 것이다. 그저 무소식이 희소식이기만을 바랄 뿐이다.

이 책의 최종 원고를 마무리하면서 새 천년의 시작을 맞게 되었다. 그사이 부탄은 현대화를 향해 성큼 한 걸음을 내디뎠다. 나는 부탄의 주간지 〈쿠엔셀〉을 통해 부탄의 개발 소식을 복잡한 감정으로 전해 듣고 있다.

1999년 6월 1일, 부탄은 외국 자본의 도움에 힘입어 새 천년을 향한 과감한 모습을 보여 주었다. 인터넷을 도입함으로써 매스미디어를 개방했고, 처음으로 텔레비전과 위성 안테나를 합법화했다. 그와 함께 부탄의 문화를 지루해하고 재미없어 하는 신세대들을 통제하던 수문이 열리면서 인도 노래와 할리우드 액션 영화들이 쏟아져 들어와 소중하지만 깨지기 쉬운 전통 문화 유산을 위협하고 있다.

몇 주 전에 자동차로 몽가르를 지나 온 친구들이, 안타깝지만 변화를 인정할 수밖에 없음을 다시 한 번 확인시켜 주었다. 새로운 우회 도로가 완공되었고, 시장은 크게 바뀌었으며, 위성 안테나들이 외딴 산허리에도 버섯처럼 삐죽 나와 있다고 한다. 뿐만 아니라

쿠루 강 수력 발전 사업 계획이 진행되면서 그 작은 도시에 인도 노동자들과 외국 화폐들, 그리고 공사 소음이 넘쳐난다고 한다.

나는 되도록 예전 그대로의 부탄을 기억할 수 있기를 바란다. 그렇지만 샤르촙어가 이미 내 기억 속에서 희미해져 가고 있다. 부탄이 인터넷과 시엔엔(CNN) 뉴스의 새로운 시대를 향해 움직이고, 저녁이면 온 가족이 모여 흔들리는 버터램프 불빛 아래서 예불을 드리는 대신 텔레비전 화면을 숭배하고 있듯이, 나 또한 생존 방법의 하나로서 변화를 받아들이면서 앞으로 나아가고 있다.

나는 이제 인도인의 신부로서 세련된 보석으로 장식을 하고, 양미간에 빈디라는 빨간 점을 붙인다. 사흘간 치러지는 결혼식을 통해 비쿨과 나는, 우리와 함께 인도로 건너온 나의 부모님, 비쿨 가족, 그리고 아삼 주의 수많은 친구들과 이웃 사람들 앞에서 한 쌍의 부부로 거듭났다. 어떤 사람들은 기꺼이, 또 어떤 사람들은 반신반의하며 나를 그들 사회의 일원으로 받아들였다. 나는 부탄의 키라를 벗고 우아한 실크 사리로 갈아입었다. 그리고 수줍은 신부의 모습으로 새로 생긴 가족들에게 인사를 했다. "꾸스짱 뽀올라." 대신에 조용히 "나마스카."라고 속삭이면서. 또한 불상과 구루 린포체 상이 있는 불단은 청동 공양 그릇 위에 놓인 단순한 기도서로 대체되었다.

그럼에도 힌두승의 손에 들려 있는 소라 나팔은 히말라야의 작은 왕국에서 처음 들었던 소리와 같은 소리를 낸다. "옴……" 그것은 새로운 시작을 알리는 소리이다.

부탄은 고즈넉한 불교 문화와 전통적인 생활 방식, 자연 그대로의 아름다운 풍경을 간직하고 있는 히말라야의 작은 왕국이다. 지구상의 마지막 샹그릴라로 일컬어질 만큼 신비로운 비경으로 이름 높지만, 연간 관광객 수를 제한하기 때문에 비자를 받기가 쉽지 않아 세계에서 가장 가기 어려운 나라라는 말도 듣는다. 그런 부탄 왕국을 여섯 차례나 여행하고, 딸에게 그 아름다운 모습을 한시바삐 보여 주고 싶어 마음 졸이는 아버지 덕에 이 책의 저자, 브리타는 부탄을 꿈의 여행지로 마음속에 간직하게 되고, 마침내 그 꿈을 이룸으로써 생애 최고의 여행을 하게 된다.

여행을 통해 그동안 기술 문명의 편리함 속에서 너무도 많은 특권을 누려 왔음을 깨달은 브리타는 적게 가진 사람들에게 자신의 지식과 기술을 나눠 주는 한편 평온한 삶을 누리는 지혜를 배우고 싶다는 생각에 자원봉사를 신청하고 무작정 부탄으로 향한다. 〈히말라야에서 차 한잔〉은 브리타가 일 년 동안 부탄에서 생활하며 보고 듣고 느낀 점을 솔직하고 담백하게 풀어낸 이야기이다.

브리타의 이야기에서 만나는 부탄은 흡사 타임머신을 타고 몇십 년 전으로 돌아간 듯하다. 걸핏하면 전기가 나가서 촛불을 켜야 하고, 개울가에는 방망이질로 빨래를 하는 아낙네들이 있으며, 길에서 만나는 사람들은 들일을 하느라 새까맣게 그을린 얼굴에 순박하기 그지없는 웃음을 지어 보인다. 도로에는 교통 신호등 하나 없고, 어쩌다 지나는 차량은 사람이나 동물이 길을 내줄 때까지 속도를 줄이고 뒤따라야 한다. 그뿐만이 아니다. 벼룩과 쥐의 공격에 시달려야 하고 위생 상태는 열악하기만 하다. 세계에서 가장 가난한 나라에 속한다니 어쩌면 그런 모습이 당연한지도 모른다. 하지만 부탄 사람들은 그런 생활에서 벗어나려 몸부림치거나 물질적인 풍요를 얻기 위해 안달하지 않는다. 어떤 삶을 이끌어 가게 되든 순응하고, 그 속에서 행복을 찾으려 한다. 그 덕에 부탄은 세계에서 행복지수가 가장 높은 나라로 꼽힌다.

부탄은 문화 전통을 유지하고 환경을 보호하는 일을 국가의 우선 정책으로 고수하는 나라이다. 그래서 종과 같은 공공장소에 드나들 때는 누구나 국가에서 지정한 전통 의상을 입어야 하는데, 재미있게도 여성의 전통 의상인 키라와 토고는 우리나라의 치마저고리와 비슷하고, 남자의 전통 의상인 고는 두루마기와 비슷한 형태이다. 로사르라고 하는 음력설을 지내는 것도 우리 풍습과 비슷하다. 우리가 설날에 떡국을 먹으며 새해 첫날을 맞이하듯 부탄에서는 로사르에 온 가족이 모여서 국수 요리인 뚝빠를 먹고 활쏘기 대회를 즐기며 한 해를 시작하는 첫날을 축하한다. 브리타가 묘사한 부탄의 생활상 속에는 우리의 풍습과 비슷한 것들이 많이 있다. 그래서 이 책을 읽다 보면 자연이 훼손되기 전의 아름다운 우리나라, 순박한 인심과 미풍양속이 지금보다 훨씬 더 많이 남아 있던 예전 우리나라로 추억의 여행을 떠난 듯한 느낌도 든다.

〈히말라야에서 차 한잔〉에서는 부탄의 불교 문화도 엿볼 수 있다. 부탄 사람들은 시간이 날 때마다 기도 바퀴와 염주를 돌리며 진언을 욈으로써 만물에 대한 깨달음을 얻기를 바라고, 집집마다 불단을 설치해 놓고 예불을 올림으로써 경건하고 평온한 삶을 이어 가고자 한다. 하지만 다른 종교를 배척하거나 무시하지 않는다. 예수는 '서양인들의 부처'라고 하며 수용하는 포용력을 보인다. 브리타의 이야기를 따라가다 보면 부탄에 불교를 전하고 두 번째 부처로 숭배되는 구루 린포체를 기리기 위한 불교의 전통 춤 축제인 체추도, 악령을 쫓거나 위대한 승려들을 추모하기 위해 길가나 산속에 세운 초르텐도, 발길 머무는 곳곳에서 만날 수 있는 기도바퀴도, 높은 언덕에서 부탄 사람들의 기도를 하늘로 전하며 바람에 나부끼는 기도 깃발도 직접 눈앞에서 보듯 생생히 느낄 수 있다.

브리타가 전하는 부탄의 자연 경관은 말로 표현하기 어려울 만큼 아름답기 그지없다. 몽가르의 숲 속을 산책할 때면 마치 아름다운 그림책 속에 들어간 것 같고, 이리저리 휘몰아치는 안개 장막과 뭉게구름 속을 뚫고 산봉우리에 오를 때면 하늘의 문 앞에 도달한 듯 어디가 이세상이고 어디가 저세상인지 구별이 안 가고, 밤이면 낮 동안 부산하게 움직이던 모든 생명체가 끝없이 펼쳐진 산봉우리들의 드넓은 품에 안기어 평온한 잠에 빠져든 듯 온 사위가 고요

해지고, 그런 정적 속에서 평화로운 대기가 손을 뻗어 자신을 부드
럽게 어루만져 주는 것 같다는 브리타의 말을 듣고 있노라면 만사
제쳐 두고 부탄으로 달려가고 싶어진다. 부탄이 앞으로 오랫동안
아름답고 신비로운 모습을 간직하기를 바라는 마음이 간절해지기
도 하고.

부탄에서 만나는 사람들은 또 얼마나 순박하고 정이 많은지 모
른다. 산책길에 나섰다가 만난 열 살짜리 여자아이는 브리타를 선
뜻 자신의 집으로 초대해 다과를 대접하고 헤어질 때는 다시 오라
는 말을 거듭하며 달걀 두 개를 깨끗이 씻어 수줍게 브리타의 손에
쥐어 준다. 또 허리가 아파 잠을 못 자면서도 먹고 살기 위해 쉼 없
이 돌 깨는 일을 해야 하는 인도 여자는 가난이 덕지덕지 묻어나는
판잣집으로 브리타를 맞아들여 차를 대접하고는 좀 더 후한 대접
을 하지 못함을 안타까워한다. 길이나 병원에서 만난 할머니, 할아
버지들은 주름이 가득한 얼굴에 환한 웃음을 지어 보이며 따뜻한
인사를 건네고.

부탄에도 한 가지 색깔의 사람들만 있는 것은 아니다. 욕심 없는
평온한 삶을 따분하게 여기는 사람들도 있고, 전통적인 생활 방식
을 벗어나고자 하는 사람들도 있으며, 부탄의 문화보다는 서양 문
화에 열광하는 사람들도 있다. 그리고 하루 빨리 기술 문명을 받아
들여 개발이 되기를 바라는 사람들도 있다. 브리타는 부탄이 현대
화의 밀물을 견뎌 내지 못하고, 아름답고 신비로운 자연과 수백 년
동안 이어 온 불교 문화와 시골 마을의 소박함과 순수함을 잃게 될
까 봐 불안해하며 부탄을 떠난다. 언제나 그리움으로 남아 있을 그

곳을 마음속에 품고서.

〈히말라야에서 차 한잔〉은 쉬이 갈 수 없는 히말라야의 작은 왕국 부탄의 모습을 생생하게 전해 주고, 그 모습을 마음껏 상상할 수 있는 즐거움을 준다. 그리고 어떤 삶이 진정으로 행복한 삶인가 고민하게 하며, 우리가 지나 온 길을 돌아보고 앞으로 나아갈 길을 생각하게 한다.

2011년 3월
이은숙

브리타 다스

독일에서 태어나 열네 살에 가족과 함께 캐나다 토론토로 이주하였다.
웨스턴온타리오대학에서 물리치료 부문 학위를 받았고, 인도, 네팔, 부탄, 베트남, 태국,
인도네시아 등지로 배낭여행을 다녔다. 1997년 영국 대외자선봉사 단체인 VSO의
후원 아래 물리치료사로 부탄에 들어가 경험한 내용을 〈히말라야에서 차 한잔〉에 담아
펴냈다. 현재 토론토에서 남편, 두 딸과 함께 지내면서 물리치료사 일을 계속하고 있다.

이은숙

EBS를 비롯한 텔레비전 방송에서 영화, 다큐멘터리, 애니메이션 등을 번역하였으며
현재는 출판 기획·번역 네트워크 '사이에'의 위원으로 도서 번역에 주력하고 있다.
옮긴 책으로 〈핑거북, 나를 말하는 손가락〉, 〈안녕, 엠마〉가 있다.

히말라야에서 차 한잔

1판 1쇄 인쇄 2011년 3월 21일
1판 1쇄 발행 2011년 3월 30일

지은이 브리타 다스
옮긴이 이은숙

발행처 문학의숲
발행인 고세규

신고번호 제300-2005-176호
신고일자 2005년 10월 14일

주소 서울시 마포구 동교동 200-19번지 202호(121-819)
전화 02-325-5676
팩스 02-333-5980

값은 표지에 있습니다.
ISBN 978-89-93838-14-5 03840